आईनासाज़
उपन्यास

अनामिका

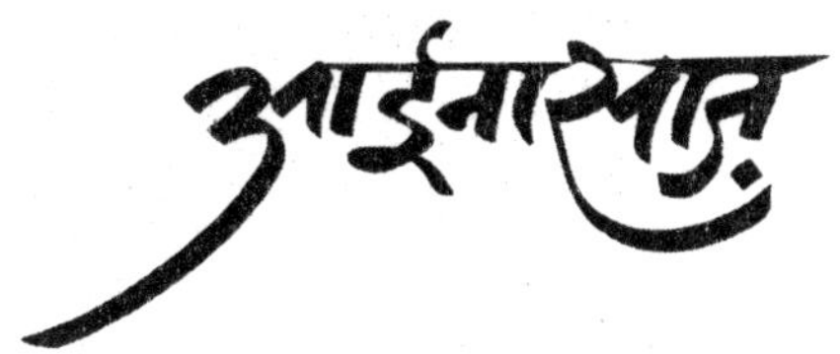

राजकमल प्रकाशन

ISBN : 978-93-88753-43-2

मूल्य : ₹695

पहला संस्करण : 2020
दूसरा संस्करण : 2022

प्रकाशक : राजकमल प्रकाशन प्रा. लि.
1-बी, नेताजी सुभाष मार्ग, दरियागंज
नई दिल्ली-110 002

शाखाएँ : अशोक राजपथ, साइंस कॉलेज के सामने, पटना-800 006
पहली मंजिल, दरबारी बिल्डिंग, महात्मा गांधी मार्ग, प्रयागराज-211 001
36 ए, शेक्सपियर सरणी, कोलकाता-700 017

वेबसाइट : www.rajkamalprakashan.com
ई-मेल : info@rajkamalprakashan.com

मुद्रक : बी.के. ऑफसेट
नवीन शाहदरा, दिल्ली-110 032

Aainasaaz
Novel by Anamika

श्री–श्रीमती शमीम हनफ़ी को सादर समर्पित,
उन सुखद दुपहरियों के नाम जब खुसरो
हमारे साथ ही उनके सुल्तानपुर की
हरी छीमियाँ टूँगते रहे...

खंड-1

चाँदगाँव

एक बार विद्यार्थी जीवन में अमीर ख़ुसरो की यह दास्तान पढ़ी थी, और कल दुबारा पढ़कर ख़तम की। इस बार ठहर-ठहर, बचा-बचाकर पढ़ी, जैसे हम दूसरी बार प्रेम करते हैं। बचपन में ऐसे ही बचा-बचाकर, धीरे-धीरे मैं नारंगी चाँद वाला लेमनचूस चूसती थी—गाल में दबाकर बैठी रहती थी देर तक, और उतनी देर कुछ और करती नहीं थी।

माँ मुझे इस मुद्रा में चुपचाप बैठे देखती तो उसे पता चल जाता कि मुझे किसी रिश्तेदार ने फिर से लेमनचूस पकड़ा दिया है जो वह अमूमन मुझे खाने नहीं देती थी क्योंकि मेरे दाँत ख़राब हो रहे थे। और जब हमारे पास खाने के पैसों के ही लाले पड़े थे तो डेंटिस्ट का ख़र्चा बढ़ाना अपराध ही था। उस समय भी मुझे यह बात समझ में आती थी लेकिन लेमनचूस का स्वाद ज़्यादा समझ में आता था तो कभी-कभी मैं मन की जंग हार जाती थी जो मैं अक्सर बाद तक भी हारती रही। ख़ैर...!

अमीर ख़ुसरो वाला यह आख्यान पूरा किया ही था कि सिद्धू की ओर से व्हाट्सएप्प पर सात तसवीरें एक के बाद एक उतरती चली गईं, जैसे पक्षियों का कोई दल नदी किनारे उतरा हो! ग्रैंड कैनियन नाम की सतरंगी पहाड़ियों के अलग-अलग कोणों से ली गई तसवीरें थीं और नीचे सूफ़ियाने ठस्सेवाली उसकी पंजाबी हिन्दी में कुछ-कुछ लिखा था। हर तसवीर के नीचे एक छोटा-सा नोट! दस मिनट बाद ही उसका ईमेल भी आया :

प्रिय सपना,

मध्य एशिया की समस्याएँ डिप्लोमेसी के धरातल पर दूर होने से रहीं। शान्तिवार्ताएँ इसलिए भी असरकारी नहीं होतीं कि उनसे सम्बद्ध लोग समस्याओं का केवल बौद्धिक विश्लेषण करते हैं, सूफ़ियों का हृदय नहीं रखते। स्वयं उनके मन में बहुत ऊँच-नीच होती है, कथनी-करनी में बहुत अन्तर होता है। व्यक्तिगत जीवन उनका पाक-साफ़ और पारदर्शी रह नहीं पाता। बहुत बनावट,

बहुत पर्दादारी। ऐसे तो कही हुई बात में वह रूहानी ताक़त कहाँ से आएगी जो कभी झूठ नहीं बोलने वाले, साफ़ आचरण रखने वाले, किसी का बुरा नहीं चाहने वाले, मनुष्य-मात्र को भाई, और जीव-मात्र को करुणा का पात्र मानने वाले सूफ़ी हृदय में आती है।

आज मैंने तुम्हारी आँखों से बग़दाद देखा, पुराना बग़दाद—हमाम, मस्जिदें, बग़ीचे और मीना बाज़ार। जिन दिनों तुम पहली बार 'अमीर ख़ुसरो' पढ़ रही थीं, तुम्हारी आँखों में सूफ़ियों का मध्य एशिया एक नशीला धुआँ बनकर छाया रहता था। तब मैं कहाँ जानता था कि कभी मैं इस स्थिति में भी आ पाऊँगा कि तुम्हें सूफ़ियों की पुरानी दुनिया दिखाने को बुला सकूँ।

पश्चिम केन्द्रित जो इतिहास हमें पढ़ाया जाता है, उसके अनुसार तो सभ्यता की प्रगति कुछ ऐसे हुई कि प्राचीन यूनान के गर्भ से रोम जन्मा, रोम के गर्भ से ईसाई यूरोप, ईसाई यूरोप से जन्मा रिनांसां, रिनांसां से एनलाइटेनमेंट या प्रबोधन, एनलाइटेनमेंट से जनतंत्र जनमा और औद्योगिक क्रान्ति जनमी—दोनों परवान चढ़े अमरीका में जो मानवाधिकारों की स्वस्थ-प्रसन्न लीलाभूमि या डिज़्नीलैंड के रूप में दुनिया के आगे नमूदार है।

बचपन तो मेरा ग़रीबी में बीता, घर में किताबें नहीं थीं, पर मेरे बाबा ने चौदहवें जन्मदिन पर मुझे एक एटलस दिया था। दिन-भर मैं उसे घुमाता रहता और सोचता रहता कि कैसी होंगी वे जगहें—इतिहास की सब किताबें दो-एक शब्दों में जिन्हें समेट लेती हैं कि वे जालिम लड़ाइयों और मूर्ख ऐयाशियों के बीच झूलते क़बीलाई लोगों का गढ़ थीं?...कॉलेज के दिनों में और फिर यूपीएसई की तैयारी के वक़्त भी कॉन्सतान्तिनिपोल, अफ़गानिस्तान, क़ज़ाकिस्तान, उजबेगिस्तान, ईरान, इराक़ वग़ैरह तीर्थयात्रियों और योद्धाओं, घुमन्तू जातियों और व्यापारियों द्वारा फैलाए गए अजीबोग़रीब क़िस्से से छनकर मेरे पास आए।

पर अब जब अपनी आँखों से समरकंद देख रहा हूँ, और उनके भग्नावशेषों में दर्ज़ अनुगूँजें भी अपने कानों सुन रहा हूँ, उनके बुज़ुर्गों की स्मृतियों और उन लोकगाथाओं में बची अर्थच्छायाएँ समझने की कोशिश कर रहा हूँ—एक अलग तरह का इतिहास-बोध मेरे भीतर दमक रहा है। उनकी रणनीतियाँ, उनका विवेक-कोष, उनकी मजबूरियाँ समझे बिना कोई उन पर शासन-प्रशासन

कैसे करे, कैसे उन कूटनीतियों का मर्म समझे?

सिल्क-रूट पर जो रेशमी और नक़्क़ाशीदार संस्कृतियाँ पनपीं, उनके पीछे संघर्ष का घना इतिहास भी है, पर पण्यों के साथ विचारों, रवायतों, किताबों और मजहबों की गुफ़्तगू-सी जो सम्भव हुई, उसी में राज़ छिपा है इनके उत्कर्ष का।

पर हर उत्कर्ष का एक अपकर्ष भी होता है! जुड़वाँ ही जनमते हैं ध्रुवान्त। अमीर ख़ुसरो के थोड़े ही दिन बाद क्रिस्टोफ़र कोलम्बस और फिर वॉस्कोडिगामा के साहसिक अभियानों ने एक अलग तरह के लेन-देन का सिलसिला शुरू किया जिसमें सांस्कृतिक आदान-प्रदान की गंध नहीं थी—एक मद-सा था संस्कृति पर हावी हो जाने का। सूफ़ियों ने सांस्कृतिक संवाद का जो सिलसिला क़ायम किया था, इस्लाम और ईसाइयत के बीच वर्षों तक चलने वाले उस धर्मयुद्ध ने उसकी चूलें हिलाकर रख दीं। जो दूसरी तरह का है, दुश्मन है, यह धारणा यूरोप एक लम्बे समय तक फैलाता रहा। अतीत भविष्य के और लोकशास्त्र के गले मिले, यह ज़रूरी है। ज़रूरी है कि दुनिया की सारी ज़ुबानों के शब्द मुल्कों और मज़हबों के बीच की सरहदें मिटाते हुए सूफ़ी जत्थों की तरह आपस में दुआ-सलाम करते दिखाई दें। आसमान में सात चाँद एक साथ ही मुस्कुराएँ।

यह ईमेल पढ़कर अभी ख़त्म ही किया था कि दरवाज़े पर हाथ बाँधकर खड़े नफ़ीस दिखाई दिए :

"किताबें पढ़ती हुई तुम मुझे छोड़कर कहाँ चली जाती हो? किताबें तुम्हें अपने आगोश में लिये-दिये जाने कहाँ निकाल ले जाती हैं...चार बार लौटा हूँ दरवाज़े से, ऐसी मगन थीं कि हिम्मत न हुई तुम्हारा ध्यान तोड़ने की...।" मुस्कुराकर कहा और वर्तमान की गीली मिट्टी से फिर मेरे पाँव उखड़ने लगे। इनकी इस मुस्कान में भी चंद्रहास की रहस्यमयता है—लीन कर लेने वाली रहस्यमयता।

एक बार जी में आया कि कह दूँ : उपन्यास तो घंटे-भर पहले ही ख़त्म किया था। घंटे-भर से सिद्धू के मेल और व्हाट्सएप्प—सन्देशों में उलझी हूँ, पर कुछ सोचकर चुप रह गई।

नफ़ीस ने कुछ देर मेरा प्लास्टर जाँचा, फिर मेरे लिए चाय बनाई—मेरी पसन्दीदा नीबू चाय और घड़ी देखते हुए क्लिनिक की ओर रवाना हो गए।

मैंने फिर से अमीर ख़ुसरो वाला आख्यान हाथ में उठाया और इधर-उधर से पलटने लगी। पिछले पन्नों में कहीं दबी ललिता 'दी की वह चिट्ठी भी दुबारा-तिबारा पढ़ी जो आज से चार बरस पहले इस आख्यान के साथ उन्होंने भेजी थी।

पिछले कई हफ़्तों से बिस्तर पर हूँ। बिस्तर पर लेटे-लेटे सिर्फ़ छत ताका करना, छत ताकते-ताकते एक अनजान परिवेश में इतने महीने गुज़ार देना आसान नहीं था, इसलिए मैंने ऐसी खिड़की चुनी जिसके पास लेटकर बाहर के ख़ुशनुमा बग़ीचे का कुछ तो आभास मिलता : आती-जाती तितलियाँ, बदलते मौसम, घटता-बढ़ता चाँद, सूर्योदय-सूर्यास्त के पचपन कलेवर, तरह-तरह के पक्षी और गिलहरियाँ! जगह कोई भी हो, ये चिर-परिचित ही दिखाई देते हैं—वही चेहरा, वही तेवर। आदमी के चेहरे और आदमी के तेवर—किसी जगह में अजनबियत घोलने के लिए प्रकृति इनका ही उपयोग करती है।

मेरी ये बातें सुनकर आपको ऐसा लग रहा होगा कि ये शहर मेरे लिए नया है और किसी लम्बी बीमारी की शिकार होकर मैं यहाँ बिस्तर पर पड़ी हूँ। नहीं, ऐसा नहीं है। पाँव में फ्रैक्चर हुआ है जब से, मैं यहाँ बैठे-बैठे ही लिखने-पढ़ने का कुछ काम देख लेती हूँ और जहाँ मैं हूँ—वह मेरे शौहर, डॉ. नफ़ीस हैदर की पुश्तैनी हवेली है जिसके निचले हिस्से में इनकी क्लिनिक है और इनके अब्बू का खोला हुआ ऐसे बच्चों का आवासीय विद्यालय, जो परितप्त समूहों से आए हैं। हमारी आर्थिक स्थिति अब इतनी भी अच्छी नहीं कि हम एक बार में ग्यारह से ज़्यादा बच्चे हॉस्टल में रख पाएँ। दो बड़े हॉल हैं, उनमें लड़के रह लेते हैं और लड़कियों के रहने का इन्तज़ाम उस 'मातृसदन' में है जहाँ कुछ ऐसी औरतें रहती हैं जिनका जीवन किसी कारण पटरी से उतर गया और जो स्वयं को दुबारा गढ़ रही हैं। उन्हें उनके पैरों पर खड़ा करने में जो मदद चाहिए होती है, वे कुछ संस्थाएँ कर देती हैं। इसका इन्तज़ाम हमने दौड़-धूप करके कर दिया है। जब तक वे यहाँ रहती हैं, ख़ुशी-ख़ुशी वे इन बच्चों की देखभाल कर लेती हैं। कुछ

अवकाशप्राप्त लोग हैं—उनमें से ज़्यादातर नफ़ीस के मरीज़ भी रहे हैं—वे भी बच्चों के साथ कुछ समय बिताकर उन्हें एक परिवार में होने का सुख दे देते हैं।

मेरे ससुर इप्टा के उतरते दौर के बड़े नाट्य-निर्देशक थे जिन्होंने कुछ फ़िल्में बनाने की कोशिश में बहुतेरे साल मुम्बई को दिये, फिर कुछ ऐसा घटा कि सब छोड़-छाड़कर उन्होंने फ़कीरों का जीवन जिया इधर-उधर। बाप ने उन्हें तो बेदख़ल कर रखा था पर पोते में उनके प्राण बसते थे। नफीस का स्कूल पूरा होते ही वे उन्हें मुम्बई से दिल्ली उठा लाए और उनकी मेडिकल कॉलेज की पढ़ाई-लिखाई यहीं हुई।

मेरी बोली-बानी से आपको यह तो समझ में आ ही गया होगा कि मैं दिल्ली की नहीं हूँ और उर्दू मेरी मादरी ज़बान नहीं है। मैं एक जैन परिवार में जन्मी और पली-बढ़ी। मेरे पिता पटना से निकलने वाले एक हिन्दी अख़बार में पत्रकार थे। मैं आठ बरस की थी—रिपोर्टिंग के सिलसिले में इनका कश्मीर जाना हुआ, वहीं एक बम-बिस्फोट में इनकी जान गई और हमारा परिवार तितर-बितर हो गया।

बहुत कुछ सहा, कई तरह के हादसे देखे, बहुत मुश्किलों से माँ ने पाला। पटना से दिल्ली पढ़ने आई। यहीं मेरी मुलाक़ात नफ़ीस से हुई, उसके परिवार के अन्य सदस्यों और पूरे मुस्लिम परिदृश्य से जिससे यह पूर्वग्रह टूटा कि मुसलमान कट्टर ही होते हैं—एक ख़ास तरह की श्रेष्ठता-ग्रंथि से पीड़ित।

यह पूर्वग्रह तोड़ने में इस छोटी-सी उपन्यासिका का हाथ भी है जिसे एम.ए. में हिन्दी माध्यम के छात्रों को ग़ुलाम वंश और उसके बाद का इतिहास पढ़ाने वाली मेरी शिक्षक, ललिता चतुर्वेदी ने यह कहकर हमें पढ़वाया था कि इससे उस समय का जनजीवन और बाद का सूफ़ी मानस समझने में हमको मदद मिलेगी।

कश्मीर के आतंकी विस्फोट में मैंने अपना पत्रकार पिता खोया है, यह बात उन्हें पता थी। शायद इस कारण इस बात पर उनका ज़ोर ज़रा ज़्यादा था कि मेरा मुस्लिम-पूर्वग्रह धुले और मैं एम.फिल. का डिसर्टेशन भी अमीर ख़ुसरो पर ही जमा करूँ जिसे लिखने में पूरी मदद करेगी मुजफ़्फ़रपुर के खड्गविलास प्रेस से 1970 में छपी, उनके ही पिता की लिखी यह उपन्यासिका जो उन्होंने एम.ए. की परीक्षा के तुरत बाद और शिमला शोध संस्थान

की अपनी फ़ेलोशिप पर जाने के ठीक पहले इस चिट्ठी के साथ डाक से भेजी थी :

15 जून, 2010
सहविकास, मयूर विहार

प्रिय सपना,

कल ही मेरी ट्रेन है। सोचा था, तुम्हारे लॉज आकर यह उपन्यासिका पकड़ा दूँगी, पर मौक़ा नहीं मिला। जाने के पहले इतने सारे काम रास्ता रोककर खड़े हो जाते हैं रवीन्द्रनाथ ठाकुर की कविता वाली उस बच्ची की तरह जो परदेस कमाने जाते पिता का रास्ता रोककर खड़ी हो गई थी :

'जेते आमी देबो न तोमार।'

मन है कि पिता की अधूरी छोड़ी उपन्यासिका किसी तरह और आगे बढ़ाऊँ इस अवकाश में।

अवकाश! कितना सुन्दर शब्द है! 'आकाश' से मिलता-जुलता, 'काश'-सा अनन्त। अवकाश : अपने भीतर झाँक लेने का, अपने दरवाज़े खटकाने का और अगर वे लाख खटकाने पर भी खुल न पाएँ तो फिर ख़ुद से दूर चले जाने का—उस अनन्त में, जिसे संसार कहते हैं।

साँस की तरह हमें बार-बार लौटना ही पड़ता है—कभी अपने भीतर, कभी अपने बाहर, जब तक कहीं एक 'ठाँव' न मिल जाए। और ठाँव मिलती ही कितनों को है? कोई ऐसा अन्तरंग कोना, एहसास या व्यक्ति भी कहाँ मिलता है जहाँ चित्त 'रम' जाए, जहाँ हम घर-बार कर लें?

'चित्त' भी ख़ूब खेलवाड़ी एहसास है—चिटपट का खेल इससे छूटता ही नहीं। जहाँ पाया, वहीं चित्त लेट जाने को आतुर! पर कितनी देर? उतनी ही देर जब तक बिच्छू डंक मारने के तुरत बाद पछाड़ खाकर पीठ पर पलट नहीं जाता है। विषकोश की यह विशेषता है कि उगलने से वह ख़ाली नहीं होता, 'रक्त' की तरह लीटर-तीन लीटर विष के बहिर्गमन से इसकी आपूर्ति में बाधा नहीं पड़ती, तुरत नया विष बन जाता है। लीटर-तीन लीटर विष तो हर चित्त हर दिन पर्यावरण में छोड़ ही देता है, पर भीतर कोई 'इन्वर्टर' है जो तत्क्षण ही 'ऑन' हो जाता है कि कोई असुविधा न हो आपूर्ति में।

लोक 'जैसी करनी, वैसी भरनी'; 'जो बोया, वह काटा' जैसी कहावतों से जिसे व्याख्यायित करता है, विज्ञान कार्य-कारण सम्बन्ध से। परिस्थिति और मन:स्थिति; पर्यावरण और आत्मन का यही घनिष्ठ सम्बन्ध पर्यावरण दर्शन (और बौद्ध दर्शन भी) एक सहजसिद्ध प्रमेय से व्यक्त करते हैं। वह प्रमेय यह कि प्रकृति अलग-अलग धरातलों पर द्युतिमान और स्पन्दित प्राणिक ऊर्जाओं का घनिष्ठ अन्तर्जाल है, अनेक ऊर्जा-वर्तुल संकेन्द्रित (कॉन्सेन्ट्रिक) वर्तुलों की तरह आपस में गुँथे हुए, आकाश और दहराकाश (मन के आकाश) में तैरते रहते हैं। इसलिए यह सम्भव नहीं कि एक के स्पन्दन, क्षरण या सम्बलन का प्रभाव दूसरों पर न पड़े। मोटे शब्दों में कहें तो सभी एक ही छत के नीचे रहने वाले, एक ही थैले के चट्टे-बट्टे हैं। एक की छटपटाहट और बेचैनी से दूसरा अछूता रहे, यह सम्भव नहीं।

छत एक ही है—पर्यावरण की, ओजोन की, पर 'आत्मन' नामक प्रकोष्ठ अलग-अलग है। उतनी-भर निजता का स्कोप यहाँ है जितना एक मधुच्छत्र के अलग-अलग प्रकोष्ठों में होता है। मोम की एक झीनी दीवार एक को दूसरे से अलग करती है। अलग-अलग प्रकोष्ठों में गुनगुनाती या भुनभुनाती मधुमक्खियों की मधु-संचय क्षमता भी एकदम से एक नहीं होती; पर जिसमें यह क्षमता कम हो, जिसके पंख या संवेदन-सूत्र टूट गए हों, जो मन:स्थिति-परिस्थिति के धुएँ से अदबदाकर निश्चेष्ट हो गई हों, उन पर भी कटाक्ष नहीं करना है, उन्हें 'बेघर' नहीं जताना है, भले ही आज के दिन वे आहत ज़मीन पर पड़ी हों। नये-पुराने दर्शनों को गूँथने वाले इसी एक अन्त:सूत्र के आसरे कहती हूँ कि विरल है यह अवकाश ऊर्जा-संचय की दृष्टि से, ऐसा अवकाश जो दुबारा उड़कर, मधु लेकर घर लौटने की ऊर्जा मधुमक्खी के थके-हारे डैनों में भरता है।

दिल्ली विश्वविद्यालय ने आज, ग्यारह जुलाई, 2010 को मुझे यह सुन्दर उपहार दिया—अवकाश, दो वर्षों का अवकाश! उस शोध, उस तलाश का अवकाश जिसकी प्यास मुझमें सबसे पहले अमीर ख़ुसरो ने जगाई थी। मेरे दादा और नाना, दोनों मुज़फ़्फ़रपुर के जिस सूफ़ी सन्त दाता कम्बलशाह के मुरीद थे, उनकी दरगाह पर नातिया क़व्वालियाँ सुनते-गुनते मेरे बचपन का एक बड़ा हिस्सा बीता है। यह दरगाह पूरे मुज़फ़्फ़रपुर शहर की

अँगनैया है—बीच का वह उभयनिष्ठ स्पेस जहाँ एक ही चटाई पर शहर की वेश्याएँ, फ़कीर, मज़दूर, वकील, डॉक्टर, प्रोफ़ेसर, कवि, पत्रकार और दूसरे मसिजीवी—हिन्दू-मुसलमान-सिख-क्रिस्तान—सब बैठकर नातिया क़व्वालियाँ सुनते हैं और रोते हैं। साथ हँसने-रोने का नाता उन्हें एकसूत्र कर देता है—कम-से-कम कुछ देर की ख़ातिर। शाह मुज़फ़्फ़रपुर से लेकर दाता राजेन्द्र शाह तक की इतनी दरगाहें वहाँ हैं और ऐसी साझा संस्कृति कि दंगों की बात कोई सोच ही नहीं सकता।

इन दिनों एक युवा शोधार्थी रियाज़ भी मेरे साथ है। उसकी परिस्थितियाँ बहुत विषम हैं। बड़ौदा विश्वविद्यालय में प्राचीन इतिहास पढ़ानेवाली मेरी एक पुरानी मित्र की चिट्ठी लेकर आया है कि अमीर ख़ुसरो पर शोध-सामग्री जुटाने में मैं इसकी कुछ मदद करूँ। गुजरात के दंगों में इसका पूरा ख़ानदान साफ़ हो गया। एक भाई मिडिल ईस्ट में थे, कुछ पैसे कमाकर लौटे तो जेहादी हो लिये। बम्बई वाले विस्फोटों में उनका नाम क़ायदे से उभरा। अब स्थिति यह है कि आए दिन घर पर छापे पड़ते रहते हैं। सबको एक साथ खो देने का प्रभाव इस पर ऐसा पड़ा कि कुछ दिन मनोचिकित्सक के संरक्षण में गुज़ारने पड़े। अभी भी बहुत सहज-सामान्य नहीं जान पड़ता। बस एक ही धुन जान को लगी है कि 'ख़ुसरो' से मिलना है। कमरा भी वहीं लेना चाहता था जहाँ दाता निज़ामुद्दीन शाह और अमीर ख़ुसरो की दरगाहें हैं, पर वह तो आज संभ्रान्तों की बस्ती है; वहाँ इसे कहाँ घर मिले? हिन्दू इलाक़ों में भी शायद ही कोई इस अकेले युवक, वह भी बेरोज़गार मुसलमान को घर देगा; जामिया नगर में किसी से बात की है, वहाँ शायद कोई कमरा मिल जाए।

संवेदन की पूरी प्रक्रिया तलहथी पर पौधा उगाने की कोशिश है। कोशिश किए जा रही हूँ। शिक्षक का काम ही है सींचना। मुझे भी तो मेरे गुरुओं ने ही सींचा—कभी चुप्पियों से, कभी वाकयों और क़िस्सों-कविताओं से। चिन्तकों-लेखकों से भी बहुत सीखने की कोशिश की। कई किताबें, कई प्रसंग ऐसा अन्तरंग वितान रच गए कि लगा, संकट की घड़ियों में अक्षरों का एक झिलमिल दुशाला ओढ़े खड़ा हो गया कोई अपना और एक-एक कर मन की सब गुत्थियाँ खोलता गया, जैसे मनोचिकित्सक खोलते हैं या सच्चे सूफ़ी और उस्ताद।

आईनासाज़

सूफ़ियों में एक शब्द चलता है—सिलसिला। एक तरह का गुरु-ऋण जो हम प्रत्यक्ष तो नहीं उतार सकते, पर उससे आंशिक रूप से उऋण ऐसे हो सकते हैं कि जो सीखा है, उसे आत्मसात करके उस सूत्र का सिलसिला आगे बढ़ा दें। तीन-चार और लड़के-लड़कियाँ हैं—विद्यार्थी-शोधार्थी नहीं; ऐसे लड़के-लड़कियाँ जिनकी पढ़ाई बीच में ही छूट गई या छुड़ा दी गई, पर ज्ञान की पिपासा बनी रही उनमें। वानप्रस्थ के इस मोड़ पर मेरी आत्मा उन्हें गोद लेने को उत्सुक है।

वानप्रस्थ—घर की तरफ़ पीठ करके घर में बैठने का समय। घर का दायरा बड़ा करते-करते सारी कायनात ही इसमें समेट लेने के सुखद संकल्प का समय जिसका सपना मुझे पिता ने दिखाया, हालाँकि वानप्रस्थ की उम्र ठेकते ही वे स्वयं देहातीत हो गए, पर उनसे जितना सीख पाई या उनके सुझाये दूसरे चिन्तकों/द्रष्टाओं से, ख़ास कर अमीर ख़ुसरो जैसे सूफ़ियों से, वह अपनी इन मानस-सन्ततियों से बाँटने का मन करता है तो कह पड़ती हूँ :

'घर में रहते घर के पार हो जाने की यह प्रक्रिया जितनी सरस है, उतनी दुरूह भी। वे जो दो महास्वप्न थे—मार्क्सवाद और धर्म—इसी मूल अवधारणा में उन दोनों की नाल गड़ी थी। मेरे पिता अक्सर कहते थे कि "मार्क्सवाद और ईश्वर, दोनों एक ख़ूबसूरत-सा 'वर्किंग हाइपोथेसिस' हैं, परस्पर विरोधी प्रसंग नहीं। दोनों का समाहार सम्भव है क्योंकि दोनों की मूल तड़प एक ही है—स्व की सरहद का अनन्त विस्तार। त्याग, सहिष्णुता, धीरज और संयम—दोनों दर्शनों की अभीप्सित हैं। किसी पर हावी हो जाना, छीना-झपटी मचाना—दोनों के लिए जुगुप्साकारी हैं :

थमकि न चलिब, हपसि न बोलिब,
धीरे रखिब पाँव

"एक ही दोष है जिससे दोनों को निजात पानी है—'श्रेष्ठता-ग्रंथि' का दोष, 'जो हूँ, मैं ही हूँ—और अन्तिम सत्य मेरी ही जेब में है' का एहसास ही शायद इन दोनों के ध्वंस का कारक बना। दरबदर हो गए दोनों—धर्म और मार्क्सवाद। कौन डालेगा इनके ऊपर एक छज्जा? कौन इन झगड़े हुए भाइयों को एक करेगा? क्या सूफ़ी फिर से उभरेंगे? क्या लौटेंगे अमीर ख़ुसरो?"

दाता कम्बलशाह के मज़ार की सीढ़ियों पर बैठकर मेरे बैरागी पिता ने यह उपन्यासिका तब लिखी थी जब विभाजन के बाद का पहला भयंकर दंगा 1969 में घटा। वह भी गांधी के गुजरात में। हिन्दू-मुस्लिम तनाव का धुआँ बहुत दिन आकाश धूमिल किए रहा—उस समय सूफ़ियों की याद आनी ही थी। मुज़फ़्फ़रपुर के किसी अनामगोत्र प्रकाशन ने इसे छापा था। पढ़कर देखना—उस वक़्त की समझ के लिए जब सिल्क-रूट पर गाते-नाचते हुए सूफ़ी वहाँ आए थे और यहाँ के भक्त कवियों से उनका समागम हुआ था—सांस्कृतिक संवाद की यह पहली पहल थी।

बहुत प्यार...

ललिता

आईनासाज़

अथ ख़ुसरो कथा

“1220 के लगभग जब तुर्किस्तान में तातारियों का सैलाब आया, कई उजड़ते गाँवों-नगरों के सरदार हिन्दुस्तान की हरी घाटियों की तरफ़ मुख़ातिब हुए। एक बूढ़ा दूसरे की ओर जिस भरोसे से देखता है, वैसे ही एक बूढ़ी संस्कृति का उजाड़ दूसरी बूढ़ी संस्कृति की ओर। संकट के वक़्त हमउम्र को देखकर एक सहज आस जगती है कि यहाँ समाई हो जाएगी, धक्के न मिलेंगे। वजूद, भाषा, संस्कृति और इतिहास परतदार हों तो अपने रंध्रों के बीच उतना आकाश, उतना अन्तर्आण्विक स्पेस छोड़ ही देते हैं जितने में ख़ुशबुएँ, आहटें, एहसास बेखटके आएँ और बस जाएँ। ऐसे बस जाएँ कि जा ही न पाएँ। यह परतदार आपसदारी, यह सरस समाई ही उनकी सामुद्रिक अगाधता का सहज सूत्र बनती है।

“विस्थापितों में एक परिवार अमीर सैफ़ुद्दीन महमूद लचीनी का भी था जो चंगेज़ ख़ाँ के समय में भारत आया और इटावा के पास के पटियाली गाँव में आराम से बस गया। सैफ़ुद्दीन कुशल सैनिक थे। जल्दी ही उनकी नियुक्ति सुल्तान अल्तमश की शाही सेना में अच्छे पद पर हो गई। देखते-देखते उन्हें पटियाली की जागीर भी मिली और उनका विवाह दिल्ली में बलबन के मंत्री रहे नवमुस्लिम नवाब इमादुलमुल्क ‘रावल’ की बेटी से हुआ।

“अमीर तीन भाई थे : अज़ीज़ुद्दीन अलीशाह बड़े भाई और हिसामुद्दीन रुतलग छोटे। ख़ुसरो के जन्म पर इनके पिता कपड़े में लपेटकर जिस दरवेश के पास इन्हें ले गए, उसने आशीर्वाद देते हुए कहा : ‘अमुर्दगी कसे दो क़दम अज ख़ाकानी पेश ख़्वाहद बूद’ (तुम मेरे पास ऐसे बच्चे को लाए हो जो ख़ाकानी से भी दो क़दम आगे होगा)।

“सिर्फ़ सात साल के थे ख़ुसरो, जब उनके पिता मंगोलों से युद्ध में खेत आए और उसके बाद उनके नाना आगे की शिक्षा-दीक्षा के लिए बेटी का पूरा परिवार दिल्ली ही ले आए। चूँकि वे नवमुस्लिम थे, उनके घर में हिन्दू रिवाजों की छाँह बनी हुई थी। यहीं से ख़ुसरो में गंगा-जमुनी तहज़ीब की नींव पड़ी। नाना दिल्ली के प्रतिष्ठित व्यक्ति थे। उनकी शिक्षा-दीक्षा में कोई कोर-क़सर न रखी गई। वहाँ रहते हुए उन्हें अपने समय के बहुतेरे बुद्धिजीवियों और फ़कीरों का साथ तो मिला ही, शासकों के दरबारों में भी अच्छी पैठ मिली।”

इतना तो हमने ललिता'दी के मुँह से क्लास में ही सुना था, उसके बाद थोड़ा-सा ऊँघ गए थे। दोपहर का खाना—वह भी मेस का—अभी पेट की चक्की में पिस ही

रहा होगा कि काल का चक्का वापस लगा घूमने और तेरहवीं शती की उन गलियों की कीच में जा फँसा जहाँ आज दाता निज़ामुद्दीन का मज़ार है और प्रायः उनकी गोद में लेटा हुआ अमीर ख़ुसरो का वह मज़ार जहाँ हम लड़कियों का प्रवेश निषिद्ध है। बेचारे ख़ुसरो की आत्मा आठ आँसू रोती होगी कि जिन पनिहारिनों के लिए कहमुकिर्याँ लिखीं—उनका यह हाल!

ख़ैर, प्रवेश निषिद्ध है तो हुआ करे, पर उनके जीवन-जगत्, मन-मस्तिष्क और काव्य-जगत् में तुरपन्ने मारने से हमें कौन रोक सकता है? सेमेस्टर की शुरुआत में तो हम ख़ास पढ़ न सके, पर अब जब पी-एच.डी. की सोची है और पाँव तोड़ लिये हैं तो हमारी ललिता 'दी ने भवतारिणी बनकर हमें अपने पिता की लिखी, क़रीब सत्तर साल पहले मुजफ़्फ़रपुर के एक अज्ञात कुलशील प्रकाशक द्वारा छापी गई जीर्ण-शीर्ण पुस्तक की फ़ोटोप्रति दुबारा भेज दी है जिसमें अमीर ख़ुसरो के दिलचस्प जीवन के अन्तरंग वर्णन कुछ उन्हीं की ज़बानी दर्ज़ हैं। कुछ उनके अन्य समकालीनों और उनकी अपनी बीवी और बेटे-बेटी की ज़बानी।

उपन्यासिका : ललिता चतुर्वेदी के पिता भवनाथ चतुर्वेदी की कलम से

1

अमीर ख़ुसरो : 1298
पद्मिनी का सोग : जी मिले ख़ुद कामाकारे

नासिर : ये जो अभी तुमसे गरम-गरम पावरोटी ले गए, क्या अमीर ख़ुसरो थे? सर झुकाए आए, सर झुकाए चले गए, जैसे ज़मीं पर होकर भी ज़मीं पर नहीं हैं!

कादिर ख़ाँ (पाव रोटी वाले) : ये उनकी तकलीफ़ के दिन हैं। वे किसी से बोलते-चालते भी नहीं।

शाहिद : ऐसा क्या हुआ, बाबा?

क़ादिर ख़ाँ : क़ुदरत जिस पर ज़्यादा मेहरबान होती है, उसके इम्तिहान भी ज़्यादा लेती है। इस बंदे की पूरी ज़िन्दगी इसकी मिसाल है। पटियाली गाँव में हमारा मुहल्ला एक ही था। उस वक़्त क्या शान थी इसकी! तुम लोगों ने उस राजकुमारी की कहानी सुनी होगी जिसके हँसने से फूल झड़ते थे और रोने से मोती? यह

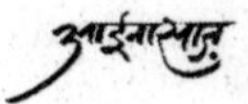

एक ऐसा बंदा था जिसके होंठों से झड़ती थी शायरी।

खेल-खेल में ऐसी कह-मुर्कियाँ बना लेता कि लोग दंग रह जाते। तुम चाहो तो उन पहेलियों में हमारे पूरे मुहल्ले की तसवीर देख सकते हो—मिल-जुलकर चक्की चलाती औरतें, हुक्का पीते बुज़ुर्ग, तरह-तरह की पतंगबाज़ियाँ, डोलियाँ, छाते, कुतुबनुमा नथ के मोती, भट्‌ठा और ईंटें।

मैं भी पटियाली गाँव से उसके साथ ही दिल्ली आया था। रात-दिन ख़ुसरो के पीछे-पीछे लगा रहता और दंग देखता रहता कि दिन-भर बादशाहों के दरबार में क़सीदे पढ़ने का काम पूरा कर शाम को किस तरह वह दौड़ जाता हज़रत निज़ामुद्‌दीन औलिया के दरबार में, जिन्हें आदर से सब 'सुल्तानजी' कहते।

सुल्तान जी की आँखों से इसे देखते ही गंगा-जमुना बह जाती। वे इसे 'तुर्क' पुकारते और अपना बुज़ुर्ग माथा गावतकिये से उठाकर दिल्ली-दरबारों के क़िस्से इससे सुनते। इसकी कहन-शैली कुछ ऐसी थी कि साधारण बात भी मुरब्बा हो जाती। लोग लोट-पोट हो जाते। एक दिन तो इसकी बतकताई से अभिभूत होकर निज़ाम पिया ने कहा : "मौत के बाद सात आसमानों के पार ख़ुदा मुझसे पूछेगा, क्या ज़िन्दगी की कमाई रही, तो मैं ख़ुसरो को पेश कर दूँगा।"

वैसे तो ख़ुसरो की ज़िन्दगी में इतने ही पेचोख़म थे जितनी उसकी शायरी में, मैं कहाँ तक बयान करूँ और क्या-क्या बयान करूँ। कुछ क़िस्से बयान कर देता हूँ, बाक़ी जो उसके जी पर बीती, उसका क़िस्सा वह ख़ुद ही सुनाएगा—अगर उसका जी किया, और उसने इधर का रुख़ किया। पहला क़िस्सा तब का है जब (1273 में) 113 वर्ष की आयु पूरी कर इसके नाना चल बसे, और परिवार के लिए क़ायदे की रोज़ी-रोटी जुटाने की समस्या आन पड़ी। अब तक अमीर फुलझड़ी की तरह इधर-उधर छूटा था। बारह वर्ष की उम्र से शेर और रुबाई कहने वाले बच्चे को काँधे पर उठाकर नचाने वाले तो कई मिले थे, पर क़ायदे का कोई न काव्य गुरु मिला था, न आश्रयदाता। अम्मा के कहने पर शेख़ सादी की ग़ज़लें, निज़ामी की मसनवियाँ, ख़ाकानी का नीतिकाव्य और कमाल इस्माइल के क़सीदे पढ़ तो गया था, उनकी नक़ल भी की थी,

पर शायरी में अपना रंग लाते-लाते थोड़ी देर लगी।

नाना जब गुज़रे, दिल्ली का सुल्तान गयासुद्दीन बलबन था। अम्मा के कहने पर बलबन की शान में क़सीदे पढ़ने गया। बलबन अनुशासनप्रिय था, पर उसे कविता की समझ नहीं थी। भैंस के आगे बीन बजा आने की थकान मन में लिये ख़ुसरो घर लौटा और अम्मा से ख़ूब झनर-पटर की। अम्मा ने बेटे की तकलीफ़ समझी और उसे आँचल से ढँककर सुला दिया : "दिन बदलेंगे, बेटा, वक़्त कभी एक करवट नहीं लेटता।"

दिन बदले भी, जब अपनी अलग महफ़िलें बलबन का भतीजा, मलिक छज्जू, सजाने लगा। मलिक छज्जू कला का पारखी था, पर था ऐसा झक्की कि एक बार जब ख़ुसरो ने अपने शेर के सदके में उसके भतीजे बुग़रा ख़ाँ से मिली चाँदी के सिक्कों की थाल उठाकर सर से लगाई, गुस्से में छितरा गया वो और ख़ुसरो की ऐसी-तैसी इस हद तक की कि ख़ुसरो को उसका दरबार छोड़कर बुग़रा ख़ाँ की ही नौकरी करनी पड़ी और बुग़रा ख़ाँ चचा बलबन के कहने पर जब लखनौती का विद्रोह कुचलने बंगाल की ओर चले, उन्होंने ख़ुसरो को भी साथ ले लिया।

विजय शानदार मिली। ऐसी मिली कि बुग़रा ख़ाँ को लखनौती का शासक ही बना दिया गया। बुग़रा ख़ाँ का बहुत मन था कि ख़ुसरो भी वहीं बंगाल में बस जाए, पर माँ और औलिया—दोनों तो दिल्ली में थे। उनसे दूर रहने की ख़ुसरो सोच भी नहीं सकता था। बुग़रा ख़ाँ की बहादुरी को समर्पित 'फ़तहनामा' का मसविदा लेकर ख़ुसरो दिल्ली लौटा तो यहाँ के जश्न में बलबन के बड़े बेटे और मुल्तान के कलाप्रिय शासक सुल्तान मुहम्मद से इसकी भेंट हुई। यह भेंट उसकी शायरी के निखार का एक बड़ा मोड़ सिद्ध हुई।

यह तो तुम जानते ही हो कि मुल्तान नगर पंजाब और सिंध—दोनों के लिए केन्द्रीय सैनिक स्थल ही नहीं, संस्कृत-फ़ारसी के विद्वानों, सूफ़ियों, सन्तों, कवियों और इराक़ और अरब से आने वाले संगीतज्ञों का बड़ा ठिकाना भी है। बहुत दिनों से सुल्तान मुहम्मद को अपने दरबार के लिए एक बड़े नगीने की तलाश थी। न्योता तो उसने तुम्हारे ईरान के शेख़ सादी को भी

दिया था, बुढ़ापे के चलते वे आ न पाए थे पर ख़ुसरो के नाम की पैरवी उन्होंने सुल्तान मुहम्मद से ज़रूर की थी। तब से सुल्तान अहमद के मन में तड़प थी कि ख़ुसरो से कैसे मिलना हो। इस बार वे इसरार कर उसे मुल्तान ले ही आए।

मुल्तान के नाम पर औलिया मान गए और अम्मा के सामने आँख मूँदकर कहा : ''वहाँ हो आओ। पंजाब में पाँच जुबानें पाँच दरियाँ की शक्ल में ठहाठे मारती बह रही हैं। बंगाल की मिठास से बानी सींचकर आए हो, पंजाबियत से भी सींचो। आगे मैं देख रहा हूँ—अवध जाओगे, वहीं की बोली तुम्हारी शायरी में फ़ारसी का तबोताब, बांग्ला की मिठास और पंजाबियत का सूफ़ी नूर पाकर ऐसी दमकेगी कि एक नई ज़बान पा लेगा ये हिन्दोस्तां।...जाओ मेरे अलमस्त कबूतर, कुछ देर आसमाँ में पंख तौलकर आओ। लौटकर आना तो मेरे ही कंधे पर बैठना। मेरा दिल ही घोंसला है तुम्हारा— मेरा दिल और ये देहली।''

इतना कहकर क़ादिर ख़ाँ ने भी आँखें मूँद लीं।

नासिर : यह इशारा था कि ईरान से दिल्ली आए हम चारों दोस्त वापस अपने ख़ानक़ाह लौट जाएँ। हममें से तीन थोड़ी-सी शायरी करते थे! हम तो बस ईरान से दिल्ली ख़ुसरो से मिलने ही आए थे। पर ख़ुसरो का मन बहुत भारी था। पद्मिनी ने रनिवास की सभी औरतों के साथ जो जौहर किया था, उसका ज़िम्मेदार वे ख़ुद को भी मानते थे। उनकी बात का मान रखने की ख़ातिर ही तो पद्मिनी अलाउद्दीन ख़िलजी को दूर से दर्पण में अपनी सूरत दिखाने को राज़ी हुई थी। अलाउद्दीन ने भी ख़ुसरो को भरोसा दिलाया था कि वह उसकी एक झलक देखकर लौट जाएगा, पर फिर उसके मन के घोड़े बेलगाम हो गए और सब धुआँ-धुआँ हो गया। एक मुट्ठी राख़ ही बची।

वही राख़ इन दिनों ख़ुसरो की शायरी पर तारी थी। निज़ाम पिया का जी भी अच्छा नहीं रह रहा था। शोक की मूर्ति बने वे ख़िलजी के दरबार से निज़ाम पिया के दरबार तक उसी छन्द में लौटते, जैसे कि जेठ के महीने में मरघट के आस-पास की राख़ उड़ती है।

2

1299 : अमीर ख़ुसरो
दिलम दर आशिक़ी

तो इन दिनों अमीर ख़ुसरो अक्सर पैदल चलते हुए रास्ते-भर ख़ुद से बतियाते और हम पीछे लगे सुनते :

ख़ुद को ख़ुद ही बटोरता हूँ
झोली में भरता हूँ ख़ुद को,
कंधे पर रखता हूँ, चल देता हूँ,
ज़िन्दगी बढ़ ही रही है ख़रामा-ख़रामा।

हर देहली है चटाई,
हसरत है हवा की मिठाई,
गिरकर सँभल लेता हूँ,
ज़िन्दगी बढ़ ही रही है ख़रामा-ख़रामा।

उठ रहा है अब तक सीने में
उजबुजाता-सा धुआँ।
पद्‌मिनी की राख़ उड़-उड़कर
पूछ रही है मुझसे—'कैसे हो?'
'कैसा हूँ?' क्या जानें, कैसा हूँ!
वादाख़िलाफ़ी और मैं?
हाँ, मैं ही। ज़िम्मा तो मैंने लिया था।
कैफ़ियत मुझको ही देनी थी।

कैसी अजब शाम थी! घनघोर थीं वे घटाएँ जो झुककर मेरा मुँह देख रही थीं। जैसे अघट जो घटने वाला था, उसका पता उनको था। हमदर्दी में जैसे तड़प-तड़पकर क़ह रही थीं हवाएँ, कानों का पर्दा सरकाती हुई : "ख़ुसरो, कहाँ फँस रहे हो! ख़िलजी की बात मत सुनो।" चौंके हुए थे कबूतर। मेढक भी कीचड़ के आख्यान सुनते हुए मशविरे दे रहे थे...सब अनसुना करके मैं बढ़ गया ख़िलजी के तम्बू तक कि उसको समझाऊँगा : बहुत हो गया, और तबाही नहीं, हो गई बहुत लूट-पाट, पद्‌मिनी को बख़्शो और अपने देश लौटो।

आईनासाज़

ख़िलजी आतुरता में टहल रहा था तम्बू में, बोला :

'आपके रहते कैसे रहे झोली ख़ाली? हासिल ही करने को हाथ बने ख़िलजी के। रूप-अरूप सब थिरके हैं मेरे हुज़ूर में। पर उस पर मैं ज़बर्दस्ती नहीं चाहता।'

मैं, ख़ुसरो, उसका उस्ताद, उबल पड़ा :

'कुछ कर लिहाज़।
रूप और कब्ज़ा?
क्या कब्ज़ा कर सकता है कोई
सूर्यास्त की आभा पर?
किसकी झोली में अँटेगा भला चाँद?
गठरी में कैसे चाँदनी बँधेगी?
भोग के परे जो है, रूप तो वही है।
रूप तो वही है जो बँधे नहीं।
रसरी से क्या धूप बाँधेगा?'

'ख़ुसरो, सँभालो ज़बान!'

इस पर ख़िलजी कैसे गुर्राया :

'मैं बादशाह हूँ तुम्हारा।'

मैं पलटकर बोला :

'ये कैसी बादशाहत?
ख़ुद को जो जीत सका, बादशाह वो ही तो।
जिसको न कुछ चाहिए, बादशाह वही।'

नरम पड़ा ख़िलजी, कहा :

'देखो, उस्ताद कहा है, इसलिए
सख़्ती मैं तुम पर नहीं चाहता।
वह चाँद है, उस पर कब्ज़ा किसी का क्या होगा?
कुछ लेकिन करना पड़ेगा तुम्हें ही।
तुम्हारे कवित्त का लिहाज़ यहाँ सबको है,
सुनता हूँ, वह भी मुरीद है तुम्हारी,
बात तुम्हारी वह नहीं टालेगी,
कुछ-न-कुछ करना पड़ेगा तुम्हें ही।'

ख़ुसरो (स्वगत) :

ये 'कुछ-न-कुछ' क्या होता है?
कुछ का प्रतिलोम कहाँ रहता है?
किस झोंपड़ी में?

कहाँ नहीं ढूँढ़ा उसे!
औलिया से पूछने जाता हूँ
लेकिन कुछ पूछ नहीं पाता।
वैसे तो औलिया कुतुबनुमा हैं
जो जहाज़ी रास्ता भूले—
हथेली पर बैठे हुए कुतुबनुमा-जैसा
राह दिखाते हैं उन्हें ये ही।
उनको ही देख यह पहेली गढ़ी थी :
'एक परिंदा बेपाँव फिरे,
सीने-बीच बरछी धरे,
जो कोई उससे पूछने जाए,
सबको सबकी राह दिखाए।'
पर मुझसे वे खेलते हैं।
उनका चहेता खिलौना मैं—
मुझको जवाब नहीं देते।
हँस देते हैं खुलकर मुझे देखकर।
उनकी हँसी एक झरना है।
सारी तकलीफ़ें बह जाती हैं और सब सवाल
काग़ज़ की कश्तियों-से
लुगदी हुए जाते हैं।
थम जाते हैं वक़्त के पहिये,
पर उनके दरबार के बाहर आते ही
पिल्लों के जैसे पीछे लग जाते हैं वो ही सवाल।
चाहे जितने टुकड़े फेंकूँ,
रिरियाते ही जाते हैं और
पीछा नहीं छोड़ते।
क्या करूँ? क्या करूँ?
कि साँप मर जाए और
लाठी नहीं टूटे?

देर तक सोचता रहा, बेसाख़्ता फिर मुँह से निकला :
'दीदार की बात करते हो
तो एक झलक के लिए मैं मना लूँगा।
बस, सलाम करना और चल देना।

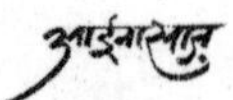

मोड़ लेना मन के ये अड़ियल घोड़े,
असल घुड़सवार की तरह।
अड़ियल टट्टू तुम नहीं हाँकते,
ऐसे घोड़ों के तुम हो घुड़सवार—
बस, इशारे पर जो मुड़ते हैं वापस :
वादा करो
तो सोचता हूँ मैं उसको मनाने की?'
ख़िलजी बेचैन हँसी हँसता हुआ बोला :
'ठीक है, अमीर,
तर्क किए देते हैं हम
उसको हासिल करने के इरादे।
पर दीदार तो करेंगे ही
उस उलूही हुस्न का जिसके चर्चे
इस पूरे हिन्द में फैले हैं
भींगी मंजरियों की ख़ुशबू के मानिंद।
एक नज़र देख लेंगे उसे
और फिर हम लौट जाएँगे,
मोड़ लेंगे मन के घोड़े।'

'मर्द आदमी है,' मैंने सोचा,
'वादा किया तो निभाएगा'—सोचता हुआ चल दिया मैं
पद्मिनी के क़िले तक।
वह मेरी शायरी से वाक़िफ़ थी
और इसी वाक़फ़ियत के आसरे
उसने मुझसे पर्दा करने की ज़रूरत नहीं समझी।
उसका वो रूप, या अल्लाह!
'मैं इश्क़ का हो गया काफ़िर।
प्रेम का रस पीकर
हो गई देह की नस-नस
धागा यज्ञोपवीत का।'
वह नूर थी हिन्दोस्ताँ की—
एक सनातन स्त्री—
हरदम ही दूर, हरदम पहुँच के परे—
सात आसमाँ उसके भीतर

गर्दिश में नाचते हुए।
उसके ही सिजदे में
वज़ू की सुराही-सी उठती
जमुना की लहरें,
दरवेशों-सी नाचती सब हवाएँ
मंजरियों की गंध पीके।
लहरों पर बहते हुए दीयों-सी झिलमिल
वह ख़ुद भी साँझ के रंग की नदी थी,
किसी नेकदिल की तरह
आर-पार झलकती हुई।
तोतापंखी ओढ़नी ओढ़े गन्ने के खेत :
उसके किनारों पर झूमते।
मंगोल से, तुर्की से
कालमेघ की तरह घुमड़े चले आए
सैनिकों के हाथों से
छूट गिरीं बर्छियाँ।
एक ही जलवे में
हाथों के तोते उड़े,
इश्क़ ऐसा हो गया इस ज़मीं से
कि बस ही गए
क़िस्सों में तोता-मैना बन के।
इश्क़? वो जो उमड़ रहा था
मेरे रोम-रोम में
दरिया की ही मौज बन के—
इश्क़ ही था लेकिन उसमें
क़ब्ज़े की आहट नहीं थी,
वह एक दस्तक थी
मीठी-मीठी, नींद से जागी—
साँकल खनकाती हुई।
चरमराकर खुल रहे थे
दुनिया के सारे दरवाज़े भीतर-बाहर,
उचक रही थीं खिड़कियाँ—
अल्ला मियाँ, मेरे अल्ला मियाँ,
वो तुम्हारी शायरी थी।

आईनासाज़

वो पद्मिनी और उसका भरोसा।
उसका भरोसा जो उससे भी सुन्दर था।
उस भरोसे से बड़ा कोई तमग़ा नहीं मेरा।
सल्तनत के छः ग़ुलाम बादशाहों के
दरबार का मैं सितारा रहा।
अशर्फ़ियों से मुझको तौला गया।
पर इस भरोसे से बड़ी अशर्फ़ी मुझको नहीं मिली।
'आप आ गए हैं तो जाऊँगी।
आपने अलाउद्दीन को मनाया है
कि वह ज़बर्दस्ती नहीं करेगा
जो उसको दर्पण में चेहरा दिखा दूँ,
चुपचाप घोड़ों की राह मोड़ लेगा...
तो जाइए, कहिए, मान रहेगा आपका।
आ जाए पद्मिनी के क़िले।
पर एक बात समझ ले,
घुट्टी में पी ले—
युद्ध में हारे-थके जिद्दी लुटेरे
औरतों की गोद में यों शरण चाहते हैं
जैसे पहाड़ की तराई में, लहरों में;
पर उनको यह समझना चाहिए,
कि औरत में तैर पाने की योग्यता,
उसकी तराइयों-ऊँचाइयों में रमण की योग्यता
नदियों में डुबकी लगाने
या पहाड़ चढ़ जाने की योग्यता से
ज़्यादा विषम है।
अर्जित करनी होती है योग्यता
धीरज से, संयम से,
अक्षय सहिष्णुता से
औरत होना पड़ता है पहले,
जन्मों तक करनी पड़ती है प्रतीक्षा
कि पहले औरत का दिल धड़के।
प्रेम और ज़बर्दस्ती?
फट जाती है धरती
ऐसे ही दुर्योगों से।'

उसने यह कहा और चली गई
निश्चिन्तता के सनातन महादुर्ग में
सिंहद्वार जिसका भरोसा,
आदमी का आदमी पर भरोसा
जिसके कि बारे में कहते थे बाबा—
जिसने कर लिया हो भरोसा,
उससे छल करने में कौन-सा पराक्रम?
जो गोदी में आकर ही सो गया,
उसके वध में कौन-सी वीरता?
आदमी का आदमी पर भरोसा ही
अमृतफल है आदमीयत की लचकी हुई डाल का।
मैं भी निश्चिन्त मुस्कुराया
कि उसने मुझ पर भरोसा किया
जो ख़ुद भरोसा थी
ख़ालिस भरोसे का।
पर ख़िलजी का वायदा
तो ताश का घर ही ठहरा!
छूट गई उसके हाथ से लगाम—
आईने में पद्मिनी की
एक ही झलक देख के।
टूट गया सब्र, वायदा टूट गया,
टूट गया हर भरोसा
जो पद्मिनी के हुज़ूर से लौटकर
ये शेर कहते हुए
मेरे लफ़्ज़ों ने
आदमीयत पर किया था :

> 'काफ़िरे-इश्क़म मुसलमानी मरा दश्कारनीस्त
> हर रगे मन तार गश्तः हाजते जुन्नार नीस्त।'

तब से अब तक देखे
कितने चेहरे जुनून के।
एक चेहरा जो कि
सब-कुछ लुटाकर फ़कीर बना फिरता है,
एक चेहरा जिसका पेट ही नहीं भरता।

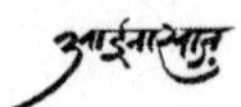

जौहर के पहले हँसी रानी :
'एक दिसि आग, दुसर दिसि पानी'—
पालकी लिये आएगी बादशाहत,
मुट्ठी-भर राख़ लिये जाएगी
पद्मिनी की राख़ जैसे तड़पकर बटोरी थी
ख़िलजी ने,
ख़ुद को ख़ुद ही बटोरता हूँ।
झोली में भरता हूँ ख़ुद को,
कंधे पर रखता हूँ, चल देता हूँ,
ज़िन्दगी बढ़ ही रही है ख़रामा-ख़रामा।

शायरी ने बहुत दिया :

सात बादशाहों की सोहबत,
और शाहों के शाह, औलिया का निज़ाम।
लूट-पाट, मार-काट की कचरापट्टी में
ऊँचा अमन का मचान
बेफ़िक्र हँसता हुआ—
हवा से हवा को,
पानी से पानी को कैसे अलगाए कोई!
निज़ाम पिया, आई, अभी आई।
'बहोत रही बाबुल घर दुलहन।
चले ही बनेगी, बहोत कहा है, नैनन नीर बहाई।'

शाहिद : क्या ये कभी इत्मीनान से बैठकर बोलचाल की लय में अपना किस्सा नहीं सुनाएँगे?

क़ादिर मियाँ : अब जिस रूहानी दुनिया में अमीर रहता है, वहाँ बातचीत की सहज भाखा कविता ही है।...बीच-बीच में वह ख़ुद ही आकर यहाँ बैठ जाएगा। मुझको उसकी रूह पहचानती है। ये लो, वो आ भी गया!

आज उसके चेहरे पर हँसी है। शायरों में, कलाकारों में एक बात ख़ास देखी है। टूटते हैं तो कुछ देर की ख़ातिर भरभराकर टूट जाते हैं, उसके बाद अपने टूटे क़तरे जोड़कर फिर से खड़े भी ख़ुद ही होते हैं।

"आओ, अमीर, आओ! इधर बैठो। इन लड़कों से मिलो। एक अर्से से तुम्हारी राह तकते ये यहाँ बैठे हैं। इनके शायरी के उस्तादों ने इन्हें तुम्हारे साथ के लिए ईरान

से यहाँ भेजा है।...आओ, इनके पहलू में बैठो। कुछ कहो-सुनो। आज बहुत दिनों बाद तुम्हारे चेहरे पर हँसी देखी। आज औलिया की तबीयत बेहतर जान पड़ती है। वहीं से आ रहे हो न?''

महीनों तक तो ख़ुसरो कुछ बोले नहीं, बस, हमको टुकुर-टुकुर देखते रहे, पर इन्तज़ार का फल मीठा होता है। धीरे-धीरे वे हमसे खुले ही, और चल पड़ा कथा-चक्र!

3

1300 : हम तो बाबुल तेरे खेतों की चिड़ियाँ

''अब्बू, ये देखिए, आपकी ख़ातिर क्या बनाकर लाई हूँ! उठिए तो, जल्दी चखकर बताइए—कैसा बना है?''

महरू बेचारी भी क्या जतन नहीं करती—मुझे पुरानी रौ में वापस लाने का! जब और कोई उपाय नहीं चलता तो कायनात को आगे कर देती है और मैं मजबूर हो जाता हूँ कुछ खा-पी लेने को। दूसरे घर जाने को तैयार खड़ी बेटी की बात टाल देने का जिगरा भला किस बाप में होगा?

उसके कमरे में आते ही बैठक तरह-तरह की मुलायम ख़ुशबुओं से भर जाती है, और एक अजब मखमली नूर से। उसकी चूड़ियों की खनक इस मखमली नूर के पर्दे हटाती हुई ऐसे ही करती है : 'झाँ'—जैसे बचपन में कहीं से कूदती-उछलती हुई आकर ये ख़ुद कर जाती थी : 'अब्बू, झाँ।' और अगर मैं कुछ लिखने में मसरूफ़ होऊँ, सिर उठाकर तुरन्त उसे बाँहों में न भर लूँ तब तो शामत ही आई समझो मेरी। चुटकियों में मानो बिल्ली बनकर बड़े पलंग के नीचे जा घुसती थी और दीवार से सटकर ऐसे जा बैठती थी, जैसे कभी निकलेगी ही नहीं। घंटों लग जाते थे अपनी इस नन्ही गुड़िया को मनाने में।

डरता हूँ। पहले मैं जितना इसके रूठने से डरता था, आज इसके निखार से डरता हूँ। पत्ती-पत्ती ये बड़ी हो रही है और दिन-दिन ऐसे निखर रही है कि डरता हूँ—कहीं पद्मिनी-जैसा हाल न हो इसका! बला की ख़ूबसूरती तरह-तरह की बलाओं को घर न्योतती चलने वाली कैसी बुरी बला है, यह तो मैं देख ही चुका हूँ। पद्मिनी का जीवन, मलिका रानी का जीवन—जो नूर की ऐसी बरसात जज़्ब कर सके, ऐसा समंदर-मन हुआ नहीं मर्दों का। तुरत घाट-कछार छोड़ देते हैं। इसीलिए डरता हूँ।

चाहता हूँ, पर्दा करे। घर के बाहर ही नहीं निकले। जो पढ़ना है, मुझसे ही पढ़े। शायरी करने लगी है तो बेशक करे, पर सुनाए सिर्फ़ शौहर को। इसका ये नूर बस इसके महबूब पर बरसे, तर-ब-तर करे उसी को, जैसे कि महरू का नूर मुझे तर-ब-तर किए देता है।

लेकिन इन दिनों तो महरू भी मुझसे नाराज़ ही रहती है। ख़ास कर जब से पद्मिनी वाला हादसा घटा है, उसकी आँखें बदल गई हैं। उसे ऐसा लगता है कि अब मैं उसका नहीं रहा। जैसे बादशाह का राजपाट दो टुकड़ों में बँट जाए तो वह किसी करवट चैन नहीं पाता, औरत का मन भी लोटन कबूतर हो जाता है—अगर कहीं हलका भी एहसास हो जाए कि उसके शौहर, उसके महबूब के मन में किसी और की ख़ुशबू चुपके से आन बसी है। अब मैं इसका क्या करूँ कि वह ख़ुशबू छुपाए नहीं छुपती? पद्मिनी तो पूरा कमल-ताल थी। हिन्दू जनेऊ पहनते हैं न, मेरी अँतड़ियाँ ख़ुद जनेऊ हो जाने के एहसास से भर गई हैं और इस जनेऊ के पोर-पोर में गुरुमंतर-सा पद्मिनी के होने-न-होने के बीच का घनेरा एहसास बस गया है। मेरा बस चले तो मैं ख़ुद महरू से पर्दा कर लूँ। मैं ख़ुद उसकी आँखों का सामना नहीं कर पाता जब से पद्मिनी नाम की मीठी धुन मेरी साँसों में बसी है और सबसे मुश्किल बात यह है कि एक छलाँग में जैसे हिरनी दलदल लाँघ लेती है, वह जीवन लाँघ गई—वह भी मेरी ही ग़लती से! उसका ख़तावार होने का एहसास मुझे उसके और भी क़रीब किए जाता है। ऐसा लगता है कि इसी देह के पिंजरे में अब दो पंछी रहते हैं—मैं और वो।

इसीलिए तो सबसे मैं मुँह छुपाता चलता हूँ—निज़ाम पिया के सिवा मेरी यह उलझन कोई समझ ही नहीं पाता और कभी-कभी तो यह भी कुफ़्र हो जाता है मुझसे कि टकटकी बाँधे देखता तो हूँ निज़ाम पिया को लेकिन उनकी सूरत में भी मुझको पद्मिनी की सूरत नज़र आती है, बार-बार कानों में उसकी आवाज़ जलतरंग की तरह बज उठती है : 'आप पर मुझको भरोसा है—ख़ुद से भी ज़्यादा भरोसा। ख़िलजी आपकी बात का मान रखे-न-रखे, यह पद्मिनी आपकी बात का मान रखेगी। बस, एक शर्त है मेरी कि उसके एकदम सामने मैं नहीं पड़ूँगी। वह सामने की दीवार के आईने में मेरी एक झलक ले ले और अपने घोड़ों का रुख़ इस मुल्क से बाहर की ओर करे। रत्नसेन को तुरत आज़ाद कर दे। सारा धन ले ले पर मेरा रतन मुझको दे दे।'

उसका रतन? रत्नसेन। उसको भी नागमती की आह ही तो लगी होगी। साँवली-सलोनी वह रूपगर्विता नागमती ऐसे ही तड़पी होगी, रत्नसेन की साँसों में पद्मिनी के नाम की धुन बजती पाकर जैसे महरू तड़प रही है। आहत औरत का तेज—उसके आगे तो सूरज भी पानी भरे। फिर मेरी महरू तो साधारण औरत नहीं है। ऊँचे दर्जे की शायर है। पानी-सा मन उसका। एक फूल की चोट से भी सिहर जाता है—देर तक वह कँपकँपाहट नहीं थमती।

एक डर मेरा यह भी है कि अब वह मीठी बग़ावत करेगी, मीठी बग़ावत जो इस दर्जे की औरतें करती हैं जिन्हें हिन्दुओं के नाट्यशास्त्र के रचयिता भरतमुनि 'पद्मिनी' नायिका कहते हैं—मुँह से कुछ भी नहीं उचारतीं, ऊपर से सब ख़िदमतें और भी गहरे विनय से किये जाती हैं, लेकिन धरान नहीं देतीं। थाह ही नहीं पाता आदमी कि इनके मन में चल क्या रहा है! बस, आँखें ही राज़ खोल देती हैं कि वहाँ पिंजरा ख़ाली लटक रहा है, पंछी तो दूर उड़ गया।

नहीं-नहीं, महरू, मैं तुमको खोना नहीं चाहता। मेरा भरोसा करो।...खुलकर शिकायत करे तो सफ़ाई का मौक़ा भी ढूँढ़ूँ। पर बेमन की यह मुस्कान और ये पलटी हुई आँखें—औरतों के इस हथियार का कोई तोड़ किसी के भी पास नहीं होता।

सोच ही रहा था कि कायनात के हाथ महरू को भीतर एक ख़त भेज दूँ जो मैंने एक महीने से अचकन की जेब में छुपा रखा है कि अचानक बद्दन मियाँ दौड़ते आए और कानों में कहा :

"ख़िलजी ने अपने ही चचा जलालुद्दीन पर ऐन नमाज़ के वक़्त पीछे से जो वार कराया था, दिल्ली का तख़्तोताज उसका हो जाने के बाद तलक लोग उसे भूल नहीं पाए हैं—शेख़ करीमन के घर बग़ावती तेवर में लोग इकट्ठा हुए हैं, आपको भी बुला भेजा है।"

4

क़लम की जंग : 1296
हमा गोचंद की अज़ ख़ूनरवारिश ख़ुल्की

मलिक मुहम्मद ख़िलजी ने अपने ही चचा जलालुद्दीन पर ऐन नमाज़ के वक़्त पीछे से वार कराया—गंगा-किनारे के तम्बू में, कड़ा (इलाहाबाद) के आस-पास, और सोने के सिक्कों से लोगों के मुँह बन्द कर ख़ुद सिंहासन पर जा बैठा। अलाउद्दीन रिश्ते में जलालुद्दीन का भतीजा और दामाद है। उस दिन मैंने अवाम के कुछ रसूखदार लोगों को चुपचाप यह कहते सुना कि सुल्तान बनने के पहले इसने क्या-क्या करतब दिखाए। कड़ा से देहली तक सड़क के दोनों तरफ़ तोपों से दीनार और अशर्फ़ियाँ बाँटता आया।...लोग अशर्फ़ियों के लिए दामन फैलाए हुए लपके और धोखे और ख़ून के धब्बे भूल गए।...मुँह खोलने का उपाय भी क्या था! मुँह खोलते ही गर्दन उड़ा दी जाती। मुझ पर भी उसने इनायत बरसाई और मुझे दरबार में रखा।

उसी समय मैंने यह उपाय सोचा कि शायरी से इसका दिल बदलने की कोशिश करूँगा। जो उपदेश देना होगा, उसी में दूँगा। पद्मिनी वाले प्रसंग के बाद यह मुझसे

थोड़ा दबता भी है ही। कल ही मैंने 'ख़ताइन-उल-फुतूह' की रचना शुरू की और उसमें लिखा कि 'हे सुल्तान, जब तुझे ख़ुदा ने यह शाही ताक़त बख़्शी है तो तुझे भी जी खोलकर ग़रीबों और बेकसों की भलाई में जुट जाना चाहिए।'...ज़मीन कितनी भी पथरीली हो, 'शायरी' को भलाई के बीज तो छिड़कने ही चाहिए, कभी-न-कभी, कोई-न-कोई बीज सही मौसम परखकर चटक ही जाता है। एक बीज अलाउद्दीन में भी चटका, उसने लोककल्याण के हज़ारों काम किये।

पर बीच-बीच में उसकी नैसर्गिक क्रूरता फिर से हावी हो जाती, जैसे—चंगेज़ ख़ाँ से युद्ध जीत लेने के बाद मंगोल बंदियों के साथ उसने जो किया, वह वहशीपन का नमूना था। भूले नहीं भूलती वह शाम जब सिपाही जीत की ख़बर लाया :

"क्या ख़बर लाए हो?"

"हुज़ूर, फ़तह की।"

"वो तुमसे पहले पहुँच चुकी है। सच-सच बताओ, कितने मंगोल लश्करी मारे गए हैं?"

"हुज़ूर, बीस हज़ार से ज़्यादा।"

"कितने गिरफ़्तार किए?"

"अभी गिना नहीं, लेकिन हज़ारों।"

"जो सिर झुकाए तौबा करें, उनके कानों में हलक़ा टिकाओ। देहली शहर से दस कोस दूर एक बस्ती बसाकर रहने की इजाज़त है इन नामुरादों को। बस्ती होगी मंगोलपुरी। पहरा चौकी। जिनसे सरकशी का अंदेशा हो, उनके सर उतारकर खोपड़ियों की मीनार बना दो। इनके बाप-दादों को मीनारें बनवाने का बड़ा शौक़ था। अब इनके सर उतारते जाओ, मीनार बनाते जाओ और इन्हें दिखाते जाओ। शहर की दीवार बनने में जो गारा लगेगा, उसमें पानी नहीं, इनका ख़ून डालो। सुना मीरे तामीर, सुर्ख़—गाढ़ा ख़ून? शहर पनाह की सुर्ख़ दीवार!...दरबार बर्ख़ास्त।"

उस दिन एक हज़ार तनके पर उसके क़सीदे पढ़ते समय मेरा गला और सूखा। भीतर से तो कुछ उमड़ने का नाम नहीं लेता था, इसलिए उन दिनों की मेरी शायरी में जान नहीं थी, क़सीदाकारी थी, बस। लोग उसी पर निहाल हुए जाते।

पर महरू ख़ुश नहीं थी, न मेरा बड़ा बेटा ख़ुश था। वह ख़ुद पाये का शायर बनकर इधर-उधर महफ़िलों में जाने लगा था। वह अम्मा का लाडला था, और मेरे उससे रिश्ते वैसे ही तनावपूर्ण थे, जैसे ऐसी अम्माओं के बड़े बेटों से उनके वालिदों के होते हैं जिनके मन में कोई तंज़ छुपा हो। मैं उसे दबाना नहीं चाहता था पर यह भी नहीं चाहता था कि मेरे जैसा उसका जीवन हो। उसे मैंने ज्योतिष पढ़वाया था, यह सोचकर कि ज्योतिषियों से बादशाह भी दबते हैं। कोई उन पर दबाव डालकर कुछ कहला नहीं सकता। वे सिपाहियों और शायरों की तरह मजबूर नहीं किये जा सकते।

दूसरा बेटा ख़ुशी-ख़ुशी व्यापारी बना। तीसरे को मैंने समझा-बुझाकर व्यापार

में लगा दिया, क्योंकि व्यापारियों को भी किसी से बेवजह दबना नहीं पड़ता और चाहें तो हमेशा मुल्क के बाहर रह सकते हैं—समंदर ख़ुदा की चादर है, उस पर किसी का शासन नहीं है। दोनों बेटियों के लिए मेरा मन तो यही था कि वे नेक बीवियाँ और समझदार माँएँ बनें, उसके अलावा कुछ बनने में ख़तरे बहुत हैं। बाहर निकलेंगी तो कोई कभी भी उठा लेगा, जैसे पद्‌मिनी को...।

ख़ैर, संग-साथ में असर होता है। जानना ही मानना है। बीस बरस के साथ में मैंने ख़िलजी की ख़ूबियाँ भी जानीं—वह एक क़ाबिल प्रशासक निकला और वीर योद्धा। जब मेरा मन इस बात पर आश्वस्त हुआ तो मेरी क़लम भी मज़बूत हो गई और फिर से मेरी शायरी में ताक़त आ गई। मैंने अपनी ज़िन्दगी की मसनवियाँ तभी लिखीं जब चारों तरफ़ ख़ुशहाली थी। सबसे बड़ी बात यह कि ख़िलजी के प्रशासन में अनाज और मछलियाँ सस्ती हो गई थीं। ग़रीब लोग गौरैयों जैसे चहचहा रहे थे—हर बाग़ से अपने हिस्से के दाने बटोरते हुए। एक समय था जब दिल्ली से लेकर खोरासन तक की धरती ललमुँहे चीनियों के ख़ून से रँगी कालीन लगने लगी थी पर अब तो दूर-दूर तक कहीं मार-काट की ज़रूरत ही नहीं थी। ज़्यादातर बलवे दबा दिये गए थे। जंगजू की कमानें ज़ंग खा रही थीं। जहाँ-तहाँ मदरसे खुल रहे थे; क़ाज़ियों की तरफ़ फ़रियादें भी कम ही पहुँचतीं और पहुँचतीं भी तो न्याय और करुणा के ठीक मेल से फ़ैसले होते।

सड़कें औरतों की माँग-सी बेख़ौफ़ और सीधी बना दी गई थीं। डाकू अमीरों के अड्डों से दूर खदेड़ दिये गए थे, जैसे जलेबियों से मक्खियाँ। मेरे भाई ख़िज़्र को जगह-जगह बाग़ लगवाने और पोखर खुदवाने का काम सौंपा गया था जिससे घर में मेरी पूछ थोड़ी-सी बढ़ गई थी। घाट पर टहलता हुआ मैं अक्सर देखता कि धोबियों के सामने पहली ही उतरन के, कम ही गंदे कपड़े ढेर के ढेर पड़े रहते हैं और कपड़ों की बुनावट भी एक-से-एक उम्दा। मलमल, रेशम, ऊनी कपड़ों के कई-कई क़िस्म—कई-कई क़िस्म के रंगों और छापों के साथ। नावों से और बग़ल की सरायों से अक्सर ठहाकों की आवाज़ें आतीं। ख़ातूनें भी घर की ओर मुँह किये आराम से चरखा चलाती हुई दीख पड़तीं।

फ़िलहाल हर ओर अमन-चैन था। पद्‌मिनी का जौहर ख़िलजी के लिए भी एक बड़ी घटना सिद्ध हुआ था। उसका मन उतना ही हदस गया था जितना मेरा। एक ही बड़ी घटना से हदसे हुए दो लोगों की आँखें मिलती हैं तो उनमें भाईचारा हो ही जाता है। शुरू-शुरू में तो ख़िलजी की वादाख़िलाफ़ी पर मुझको इतना ग़ुस्सा आया कि नमकहलाली का ख़याल छोड़ उसे मार ही डालता।...पद्‌मिनी जैसी हीरा औरत मेरे भरोसे ही तो उसे आईने में अपनी एक झलक दिखाने को तैयार हुई थी।...और उसने उस भरोसे का मान न रहने दिया। उसे देखते ही उसका ईमान फिसल गया...सुध-बुध ही नहीं रही।

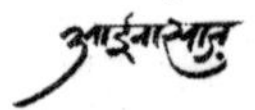

औरत पर ज़मीन के टुकड़े की तरह क़ब्ज़ा कर लेने की वहशत ज़रा भी ठहरकर नहीं सोचती कि ज़मीन की तरह औरत बेजान नहीं होती, ख़ुदा का नूर होती है। रौशनी को, धूप को, हवा को जेब में नहीं ठूँसा जा सकता। उसका बस एहसास ही किया जा सकता है—वह भी अना का, अहं का मटका उलटकर। मटका ख़ाली होगा, तब तो भरेगा रौशनी से, नूर से। पहले से उसमें कूड़ा भरा होगा तो कितना नूर जज़्ब कर पाओगे ? ख़ुदा की नेमत की तरह बाअदब होकर जो कुछ अभिभूत करने वाला अनुभव हो; सुख, दुख या सौन्दर्य रोम-रोम से जज़्ब किया जाए तो बात बन जाती है, लूट-खसोट-ज़बर्दस्ती से सोना भी मिट्टी हो जाता है। इसके पहले कि ख़िलजी चित्तौड़गढ़ पर चढ़ाई कर उसे लूटने आता, पद्मिनी लपटों में समा गई और इसकी राख़ आज तलक उड़-उड़कर पूछती है मुझसे : 'कैसे हैं, ख़ुसरो ?'

कभी-कभी कोई मधुमक्खी भुन-भुन करती हुई कानों के पास से गुज़र जाती है तो लगता है, पद्मिनी मेरा दुख, मेरी मजबूरी समझकर मुझे दिलासा दे रही है, समझा रही है कि जीवन ऐसा ही है—कई भरोसे टूटने के लिए ही खड़े होते हैं। हर हादसा एक पाठ है। कुछ लोग पाठ पढ़ाने के लिए ज़िन्दगी में आते हैं। ज़िन्दगी है तो मदरसा ही।

आज तक पद्मिनी याद आती है तो मैं पर्चा-पर्चा बिखर जाता हूँ। पूरा घटना-चक्र आँखों के आगे नाच-सा जाता है। वक़्त से बड़ा हक़ीम कोई नहीं। जैसे कि पहले कहा, शुरू-शुरू में मैंने यों ही बेमन से ख़िलजी के क़सीदे पढ़े, जैसे बुग़रा ख़ाँ के बेटे, कैक़बाद के ज़माने में पढ़ता था। तब की मसनवीं 'क़रानुहस्बैद' भी कायनात के और दिल्ली के जलवों से इस तरह भरी कि बादशाह के जलवे उसमें कम-से-कम आ पाएँ। मन ऊब जाने पर जैसे बच्चे हिसाब की कॉपी में फूल-पत्तियाँ बनाने लगते हैं, औरतें घी में चावल उड़ेलकर कच्चे-पक्के ही उतार लेती हैं, आलू बड़े-बड़े काट लेती हैं, कुछ-कुछ लिखकर मैंने पन्ने भरे और जहाँ बन पाया, सुल्तान की जब्र पर चुटकी भी ली, पर इस महीन ढंग से कि कुंदमग़ज़ सुल्तान उसे पकड़ नहीं पाए। हाँ, आने वाली नस्लें पकड़ें यानी तुम सब ज़रूर पकड़ो। मसलन, यह देखो, 'किरानस सैदान' का यह हिस्सा पढ़ो और देखो कि क़लम बदले पर आए तो कैसी महीन मार कर सकती है। मंगोलों के बखान में भी मैंने सुल्तान अहमद की हार का बदला लिया :

> *तातारों के झुंड-के-झुंड इस तरह बाँधकर बादशाह के हुज़ूर में पेश किए जाते कि उनकी पीठें आपस में सटी रहें और ठुड्डियाँ गर्दन में धँसी। बाल पहले से ही मूड़ दिये जाते कि मन आगे आने वाली जहालत की ख़ातिर तैयार हो ले।...चट्टानों की दरार में फँसी चिनगारियों की तरह उन काइयाँ आँखों में पुतलियाँ दमकतीं।...केतली के खोल की चमड़ी की तरह उनकी चमड़ी झुर्रीदार होती और उनका पूरा शरीर*

मुर्दों से बदतर महकता। उनके चौड़े नथुने उखड़ी हुई क़ब्र के पानी-सा बास मारते और नथुनों के बाल बेतरतीब मूँछों में शर्म से मुँह छुपाने की कोशिश करते हुए दीखते।...दाढ़ी तो उनकी होती ही नहीं...बर्फ़ पर झंखाड़ उगे भी तो कैसे? धँसे हुए गालों और छातियों पर जुएँ और चिल्लरों की फ़ौज ऐसे मचलती, जैसे ऊसर पर सरसों के दाने—धीरे-धीरे काले पड़ गए सरसों के दाने! पर सरसों से तेल निकाला जाता है, ये सरसों के दाने उनके शरीर का तेल निकालते होते। आपस में बँधी हुई पीठें भी लगातार की खुजली से घाविल हो जातीं...हाँ, उनके माथे की चमड़ी इतनी मज़बूत होती कि उनका जूते का तल्ला बन सकता था। अपने भद्दे दाँतों से नोच-नोचकर वे सूअर और कुत्तों के मांस खाया करते थे; और उनके बेडौल जबड़ों में अकलदाढ़ कभी उगती नहीं थी, उग ही नहीं पाती थी क्योंकि जवानी में ही वे मर जाते थे। फुक्का फाड़कर रोती औरतों की तरह रणभेरी सुनकर वे उन्मत्त नाचने लगते थे। प्यास लगने पर वे नाले और पौधों का भी पानी चूस जाते थे, और उनके बारे में ये कहानियाँ चलती थीं कि एक-दूसरे की कै खा-खाकर वे अपनी एकता का उद्घोष करते थे। जिस तुर्की क़बीले के वे थे, उसका नाम ही 'कै' था।...और उनका भोजन तो कै से भी ज़्यादा बदबूदार होता। कुत्तों से उनके चेहरे कितने मिलते थे! और बिल्लियों का शोरबा उन्हें पसन्द था।

ऊँट पर उन्हें गुच्छों में बँधा देख बादशाह बोले, "इन्हें नर्क की आग से बनाया होगा अल्ला ने..."

एक से एक गालियाँ खाकर भी उनका भुस-भरा माथा तना रहता था और जब तक बस चलता—झंखाड़ की फ़ौज-जैसी उनकी बर्छियाँ भी तनी रहतीं।

बादशाह के हुक्म पर हुमचता हुआ हाथियों का दल उनकी ओर बढ़ता तो युद्ध के नगाड़े भी लगते गनगनाने—आपस में बँधे हुए, गड्ड-मड्ड करके वे धरती पर गिरने लगते। विशाल हाथी-दाँतों के बीच दबे हुए पहले तो वे छटपटाते, फिर पूरी ताक़त से गजराज उनको आकाश तक उछालते और जब गड्ड-मड्ड करते हुए वे धरती पर गिर ही जाते, गजदंत उन्हें फाड़कर उनकी पर्चियाँ बिखेर देते...गर्दन में बँधी हुई रस्सियाँ भी दूर उछलकर गिरतीं...चूर-चूर हो जातीं उनकी विशाल हड्डियाँ।

सारा दिन यह 'तमाशा' देखने से 'सन्तुष्ट' बादशाह शाम को शराब माँगते और हमसे यह उम्मीद करते कि हम उनकी विरुदावली गाएँ।

आईनासाज़

हमने भी निकल भागने के रस्ते ईजाद कर ही लिये थे। कभी दिल्ली के पुरनूर मौसमों का बखान, कभी उसके पशु-पक्षियों का, कभी दूसरे सादा इतिवृत्त...वो डाल-डाल, हम पात-पात। भरती का लेखन तो ऐसा ही होगा न! 'हम सब कहेंगे लेकिन वो न कहेंगे तुमको जिसका इन्तज़ार है' वाली तकनीक। पर यह चूहे-बिल्ली का खेल देखते हुए मन बेहद-बेहद थक जाता। थका-हारा एक दिन घर लौटा तो जो नज़ारा सामने आया, यह मैं समझ रहा था कि उससे मेरी आँखें खुली की खुली रह गईं।

5

मीठी बग़ावतें : 1307
दर संग सेम वाशद[1]

कुछ तो कर गुज़रेगी महरू, पर ऐसी मीठी बग़ावत करेगी शायरी फिर से शुरू करके, ऐसा नहीं सोचा था। घर में घुसा तो देखा कि मेरी बैठक में, मेरे ही गावतकिये पर मेरी बेगम शान से बैठी हुई दर्जन-भर नये शायरों को इस्लाह दे रही हैं। एक झलक देखने पर लगा कि सब बड़े बेटे की उम्र के हैं, उसके वे साथी ही शायद, जो मुझसे मुख़ातिब हो पाने की हिम्मत नहीं जुटा पाते होंगे...और उससे भी बड़ी बात यह कि चिलमन की ओट में मेरी छोटी कायनात भी शायरी के मर्म पर अम्मा की टीप ध्यान से सुन रही हैं!...शायरी का एक दौर चल चुका था, शरबत का भी चला होगा, दरवाज़ा हलका भिड़ाकर छोड़ा गया था। ग़ुलाम पान-वान की ख़ातिर दौड़ रहे थे...यानी मेरे पीछे रोज़ यहाँ महफ़िल भी जुटती थी, बिना मुझे इत्तला किए...वो तो तबीयत नासाज़ होने के चलते मैं आज दरबार से जल्दी चला आया था वरना मुझको इसकी हवा ही नहीं लगती।

फाटक वाले हब्शी मेरे आने की इत्तला करें, इसके पहले मैंने हाथों के इशारे से उन्हें मना किया और उलटे पाँव लौट आया...रास्ते-भर तरह-तरह के ख़याल आते रहे। मुझसे ये लुका-छिपी कैसी? क्या मैं ज़रूरत से ज़्यादा ही सख़्त हो गया हूँ? क्या यह बग़ावत का आगाज़ है?

मैंने ज़माने के इतने रंग देखे हैं कि अपने बच्चों की बर्बादी का ख़ौफ़ मुझको ज़्यादा ही सताने लगा है। और उनके लिए मैं ख़ास कुछ कर भी नहीं पाता। जो पैसे कमाकर लाता हूँ, उनके एक-एक पाई का हिसाब रखता हूँ ताकि इन्हें फ़िज़ूलख़र्ची

1. दर *संग सेम वाशद व खन तरफ़ा तर के तू दारी छरू सीपी चिली चूसंग।*
(तेरी आँखों का हिरण शेर की तरह दिलों का शिकार करता है)।

की आदत नहीं पड़े। इनकी शायराना तबीयत पर भी पानी डालता रहता हूँ। इन्हें दरबार की राह नहीं दिखाता, न बादशाह से इनकी ख़ातिर कोई पैरवी करता हूँ क्योंकि दरबार की ज़िन्दगी मुझको ज़रा भी पसन्द नहीं है। जीहुज़ूरी—वो भी नाक़ाबिल सुल्तानों की—रूह में सूराख़ किये देती है। लगातार कुछ मवाद-सा रिसता रहता है।

बच्चे तो बच्चे, ये महरू भी मुझको समझती नहीं। पद्मिनी और दूसरी हज़ार रूप की रानियों की बर्बादी के क़िस्से मैं सुना चुका हूँ, फिर भी लड़कियों पर सख़्ती से उसको इतना गुरेज़ है कि रूह तक का पर्दा खोलने वाली शायरी की लपटें बेटी तक में वह सुलगाती है? हाँ, ख़ुद भी वह शायर है, मानता हूँ, अच्छी शायर है पर औरत की शायरी उसके हुस्न की तरह सिर्फ़ उसके शौहर का मन बुलन्द करे, ये ज़रूरी है, वो क्यों नहीं समझती? क्यों ऐसे बाग़ी होने पर उतारू है?

मलिका भी शेर कहती थी, देखा उनका हश्र? पद्मिनी भी शेर कहती थी, क्या गत हुई दोनों की? मैं इतना परेशान था कि सीधा निज़ाम पिया के पास चला गया। फ़ौज की बग़ावत सँभालना आसान है, घर की बग़ावत सँभालना इतना आसान नहीं, क्योंकि यहाँ बाग़ी से आप प्यार भी करते हैं और इस सख़्ती से उसका सर कुचलना नहीं चाहते कि उसका नामोनिशां न रहे।

अभी चप्पल ही उतार रहा था कि सामने से देखा, सलीम ख़ाँ औलिया के जूते लिये हुए सामने से आ रहे हैं। कभी-कभी औलिया के पास देने को कुछ भी नहीं होता तो वे दामन पकड़कर रोने आए किसी परेशान आशिक़ को सामने पड़ी अपनी कोई चीज़ दे देते हैं। मैंने देखा—लेनेवाला उनके जूते ही लिये चला जाता है तो रुककर वहीं सौदा किया। जेब में जितनी अशर्फ़ियाँ पड़ी थीं, उतनी देकर उनके जूते ख़रीद लिये और सर पर लादे औलिया के दरबार में हाज़िर हुआ। औलिया हँसने लगे :

"तूतिए-हिन्द, सस्ता ही सौदा पटाया। और ख़ूब मौक़े से आए। आज जुमेरात को कोई नई नात सुनने को जी मचल रहा है—रूह तो औरत है—औरत की लिखी हुई कोई नज़्म हो तो कुछ बात बने। अपने हिन्द में क्या ख़ुदा की पिनक में आने वाली कोई औरत शायर नहीं है, जैसे वहाँ ईरान में वो राबिया फ़कीर?"

मेरा तो जी धक से रह गया। इसके पहले कि मैं कुछ कहता, औलिया ही बोले, "आज रात बीवी-बच्चों के संग आना और अपनी बीवी से कहना, नज़्में लिये आए, गाने वाले ख़ुद छाँट लेंगे, क्या गाना है...।"

मैं झर-झर-झर रोता चला गया। उस रात अपने बीवी-बच्चों के संग निज़ाम पिया के हुज़ूर से लौटते हुए मेरे कानों में लगातार अपनी ही महरू की यह मनक़बत गूँजती रही :

आपका नूर ही मेरा चिलमन, अली,
आपका इश्क़ ही मेरा सिंगार है।

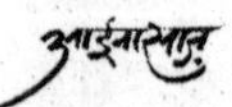

आपकी बाँह शहतीर छत की, ख़ुदा
आपकी आँख ही मेरा घर-बार है।
या इलाही, कभी आज़मा लीजिए,
शायरी आपकी ही तलबगार है।
दी तो है ये ज़बां आपने ही तो फिर
लब पे ताले की काहे को दरकार है?
बोलने दीजिए, आपका हो करम
कि ये अर्ज़ी हमारी भी तैयार है।
किससे पर्दा करूँ, कौन है ग़ैर कि
कोख से ही मेरी तो ये संसार है।

धीरे-धीरे हमारा इक्का घर की तरफ़ बढ़ रहा था। बच्चे पीछे के इक्के में आ रहे थे। उनकी चहक दूर तक मेरा पीछा करती रही। मेरे सामने मोम के पुतले बने बैठे रहते हैं; आपस में कितने ख़ुश, कितने आज़ाद हैं! चिड़ियों की चहक और जवान हुए जाते बच्चों की मगन खिलखिलाहट में जन्नत की घंटियाँ बोलती हैं, यह मैंने पहली दफ़ा इतनी शिद्दत से महसूस किया है और यह भी कि औरतों की शायरी का रंग सचमुच अलग है—अलग है उनकी बोली-बानी, उनकी छब-ढब ही अलग है।

बहुत दिनों बाद ग़ौर से मैंने अपनी महरू का चेहरा देखा। इक्के में ठीक मेरे सामने वो पर्दा उठाये हुए बैठी थी और चाँद ऐन उसके सामने उसका आईना बना बैठा था। इस उम्र में इतना हुस्न! साँझ के सूरज का शाइस्ता ठहराव—कहीं कोई धधक, कोई आग नहीं। ज़िन्दगी के सब रहस्य थोड़ा-थोड़ा समझकर नम हुई वे समझदार आँखें, थोड़े-से खुले हुए आबदार होंठ जिनसे नूर का चश्मा-सा बहता दिखाई दे रहा था।

कैसे समझाऊँ, इसका गहरा अफ़सोस है मुझे कि उसकी शायरी भी फूले-फले, इसके लिए मैंने कुछ नहीं किया। अम्मी बीमार रहने लगी थीं, उनकी देखभाल; एक पर एक पाँच बच्चे, उनकी परवरिश। घर-गृहस्थी सँभालते उसके भीतर का बिरुआ उछाल नहीं पा सका। पर हमारे बच्चे ज़िन्दा शायरी की मिसाल निकले। बड़ा बेटा और छोटी बेटी तो जल्दी ही ग़ज़ल कहने भी लगे।...यहाँ दबी ज़बान एक बात और मान लूँ कि बेटे की तरह बेटी को भी मुशायरों में लेकर चलूँ, यह न कर पाया। ऐसा था कि औरतें पर्दे में ही सुरक्षित थीं, पर मुझे भूले नहीं भूलतीं सात बरस की नन्ही कायनात की वे आश्चर्य से फैली आँखें, जब मैंने उससे कहा : "तुम मुझे अपने भाइयों से कम प्यारी नहीं, बेटी, पर मैं तुम्हें लेकर इधर-उधर फिर नहीं सकता।...इबादत की माला ही औरत का सच्चा गहना है, तकली-चरखा ही उसका तीर-कमान। चरखा भी कातना तो घर की ओर मुँह फेरकर; मुँह का गुलगुना धोकर रहना, कोई न देखे ये जलवा तुम्हारा। बेशक़ीमती नगीने पेटी में बन्द ही रहते हैं। गाती तो अच्छा

हो, पर तुम्हें गाने-बजाने से दूर ही रहना है। ज़बान जितनी कम खुले, उतना अच्छा।...वक़्त बुरा है, औरतों की ख़ातिर ये दुनिया और ख़तरनाक है। धीरे-धीरे बेहतर हो जाए, इसके जतन में लगे हैं शायरी, दीनोईमान।''

यह एक डरे हुए बाप की हिदायत थी जो सड़क पर और दरबारों में लगातार औरतों की दुर्गति देखता था। ख़ास कर पद्मिनी और दूसरी रानियों के क़िस्से मुझको अन्दर तक दहला गए थे। और मेरे मन में यह बात गहरे घर कर चुकी थी कि युद्ध हों या दंगे-फ़साद—सबका क्रूरतम कोप झेलता है औरत का शरीर, उसका मन, उसका संवेदन। कायनात की सबसे ख़ूबसूरत चीज़ औरत, सिरजनहार के नूर का ख़ज़ाना और हमने उसका क्या हाल कर रखा है? मेरी पूरी शायरी, सूफ़ियों का पूरा दीनोमज़हब एक ही फेर में लगा है कि कैसे हम ऐसी फ़िज़ाँ रच सकें जहाँ औरत, मुफ़लिस, बुज़ुर्ग, बच्चे और प्रकृति, जो ख़ुदा का आईना हैं, शैतानी ताक़तों के जूतों-तले चूर-चूर होने से बच जाएँ!

6

कयामत की रातें : 1265
बहुत कठिन है डगर पनघट की

इधर कई रातों से मैं सो न सका। तरह-तरह के ख़याल आते रहे। औरतें ख़ुदा के रहस्य की पिटारियाँ ही होती हैं। इन्हें समझना इस सृष्टि का रहस्य समझने जैसा ही है। औरतों का मैं सदा से चहेता रहा हूँ—उनका जीता-जागता खिलौना। अम्मा तो अम्मा ही हैं। उनके अलावा मुहल्ले की सब औरतें, पनिहारिनें, धोबिनें, नाइनें... लखनौती की हुस्नआरा जिसकी बस एक ही झलक मिली थी।...सुल्तान मलिक की मलिका जिसकी चर्चा ही दिल में तूफ़ान-सा जगाती है...और ये मेहरुन्निसा, मुल्तान आते हुए अम्मा ने जिसका ज़िक्र किया था कि वह भी शायरी करती है, उसकी शाइस्तगी का कोई मुक़ाबला नहीं, और उसकी आँखें ख़ुदा के नूर से दमकती हैं।

उनका बहुत मन था, मुल्तान आने के पहले ही मेरी उससे सगाई हो जाए, पर लखनौती का अनुभव अभी मेरा दिल कच्चा किये दे रहा था। रह-रहकर लग रहा था कि मुल्तान भी टिक नहीं पाया तो समस्या घिर आएगी। दर-ब-दर आदमी की दुलहन बेहद दुख पाती है। पहले पाँव कहीं टिक तो लें।...नाना का तिमहला। वह बची हुई शानो-शौक़त निभाना तो मुश्किल की बात थी। भाई भी कितना सँभालते! फिर नाना के घर में नवासों की चलती भी कितनी है! ठीक है कि नानू ने हमारे नाम एक हिस्सा कर रखा था, और रख-रखाव हम पूरे घर की करते थे, पर पूरा घर अपने हिसाब से बरत तो नहीं सकते थे! अधिकार पर फ़र्ज़ भारी पड़ते हैं क्योंकि

अब्बू की मौत के बाद यहाँ आए तो हम पनाह-गुज़ीर की तरह ही थे—मुसीबत के मारे हुए।

जब तक नानू रहे, हमें इस बात का एहसास कभी न हुआ कि यह घर उस तरह से हमारा नहीं है जिस तरह से मामा या मामा के लड़कों का। इस बात का एहसास पूरी कशिश के साथ हमें तब हुआ जब हमारे हाकिम शाह निज़ामुद्दीन से रातोरात दूसरी मंज़िल ख़ाली करवाई बड़े मामा ने। वह रात मेरे लिए बड़ी दहशत की रात थी। दूसरी मंज़िल बड़े मामू के नाम तो थी, पर मामू ईरान रहते थे—अपने बेटों के पास और यह हिस्सा ख़ाली ही रहता था।

निज़ाम पिया का उन दिनों कोई ठिकाना तय न हुआ था। वे ज़्यादातर सुरूर में ही रहते थे। यह सुरूर ही उनका घर था। सुरूर में रहनेवालों के सर आसमां की छत ही क़ायम रहती है, छोटे बसेरों में वे कभी समा नहीं पाते। ठहरने का संकट हमेशा ही बना रहा। वे अपनी अम्मा के साथ ईरान से बदायूँ और बदायूँ से दिल्ली आए तो पता चला कि जिस सराय में अम्मा और आपा टिकी हैं, वे वहाँ अपने दस बरस के निज़ाम को साथ नहीं रख सकतीं। सराय नमक (सराय मीयान बाज़ार) कहलाने वाली यह सराय सिर्फ़ औरतों के लिए थी। बरगाह-ए-क़व्वास नाम की सराय में पहला ठिकाना बना। ख़ैर कहिए कि वह अम्मा की सराय के सामने ही थी, और उसी मुहल्ले में जहाँ शेख़ नज़ीबुद्दीन मुतावक़्क़ी और मेरे अपने नानू का घर था।

वे उनके फ़ाकाकशी के दिन थे। एक चपाती ख़रीदने लायक़ जित्तलमी उनकी अम्मा, बीबी जुलैखा के पास न होता तो बच्चों को कलेजे से लगाकर वे कहतीं—"आज हम अल्लाह के मेहमान हैं।" सिलाइयाँ करतीं, जितने पैसे बचते, निज़ाम पिया की पढ़ाई पर ही ख़र्च करतीं। और पालक के शोरबे पर फ़ाक़ा टूटता। हर महीने ईद का चाँद जब चमकता, अम्मा के पाँवों पर सर रखकर निज़ाम पिया अम्मा-आपा को बताते कि इतने दिन उस्तादों के संग और किताबों से क्या सीखा। ख़ुदा का ज़िक्र करते-करते ज़ार-ज़ार रोते और अम्मा के तलवे पर आँसू-सनी अपनी नाक रगड़ने लगते। दोनों बहन-भाई मिलकर उनके पाँव भी दबाते, उनकी चोटी गूँथते। ईद का चाँद चुपचाप देखता, और मगन होकर मुस्का देता।

एक ईद की रात अम्मा ने निज़ाम पिया के सर पर हाथ फेरकर कहा : "अगले महीने नये चाँद की रात तू किसकी गोद में सोएगा, निज़ाम ?" निज़ाम पिया आँसुओं से ज़ार-ज़ार हो गए : "किसके हाथ में मेरा हाथ थमाएँगी, अम्मा ? किसके भरोसे मुझे छोड़ेंगी ?" तब उन्होंने हँसकर हुक्म फरमाया कि आज तुम शेख़ नज़ीबुद्दीन के घर जाकर सो जाओ। पर सुबह झुटपुटे के पहले एक आदमी दौड़ता हुआ आया : "आपकी अम्मा बुला रही हैं।" तीर की तरह छूटे। अम्मा ने थिर आँखों से मुस्काकर उनका दाहिना हाथ माँगा और बोलीं : "मैं तुम्हारा हाथ अल्लाह के हाथ सौंपती हूँ।" यह कहकर शान्ति से उन्होंने अपनी आँखें सदा के लिए मूँद लीं।

निज़ाम पिया की आँखें अब आपा की तरफ़ मुड़ गईं। अम्मा जब तक थीं, बस, अम्मा ही अम्मा थीं। आँसुओं से तर-ब-तर यह ख़ामोश साया, उनकी अपनी आपा का ये ख़ामोश साया उनकी अमानत था। दोनों बहन-भाई साथ-साथ बैठे हुए कई दिन चाँद की ओर देखते रहे, शायद इशारा मिले कोई।

लेकिन ख़ुदा के इशारे दुनिया की गहनतम शायरी के सूक्ष्मतम इशारे हैं, इतनी जल्दी समझ में नहीं आते। अधचिनी नाम के छोटे से गाँव में, कुतुब मीरान से क़रीब मील-भर के फ़ासले पर अम्मा को दफ़नाने के बाद निज़ाम पिया को एहसास हुआ कि आपा को न अकेला छोड़ा जा सकता है, न उनके साथ चबूतरों पर सोकर रात बिताई जा सकती है। जब तक इनका हाथ किसी को थमाया नहीं जाता, एक मुकम्मल छत तो चाहिए। इसी वक़्त दरवाज़ा गेंदा और पुलिया के पास खड़े शानदार तिमंज़िले मकान से पुकार आई।

यह पुकार शाही घुड़सालों के रावतअर्ज़ मेरे नानू की थी। बग़ल के क़िले के पड़ोस में उठी इस तिमंज़िली कोठी की दूसरी मंज़िल पर इन्हें शानोशौक़त से ठहराया गया। उन दिनों इनके साथ इनकी आपा के अलावा कुछ शागिर्द भी रहने लगे थे। बाबा फ़रीद के इस शिष्य का आशीष तब तक ऐसा फूलने-फलने लगा था कि दूर-दूर से लोग दीदार के लिए आते। ख़ासी भीड़ जमा हो जाती। जब तक नानू रहे, किसी भी ख़िदमत में कोई कोताही न हुई, पर 113 की उम्र में जब वे अचानक चल दिये और घर की बागडोर मामा के हाथ आ गई तो पहले तो ऊपर खाने की थालियाँ जाने से रोकी गईं, फिर आने-जाने वालों पर कुछ रोक-टोक शुरू हुई और अन्त में मकान ख़ाली कर देने को कहा गया। निज़ाम पिया हँसने लगे और मिनटों में मकान ख़ाली कर दिया। ख़ैर थी कि तब तक आपा अपने 'घर' चली गई थीं। एक नेक बंदे के साथ उनका निकाह हो गया था! अपनी झोला-भर किताबों के साथ छप्परदारवाली मस्जिद में निज़ाम पिया ठहरे। तीन दिन के फ़ाक़े के बाद कोई खिचड़ी ले आया तो वह खिचड़ी इतने स्वाद से अपने ख़ादिम, मुवाशिर के साथ मिलकर खाई गई कि खिचड़ी की क़िस्मत निखर आई। बाद के दिनों में इसका प्रसाद ही इनके दरबार में बँटने लगा; कभी-कभी चावल से ढँककर किसी तीतर-बटेर का गोश्त लाया जाता तो उसे भी छूकर वे बाँट ही देते।

मुसीबत के संग-साथ भूले नहीं भूलते, तो कैसे मैं भूलूँ यह बात कि जिस समय महरू ने शादी की हामी भरी, मैं किसी दरबार में नहीं था? दिल्ली से दूर, पटियाली गाँव में राग-रागिनियाँ सजा रहा था, मलिक मुहम्मद पर मसनवी लिख रहा था, और वह नहीं जानती थी कि कभी मेरा फिर से दरबारों से रिश्ता बनेगा। अभी हाल-फ़िलहाल ही मैंने उसे एक चिट्ठी पठवाई थी जिसमें दरबारी जीवन से मेरा विराग टपकता था। रणथम्भौर और चित्तौड़ युद्ध के पक्ष में नहीं था मैं। फिर भी दरबारों में रहते हुए मुझे ये युद्ध लड़ने पड़े थे। ख़ून-ख़राबा मुझे कभी अच्छा नहीं

जान पड़ता : "बचाव में हथियार उठाना पड़े, यह ठीक, पर अपनी तरफ़ से आक्रमण कैसा ?" मैंने सुल्तान से कहा, मगर सुल्तान मेरी हर बात भला क्यों मानते ? उसके बाद मेरे मन में जो उमड़ा, मैंने महरू को साफ़ लिख भेजा :

"मुझ जैसा मिसकीन, हाजतमन्द, बेसरो-सामान खौलती हुई देगची की तरह तप रहा है। रात से सुबह तक, सुबह से शाम तक कुंठाओं और पीड़ाओं से घिरा हुआ होने के कारण चैन नहीं पाता। स्वार्थ के हाथों यह ज़िल्लत उठाता हूँ कि अपने-जैसे एक आदमी के सामने अदब से खड़ा रहना पड़ता है जब तक पाँव से सिर को ख़ून नहीं चढ़ जाता।"

इसके जवाब में जो महरू ने लिख भेजा, उससे मैंने उसके तत्त्व की पहचान की और उसके आगे सर झुका दिया :

"आप नहीं जानते, आप क्या हैं। आपकी यह तड़प, यह एहसास, ये बेबाकी ही मेरा गहना है। आपकी शायरी ही मेरा गहना है। मुझे 'ख़ुसरो' की तलब है, 'अमीर' की नहीं।"

इस बात पर मेरी आँखें छलक आईं। ठीक है कि बाद के दिनों में पाँच बच्चों की परवरिश की चिन्ता मुझे फिर से शाहों के दरबार ले गई, पर जब-जब किसी शाह से मेरा मन टूटता, तो उससे सदा के लिए मुँह मोड़कर मैं घर का रुख़ करता। मुझे यह तसल्ली रहती, मेरी बीवी ताने नहीं मारेगी, हौसला ही बढ़ाएगी।

7

कशमकश : 1302

दुराये नैना बनाये बतियाँ[1]

औलिया के हुकुम से मैं दो साल हातिम ख़ान के दरबार में अवध रहा, अम्मा के संरक्षण में महरू और बच्चे दिल्ली ही थे। बीच में अम्मा बीमार पड़ीं तो हातिम ख़ान ने दो थाल सोने की अशर्फियों के साथ ख़ुशी-ख़ुशी मुझको रुख़सत कर दिया। अभी दिल्ली आए दो दिन भी नहीं बीते थे कि इक्कीस वर्षीय शासक, कई काबिद ने फ़रमान भेज दिया कि उसके पिता, बुग़रा ख़ाँ पर मसनवी लिखूँ।...छः महीने की अनवरत मेहनत से किसी-न-किसी तरह यह काम पूरा किया...और उसके बाद तो, ख़ैर, कई काबिद जिया ही कितने दिन! अगले युद्ध में उसके खेत आते ही तुर्क सल्तनत ख़त्म हो ली

1. *जे हाल-मिस्कीं मकुन तग़ाफ़ुल दुराय नैनाँ बनाए बतियाँ।*
कि-ताबे हिज्राँ नदारम ऐ जाँ न लेहू काहे लगाए छतियाँ।
(ग़रीब के हाल से बेख़बर न रह, आँखें चुराकर बातें न बना, वियोग झेलने की ताब चुक गई है, बढ़ के सीने से मुझको लगा)।

और जो नई ख़िलजी सल्तनत क़ायम हुई, उसका पहला सुल्तान जलालुद्दीन ख़िलजी तो मेरा पुराना मुरीद था ही। अमीर लाचिन के कहने पर 1200 की तनख़्वाह पर वह मुझे पहले भी अपना मुलाजिम रख चुका था। जब वह गद्दी पर बैठा, 'शाही क़ुरआन' के संदेशवाचक पद पर उसने मुझे अपने दरबार में रखा, और बड़ी शानो-शौक़त से। 'मिफ़्ताहुल-फुतूह' भी उसके शासनकाल की रचना थी।

इसके शासनकाल में मुश्किल की घड़ी मेरे लिए वह थी जब मेरे पुराने दोस्त मलिक छज्जू और हातिम ख़ान ने मिलकर सुल्तान के ख़िलाफ़ बग़ावत ठान ली और मुँह की खा गए। जिस दिन वे कुचले गए, उस दिन जलालुद्दीन ख़िलजी की शान में क़सीदे पढ़ते हुए मेरा मन बहुत रोया। रात-भर सो नहीं सका। महरू दिलासा देती रही :

''आपकी तड़प मैं समझ सकती हूँ; दो आँखें आपस में लड़ जाएँ, या दसों उँगलियाँ आपस में उलझें तो बात समझ में आती है, पर एक आँख दूसरी पर नाला तान दे या एक उँगली दूसरी को कुचलने पर आमादा हो जाए तो आदमी कहीं का नहीं रहता।...हिक़ारत उसके वजूद का हिस्सा हो जाती है।''

''मेरी मुश्किल यह है महरू कि जिस आँख ने दूसरी आँख फोड़ी, उसके क़सीदे पढ़ने पड़ रहे हैं। ...मेरी क़लम मुझको धिक्कारती है इस मजबूरी पर। क़लम की आज़ादी के ख़्वाब बुनने लगा हूँ कि आगे आने वाली क़ौमों को अपनी क़लम गिरवी रखने की मजबूरी न हो।''

''आमीन! जैसे आप लड़कियों के लिए ऐसी फ़िज़ाँ के ख़्वाब बुनते हैं जहाँ उन्हें दबकर न रहना पड़े, वैसे क़लम की आज़ादी के भी...कौन जाने, दस-बीस सदियों में ऐसे मंज़र आ भी जाएँ! ख़्वाब देखने का सिलसिला शुरू हो गया तो ख़्वाबों की ताबीर का भी मंज़र देखेंगी ही आने वाली नस्लें—चाहे जितने दिन लगें, बीज पड़ गया मिट्टी में तो कभी फल भी आएँगे।''

''लड़कियों की आज़ादी क़लम की आज़ादी के साथ ख़ूब तोली तुमने! सचमुच बादशाहों और अमीरों के इशारे पर लड़कियों का नाचना जितना फ़हश लगता है, उतना ही क़लम का नाचना।...नाच हो तो दरवेशों के नाच-सा अपने ही सुरूर, अपनी मस्ती में, किसी के इशारे पर नाचने जैसी वाहियात बात हो ही नहीं सकती।...जल्दी-जल्दी बच्चे बड़े हो लें, फिर हम भी दरवेशों की ज़िन्दगी जिएँगे। कितने ख़ुशनसीब हैं दरवेश कि उन्हें किसी के आगे माथा झुकाना नहीं पड़ता...।''

''पर दरवेशों के भी बच्चे होते हैं, आप चाहें तो बाबा फ़रीद की ज़िन्दगी गुज़ार सकते हैं।...मुरीद जो भी दे जाएँगे, हम उसमें ही गुज़ारा कर लेंगे।''

''बेकार की बातें न करो, महरू, बच्चे तुम्हारे ऐयाश हैं, सबको खाने-पीने-पहनने का शौक़ है...एक गिलास पानी भी हाथ से उठाकर नहीं पीते...एक-एक बंदा चार ग़ुलाम लिये घूमता है; बच्चियों को भी तुमने सादगी से जीना नहीं सिखाया,

ऊपर से शायरी का चस्का भी सबको है।...शौक़िया लिखना और बात है पर शायरी से ही रोटी कमाने की सोचना इस दौर में कितना मुश्किल है, समझ ही रही हो।

"हर बादशाह बाहरी-भीतरी जंग से तबाह है, मन उसका हहरा ही रहता है, और दरबारियों से, ख़ास कर शायरों और मसखरों से उसकी उम्मीद यह होती है कि वे उसकी शान में क़सीदे पढ़ते उसका ढुलमुल मनोबल उठाते रहें...। ख़ासी मशक़्क़त का काम है यह, महरू, फूँ सरक जाती है, आदमी अपनी निगाह में ही गिरने लगता है।

"रही बच्चों की बात तो दरवेशों के बच्चों से अपने बच्चों की तुलना न करना कभी। ऐसे सुत्थर वे नहीं हैं...शानोशौक़त न निबाही गई तो बाग़ी हो जाएँगे। तुमसे ज़्यादा मैंने दुनिया देखी है, मेहरुन्निसा।"

"दुनिया तो बेशक मुझसे ज़्यादा देखी है पर अपने बच्चों को नहीं देखा।...उन्हें उनके बेतकल्लुफ़, आज़ाद, हँसमुख और निश्चिन्त लम्हों में कभी नहीं देखा...। दुनियादारी जानते हैं मगर उनके दिल के गहरे राज़ नहीं जानते; कोई भी बाप नहीं जानता, इसलिए बच्चों के बारे में अटकलें लगाते ही उसकी उमर जाती है।

"अव्वल तो आप घर पर नहीं होते। होते भी हैं तो अपने ख़्वाबों-ख़यालों की कोठरी से कभी बाहर नहीं आते...बच्चे प्यादे नहीं हैं कि सोते-सोते उन्हें कहीं से कहीं उठाकर रख दें और बाज़ी जीत लें। उनके भी मन-प्राण हैं, हसरतें हैं, ख़यालात हैं—खुलकर कभी बात करें तो ही समझ पाएँगे कि वे क्या हैं।" मेहरुन्निसा थोड़ा तुनक गई।

"आम बीवियों की तरह मुझ पर तंज़ कर रही हो, तुमसे मुझे ऐसी उम्मीद नहीं थी। मैंने तो एक शायर से ब्याह किया था।"

"और उसे एक अदद बीवी बनाकर छोड़ दिया...।" न चाहते-चाहते भी मेहरुन्निसा इतना बोल गई और फिर, जैसी कि उसकी आदत पड़ गई थी, बोली हुई बातों से महीन काँटे निकालते-बीनते महीनों ज़रूरत से ज़्यादा ही झुकी-झुकी और मेहरबान बनी रही।

मौसम सचमुच ही बदलने वाला था क्या? क्या नये बीजों की ख़ातिर मिट्टी भुरभुरी हो रही थी? उसके कुछ दिन बाद पद्मिनी स्त्रियों के दिपदिपाते हुए मान की एक ऐसी कहानी बनकर उभरी कि मैं सोचने को विवश हो गया। ज़बर्दस्ती औरत के शरीर पर हो भी जाए, पर उसकी रूह हमेशा ही आज़ाद रहती है। उस पर क़ाबू करने के मर्दाना इरादे वैसे ही हास्यास्पद हैं, जैसे धूप को आईने में, पानी को घड़े में, हवा को ग़ुब्बारे में, सुर को साज़ में, हुस्न को तसवीर और कशिश को शायरी में पकड़ने की कोशिश।...पद्मिनी और अम्मा, मलिका, महरू और मेरी सबसे छोटी सन्तान, कायनात, मेरी ज़िन्दगी में ख़ुदा की ओर खुलने वाली ऐसी नायाब खिड़कियाँ थीं जिनके बिना मेरे दुविधा-भरे दोचित्ता अँधेरों को एक क़तरा रौशनी का न मिलता, नूर को तरसती रह जाती ये आँखें...।

जेठ की प्रचंड धूप में इधर-उधर चरने के बाद की अपनी थकान मिटाने को जैसे भैंसें नदी में अडोल खड़ी हो जाती हैं, दिन-भर सुल्तान के दरबार की कबकबाहट से थका मेरा मन औलिया के दरबार में आकर कुछ देर थिरा जाता है। आँख मूँदकर बैठ जाता हूँ। नहीं चाहता मैं किसी से भी आँखें मिलाना। बोझ लगती है सलाम-दुआ। हर सलाम का एक दुमछल्ला जो होता है! हर दुमछल्ले में एक सिफ़ारिश बँधी होती है—कभी बादशाह के दरबार की, कभी औलिया के दरबार की। जैसे गुहारें लगाना ही काम बचा हो मेरा!

कभी-कभी दुनियादारी से मन हट भी जाता है, पर फिर भीतर से गुहार आती है कि जब तक बदन का यह चोला नहीं छूटता, किसी के काम आ जाने में हर्ज़ ही क्या है? ध्यान से देखो तो हर किसी के सिर पर मुसीबत पहाड़ की तरह टूटी है और गिरती चट्टानों के ढेर से दबा वह मदद के लिए अगर हाथ बढ़ाता है तो पकड़े बिना रहें भी कैसे? अगर ऊपर वाले की ये ही मर्ज़ी है तो यही सही।

लेकिन फ़रियादों का दौर शुरू हो, इसके पहले निज़ाम पिया के सामने बुत बनकर बैठा रहता हूँ। सामने अलाव जली होती है—उसकी गर्मी और निज़ाम पिया के नूर की मीठी लहरें जब मेरे तन-मन में उद्दाम लहरें बनकर लगती हैं उछलने, तब एक धक्के से तंद्रा टूटती है। आँखें खुलती हैं तो सीधे मिलती हैं उनकी ही उन आँखों से जिनसे कि रौशनी के सोते फूट रहे होते हैं :

जाम बिणा दई नई जमणा

कोई पीछे से कुछ ऐसा ही गाता है और ईरान-इराक़ से आए वे दरवेश ख़ास छन्द में लगते हैं नाचने। नाचते-नाचते एक मुकाम ऐसा आता है कि देह से रूह की चिड़िया बाहर उड़ आती है और फिर कुछ ऐसा होता है कि देह नीचे नाचती होती है और रूह उससे हाथ-भर ऊपर उससे भी तेज़ रफ़्तार में लगती है नाचने। ऐसा ही हाल बयां करती-सी उस दिन यह क़व्वाली फूटी :

छाप-तिलक सब छीनी रे, तोसे नैना मिलाय के!

झूम उठे थे निज़ाम पिया और पास बुलाकर बोले थे : "अब नींद में भी मुझे तेरी सोच की तरंगें धक्के मारती हैं, ठीक से सोने नहीं देतीं। सोच की तरंगों पर क़ाबू कर। सोच की मिजराब कस ले। और घर पर कुछ ध्यान दिया कर, मेरे बच्चे!"

इतना सुनते ही मैं सिहर गया। इन दिनों महरू मेरे बिना भी निज़ाम पिया के दरबार चली आती है। हाँ, कुछ कहती तो नहीं। लेकिन उसका आना ख़ुद ही एक फ़रियाद है।

मेरी समझ में नहीं आता, यह पहेली मैं हल करूँ तो कैसे? एक अबोला

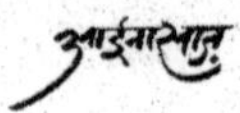

लगातार घर में कुहासे-सा घिरने लगा है। न यह कुछ कहती है, न मैं ही कुछ कह पाता हूँ। ग़ुस्सा आता तो है पर उन मर्दों की तरह पेश आने से मुझको गुरेज़ है जो बीवी-बच्चों से भेड़-भेड़िया वाला रिश्ता रखते हैं। चाहता हूँ कि बातचीत से ही सुलझ जाएँ सब गिरहें, लेकिन मौक़ा ही नहीं मिलता। और निज़ाम पिया भी इम्तिहान ले रहे हैं।

सबसे मुश्किल बात यह है कि महरू का कोचवान भी शायर हो गया है और निज़ाम पिया के दरबार लाते हुए रास्ते-भर जाने क्या अक-बक करता है उससे। उतना-भर भी ठीक था कि ये ख़ुद आती, साथ कायनात को भी लिये आती है और ईरान से ये जो लड़के आए हैं, उनसे भी रफ़्त-जफ़्त रखना नहीं भूलती। ठीक है कि ये लड़के उसके बेटों की उमर के हैं, लेकिन कायनात के तो हमउम्र ही हैं न ये। निज़ाम पिया की अँगनैया में भी उनका यों कायनात और उसकी अम्मा की ख़िदमत में आगे-पीछे दौड़ा करना मुझको वाजिब नहीं जान पड़ता।

राजदरबार में तो तरह-तरह की खुटुकुचालियों, साज़िशों, उचबकपंथियों का नज़ारा रोज़ ही दरपेश होता है। पिछले बसन्त से निज़ाम पिया के दरबार में भी बहुत तरह के हुलुकबन्दर उतर आए हैं। या इलाही, कैसे काले-उजले नीले-पीले सूफ़ों से तूने यह कायनात बुनी है! पर मानता हूँ, एकरंगी कालीन में वह हुस्न कहाँ जो तेरे सतरंगे नज़ारों में! और एकरंगी कालीन में भी ताना-भरनी की कशमकश तो होती है। बिना कशमकश के कैसी सर्जना!

एक तरफ़ नूर बरसता होता है, दूसरी तरफ़ घुप्प अँधेरे साये बिलों से यों कसमसा कर सरक आते हैं बाहर, जैसे कुएँ की माटी कोड़ते हुए साँप, केंचुए और दूसरे जीव-जंतु। इन दिनों अलग-थलग ही बैठ जाता हूँ क्योंकि निज़ाम पिया का ध्यान भी ईरान से दिल्ली उनसे ही मिलने आए उस कलंदर पर है, जो बसरा की राबिया फ़कीर के सिलसिले का शागिर्द था। लहीम-शहीम, गोरा-चिट्टा शरीर, लाल होंठ, मासूम आँखें। रहते-रहते सुरूर आ जाता है उसको। अगर पद्मिनी मर्द के भेस में पैदा होती तो ऐसी ही दीखती बिलकुल। औरतें इस शम्सुल फ़कीर की दीवानी हुई जाती हैं—एक मेरी महरू के सिवा, जो कोने में सर झुकाए बैठी रहती है चुपचाप, जैसे उसे कुछ पूछना बाक़ी न हो! बस, नूर में भीगना हो निज़ाम पिया के आस-पास!

घर में ग़ुलाम बहुतेरे हैं। ग़ुलामों से उसका बर्ताव इतना शाइस्ता है कि न भी होते ग़ुलाम तो अपनी मर्ज़ी से इसके ग़ुलाम हो जाते। घर का सारा काम क़रीने से चलता है। बच्चे भी छोटे तो नहीं रहे। सो अपनी फ़ुर्सत में अक्सर यहीं आन बैठती है—ख़ुद में खोई-खोई।

किसी से भी ज़्यादा नहीं बोलती, लोग ही उसकी ओर फटी-फटी आँखों से मुँह बाये देखने लगे हैं जब से उसके लिखे नातिया क़लाम निज़ाम पिया के हुक्म से मेरे क़लामों के साथ ही गाए जाने लगे। वो औरत है। रूह की तड़प आँकने का

उसका अन्दाज़ ऐसा है, जैसे नूर के सौ चश्मे एक साथ फूट पड़े हों—गुनगुने पानी के उन चश्मों जैसे, जो राजगीर के पास मैंने देखे थे! बंगाल से दिल्ली आते हुए वहाँ हमारा दस्ता दो दिन रुका था। कहते हैं, राजगीर के गरम सोते में एक बार डुबकी लगा लो तो दाद-खाज-खुजली जैसी सारी तकलीफ़ें मिट जाती हैं। सब घायल सैनिकों ने अपने ज़ख़्म यहाँ धोए थे, इस उम्मीद में कि बीवियों और माशूक़ाओं के पास लौटते हुए बदन के दाग़ मिट जाएँ। भीतरी खरोंचों का मरहम केवल समय है पर बाहरी घावों के उपाय आज़मा ही लेने चाहिए। किसी की आँख को तकलीफ़ क्यों दी जाए भला?

पर मेरा हाल ग़ज़ब होता है जब महरू के लिखे नातिया क़लाम गाए जाते हैं। हर क़लाम में बयान दर्द का सिला कहीं-न-कहीं मुझसे ही आन जुड़ता है और लगता है कि मैं सरेआम नंगा हुआ। किसी-न-किसी तरह दिल को दिलासा देता बैठा रहता हूँ कि औलिया की मर्ज़ी के सामने मेरी मर्ज़ी की भला क्या बिसात!

न कोई अलम अलम है, न कोई ख़ुशी ख़ुशी है,
जिस हाल में तू रक्खे, तेरी बंदापरवरी है।

उस दिन तो लेकिन ग़ज़ब हो गया। महरू के क़लाम पर शम्सुल नाचा और नाचते-नाचते बेहोश हो गया। औरतों में खलबली मच गई और महरू तो ऐसी बेचैन हुई कि निज़ाम पिया के पास आन खड़ी हुई जहाँ उसे पानी के छींटे मारे जा रहे थे। निज़ाम पिया के एक इशारे पर, और तो सभी चले गए, बाक़ी बच रहे हमीं दोनों।

फिर कुछ ऐसा हुआ कि कयामत आ गई। निज़ाम पिया एकदम उठे और इबादतगाह की ओर मुड़ गए। सामने शम्सुल का बेजान-सा जिस्म पड़ा रहा और मैं तड़पकर बोला : "महरू, घर जाओ।"

चूँकि वहाँ कोई और नहीं था, महरू ने नक़ाब ऊपर किया और कुछ कहने को ही थी कि शम्सुल की बेहोशी टूट गई—और महरू को उसने देख लिया, मेरी महरू का पूरा चेहरा देख लिया। देखते ही उसको क्या जाने क्या हुआ कि उसे थरथरी छूटी। इतना तक तो ठीक था। पर उसके बाद मिनट-दो मिनट के भीतर ही वह पसीने से नहा गया। यह एक अनहोनी थी। कातिक का चन्द्रमा पूरे रुआब में दमक रहा था। कातिक का मौसम और ऐसा पसीना? मैं तो घबरा ही गया और पत्थर के बुत-सी महरू खड़ी-की-खड़ी रह गई। नक़ाब गिराना भी जैसे याद न रहा हो!

यह ठीक है कि महरू तीस-पैंतीस की है, मेरे पाँच बच्चों की माँ, पर उसके हुस्न में अभी भी एक अजब-सी कशिश और ख़ुशबू है जो पके हुए उन जर्दा आमों के बग़ीचे में होती है जिन्हें अभी-अभी बारिश सहला गई हो—इंद्रधनुष के उगने के पहले। जल्दी में पर्दा उठाते हुए उसके लम्बे बालों का वह जूड़ा भी खुल-सा गया

था। मेरा बस चलता तो मैं उसको आस्तीन से ढाँक लेता, पर पहले इस शम्सुल के बच्चे को देखना ज़रूरी था—सो मैं उधर लपका।

इतने में निज़ाम पिया भी आ गए और उसे एकदम से बाँहों में भरकर खड़े हो गए। उनको छूते ही उसके जिस्म में जैसे सौ जानें फिर जग गईं और वह नाचने लगा फिर से—इतना नाचा, इतना नाचा कि किसी को धरान ही न दे! सबसे मुश्किल उसने की कि महरू के ही चारों तरफ़ ऐसे नाचा, जैसे चाँद धरती के चारों तरफ़ नाचता है। नाचता जाए और ज़ार-ज़ार रोता भी जाए।

अजब कयामत की वह रात रही। देखते-ही-देखते चारों धार-धार, ज़ार-ज़ार रोते दिखाई दिये—चार बदलियाँ ज्यों आकाश के चार छोरों पर बरस रही हों—एक उसके मुँह पर, एक मेरे मुँह पर, एक निज़ाम पिया के मुँह पर और एक महरू के।

उसके बाद कई महीने वह बुख़ार में तड़पता 'राबिया हुज़ूर, राबिया हुज़ूर' चिल्लाता रहा। उधर महरू की तबीयत भी नासाज़ हो गई। वह तो ख़ैर कहो कि यह रात हम चारों के बीच की बात बनकर रही, पर हम एक अजब तरह से कसमसाते बंधन में बँध तो गए।

मौक़ा-महल देखकर मैंने एक रात निज़ाम पिया से पूछ ही लिया : "आप कहते हैं न, हर बात एक इशारा है—ख़ुदा का इशारा। फूल भी इशारा है, नदियाँ भी, चाँद और तारे इशारे हैं। चिड़ियों के बोल भी इशारे हैं।...उस रात जो आपके आँगन में हमारे बीच घटा, वह आख़िर कौन-सी बात का इशारा है?"

निज़ाग पिया एकदग रो तो किसी बात का जवाब देते नहीं। कुछ देर आँखें मूँदे यों ही बैठे रहे, फिर धीरे से बोले : "तू जैसा महसूस कर रहा है, वैसा ही महरू को महसूस हुआ होगा जब तूने पद्मिनी की शान में यह शेर कहा था : पद्मिनी तेरे रूप का रस पीकर मेरी हर नस जैसे हिन्दुओं के जनेऊ-सी...वो क्या कहते हैं हिन्दू—मंत्रसिद्ध? यही लिखा था न कि तेरे रूप का रस पीकर मेरी हर नस हिन्दुओं के जनेऊ-सी मंत्रसिद्ध हो चली है?"

"तो क्या यह कायनात का बदला है मुझसे?"

"शायद है—तेरा सब हिसाब चुकता हो जाए यहीं—यह तो मैं भी चाहता हूँ। इस ज़मीन से उठे तो हवा की तरह हलका।"

"पर महरू तो यह नहीं जानती है न!"

"महरू भी तो शायर है, कोई महीन से महीन ख़ला उसे ऐसे ही व्यापेगी न, जैसे तुझे।...और जौहर के पहले पद्मिनी ने जो तुझको बुला भेजा था तो तेरे बदले वो ही गई थी चित्तौड़, तू दिल्ली के बाहर था न उन दिनों। ख़िलजी ने तुझको बाहर ही भेज दिया था।"

"इस बात का ज़िक्र आपने भी मुझसे नहीं किया, निज़ाम पिया, और महरू भी कुछ नहीं बोली।"

"हर बीज तुरत ही चटक जाए, ऐसा नहीं होता। सही वक़्त पर, सही मौक़े पर बात कही जाए तो अच्छा।"

"क्या कहा था पद्मिनी ने उसे?"

"तेरे लिए एक चिट्ठी छोड़ी थी। चिट्ठी लिये मेरे पास चली आई महरू और सर झुकाए रोती रही...रोती रही...ठीक वैसे, जैसे उस रोज़ तू रोया था।"

"चिट्ठी कहाँ है? क्या उसने चिट्ठी पढ़ी थी?"

"उसने चिट्ठी नहीं पढ़ी, पर उसका चेहरा पढ़ा और हालात पढ़ लिये। याद रखना अमीर, वह भी शायर है। वैसे तो हर औरत तबीयत से शायर होती है, पर इसको तो इसके बाप ने क़ायदे से भाइयों के बराबर में पढ़ना-लिखना सिखाया...मेरे शुरुआती शागिर्दों में सबसे आला इसका बाप ही तो था।...मैं इनके घर में रहा कुछ दिन...बाद के दिनों में भी रोज़ घर से परात-भर खाना लेकर इसका बाप आता तो एक नन्हे फ़रिश्ते-सी उसकी उँगली थामे यह भी नमूदार होती..."

"चिट्ठी मैं पढ़ सकता हूँ क्या, निज़ाम पिया?"

"मैं तुझको पहले भी दे सकता था ये चिट्ठी लेकिन जब तक तू लौटा, जौहर हो चुका था...और उसके बाद तेरी जो हालत हुई थी, यह यहाँ किससे छुपी है भला!...तो यह चिट्ठी मैंने अपने ही चोंगे में रहने दी।"

"..."

काफ़ी इसरार के बाद निज़ाम पिया ने जो मुड़ी-तुड़ी पाती पकड़ाई, वह तो तुरत मैं पढ़ भी नहीं सका। सर झुकाकर घंटों सामने बैठा रहा। पीछे से आवाज़ आती रही : "राबिया, राबिया, राबिया हुज़ूर, राबिया।"

नीमबेहोशी में बुदबुदा रहा था शम्सुल कलंदर। मेरी ही बीवी में बसरा की राबिया फ़कीर का चेहरा ढूँढ़ता हुआ बादलों पर उड़ रहा था।

राबिया फ़कीर—पहले-पहल यह नाम मुल्तान की मलिका हुज़ूर के मुँह से सुना था। तब क्या पता था कि उनसे मेरा ऐसा नाता सधने वाला है! ठीक ही कहते हैं निज़ाम पिया, यह कायनात एक इशारा है—उसी का इशारा, अगर इशारे पढ़ना आ जाए तो बात ही क्या है!

मलिका हुज़ूर भी कमाल की औरत थीं। आज भी याद है, उनसे अन्तिम मुलाक़ात की वह रात।

तब तो मैं बच्चा ही था। इतनी ही उमर रही होगी जो ईरान से शम्सुल फ़कीर के ही साथ चले आए इन नये शायरों की होगी जो मौक़े-बेमौक़े मुझे घेरकर मेरी ज़िन्दगी के क़िस्से सुनने को बैठ जाते हैं।

पद्मिनी की चिट्ठी सीने में दबाये हुए जो निज़ाम पिया के दरबार से उठा तो सोचा कि इक्के पर पर्दा गिराकर पढ़ूँगा, पर कूदकर ये चारों लड़के—नासिर, नमरूद, शाहिद और जाँनिसार—इक्के में ही चढ़ लिये और लगे पूछने :

"ये आपने अभी निज़ाम पिया से क्या कहा? सबसे पहले आपने उनका नाम जिनसे सुना था, मुल्तान की मलिका थीं? आप मुल्तान कब गए? कैसे उनसे आपकी मुलाक़ात हुई?"

उस समय मेरा कुछ कहने का एकदम ही मन नहीं था, पर ये हिन्दू कहते हैं न—न त्रियाहठ का कोई जवाब है, न बालहठ का ही। पद्मिनी की चिट्ठी अचकन की भीतरी जेब में ऐन दिल के पास धड़कती रही और एक अजब बेख़ुदी में मैं बोलता गया कुछ-कुछ।

8

मुल्तान का वो सफ़र : 1280
शबाने हिज्रां दराज चूँ जुल्फ़ ओ रोज़े-वस्लत[1]

ईरान के चारों शागिर्दों की ओर देखते हुए मैंने कहा—तुम्हारी उम्र का होऊँगा, तब पहली बार बुग़रा ख़ाँ के सैनिक दस्ते के साथ लखनौती का विद्रोह कुचलने बंगाल गया था, पर वहाँ बसने का कोई इरादा न था। इस बार तो औलिया और अम्मा, दोनों ने मिलकर दिल्ली के बाहर किया क्योंकि यहाँ मैं महफ़ूज़ नहीं था।

जाने कब तक मुल्तान में दिन काटने हों! यह सोचता हुआ घर से चला तो लावलश्कर के साथ, मगर सहमा हुआ। सुल्तान मुहम्मद बुग़रा ख़ाँ के बड़े भाई थे पर मलिक छज्जू के भतीजे भी तो थे। मेरे मन में रह-रहकर जग रहा था : देखना होगा कि कब तक निगाहेकरम रहता है। बादशाहों का ठिकाना क्या! जितनी जल्दी इनका पारा उठता-गिरता है, उतनी ही जल्दी साम्राज्य भहर जाता है। बालू की भीत पर छत डालने-जैसा होता है राज्याश्रय। पर माँ की राय है, औलिया का हुकुम, तो जाना ही होगा।

तो साथ एक बड़ा लश्कर चला—खाता-पीता, मौज मनाता। अपने नानू के साथ मैं ऐसे लश्करों पर ख़ूब घूमा था। पोलो खेलने और शिकार खेलने में नानू उस्ताद थे। उनकी दरियादिली के क़िस्से आज तक घरों में चलते, आज तक। हालाँकि आज के दिन हमारे तिमहले घर में गिनती के कपड़े, गहने और नौकर बचे थे, पर अभी हाल की ही बात थी जब जड़ाऊ परातों में हमारे यहाँ से बस्ती की सब हिन्दू-मुस्लिम लड़कियों के जहेज़ के लिए गहने जाते; मेवों और तीतर-बटेर-मुसल्लम के ढेर के ढेर सज जाते रोज़ मेहमानों के वास्ते। सच्चे सोने की ज़री के दस्तरख़्वान घेरकर अमीर बैठते और बाहर ख़ैरात पाने वालों की क़तारें खड़ी होतीं।

---

1. *शबाने हिज्रां दराज चूँ जुल्फ़ ओ रोज़े वस्लत चूँ उम्र कोतह।*
(जुदाई की रातें जुल्फ़ की तरह लम्बी हैं, मिलने के दिन ज़िन्दगी की तरह छोटे)।

जो भी उन्हें युद्ध की लूट में मिलता, दोनों हाथों से लुटाते। कहीं मन में यह बात भी होती होगी कि लूट का माल बाँटकर न खाया तो हज़म न होगा। है तो वह आख़िर हराम की कमाई। हमेशा ही दालान में गुणियों, विद्वानों और सूफ़ियों की बैठकें जमी रहतीं। दो सौ तुर्की और हिन्दू ग़ुलाम तो सिर्फ़ पान की ख़ातिर दौड़ते दिखाई देते। कहने को वे ग़ुलाम थे पर नानू ने कभी उनसे ऊँची आवाज़ में बात नहीं की, सबको अपने कुनबे का ही हिस्सा मानते रहे।

नानू एक ख़ुशदिल इनसान थे। सिर्फ़ एक बार उन्हें नाराज़ देखा जब मैंने छन्द सिखाने वाले अपने उस्ताद से थोड़ी बेअदबी की। वे मनोयोग से मुझे कविता का व्याकरण समझा रहे थे, और मैं ऊपर-ऊपर हूँ-हाँ करता हुआ खिड़कियों के बाहर झाँक रहा था कि आकाश में पतंगें कैसे चोंच भिड़ाती डोल रही हैं; मन-ही-मन एक पहेली-सी गढ़ी जा रही थी :

एक कहानी मैं कहूँ
तू सुन ले मेरे पूत,
बिना परों के उड़ गया
बाँध गले में सूत।

उधर से नानू गुज़र रहे थे। यह नज़ारा उन्हें अच्छा नहीं लगा होगा कि उस्ताद जी तो सिर झुकाकर स्लेट पर मात्राएँ समझा रहे हैं और शागिर्द का मन कहीं आकाश में उड़ रहा है। कहीं से उन्हें यह भी ख़बर लगी होगी कि शहर का सबसे कमउम्र शायर होने का गुरूर मुझसे बड़े-बड़े बोल बोलवा रहा है, बड़े-बड़ों के शेर की मैं ऐसी-तैसी करता फिरता हूँ...पनिहारिनों ने भी मुझको सर चढ़ा रखा है और बाहर निकलते हुए घंटों मैं सजता-सँवरता रहता हूँ...यानी कि शोहदागीरी के लक्षण मुझमें प्रकट होने लगे हैं और सख़्ती न की गई तो जल्दी ही मेरी कविताई भी कपूर हो जाएगी। चौदह बरस की उमर में ये नक़्क़ाशी!

बुजुर्गों के मन में बच्चों की शिकायतें यों ही खट्टे तुर्कतोबा अमरस की तरह जमती जाती हैं और तह-पर-तह जमती हुई एक किरकिरी अमावट-सी बना लेती हैं। फिर किसी दिन जो दाँत में किरकिरी फँसी तो वे पिछली सारी कोर-क़सर एक ही बार में निकाल लेते हैं।...उस्ताद जी के हुजूर में तो कुछ न कहा, पर बाद में अपने कमरे में बुलाकर ऐसी मीठी कुनैन नानू ने पिलाई कि आने वाले दिनों में बड़े बोल बोलते हुए मेरी नानी मरी। जब कुछ लम्बी हाँकने की सोचता भी तो तकलीफ़ में पगी उनकी आँखों का गहरा अफ़सोस मुझे खाने दौड़ता।...बच्चों से अकेले में, हाथ में हाथ थामकर जो कुछ कहा जाता है, पत्थर की लकीर की तरह दर्ज़ हो जाता है उनके मन में। मुहब्बत की ताक़त यही है—आपा खोकर भी वह आपा नहीं खोती और संघनित ऊर्जा से पत्थर की छाती में भी फूल खिला जाती है। फिर मैं तो लड़का

ही था। मेरे मन में, मेरी नसों में आम के बौरों की तरह इस तरह कही गई हर बात चटक जाती थी।

तब से अब तक मैंने शायद ही कभी किसी से बदतमीज़ी की हो। मलिक छज्जू बेबात मुझसे नाराज़ हो लिये। मेरी शायरी पर सदका कर सिक्कों की जो थाल उनके भतीजे ने मेरे आगे पेश की, अगर मैं सर से लगाकर क़बूल नहीं करता तो यह बेअदबी ही होती। मुझे क्या पता था कि मलिक छज्जू के मन में बीवियों की सी एकनिष्ठता की उम्मीद मेरे लिए होगी! कितना दुत्कारा उन्होंने, मैं सर झुकाये सुनता रहा—नानू को दिया यह वचन जो निभाना था कि हमेशा सामने वाले को फ़रिश्ता समझो, और उसके सिजदे में ही बिछे रहो। जिसको जो समझोगे, वो वैसा हो जाएगा—फ़रिश्ता समझोगे तो फ़रिश्ता, दरिन्दा समझोगे तो दरिन्दा।

मलिक छज्जू वाली घटना मेरे वयस्क जीवन का पहला एहसास थी कि हर नियम के कुछ अपवाद होते हैं, इसलिए बात हद से ज़्यादा खींचने का कोई मतलब नहीं। कई बार 'साम-दाम-दंड' की कोई गुंजाइश ही नहीं बनती और अचानक 'भेद' पर आ जाना पड़ता है।...नये मालिक बुग़रा ख़ाँ के साथ लखनौती के सफ़र पर निकलते हुए यह गाँठ मन में कसकर मैंने बाँधी और ख़ुद को याद दिलाया कि जैसे शायरी में कोई रूपक खींचना नहीं चाहिए, ज़िन्दगी में भी बहुत खींच-तान अच्छी नहीं।

लखनौती की यात्रा मुल्तान की यात्रा जैसी सुखद नहीं थी। 150 सुरोह का सफ़र। घोड़ों और खच्चरों की पीठें खुरच गई थीं—लगातार पानी बरसता रहा था। भीगे असबाब बार-बार खींचकर उतारे जाएँ तो जानवरों की पीठ की मोटी चमड़ी भी छिल जाती है और फिर भरने का नाम नहीं लेती। रास्ते में दलदलें भी इतनी ज़्यादा थीं कि जो फँसता, गरई मछली-सा छटपटाता ही रह जाता, और फिर उसे वैसे ही छोड़कर आगे बढ़ जाने की मुश्किल।

मुल्तान की तरफ़ का यह सफ़र ख़ासा सुहावना था। हाथी-घोड़े-पालकी और ग़ुलाम झूमते हुए चल रहे थे। जगह-जगह भिश्तियों की टोली खड़ी थी। हर तीन मील पर एक शाही तम्बू तना था—इत्र, शराब और कविता की नदियाँ लहर ले रही थीं। वसन्त उठान पर था। हर पेड़ पर फूल ऐसे चटके पड़े थे, जैसे कविता के पहले ड्राफ़्ट में शब्द चटकते हैं—बीच-बीच में एक सुगबुग ख़ामोशी, फिर एक शब्द, फिर एक नीली ख़ामोशी, एक हरा पत्ता, एक बूटा, एक अधखिलापन, एक शर्मीली ख़ुशबू! वसन्त कविताओं की रफ़ कॉपी जैसा कच्चे-पक्के मादक अतिरेकों से भरा, ख़ुद में मगन जैसे सोच रहा था—क्या हटाऊँ, क्या रखूँ। प्लावन-आप्लावन का नाम ही वसन्त है, इसीलिए तो वह क्षणभंगुर है। वह उमड़न में भीतर का हर ख़ज़ाना ख़ाली कर लेता है।

9

दरबार सुल्तान का : 1281
वस्लत चूँ उम्र कोतह

सुल्तान मुहम्मद तो बुग़रा ख़ाँ से भी ज़्यादा तमीज़दार निकले। उनका दरबार बलख़-बुख़ारा, समरकंद और कंधार के सलीक़ेदार सौदागरों, शायरों और नातिया क़व्वालों से जगमगाता दीखता था और उन्हें सुनते हुए वे बुत बने घंटों बैठे रहते थे। पाँव-पर-पाँव चढ़ाकर बैठे भी कभी किसी ने उनको नहीं देखा था। हमेशा अदब से आगे झुककर सबकी बातें सुनते। एक बार शेख़ उस्मान और शेख़ शराउद्दीन नाम के दरवेश कुछ अरबी क़व्वालों को सुनते हुए ऐसे सुरूर में आ गए कि लगे नाचने। घंटों यह नाच चला और लगातार बाअदब, सीने पर दोनों हाथ बाँधे हुए सुल्तान मुहम्मद खड़े ही रहे। आँखें गीली, होंठ फड़कते हुए...ख़ुद भी वे अच्छे शायर थे, कलाकारों के लिए उनके मन में सहज कशिश थी।

पर एक बार वे भी मुझसे ऐसे ख़फ़ा हुए कि पूछो मत। पाँच वर्षों के उस मुल्तान-प्रवास में एक ही दोस्त बना था मेरा—अमीर नजमुद्दीन हसन संजारी। वह भी उम्दा शायर था। अक्सर हम दरिया के पानी में पाँव डालकर साथ-साथ सूर्यास्त देखते और कभी-कभी एक-दूसरे के घर ही सो भी जाते। जिस दिन मिलना न होता, बेचैनी-सी घिर आती। हमारी इस अन्तरंगता के फ़साने बेडौल होकर सुल्तान तक पहुँचते। उन्हें यह बात अच्छी नहीं जान पड़ी कि उनके ख़ास लोगों को लेकर कुछ लंतरानियाँ उड़ें। मुझसे तो उन्होंने कुछ नहीं कहा, पर हसन को कहलवा भेजा कि मुझसे मिलना छोड़ दे।

इधर हसन को यह शाही आदेश मिला, उधर वह दौड़ता हुआ मेरे घर चला आया। मैं भी परेशान। मिलकर हम सोच ही रहे थे कि आगे क्या करना है कि राजदरबार में पेशी हुई और सटासट हसन को कोड़े पड़ने लगे। आँख मूँदकर मैंने मन-ही-मन औलिया से फ़रियाद की। झर-झर मेरे आँसू बहते जाते। मेरे आँसुओं से पिघलकर सुल्तान मुहम्मद बोले :

"तुम्हारी मुहब्बत पाक-साफ़ है, इसका कोई सबूत तो तुम्हें देना ही होगा।"

"हमारी रूहें पंख मिलाकर उड़ने वाली पीलू चिड़ियाँ हैं, इसका सबूत मेरी बाँह पर छपा है।"

बाँह का कुरता उठाया गया, और औलिया का कमाल कुछ ऐसा कि चाबुक की जितनी छापें उसकी पीठ पर थीं, उतनी ही मेरी बाँह पर भी नज़र आ गईं और अभिभूत होकर मैं बोल पड़ा :

"इश्क़ेमजाज़ी का एक चेहरा इश्क़ेहक़ीक़ी भी होता है, ऐ हुज़ूर! और क़ायनात

एक ऐसा मकड़जाल है जहाँ कोई तंत किसी से अलग नहीं, हर तार दूसरे से गहरा जुड़ा है।''

इस बात पर सुल्तान मुहम्मद सकते में आ गए। ख़ुद उन पर हाल-फ़िलहाल बुरी बीती थी। ज़िन्दगी में दो बार ही तो उन्होंने ताव खाया था. और दोनों बार मुँह की खानी पड़ी थी। पहली बार का ताव उम्र-भर का नासूर दे गया था। कायनात अच्छी रूहों के कड़े इम्तिहान लेती है और उनकी थोड़ी भी चूक बर्दाश्त नहीं करती। मूर्ख शार्गिदों को उस्ताद वैसी कड़ी सज़ा नहीं देते। क़ाबिल शार्गिदों को ही उनकी चूकों पर सबक़ सिखाने का कोई फ़ायदा है—ये मानती है कायनात। शाम को जब हम दरिया पर मिले, इधर-उधर देखता हुआ हसन फिर मुझसे लिपट गया।

''अरे यार, ये तो बता, मुझ पर पड़े कोड़ों की छाप तेरी बाँहों पर कैसे उभर आई?''

मैंने औलिया से सुनी बात सीधे ही दोहरा दी : ''औलिया कहते हैं, कायनात सुनहरी मकड़जाल है, सारी महीन लकीरें एक-दूसरे से गुँथी हैं, कहीं किसी को चोट पहुँचे या आह्लाद हो तो उसकी झुरझुरी पूरी कायनात में बिजली की थिरकन की तरह दौड़ जाती है और उस सुख-दुख की एक हलकी-सी छाया हर जगह एक छाप-तिलक छोड़ जाती है—इतनी हलकी, इतनी नामालूम-सी कि एक झलक में कोई उसे देख नहीं पाता; पर ध्यान की तल्लीनता से कोई उसे देखे तो वह दिखाई पड़ सकती है, और कोई ध्यानसिद्ध, स्थिरचित्त व्यक्ति चाहे तो कभी किसी क्षण किसी सादादिल आशिक़ के आगे यह सच्चाई ज़ाहिर भी कर सकता है, जैसे दरबार में औलिया ने किया।''

''सादादिल आशिक़? जैसे हम हैं?''

''सूफ़ियाने अर्थ में हम आशिक़ ही हैं। जब एक के बहाने सारी दुनिया अपनी-अपनी-सी लगने लगे और हर जगह उसका नूर बरसता हुआ-सा दिखाई दे तो हम आशिक़ ही हो जाते हैं...पर अभी वैसे सादादिल आशिक़ हम हुए कहाँ हैं, हसन? हमारे दिलों पर अभी बहुत रेफें बाक़ी हैं। नूर बरस तो रहा है पर हमारी कटोरी उलट जाती है रह-रहकर और सब कुछ बिखर जाता है। हर पल हम उसके एहसास से, उसके नूर से भरे रहते तो हमारा कोई पल भारी नहीं गुज़रता।''

''हाँ, यार, अभी तो हम रह-रहकर ऊब-सहम जाते हैं। आवेश दामन नहीं छोड़ता। रह-रहकर ग़ुस्सा आ जाता है। ये दो जो लिबलिबियाँ हैं हमारी—दाँतों के बीच लपलपाती हुई जीभ और जाँघों के बीच लपलपाता हुआ मर्दाना आवेग—ये दो भी सध जाएँ तो बात आगे बढ़े। इसीलिए धीरज इतना बड़ा मूल्य है—हिन्दुओं के यहाँ और अपने यहाँ भी।''

''हाँ, भाई, धीरज रखे बिना कोई जीये भी तो कैसे? अब देखो न, इस रेगिस्तान में, सब अपनों से दूर, तरह-तरह की दहशतों से घिरे, हम धीरज से

ही तो समय काटते हैं। हर तीसरे दिन मंगोल हमला बोल देते हैं और सुल्तान हमें साथ लिये बिना मोर्चे पर भी नहीं जाते। उन्हें वहाँ भी महफ़िलें चाहिए और शायरी।''

''शायरी मरहम तो है ही न! अच्छा, बता, इनकी बेगम का क्या क़िस्सा है? तू मुझसे पहले ही मुल्तान आ गया था, राजमहल के बाहर भी कुछ दिन टिका होगा। अहाते में तो जासूसों के ख़ौफ़ से कोई इस बात पर चूँ ही नहीं करता, पर शहर में बातें होती होंगी—ये अकेले क्यों रहते हैं?''

''अरे यार, ज़्यादातर बीवियों को तो बात-बेबात तेवर झेलने पड़ते हैं। उन्हें शौहर का रंज सहने की आदत पड़ जाती है; तो वे शौहरों का रंज-तंज़ ऐसे हाँक देती हैं, जैसे पकवान से मक्खियाँ! एक बार सखियों के बीच बैठकर जी हलका कर लिया, और वापस शबनमी चादर तान सो रहीं; लेकिन सुल्तान सलीक़ेदार मुसलमान रहे, पलकों पर बिठाकर रखा मलिका को।...पर फ़ुर्सत ही कितनी मिली साथ रहने की? मुल्तान का हाल तुमसे छुपा तो नहीं है।''

''हाँ, यार। आए दिन मंगोल धावा बोलते रहते हैं और उन्हें खदेड़ना इतना आसान भी नहीं होता। खोरोसन की वादियों से चील की तरह वे झपटते हैं—पर झुंड में, और झुंड भी इतना बड़ा कि दूर से टिड्डी-दल जान पड़े! कहने को यह रेशमी रास्ता है—रेशम के व्यापारियों का पथ—पर खोरासन से सिन्ध की सीमा तक या शिराज़ से हिन्दुस्तान के पश्चिमोत्तर तट तक इतनी बड़ी संख्या में, इतने हथियारों से लैस ये आते हैं और कुछ इतनी फ़ुर्ती से टूट पड़ते हैं दुश्मनों पर, कि हमें सँभलने का मौक़ा भी नहीं मिलता।''

''ये तो ख़ैर कहो कि हमारे सुल्तान भी कम बहादुर योद्धा, कम अनुशासित सैन्य-संचालक नहीं, पर हिन्दुस्तान की मिट्टी और यहाँ की आबोहवा ही कुछ ऐसी है कि साधारण लोग लगातार लड़ना नहीं चाहते। मुहब्बत की बातें चाहे जितनी सुना लो, लड़ने का जोश वैसा नहीं जुटता—बस बचाव के लिए लड़ते हैं। लड़ाई के लिए तैयार की जाती है तो बस एक जात (राजपूत) लूट-पाट-आक्रमण साधारण लोगों के ख़ून में नहीं है, इसलिए जब वे सिपाही बनते हैं, आदर्श के नाम पर मर-मिटने का जोश उनमें ज़्यादा होता है, पर लड़ाई के लिए लड़ाई, लूट के लिए लूट—यह उनसे ज़्यादा सधता नहीं। इसलिए भी हमारी सेना छोटी होती है कि यहाँ हर नागरिक मरने-मारने के जज़्बे से प्रेरित नहीं हो पाता। बौद्धों का, जैनों का या कुछ प्राचीन हिन्दू ऋषियों का प्रभाव फ़िज़ाँ में कुछ ऐसा है कि लोग दुश्मन से भी सुलह कर लेने, उसे माफ़ करके आगे बढ़ जाने के जज़्बे से ज़्यादा प्रेरित होते हैं। सैन्य-नायकों को आम जनता में जोशो-ख़रोश जगाने में ज़्यादा मेहनत करनी होती है, इसलिए वे थक भी जाते हैं। बहुत फ़र्क़ होता है उस मिट्टी की आबोहवा में जो युद्ध को आपद्धर्म मानकर निबाहे—अर्जुन की मनोदशा में निबाहे—और

उस मिट्टी के जज़्बे में जहाँ भौतिक परिस्थितियाँ इतनी उलटी पड़ीं कि लड़ाका जज़्बा जीने की शर्त ही बन जाए।''

''ये तुम्हें हिन्दू देवी-देवता और उनके दर्शन कैसे पता हैं?''

''मेरे नाना नवमुस्लिम थे। वे तो फिर भी इस्लाम की बातें कहते थे, नानी-अम्मा और घर की तमाम औरतें पुराने रिवाजों, कहावतों-क़िस्सों का दियरा बालती ही रहती थीं हम बच्चों के मन में। औरतों में सब-कुछ साथ लिये चलने का जज़्बा ज़्यादा होता है। पुरानी पड़ गई चीज़ें भी वे जल्दी फेंकतीं नहीं और उनसे काम लायक़ कुछ-न-कुछ निकाल ही लेती हैं, फिर यह भी आस उनमें पलती रहती है कि उनकी न हो पाई तो क्या, उनके बच्चों की दुनिया बड़ी हो और वे हर तरह की स्थिति में पूरे ठाठ से जिएँ।

''हाँ, तो बात सुल्तान के बारे में कर रहे थे, उनकी बीवी के बारे में। एक दिन मंगोलों से निबटकर वे अचानक ही घर लौटे तो देखा कि मलिका महल में नहीं हैं। पता चला, मायके गई हैं। ख़बर की गई, मगर लौटकर नहीं आईं मलिका। सुल्तान थके थे, फिर भी सवारी जुतवाई और ससुराल की तरफ़ चल दिये।

''यह तो तुम्हें पता ही है कि मलिका भी हिन्दू घराने की थीं। हिन्दू तांत्रिक थे उनके बाबा। हालाँकि अब्बा ने इस्लाम स्वीकार कर लिया था, पर बाबा की तांत्रिक साधना चलती ही रहती थी। बेटे से उनकी बनती भी नहीं थी। वे रहते भी रावी के तट पर थे। एक कुटिया-सी छवा रखी थी। कुछ मलंग साथी कभी-कभी जुट जाते तो सत्संग हो जाता था, वरना अकेले ही रहते थे।

''सुल्तान पहुँचे तो शोर मच गया, और पता चला कि मलिका तो अपने बाबाहुज़ूर से मिलने गई हैं। युद्ध हारकर लौटे थे सुल्तान। मन में दबा हुआ ग़ुस्सा एक शरारे-सा फूटा और वहीं खड़े-खड़े उन्होंने उन्हें तलाक़ पढ़ दिया कि बिना शौहर से मशविरे के इतना बड़ा फ़ैसला कैसे? शौहर उधर मोर्चे पर लड़-भिड़ रहे हैं और बीवी काफ़िर रिश्तेदारों में डोलती फिर रही है! राजमहल लौटे तो चुग़लख़ोरों की सेना बीवी के ख़िलाफ़ आग में घी डालती रही कि बीवी तो सूफ़ियों में भी खुले मुँह घूमती रहती हैं, लम्बी तक़रीरें करती रहती हैं उनसे। उनके जाने के बाद शायद ही कभी महल में टिकती हैं। दो बार और बीवी से इसकी सफ़ाई माँगी गई जो उन्होंने कभी दी ही नहीं। अन्त में तलाक़ मुकम्मल।

''पर बाद में जब पता चला कि उस दिन तो वे सुल्तान की विजय के लिए कोई 'उपाय' करवाने गई थीं, सुल्तान का दिल पिघल आया। पर अब तो देर हो चुकी थी। इस्लाम के उसूलों के मुताबिक़ वे उनकी मलिका के रूप में घर तभी आ सकती थीं जब उनका निकाह किसी से पढ़वाया जाए, उनका जिस्मानी तअल्लुक़ हो नए दूल्हे से, और फिर वह उसे तलाक़ दे।

''बहुत सोच-समझकर एक क़रीबी दोस्त, शेख़ सराबुद्दीन को इस बात के

लिए तैयार कराया गया कि नाम की शादी कर लें और फिर मलिका को जल्दी ही तलाक़ भी दें ताकि सुल्तान उन्हें ब्याह सकें फिर से। पर हुआ वु छ ऐसा कि इस घटना के बाद मलिका का जी दुनियादारी से उचाट हो लिया, और तलाक़ लेकर दुबारा सुल्तान से ब्याह करने की बात उनके गले न उतरी। आज तक कहने को तो वे शेख़ सराबुद्दीन के साथ ही हैं पर अग़ल-बग़ल की लड़कियों को सही मज़हब की तालीम देने में उनका सारा वक़्त जाता है। शेख़ भी शागिर्द बने सामने बैठे रहते हैं। सबसे कमाल की बात यह है कि उनके यहाँ दोनों मज़हबों की लड़कियाँ आती हैं और दोनों मज़हबों में जो कुछ साझा है, उसकी एक किताब-सी उन्होंने बनाई है। एक उनकी शागिर्द सायरा, जो मेरे दोस्त की बहन है, कहती है कि उनका मानना है कि जब सब मज़हब एक ही तरह के जीवन-मूल्य प्रस्तावित करते हैं, मज़हब के नाम पर ख़ून-ख़राबा मचाने का क्या मतलब?

"ईरान में एक राबिया फ़कीर हुई हैं जो (महिला सूफ़ी हज़रत राबिया बसरी इराक़-ईरान सीमा पर बसे हुए शहर बसरा की रहने वाली थी) वे औरतों की भाषा में, उनकी बोली-बानी में यही बात कहती हैं कि किसी भी मज़हब का मूल मक़सद ये ही है कि 'अपने' और 'दूसरे' के बीच की सरहदें मिटा दे। अपनी एक नज़्म में तो वे बहिश्त और दोज़ख़ के बीच का फ़र्क़ मिटाने की भी बात करती हैं :

मेरे बाएँ हाथ में
पानी का मटका,
दूसरे में आग चूल्हे की।
एक से चली हूँ बुझाने
नरक की मैं ज्वाला,
और दूसरे से बहिश्त
राख करने!"

"अरे वाह, ये मलिका भी राबिया फ़कीर की राह पर ही चल निकली जान पड़ती हैं! ख़ुदा का बन्दा कट्टर हो भी कैसे सकता है? ख़ुदा दरियादिल है और दरिया की मौजों पर दीवारों की नींव डालकर दिखाए तो कोई! चल, एक दिन उनसे मिल आते हैं। क्या सायरा उनसे मिलवाने में हमारी मदद करेगी?"

"पूछकर देखता हूँ। यह शायद उतना मुश्किल न हो, क्योंकि उनकी महफ़िल तो खुली महफ़िल है, पर सुल्तान को पता चला तो वे बिफर जाएँगे और खुफ़िया मुलाक़ात ख़ुद रानी को गवारा न होगी।"

10

1281 : मलिका हुज़ूर

नमी नादम च मंज़िल बूद शब जाए कि मन बूदम[1]

कभी कुछ बचाकर नहीं रखनेवाले अल्ला के मेहमान होते हैं, यह बात तो ठीक है लेकिन अल्ला का मेहमान होने का जिगरा अभी मेरे पास नहीं था, इसलिए अपनी माली हालत दुरुस्त करके परिवार आगे बढ़ाने की बात सोचता था। अभी मेरी रूह ने वैसी ऊँची सीढ़ियाँ नहीं चढ़ी थीं। अभी मेरी अना का ठीकरा बचा ही हुआ था। बादशाहों को अभी मैं टटोल ही रहा था यानी सुल्तान मुहम्मद के दरबार में टिककर रहने की सोच ही रहा था कि एक और विपदा आन पड़ी जिससे मेरे पाँव फिर से उखड़कर दिल्ली की ओर मुड़ गए। मुल्तान पर फिर से मंगोलों ने अचानक हमला बोल दिया और फिर से इतनी बड़ी संख्या में अपने घोड़े टिटकाते वे सरहद में घुस आए कि सुल्तान की सारी बहादुरी धरी की धरी रह गई।

इन दिनों वे ज़ाती ज़िन्दगी की इस समस्या से ज़्यादा ही मरऊब रह रहे थे। उन्हें पता चल गया था कि हम उनकी मलिका से मिलने की सोच रहे हैं। जासूस हर जगह लगे ही रहते थे। ख़ैर, दिल उनका नेक था कि इस बात पर नाराज़ होने के बदले उन्होंने मुझे इसकी इजाज़त दे दी और साथ में यह ज़िम्मेदारी भी सौंपी कि अपनी शायरी से ही मैं मलिका का दिल पिघलाऊँ और उन्हें वापस महल में लाने के हालात पैदा करूँ।

यह मेरी शायरी का बड़ा इम्तेहान था। दिन मुकर्रर करके मैं इधर मलिका से मिलने चला और उधर सुल्तान मंगोलों से निबटने चले। चलते समय उन्होंने मेरा हाथ भी चूमा। दूज का चाँद बादलों के बीच से उदास हँसी हँसने लगा। उसको शायद यह पता हो कि यह हमारी आख़िर मुलाक़ात होगी।

भूले नहीं भूलती वह चाँदनी रात जब मलिका के हुज़ूर में मैं इस हसरत से पेश हुआ कि उनसे राबिया फ़कीर के बारे में कुछ समझना चाहता हूँ। उनके भाइयों का व्यापार ईरान में ही फल-फूल रहा था और रूमी, राबिया फ़कीर वग़ैरह की शायरी उनके आँगन में अंगूर के बेल जैसी गुच्छा-गुच्छा फलती-फूलती रहती थी। शायरी की शान ये ही तो है कि वह हर मिट्टी में जड़ पकड़कर नये ढंग से फूलती-फलती हुई न जाने कितने अनाम मुरीद और आशिक़ पैदा करती रहती है।

---

1. *नमी नादम च मंज़िल बूद शब जाए कि मन बूदम,*
बह रसू रक्स-ए-बिस्मिल बूद शब जाए कि मन बूदम।
(कल रात मैं जाने कहाँ था! कल रात जहाँ मैं था, न जाने कौन सी जगह थी! हर तरफ़ घायलों का नाच जारी था)।

मलिका ने बाबा से भारतीय दर्शन और तंत्रादि समझा था, भाइयों से ईरानी दरवेशों की सूफ़ी शायरी पढ़ी थी। उन दिनों पंजाब-मुल्तान के अपने सूफ़ी शायर भी कयामत-सी ढाह रहे थे। निज़ाम पिया के उस्ताद, बाबा शेख़ फ़रीद का ख़ानक़ाह कुछ ही घंटों की दूरी पर अजोधन में था। निज़ाम पिया भी अजोधन आते-जाते रहते थे। उनके मुँह से बाबा शेख़ फ़रीद की शायरी ऐसे झड़ती जैसे आसिन की रात के चौथे पहर नूरानी बाग़ में हरसिंगार झड़ते हैं—कतरा-कतरा नूर की सफ़ेद चादर में धरती को ढाँकते हुए। उनकी शायरी में सबसे अच्छी, सीखने लायक़ बात मुझे यह लगती थी कि महीन से महीन बात वे लोकभाषा में घरेलू बिम्बों के आसरे कहते थे :

कंघी उतै रूखड़ा किचरकु बन्नै धीरू,
फ़रीदा कच्चे भांडै राखीये किचरू तांई नीरू।

(नदी तट का वृक्ष कितनी देर धीरज रखे! कच्ची मिट्टी का घड़ा पानी में कितनी देर टिके!)

बचपन से जिसका ज़िक्र सुनते रहे हों, उनसे मिलने की तमन्ना सुर्ख़रू हो ही जाती है। बातों-बातों में जब मलिका ने बताया कि उनका बाबा फ़रीद से भी मिलना होता रहता है, और एक बार तो निज़ाम पिया के रहते हुए भी वे उनके ख़ानक़ाह गई थीं, मेरे रोम-रोम में कलियाँ चटक उठीं। मैं समझ गया कि मेरी इनसे ये जो मुलाक़ात हो रही है, इसके पीछे क़ुदरत की कोई गम्भीर मंशा है। घंटों मैं आँख मूँदे बैठा ही रहा। इनकी भी आँखें मुँद गईं। इतने सारे पैग़ाम देने थे, संदेसिया बनकर ही आया था। इतना कुछ पूछना भी था, पर मुँह से बोल फूटे नहीं। होंठ फड़के और फड़ककर रह गए। कुछ देर तो भौचक्का देखता रहा, फिर उन्होंने ही बातचीत शुरू की तो हम कुछ सहज हुए और मुझे यह भी दिखाई दिया कि मलिका तो बला की ख़ूबसूरत है। अरब के खजूरों की मिठास और शहद का ठहराव उनकी शख़्सियत का सार था। और यह बात भी क़ाबिलेग़ौर थी कि उन्हें उनके भाई दीन-दुनिया के सारे क़िस्से सुनाते रहे थे। उनके वजूद का दरख़्त ज्ञान से सिंचकर और छायादार हो गया था। औरतों में संज्ञान तो क़ुदरत ही भरती है। ज्ञान बटोरने का उनको अवसर मिले तो वे वैसा ही दरख़्त हो जाती हैं, जैसा दरख़्त होनें का आशीष बाबा फ़रीद से निज़ाम पिया ने पाया था :

'तुम एक ऐसे छायादार दरख़्त होओगे जिसके साये में अल्लाह की मल्लूख आराम पाएगी।'

बातों-बातों में मलिका ने यह भी बताया कि तुर्की के क़रीब इटली नाम का देश है जहाँ दाँते नाम का एक सूफ़ी अभी-अभी पैदा हुआ है। धीरे-धीरे ऐसे सूफ़ी दुनिया की सब बोलियों में शायरी करते दिखाई देंगे। दुनिया जल्दी ही करवट बदलेगी। सब जगह क़रीब तीन-चार सौ साल तक ख़ुदा का नूर बरसेगा। इतालवी,

फ्रांसीसी, अंग्रेज़ी, स्पैनिश, फ़ारसी और हिंदवी आदि कुछ भाषाएँ तो ख़ुदा के नूर में नहा ही जाएँगी। फ़रिश्ते किताब की शकल में नमूदार होंगे! जहाज़ भर-भर किताबें इधर से उधर जाएँगी : 'सारी भाषाएँ बहनें ही हैं—एक-दूसरे के घर सब बहनें आएँगी-जाएँगी तो दीवारें टूट जाएँगी। दीवारें तोड़ गिराने में तेरी भी शायरी काम आएगी। मज़हबों का फ़र्क़ मेटने में तू जी-जान लगा देना, ख़ुसरो। बीज किसी भी क्यारी में गिरे, उसमें फूलने-फलने का माद्दा होता ही है। ख़ुदा किसी मज़हब, किसी ज़ात, किसी मुल्क की क्यारी में हमें गिरा दे, बीज की तरह ही चटककर अपनी अना की खोल से हमको बाहर आना होता है। पत्ती-पत्ती होकर एक शानदार पेड़ बन जाने की प्रक्रिया दुरूह तो है पर कोशिश में जी-जान लगाये बिना बात नहीं बनने की। वो देखो, वह शहतूत! वह कटहल! उसके रोम-रोम में रस की गगरी बँधी है—किसके लिए? जो भी आ जाए, उसके लिए। अल्लाह सबका सिरजनहार है। उस तक पहुँचना है तो उसके सिरजे हर शय से मुहब्बत करो। सबको सबसे जोड़ो।'

जोड़ने की बात पर मुझमें अचानक यह ख़याल कौंधा कि यह मौक़ा ठीक है, अब मुझे सुल्तान की बात चलानी चाहिए। मैं भी तो जोड़ने ही आया हूँ—दो बिछड़े दिलों को मिलाने। इन्हें यह एहसास ख़ुद ही हो रहा है कि अना का कवच तोड़ देना चाहिए। पर इसके पहले कि मैं सुल्तान के दिल का हाल बयान कर पाता, ये ख़ुद बोलीं : "ख़ूसरू, मैं समझ रही हूँ कि तुम्हारे दिल में क्या चल रहा है।...जोड़ने की कोशिश अच्छी कोशिश है और ठीक से देखो तो सिरजनहार अपने सब बंदों को नूर के झिलमिल धागे से जोड़े ही रखता है। रूह के तल पर तो कोई किसी से अलग ही नहीं, बाक़ी जो इश्क़हक़ीक़ी वाला तल है, वहाँ हर कोशिश कामयाब हो ही जाए, यह ज़रूरी नहीं, पर कोशिश करके देख ज़रूर लेना चाहिए।

"मेरे बाबा कहते हैं कि हिन्दुओं में एक मान्यता यह चलती है कि दरिया में केले के दो थम्ब मिलकर कुछ देर बहें तो अच्छा लगता है लेकिन कुछ देर सटकर बह लेने का मतलब यह नहीं कि यह आस लगा ली जाए कि हरदम इन्हें साथ बहना है। एक ही दरिया है—मौज एक ही है—किनारे भी वो ही हैं—इसका एहसास अगर बना हुआ है तो कोई ईरघाट बहे या बीरघाट, अलग तो वह कभी नहीं होता।"

यह बात मेरे लिए थोड़ी भारी पड़ी। लड़कबुद्धि में लरजकर मैंने वो क़िस्सा दोहरा दिया जो निज़ाम पिया के मुँह से मैंने सुना था : "कहते हैं, एक बार बाबा फ़रीद को किसी ने कैंची भेंट की। उसे देखते ही वे बोले—मैं इसका क्या करूँगा? कुछ देना ही है तो सुई दे दो, मेरा काम सिलाई है, कटाई नहीं। ...ये बात अभी मुझे क्यों याद आ रही है, इसके पीछे क्या रहस्य है... ?"

कुछ देर सिर झुकाकर मलिका बेआवाज़ रोती रहीं। सामने बच्चों की तरह आलथी-पालथी मारकर मुग्ध भाव से उनकी बातें सुनने वाले उनके मियाँ उठे और

उन्हें रेशमी रूमाल थमाकर वापस अपनी जगह बैठ गए। यह एक इशारा था कि उनके आँसू उनसे देखे नहीं जा रहे।

कुछ देर में सहज होकर मलिका बोलीं : "काल ने कैंची चला दी है ख़ुसरू, सुल्तान नहीं रहे...वो देखो, वो अपने घोड़े से दूर जा गिरे हैं। काल की कैंची के आगे तो कोई सुई काम नहीं करने वाली...बहुत देर हो गई...पर कयामत के दिन फिर मिलना होगा। फ़िलहाल तो मेरी सलाह यही है कि तुम मुल्तान छोड़कर जंगल के रास्ते निकल जाओ।...मंगोल मुल्तान पर कहर बरपा करने वाले हैं...सुल्तान की ख़ातिर मुझको दुआ पढ़नी है...अब तुम जाओ।"

11

वापस पटियाली

वर्गी के जे बाद शुद गुरीनां[1]

उस वक़्त तो हम भौचक्के रह गए, पर बात सौ फ़ीसदी सच निकली। मुल्तान का रेगिस्तान शहीदों के ख़ून से रँग गया। मलिका की बात पर यक़ीन न करने की सज़ा मुझे ऐसी मिली कि कई महीने मंगोलों की क़ैद में बिताने पड़े। एक रोज़ मेरी शायरी का एक मुरीद मुझे क़ैद से भगाने में कामयाब तो हो गया, पर उसके बाद बदहवास रेगिस्तान पार करते हुए जो मेरी हालत हुई, क्या बयान करूँ! पानी की तरह मैं इधर-उधर बहता रहा। बुलबुलों जैसे छालों से तलवे भरे थे। भूख-प्यास से अँतड़ियाँ ऐंठ गई थीं। इधर-उधर करील की झाड़ियों में लबादे फँस जाते। इस जहद्दम से बचने के लिए मैं पतझड़ के पेड़-सा नंग-धड़ंग ही भागने लगा। कई रातें, कई दिन बदहवास भागते हुए किसी तरह रावी के तट पर पहुँचा तो बेख़ुदी में मलिका की झलक मिली। ऐसा लगा, अपना आँचल निचोड़कर वे मुझको पानी-सा पिला रही हैं।

किसी तरह पटियाली पहुँचा। पुश्तैनी घर में बाप की गोद का सुकून होता है। इस समय इतनी उदासी थी...बाहर की दुनिया, भालों और बर्छियों से खुबी हुई दुनिया, इतनी भयानक शक्ल के साथ सामने अयां हुई थी कि मैं कुछ दिन हर शोर-शराबे से दूर ही रहना चाहता था। अम्मा को यहीं बुला लिया था। सुल्तान की मौत इस क़दर हिला गई थी मुझको कि उसकी याद में एक मसनवी उठ रही थी मेरे भीतर, जैसे तूफ़ान उठता है। अम्मा बोलीं : "हाँ, अब सारा दिन घर में रहकर मसनवी पूरा

---

1. *वर्गी के जे बाद शुद गरीजां/हर गुशां दवाँ फूतां व खीनां हर सूई पेरेहन : मुलिस्तानी/चूं रात फ़ुतानेह कारबानी।*
(आँधी के तमाचों से ताज़ा कलियाँ धरती पर लुढ़कीं और पत्ते गिरते-पड़ते भागने लगे/पतझड़ के उजाड़े बाग़ की दशा उस काफ़िले की है जिसे लुटेरों ने अभी-अभी लूटा)।

कर। जिस दिन ये पूरी हो जाएगी, महरून्निसा से तेरा निकाह पक्का कर आऊँगी। दिल्ली का हाल बुरा है। बल्बन की गद्दी पर उसका अट्ठारह बरस का डरपोक भतीजा बैठा है। राजकाज चला तो रहा है उसका वज़ीर निज़ामुद्दीन, पर कुछ इस तरह कि उसका अपना चचा, फ़ख़रुद्दीन, जो दिल्ली का कोतवाल है, तेरे मामू से कह रहा था कि भेड़िया पर पत्थर फेंकने की, कुंजरे की दाढ़ी प्याज़ के पत्तों से खुजला देने की हिम्मत मुझमें नहीं रही। जाए दिल्ली चूल्हे-भाड़ में! सुल्तान मुहम्मद की याद में चिराग़ जलाने वालों के लिए दिल्ली में जगह नहीं...अवध के अमीर, हातिम ख़ान के लोग तेरा हाल-चाल लेने ज़रूर आए थे। घर-बार कर ले। फिर कुछ दिन अवध जाकर रह लेना। सुना है, अवध का नवाब बनाने वाले हैं उसे।''

''देखूँगा अम्मा। भीड़-भड़क्का, शोर-शराबा और चहल-पहल और भी अकेला कर देते हैं। औलिया कहते नहीं हैं कि आदमी को संगीत की संगत में ज़्यादा रहना चाहिए? मुल्तान में रहते कुछ ईरानी वाद्ययंत्र देखे थे, संगीत के उस्तादों की संगत भी की थी। बहुत दिनों से मन में चल रहा है कि हिन्दुस्तान के बाजे ईरानी बाजों की ढब में ढालूँ या कहो तो ईरानी बाजों को हिन्दुस्तानी बाजों के ढब में। कोई अच्छा बढ़ई तो मिलेगा जो मेरे कहे मुताबिक़ तम्बूरे, मृदंग, एकतारे नये छब-ढब में गढ़ पाए...।''

अम्मा ने जल्दी ही सब इन्तज़ाम कर दिये। पटियाली में रहते हुए ही मैंने वीणा सितार में बदली, पखावज़ का तबला और ढोलक बनाया। उन पर कुछ नये ताल ठनकाए...संगीत ने मेरे उपचार में काफ़ी मदद की। जो ज़ख़्म ज़्यादा टीसते, औलिया की राय के मुताबिक़ उनकी ओर ग़ौर से देखता, देखता ही जाता...और फिर धीरे-धीरे टीसें ग़ायब हो जातीं। आँखों की ताक़त अनुपम है। आँखें आत्मा का द्वार हैं। किसी भी मुसीबत से मुस्कराकर आँखें मिला लो तो वो धीरे-धीरे डूबने लगती है। आँखें चुराने से उनको बल मिलता है। भेड़िये भी अगर पीछे लगे हों, हिम्मत से एक बार पलटो, उनकी आँखों में आँखें डालो तो वे थमक जाते हैं—ये मैंने बदहवास मुल्तान के जंगल पार करते हुए जाना था।

संगीत के अलावा एक बड़ा नूरानी मरहम है प्रकृति। सुबह-सुबह खेतों की ओर निकल जाता। तभी मैंने बाग़बानी भी शुरू की और घर के आस-पास अपने पसन्दीदा फूलों के पौधे लगाये। मौज (केला), आम, ख़रबूज़े और पान भारत के मेवे हैं। एक पुराने आम के पेड़ की छाँव में बैठकर यों ही कुछ गाता-बजाता रहता था। गाते-बजाते हुए भी मेरे मन में यही हसरत मौजें मारती रहती थी कि कैसे दो संस्कृतियाँ गंगा-जमुनी ठाठ से मिलकर बहें। औलिया ठीक ही कहते थे कि अगर अपनी मटकी उलटी न लटकाओ तो ख़ुदा का नूर मटकी में भर ही जाएगा क्योंकि वह तो बरस ही रहा है, बस, अपनी अँजुरी सीधी रखने की बात है। निरपेक्ष एकान्त अपनी अँजुरी, अपना मटका सीधा करने में मदद करता है—यह मैंने देख लिया। जो

चाहा, वो मिला : राग मुजीर, साज़गीरी, ऐमन, उश्शाक़, मुवाफ़िक, गमन, जील्थ फरगाना, सर पर्दाट, बाखर्ज—सब हिन्दुस्तानी और फ़ारसी रागों के मेल से घटे—लगता कि दरिया की मौजें चलती हुई आती हैं और गले-गले मिल जाती हैं। यह सब मैंने नहीं किया—बस, हो गया। अपना मटका ख़ाली किया, और क्या! ख़ाली होता तब ही तो भरता! भरनेवाला भर गया। जिस दिन 'ध्रुपद' से 'ख़याल' निकल आया, उस दिन मेरी ख़ुशी का ठिकाना न था। उसी दिन मैंने शादी के लिए 'हाँ' भी भर दी।

12

काफ़िरे-इश्क़म मुसलमानी मरा दरकार नीस्त : राग दरबारी[1]

बादशाह हुज़ूर को इधर एक झक सवार हुई है कि राज्य के बेहतरीन बुनकर और क़सीदाकार उनकी फ़तह और पराक्रम के सब दृश्य, उनकी सब उपलब्धियाँ एक विशाल क़ालीन पर बुनें और काढ़ें। उनके कानों में कहीं से ये बात आन पड़ी है कि पारस में ऐसा हुआ है कभी पहले और सात समुंदर पार के गोरों का जो देश है, वहाँ भी। कोई सौदागर समुद्री रास्ते से भूला-भटका उधर गया और बंदी होकर उधर ही रहा। फिर एक दिन 'आर्थर' कहलाने वाले राजा के युवा साथियों में से किसी की निगाह उस पर पड़ी जब बंदियों के बीच के कुछ हट्टे-कट्टे लोग अनुर्वर प्रदेशों में खेती-बारी के लिए छाँटे जा रहे थे। वह उसे अजूबा समझकर अपनी प्रिया को दिखाने ले आया जो मैलरी नाम के किसी जादूगर की बेटी थी। वहाँ उनके घर वह वर्षों ग़ुलाम रहा, ख़ूब मन लगाकर सेवा उनकी की तो एक दिन ख़ुश होकर मैलरी ने उसको आज़ाद कर दिया और किसी जादुई शक्ति से संचालित, उद्‌दाम लहरों पर लुढ़कता-पुढ़कता वह एक रोज़ अपने देश लौट भी आया। वहीं उसने गोरों के देश की अजब कहानियाँ लोगों को सुनाईं—वैभव, बहादुरी और पोशीदा मुहब्बत की अजब दास्तानें!

युद्ध से थके बादशाह का मन फुलसुँघी चिरैया हो जाता है। खुट से इधर, खुट से उधर...बेचैन, कि कैसे क्या करें जो मन थोड़ा बदले; कोई ऐसा ज़िक्र चले जो मार-काट, जोड़-तोड़ और साज़िशों की दुनिया से दूर लिये चला जाए। इसीलिए क़िस्से ज़रूरी हो जाते हैं। इतनी क्रूरताओं, और ऐसी विकट ज़बर्दस्तियों के बाद आत्मछवि भी तो प्रश्नांकित होती होगी, इसीलिए ख़ुशामदियों की साख़ बढ़ जाती होगी कि कोई तो भरम बनाए रखे।

---

1. *काफ़िरे-इश्क़म मुसलमानी मरा दरकार नीस्त—*
हर रगे मन तार गश्ता, हाजते जुन्नार नीस्त।
(मैं इश्क़ का काफ़िर—मुसलमानी मुझे क्या! नस-नस ही तार है मेरा, मुझे जनेऊ से क्या)!

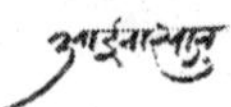

दिल्ली के बाज़ार में तरह-तरह की नस्लों के लोग कंधे टकराते-से चलने लगे हैं। महरौली के जंगलों में भी जो कलंदर हैं—सिर्फ़ ईरान के नहीं। तुर्क ग़ुलामों को भी सेना में जगह मिल गई है तो वे इतराए हुए फिरते हैं। फ़कीरों, भिश्तियों, दुकानदारों, तवायफ़ों, जुआरियों, भिखारियों और शराबियों में जब किसी बात पर आपस में ठन जाती है और ग़ुस्से में वे अपनी मादरी ज़बान में गालियाँ निकालते हैं, तब समझ में आता है कि ख़ून और पसीने की तरह अलग-अलग ज़बानें भी चुपके से कब दोस्ती गाँठ लेंगी—पता ही नहीं चलता। यह कुछ ऐसा ही है कि दो पड़ोसी आपस में रात-दिन सिर-फुड़ौवल करते हैं और उन्हीं के बच्चे चुपके से इश्क़ फ़रमा लेते हैं या पीछे के दरवाज़ों से मिलकर खेलने चले जाते हैं।

ज़बानों की यह पतंगबाज़ी मुझे बहुत सुहाती है। जब भी दरबार से थका हुआ घर लौटता हूँ, कुछ देर गलियों में ठहरता हूँ ज़रूर। घोड़े समझ चुके हैं और कोचवान भी कि रास्ते में कहाँ-कहाँ रुककर पान खाना है मुझे। पहले तो हसन इत्रफरोश के यहाँ, फिर रामदीन हलवाई के यहाँ, उसके बाद उन क़व्वालों के अड्डे पर जिन्हें रात की महफ़िल में दाता के हुज़ूर में नातिया क़लाम गाने हैं। वे क़लाम मुझसे ही चुनवाते हैं। कई बार तो मुझको वहीं बैठकर उनकी ख़ातिर कुछ लिखना भी होता है।

मेरे इन्हीं अड्डों पर मुझे तरह-तरह के फ़रियादी मिल जाते हैं। बादशाह से किसी को काम होता है या दाता निज़ामुद्दीन औलिया के आगे कोई अर्ज़ी पहुँचानी होती है तो बड़ी उम्मीद से वे अपने इस शायर की ओर देखते हैं कि चाहे किसी भी दरबार से जुड़ा हो, दुनियावी दरबार से या रूहानी दरबार से, शायर है तो हुआ जनता का अपना आदमी ही।

कुल मिलाकर घर लौटते-लौटते देर तो हो जाती है और वहाँ बच्चे सोए हुए मिलते हैं, बीवी रूठी हुई।

13

निजाम पिया की बैठक और पद्मिनी की पाती : 1302

शागिर्दों को क़िस्से सुनाता हुआ घर लौट आया, पर पता नहीं, मुझे क्या हो गया था! जब से पद्मिनी की यह चिट्ठी अचकन की भीतरी जेब में आई थी, धड़कन कभी इतनी बढ़ जाती, कभी इतनी धीमी पड़ जाती कि चिट्ठी खोलने की हिम्मत ही नहीं जुटा पाता। भीतर की घबराहट छुपाने को तेज़-तेज़ बोलने लगा, बहुत ज़्यादा बोलने लगा। महरू के सामने पड़ना मुहाल हो गया। और दुनिया को भी जाने क्या हुआ कि वह मुझे एक मिनट भी अकेला न छोड़ती। पूरे तीन दिन मेरे कलेजे से लगी वह

चिट्ठी मेरी सारी नमी पीती रही और जब मुझे चिन्ता हुई कि ऐसे तो पाती फट ही जाएगी तो मैं क़ादिर मियाँ के घर चला गया कि उनकी ही बैठक में जाकर पढ़ लूँगा। वो मेरे बचपन के दोस्त हैं—उनसे क्या छुपा था!

क़ादिर मियाँ की शराफ़त का आलम यह है कि उन्होंने भागकर शादी की और भागे भी तो माशूक़ा के सात बच्चों के साथ और पटियाली से दिल्ली आकर उनके बाप को माफ़ीनामा मुझसे ही लिखवाया कि :

'ऐ भाई, देख, मुझे माफ़ कर दे—मैं तेरे बीवी-बच्चों समेत भागकर यहाँ आ गया और तुझे वहाँ अकेला छोड़ आया, अब तू किसे पीटेगा शराब पीके? अब तेरे हाथों में कितनी खुजली होगी। लोग भी भड़काएँगे, उनकी मत सुनना। तेरे सारे बच्चे ख़ुशी-ख़ुशी मैं पाल दूँगा, क्योंकि तेरी बीवी से मेरा रूहानी नाता है और यह नाता जिस्मानी तब तक नहीं बनाऊँगा जब तक मैं उससे निकाह नहीं पढ़ लूँ। तलाक़ की कोई ज़रूरत मैं मानता नहीं क्योंकि मेरे मन का क़ाज़ी कहता है कि तू मर गया और वह विधवा है। कम-से-कम तेरे भीतर का शौहर तो उसी दिन मर गया जिस दिन तूने उस पर हाथ उठाया। मेरे मन का क़ाज़ी मानता है कि जो बीवी-बच्चों पर हाथ छोड़े, उसे मरा बराबर जानो। उसने ख़ुदकुशी कर ली। अपने हाथों अपने पैरों पर कुल्हाड़ी मारी, गर्दन पर रसरी ली बाँध और आसमान में लटक गया। घर का रहा, न घाट का। न ज़मीन उसकी, न आसमान उसका। पीछे आने की कोशिश न करना—हम जहाँ हैं, तेरे फ़रिश्ते भी वहाँ नहीं पहुँच सकते।'

क़ादिर मियाँ ने यह चिट्ठी जहाँ से लिखवाई थी, वह घर मेरा ही था। उसके रक़ीब के फ़रिश्ते भी यहाँ सचमुच ही नहीं पहुँच सकते थे क्योंकि मुझ पर बादशाह हुज़ूर का ही नहीं, शाहों के शाह, निज़ाम पिया का भी साया था। उसके फ़रिश्ते तो दिल्ली नहीं पहुँचे पर सातेक साल बाद जब क़ादिर मियाँ को यह पता चला कि उनका रक़ीब दाने-दाने को मुहताज़, पटियाली में अन्तिम साँसें गिन रहा है तो उसे उठाकर वे ख़ुद ही दिल्ली ले आए। बेहतरीन हक़ीमों से उसका इलाज कराया और मुझे कहकर उसे दरबार में छोटी-मोटी नौकरी भी दिलाई।

ऐसे थे क़ादिर मियाँ। जिस वक़्त रक़ीब के बीवी-बच्चों को लेकर भागे थे, उनकी तो मसें भी नहीं भीगीं थीं और शादी भी नहीं हुई थी। आज बारह-पंद्रह साल बाद बीवी उनकी अम्मा दिखाई तो देती थी पर सिर्फ़ दिखाई ही देती थी। रात-दिन की कलह-किचकिच। उसे हर वक़्त यह डर बना रहता कि क़ादिर मियाँ किसी और के न हो जाएँ। हरदम नकेल कसे रहतीं और क़ादिर मियाँ भाग-भागकर मेरे पास आते रहते।

पर आज तो मैं ही उनके पास आया था। इस भरोसे से आया था कि भाभी मेरा लिहाज़ करके कुछ देर हम दोनों को अकेला छोड़ देंगी जहाँ मैं चैन से चिट्ठी पढ़ पाऊँ और अपने मन की पीर उन्हें कह पाऊँ। संडास-जैसी किसी जगह में मैं पाक

हाथों की लिखी यह चिट्ठी पढ़ना नहीं चाहता था। बैठक घर से बाहर थी पर वहाँ भी एकान्त जुटते-जुटते जैसे घंटों लग गए और काँपते हाथों से जब चिट्ठी पढ़ी तो साँस रुकी-की-रुकी रह गई :

शायरों के शायर अमीर खुसरो को पद्मिनी का सलाम। जब आपको यह पाती मिलेगी, मैं दुनिया से जा चुकी होऊँगी, पर मुझको आपकी चिन्ता रहेगी। रत्नसेन से भी ज़्यादा आपकी चिन्ता रहेगी कि जो हुआ, उसकी ख़ातिर ख़ुद को क़ुसूरवार मानते हुए आप बेवजह ही लोटन कबूतर न हो जाएँ। यह ठीक है कि भरोसे का नाता दुनिया का सबसे बड़ा नाता होता है। यह भी सच है कि मैं आपकी बात के भरोसे ही ख़िलजी के सामने पड़ी, कि वह मन पर क़ाबू रखेगा और चुपचाप लौट जाएगा। ख़िलजी ने आपका भरोसा तोड़ा पर मैंने जो भरोसा किया आप पर, वह टूटने से रहा क्योंकि मैं आपको जानती हूँ और जानना ही मानना है। जानती हूँ इस तरह कि आपकी शायरी मेरी नस-नस में जलतरंग-सी बजती रहती है। आप छल कर ही नहीं सकते। जो होना था, वह हुआ। इस बहाने नहीं तो उस बहाने—दीया जला है तो बुझेगा ज़रूर—तेल चुकने से बुझे याकि हवाओं के झोंके से।

रत्नसेन अब भी ख़िलजी के बंदी हैं। उनका ख़याल रखिएगा। पालकियों पर बैठकर मेरे आगे-पीछे बाँदियों के भेस में जो वीर ख़िलजी के महल तक गए थे, वे बहादुरी से लड़े तो पर रत्नसेन को छुड़ा नहीं पाए। उन्हीं में से एक ने मुझको खुफ़िया रस्तों से वापस चित्तौड़ पहुँचाया जहाँ नागमती और दूसरी रानियाँ मेरा इन्तज़ार कर रही थीं। उन्हें देखकर मेरी आँखें भर आईं—ख़ास कर नागमती को देखकर। साँवली-सलोनी इस मानवती औरत से उसका पति मैंने चाहे-अनचाहे ही छीन लिया, इसका अफ़सोस है मुझे। मैं और मेरी सखियाँ तो कल जौहर कर लेंगी पर नागमती को मैं गले लगाकर समझाऊँगी कि वह जौहर न करे और रत्नसेन का इन्तज़ार करे। अगर उसने मेरी बात मान ली तो आपसे मेरी इल्तिजा ये है कि आप उसे अपनी बहन की तरह अपने घर ले जाएँ और ख़िलजी से कहें कि अब रत्नसेन को रिहा कर दे। फ़साद की जड़ तो मैं ही थी। जब मैं ही न रही तो ख़िलजी को रत्नसेन से क्या दुश्मनी! नागमती की तड़प मैंने देखी है। उसका रतन उसको लौटाते हुए मुझे गहरी तृप्ति का एहसास होगा। दोनों के बीच सुलह करवा दें, अमीर, आपकी शायरी यह कर सकती है। शायरी का मक़सद ही है भीतर छुपी प्रीत की लौ सुलगा देना—सारे भीतरी-बाहरी फ़साद मिटा देना। और अगर नागमती मेरे लाख समझाने

पर भी नहीं मानी और उसने भी जौहर कर लिया तो फिर आप कर ही क्या सकते हैं? होता तो वही है जो होना होता है। ज़िन्दगी सपना ही है। सपने में सात योजनाएँ हम बतलाएँ—ये करें, वो करें—यह भी सपने का हिस्सा ही है। सत्य के सिंहद्वार पर जो खड़ी है, उस मृत्यु के गले में यह स्वयंवर-मालिका डालती-सी मैं रत्नसेन से कोई दग़ा कर रही हूँ, ऐसा नहीं है—यह देह उसकी अमानत ही थी पर अब इसकी और लानत-मलामत मैं नहीं चाहती। पिंजरा कितना भी सुनहरा हो, होता तो पिंजरा ही है। मन का हिरामन उड़ा चाहता है। दुआ कीजिए कि उसका अनन्त उसे मिल जाए।

माफ़ कर सकने वाला दिल जन्नत के सबसे ऊँचे पहाड़ से झड़ने वाला ऐसा नूरानी झरना है जिसके आगे कुछ ठहरता नहीं। सारी टूट-फूट, क्लेश-कल्मष-किर्चियाँ किचकिच पुर्ज़ा-पुर्ज़ा होकर बह जाते हैं। कई बार ख़ुद उसको पता नहीं होता कि उसकी तेज़ धार कठिन पत्थरों के सीने पर कैसी मलंग मसनवियाँ लिख गुज़री।

14

बादलों के चेहरे, भिश्ती की फुहारें

या ख़ुदा! पद्मिनी, मलिका या महरू-जैसी औरतें तेरा ही आईना हैं तो इसलिए नहीं कि उन्होंने कायनात-जैसी पानीदार सूरतें पाई हैं बल्कि इसलिए कि उन्होंने समंदर-सा दिल पाया है जो सौ लहरों के उछाह से, सौगुना करके हर दान लौटा देता है और अपने हिस्से कुछ भी नहीं रखता। सब-कुछ लुटाकर ख़ाली हो जाने का जज़्बा ही तो सच्ची इबादत है। सारे विचार, सारा आगत-विगत, सारी स्मृतियाँ, सब सपने लुटाकर ख़ाली हो जाओ तो उस ख़ला में उतरता है नूर ख़ुदा का, वरना वह शर्मीले क़दमों से लौट जाता है—ठीक वैसे शर्मीले क़दमों से, जैसे शुरू के दिनों महरू मेरे कमरे की चौखट से लौट जाती थी—खाना-पीना भीतर भिजवाकर। जब भी मैं कुछ लिखने-पढ़ने में मगन रहता या राग-रागिनियाँ साधने में, वह दूर से मुझे सेती, जैसे चिड़िया अंडे सेती है।

उस दूरी—इस दूरी में कितना अन्तर है! कई बार जी में आया कि पद्मिनी की पाती उसको पढ़ा दूँ तो उसका मान धुल जाए। 'रूप का रस' पीने की बात मैंने लिखी तो ज़रूर लेकिन जिस सूफ़ियाने लहज़े में लिखी, इसका पता उसको चल ही जाए तो अच्छा।

लेकिन अब महरू को फ़ुर्सत ही कहाँ है! घर-गृहस्थी और बच्चों की ओट तो ख़ुद पचपन घूँघटों की ओट है। औरत चाहे तो इनके पीछे ऐसे जा छिपे कि मर्द को उसकी एक झलक भी मुहय्या न हो। औरत चाहे तो अपना जिस्म ऐसे परोसे, जैसे कोई बाह्मनी नाक पर आँचल रख गली के कुत्ते को बासी भात परोसती है और मुँह बिदोड़े घड़ियाँ गिनती है कि कब इसकी चप-चप बन्द हो और उसे वापस अपनी हाँड़ी मिल जाए जिसमें कल फिर से इसको खाना देना होगा। भूख लगे, तो और जाएगा भी कहाँ, दुम हिलाता यहीं आएगा। न आए तो इन्तज़ार भी करेगी, आकुल हो इधर-उधर देखेगी और अगर आ गया तो वही आक्-थू! रूठी हुई औरत, रूठी हुई महीन औरत ख़ुदा का करिश्मा है। उससे पार पाना आसान नहीं। क़ादिर मियाँ की बीवी-जैसी बीवियाँ लाख पाँव पटकें, बक-झक करें, लेकिन रात होने तक नौ-छौ करके आराम से साझा तकिए पर सो जाती हैं, पर मेहरू जैसी महीन औरतें...सोच ही रहा था कि सामने से क़ादिर मियाँ भागते आए और मेरी बाछें खिल गईं।

"बड़ी लम्बी उम्र पाई है, क़ादिर, तुम्हारे बारे में सोच रहा था। ऐसे घबराए हुए क्यों हो? ख़ैरियत तो है न?"

"ये शम्सुल कलंदर पगला गया है क्या? सारे बाज़ार में आग की तरह यह ख़बर फैली है कि उसे भाभी के चेहरे में राबिया फ़कीर का चेहरा नज़र आया है, पर भाभी का चेहरा उसने देखा कब? और ये राबिया फ़कीर कौन है? उससे इसका क्या नाता है?"

मेरे हाथों के तोते उड़ गए। कुछ देर तो मैं सन्न रह गया, फिर जाने कैसे हिम्मत आ गई। क़ुदरत का यह भी करिश्मा ही है कि जब तक कयामत नहीं आती, तब तक दिल हल-हल करता है। जब कयामत आ ही जाती है तो सब धुकधुकी एकदम से चली जाती है। जल्दी से मैंने कहा :

"बाज़ार की बातें बाज़ार की ही होंगी न मियाँ, सूफ़ियाना तो होंगी नहीं। राबिया फ़कीर और रूमी ईरान के निज़ाम पिया हैं और ये उसी सिलसिले का मुरीद है। मन की आँखें तो बादलों में भी चेहरे ढूँढ़ लेती हैं और प्यासे कान आहटों में ही क़लाम। अगर यह कलंदर मेरी महरू से अपना कोई रूहानी नाता बना भी रहा है तो वह नाता पीर और शागिर्द का है। इस बात से मैं चिढ़ूँ क्यों? यह तो माँ-बेटे या बाप-बेटे का नाता है।"

"भाभी की ग़ज़लें गाता वह गलियों से गुज़रता है।"

"हाँ, गुज़रता होगा। बादे-सबा क्या कमल की ख़ुशबू साँसों में भरकर चलती नहीं?"

"पर सड़क पर बुज़ुर्ग तौबा-तौबा करते फिरते हैं और लोग आँखों-ही-आँखों में जो इशारे करते हैं, वे मुझको पसन्द नहीं हैं। बुरा न मानना, अमीर, पर भाभी को अपने क़लाम भरी महफ़िल में सुनाने की क्या ज़रूरत थी भला?"

''वह महफ़िल निज़ाम पिया की महफ़िल थी, तुम यह मत भूलो। और भूलने की तो यह बात भी नहीं कि उसने ऐसा निज़ाम पिया के हुक्म से किया। मेरे नाते से वे महरू के पीर हैं और मायके के नाते से उसके दादा-गुरु। मेरे ससुरजान भी तो उनके पहले मुरीदों में थे। निज़ाम पिया ने महरू को पत्ती-पत्ती बढ़ते देखा है। तो उस पर उनका हक़ मुझसे भी ज़्यादा हुआ न! अल्ला के राज़ अल्ला ही जाने, पीर-के राज़ पीर ही। हम-तुम तो किस खेत की मूली हैं?...छोड़ो यह सब, शिकंजी पियो और चलो, शतरंज खेलते हैं!''

किसी को समझाने के बहाने उलझन में फँसा आदमी ख़ुद को ही समझाता-बहलाता चला जाता है। किसी की डूबती नैया पार कराओ तो ख़ुद भी किनारा मिल ही जाता है।

पर क़ादिर मियाँ आज कुछ न समझने की ठान के ही आए थे। सामने से कायनात गुज़री, आदाब किया तो उसके सिर पर हाथ ज़रूर धरा, पर छूटते ही बोले : ''भाभी से कुछ कहने का मेरा रिश्ता नहीं बनता लेकिन देखो अमीर, कायनात की शादी तुम अब फ़ैयाज़ मियाँ से कर ही डालो। अल्लाह के फज़्ल से तुमने इतना ऊँचा ओहदा उनको दिलवा दिया और जी लगाकर वे काम कर रहे हैं। मेरी अपनी तो कोई औलाद न हुई, पर बीवी का बेटा भी अपना ही होता है। उनसे शादी हो गई तो ये पुरानी दोस्ती रिश्तेदारी में बदल जाएगी और ये बेकार की बदनामियाँ जो सर उठाये फिर रही हैं, वैसे ही बैठ जाएँगी जैसे भिश्ती की फुहारों से गर्द बैठ जाती है।''

''ये तुम क्या कह रहे हो, क़ादिर मियाँ? बदनामियाँ और मेरी इस मासूम बच्ची की? होश में तो हो?''

''देखो मियाँ, बात समझा करो। मैं इसकी मासूमियत पर शुबहा करता तो शादी का पैग़ाम लाता भला? मैं जो ख़ुद सात बच्चों की अम्मा के संग सब बच्चे लिये-दिये तब भागा था जब मेरी मसें भी न भींगी थीं। औरत तो गंगा का पानी है। गन्दी बोतल में भी बन्द कर दो, उसमें कीड़े नहीं फूटते और उसकी मासूमियत और पाकीज़गी बरकरार ही रहती है, लेकिन गन्दी बोतल में उसे बन्द होने का मौक़ा ही क्यों दें? उसे चाँदी के कलसे में क्यों न धरें?''

''किस गन्दी बोतल की बात कर रहे हो?''

''ईरान से इस शम्सुल फ़कीर के साथ आए ये चार नौजवान शायर जो दिन-भर तुम्हें घेरे क़िस्से सुनते रहते हैं, उनमें से एक अपनी कायनात के नाम की आहें भरता है। फ़ैज़ल ने ख़ुद यह सुना।''

''कौन? नमरूद? वह जिसकी आँखों के नीचे एक लाल मस्सा है और जिसके होंठ हमेशा थरथराते ही रहते हैं?''

''शायद वही। हिन्दुओं में एक कहावत चलती है—रमता जोगी, बहता पानी। इस बहते पानी में कोई छब कब तक टिकेगी भला?''

इस बात पर मेरी ज़बान ऐंठ गई। किसी तरह हलक़ के नीचे शराब की दो घूँटें भरीं और आँख मूँदकर सोचने लगा कि इस बात में कितनी सच्चाई हो सकती है और यह बात अगर सच निकली तो आगे क्या करना है। मेरे बेटे तो मुझसे ग़ुस्सा ही रहते हैं कि औरों को दरबार में ऊँचे ओहदे दिलवाए हैं मगर उनके लिए ख़ास किया नहीं। जो हिसाब-किताब में अच्छे थे, उनको सात समुंदर पार भेजा मोतियों के धंधे में और जो शायरी करता था, उसको ज्योतिष पढ़वा दिया क्योंकि मेरे जानते ये ही दो काम ऐसे थे जिनमें किसी के मातहत रहना नहीं होता, आदमी अपना बादशाह ख़ुद ही रहता है।

बचपन से उन पर सख़्ती की कि अमीरज़ादों के चोंचलों से बचें, पर इसका नतीज़ा ये है कि वे अब मुझसे शायद ही मुख़ातिब होते हैं। बेअदबी नहीं करते पर दिल की बात कहने-सुनने का भी नाता नहीं रखते। अगर यह नाता बना होता तो उनसे मशविरा करता। रिश्तों में ज़्यादा कामयाब तो क़ादिर ही निकला जिसके बच्चे उसके अपने बच्चे भी नहीं, पर बेवजह की पर्दादारी और लुका-छिपी वाला नाता नहीं उसका बच्चों से। इसके यहाँ हर रिश्ते में एक खुलापन है—बकझक होती रहती है पर लुकाछिपी तो नहीं होती। लड़-झगड़कर फिर से एक हो जाते हैं। एक थाल में खाना खाते हैं—चाहे सूखी रोटी ही मयस्सर हो, पर मुहब्बत से निवाले उठाते हैं।

कभी-कभी शाइस्तगी भी दमघोंटू हो जाती है। बकझक से बुरा है अबोला।

उस समय तय किया, जो करना है, मुझी को करना है तो मैं नमरूद से ही सीधी बात क्यों न करूँ? अपनी हार में आदमी उतना ही अकेला हो जाता है जितना अपनी जीत में। ये बादशाह जो ऐसे ख़ुशामदपसन्द होते हैं, सिर्फ़ इसलिए नहीं कि घर-बाहर दोनों की लड़ाइयाँ निबटाते-निबटाते इन्हें अपनी ताक़त पर संशय हो जाता है और रात-दिन इन्हें कोई याद दिलाने वाला चाहिए होता है कि ये दरअसल अच्छे हैं। ख़ूब समझते हैं बादशाह कि इनकी शान में जो क़सीदे पढ़े जा रहे हैं, अंधाधुंध हाँ-में-हाँ मिलाई जा रही है, उसके पीछे हर ख़ुशामदी टट्टू की अपनी मंशा है। कोई-न-कोई उल्लू सीधा करना है उसको। फिर भी अन्दर से इतना खोखला कर देती है सियासत कि झूठ का सुग्गा ही पाल लेने का मन होता है। झूठ से ही जी लगा लेने का मन होता है, जैसे कि कोई घर से रूठकर सीधे पतुरियों के यहाँ सबकुछ लुटा दे—ये जानता हुआ कि यहाँ सिर्फ़ मजबूर अभिनय ही रंगीन घाघरा बिछाए बैठा है, रूह की मुहब्बत दामन फैलाए नहीं बैठी। कभी-कभी झूठ ही ज़रूरत बन जाता है।

शाह बुगरा ख़ाँ, मलिक मुहम्मद ख़ाँ और कैकुबाद, कुतुबुद्दीन मुबारक शाह, अलाउद्दीन ख़िलजी और यह नया बादशाह गयासुद्दीन तुग़लक—सब बादशाहों की भीतरी ख़ला अपने क़सीदों से बहलाता-सहलाता आज मैं ख़ुद भी इतना अकेला हो जाऊँगा, कहाँ जानता था!

रात आधी ढल चुकी थी। कटहली चम्पा की गंध उठ रही थी ज़नाने से। झाड़-फानूस पर लगी मोमबत्तियाँ लौओं की गठरी पटककर नींद में दोहरी हुई जाती थीं।

मैं आसमान पढ़ रहा था। बीच आसमान कोई तारा जो टूटा तो ख़याल आया कि बेटी की बात किसी और से पता करूँ, इससे तो अच्छा है, उसकी अम्मा से ही पूछूँ या ख़ुद उससे।

15

बन के पंछी भए बावरे

सात बादशाहों की बादशाहत : 1302

बेटों पर ज़्यादा सख़्ती की मैंने और बड़ी बेटी से लिहाज़ भी किया। शुरुआती सन्तानें पालता हुआ आदमी ख़ुद भी कच्चा होता है और दुनिया में पाँव टिकाकर खड़े होने की सात ज़हमतों से घिरा हुआ। कायनात लम्बे अन्तराल पर पैदा हुई थी। तब तक हम सब थिरा चुके थे। एक साल पहले ही अम्मी गुज़री थीं, मेरे हिन्दू दोस्तों ने कहा कि अम्मी ही नई ख़ुशनुमा देह में वापस चली आई हैं तो मन किया, भरोसा करूँ। ख़ूबसूरत भी ये ऐसी निकली और ऐसी ठाठदार कि पूरे घर पर इसका ही राज चला।

मेरे लिए तो यह सात बादशाहों की एक बादशाह थी। घर के किसी कोने में खेलती बैठी हो, मेरा इक्का रुका नहीं कि यह गिरती-पड़ती दरवाज़े पर हाज़िर। और जो मैंने आते ही इसे गोद में न उठाया तो मेरी शामत। फट से रूठकर अम्मा के बड़े पलंग के नीचे चली जाती।

बाक़ी बच्चों को कोई बात मनवानी होती तो इससे ही वे सिफ़ारिश लगवाते। बहन-भाइयों के अलावा बाहरवाले भी जब इससे नौकरी वग़ैरह की सिफ़ारिशें लगवाने लगे, तब मेरा माथा ठनका कि अब तो पानी सर के ऊपर जा रहा है। एक बार किसी की सिफ़ारिश लगाती हुई दस बरस की ये कायनात बानो कहने लगी :

''अब्बू, उसे तो कोतवाल लगवा ही दें, कितना भोला-भाला है बेचारा!''

और मुझे कहना पड़ा :

''ये ही तो मुश्किल है, बेटी, कि हर 'भोले' के पीछे एक 'भाला' लगा होता है इस दुनिया में।''

मेरी छाती का पहला पका बाल देखकर बोली : ''अब्बू, ये क्या आपकी छाती पर मूँग का जवा निकला है?''

इस पर मुझको हँसी छूटी और मुँह से बेसाख़्ता निकला :

''क्या करें, बिटिया, दुनियावालों ने इस छाती पर मूँग ही दली है।''

जब मौक़ा मिलता तो मुझसे ये बतकुच्चन करती। मुझसे सुनी कहानियाँ आँकी-बाँकी करके मुझे ही सुनाती। कई पहेलियाँ जो बनाता मैं, बैठी-बैठी बूझ

जाती। ऐसी मेरी यह लाल बुझक्कड़ बेटी जाने कब इतनी बड़ी हो गई कि बड़ी-बड़ी रत्नारी आँखों में हलके लिहाज़ का ख़ुमार चढ़ गया, चाल धीमी हो गई, चाँद जैसे चेहरे पर बादलों की तरह फैले हुए काले घूँघर लम्बी, सुतवाँ पीठ पर ढीली चोटी बन झूमने लगे। लगातार कुछ मीठा-मीठा बोला करने वाले उन होंठों पर एक संजीदा-सी थरथराहट क़ायम रहने लगी। अब्बू के कंधे पराये हुए, अम्मा का आँचल उँगलियों पर ऐंठती हुई उसके पीछे ही चलती दिखाई वो देने लगी तो मैं अकेला कैसे न होता?

आज आलम यह कि उससे उसके ही दिल का हाल जानने में उसकी अम्मी का सहारा लेना मुझको ज़्यादा वाजिब लग रहा था और मन में कहीं यह आस भी थी कि बेटी की चिन्ता बाँटते हुए मैं अपनी पुरानी महरू को वापस पा लूँगा। अचानक मेरे ठिठकते पाँवों में बुलन्दी आ गई और आज पूरे तीन महीने बाद के अबोले के बाद मैंने महरू के कमरे का दरवाज़ा खटकाया। तीन बार खटकाने पर भी जब दरवाज़ा खुला नहीं तो मेरे मन में कुछ खटका हुआ और मैंने पिछले दरवाज़ों की ओर नज़र दौड़ाई तो देखता क्या हूँ कि चमेली की झाड़ की तरफ़ का दरवाज़ा खुला है और वहाँ दो धुँधली आकृतियाँ बैठी हैं—थोड़ी ही दूर पर दो आकृतियाँ खड़ी भी हैं और इतनी मगन बातचीत हो रही है कि बाहर की दुनिया का कोई होश ही नहीं।

''महरू,'' बेसाख़्ता मेरे मुँह से निकला लेकिन मोमबत्ती लिये मैं पास आया तो देखता हूँ कि वहाँ महरू तो नहीं है, पर कायनात है। वो जो लोग बातें कर रहे थे, उसमें बाईं तरफ़ वाली लड़की कायनात थी, उसके बाजू में वही था—नमरूद। बाक़ी जो दोनों खड़े थे—वे नमरूद के साथी, मेरे ही शार्गिदों में दो थे और महरू का कहीं कोई पता नहीं था।

मेरा चेहरा तन गया—एक पराजित बाप का चेहरा।

''ये आधी रात को यहाँ क्या चल रहा है? अम्मा कहाँ हैं तुम्हारी... ?''

अभी मेरी बात पूरी भी नहीं हुई थी कि पीछे से महरू आई और ये सारा नज़ारा देखकर जैसे थरथरा गई। मैं अपना आपा न खो दूँ, इस चिन्ता में पीछे से मेरा कुरता वैसे ही पकड़ा, जैसे पहले पकड़ती थी जब कभी मैं लड़कों पर सख़्ती करता था।

''कायनात, अन्दर आओ और तुम सब जाओ। आज रात ही ईरान लौटना है तुम्हें, है न? जाओ, देखो शाहिद को।''

उनको समझाकर मुझे अन्दर खींचा और आँख के इशारे से बोलीं : ''बैठक में मेरा इन्तज़ार कीजिए।''

मेरे दिल की अजब हालत थी—एक तरफ़ ग़ुस्सा, तकलीफ़ और हैरानी, दूसरी तरफ़ महरू को फिर से अपने पुराने तेवर में पा लेने की ख़ुशी। दोनों काली-उजली नदियाँ मेरे भीतर के सारे बाँध तोड़े जा रही थीं।

ख़ैर, तीसेक मिनट बाद महरू जब लौटी तो उसके चेहरे की घबराहट एक संजीदा उदासी बन आँखों में ठहर-सी गई थी।

चारेक मिनट की गाढ़ी चुप्पी के बाद मुझसे रहा न गया, मैं ही बोल पड़ा :

''बोलो महरू, ये सब क्या हो रहा है?''

''एकदम से नहीं बताऊँगी, मुझको वक़्त चाहिए।''

इसके पहले कि मैं कुछ कहता, कायनात ख़ुद आकर सामने खड़ी हो गई, ''अम्मी, आप छोड़ दें, मैं अपने बाबा से ख़ुद बात कर लूँगी। इतनी पहेलियाँ बुझाई थीं इन्होंने बचपन में, एक पहेली आज मेरी सुलझाएँ ये।''

मेरा उससे ऐसे रू-ब-रू होना मेरे भीतर दोनों जज़्बे साथ जगा गया—वापस कुछ पाने की बेइन्तिहा ख़ुशी और सब कुछ खो देने का बेपनाह डर एक साथ।

थककर मैं तख़्त पर गिरा तो लगा जैसे होश ही उड़े जाते हों। अजब बेख़ुदी मुझको घेरे खड़ी थी, फिर जैसे सब धुँधला पड़ने लगा। बस इतना याद है तब का कि मुझको गश खाता हुआ देखकर दोनों ने मुझको बाँहों में थाम लिया।

सुबह जब नींद खुली, कई तरफ़ से मेरे पास यह बात पहुँच चुकी थी कि कल रात कैसी कयामत की रात थी सबके लिए। ईरान से आए चौथे जवां शायर, शाहिद पर जानलेवा हमला हुआ था। वह अपनी सराय से निकला ही था कि चार गुंडों ने उसे घेरा और उसे पीटते हुए लगातार यही कहते रहे कि ''एक हफ़्ते के भीतर दिल्ली नहीं छोड़ी तो लाश का भी कुछ पता न चलेगा। और ख़ुसरो की गली की ओर तो मुँह भी न करना।''

ख़ुसरो का नाम सुन शाहिद चौंका था। कौन हो सकता है जिसे ख़ुसरो से मेरी वाकफ़ियत पर इतना ग़ुस्सा आ रहा है? बाक़ी तीन दोस्त थोड़ा ही पीछे थे—इतनी दूरी पर तो थे ही कि ख़ुसरो का नाम उनके कान में पड़े। किसी तरह शाहिद की मरहम-पट्टी की, उसे हक़ीम के घर लिटाया, होश आने तक पंखा झलते रहे, फिर उसके ही इशारे पर ख़ुसरो को एक चिट्ठी लिखी। सामने के दरवाज़े से घर में दाख़िल होने की या दरबारियों के हाथ से चिट्ठी भिजवाने की हिम्मत न पड़ी तो ही छुपते-छुपाते पिछले दरवाज़े से महरू अम्मा की तरफ़ गए थे जिस पर उनको शायद ख़ुसरो से ज़्यादा भरोसा था कि वे उलझनें सुलझाएँगी और ठीक सलाह भी देंगी।

अब सवाल यह था कि शाहिद ही क्यों? और ये हरकत किसकी थी, और इसकी मंशा क्या थी? महरू ने उस रात कहा था कि ये अपने देश वापस लौट रहे हैं। इतनी जल्दी इसका इन्तज़ाम हुआ कैसे? किसी धमकी से डरकर किसी को भगा देने वालों में महरू थी भी नहीं। क्या माजरा था भला?

बैठा मैं सोच ही रहा था कि काले दुपट्टे से सिर ढाँके कायनात सामने आकर खड़ी हो गई।

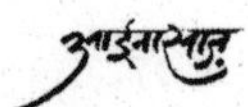

"बैठो, यहाँ बैठो।" अपनी चौकी पर ही उसे बिठाया मैंने और धीरे से कहा :

"तुम तो मेरी पहेलियाँ चट से बूझ लेती थीं, बिटिया, लेकिन यह तुम्हारी पहेली मैं बूझ नहीं पा रहा। आओ, खुलकर मुझे बताओ कि बात क्या है।"

"इस ग़लीज़ हरकत के पीछे, अब्बूजान, क़ादिर चचा का वही बेटा है जिसे आपने कोतवाल लगवाया।"

"अच्छा, उसी का पैग़ाम लेकर तो शाम को वे यहाँ आए थे—तुम्हारा हाथ उसी के लिए तो माँगा उन्होंने!"

"आपने 'हाँ' तो नहीं कर दी?"

"नहीं, अभी तो बात सुनकर ही मैं रह गया, मगर ये तो बताओ कि तुम्हें यह शुबहा क्यों हो रहा है कि शाहिद को उसने ही पिटवाया? शाहिद से उसकी दुश्मनी क्या हो सकती है?"

"शाहिद मेरे दोस्त हैं।"

"दोस्त? आदमी-औरत में दोस्ती का नाता सधना बेहद मुश्किल है, बेटी। तलवार की धार पर चलने जैसा।"

"पद्मिनी रानी से आपका भी दोस्ती का ही तो नाता था, अब्बू। दोस्ती का नाता और भरोसे का नाता—इतने महीनों से अम्मी को ये ही तो समझा रही हूँ कि क्यों अब्बू से रूठी हो बेवजह। एक सूफ़ियाना-सी दोस्ती थी दोनों में, जैसे कि सुल्तान रज़िया और ग़ुलाम यकूब के बीच, या राबिया फ़कीर और दूसरे फ़कीरों के बीच। वैसे ही दोस्ती मेरी शाहिद से हुई है—उसकी शायरी मुझे खींचती है, उसके साथ मेरा मन आकाश हुआ जाता है।"

"शहर में तो चर्चे इस बात के हैं, बेटी, कि तू नमरूद से मुख़ातिब है?"

"वो भी मेरा अच्छा दोस्त है, अब्बू। पर उतना पक्का दोस्त नहीं जितना शाहिद। शाहिद कई बार अपने पैग़ाम इसके हाथों भिजवा देता है।"

"तो क्या मैं तुम दोनों की दोस्ती को कुछ अंजाम देने की सोचूँ? शादी करना चाहोगी उससे?"

"इसके बारे में नहीं सोचा। हम एक-दूसरे के दोस्त रहकर भी ख़ुश हैं बल्कि हमें शादी के बारे में सोचना भी नहीं चाहिए। उसे मुझसे इश्क़ तो नहीं है। इश्क़ तो उसका नमरूद से है।"

"या अल्लाह!" मैंने सर झुका लिया। सारा क़िस्सा मेरे सामने अब साफ़ था। अल्लाह, कब बदलेगी दुनिया? कब औरतों के क़रीने से रहने के लायक़ हो पाएगी? कब वो बसन्त आएगा जब आदमी-औरत के रिश्ते एक ही नज़र से तौले नहीं जाएँगे? कब समझेगी दुनिया कि आदमी-औरत का रिश्ता ऐसा नायाब हीरा है जिसके कई आयाम हैं, ठीक वैसे ही, जैसे मर्द-मर्द और औरत-औरत के बीच के रिश्ते के कई पहलू?

आज मुझे पहली दफ़ा यह महसूस हुआ था कि मेरी यह नन्ही-सी बेटी तो मुझसे भी बड़ी हो गई। औरत जब बड़ी होने लगती है तो वह कितनी बड़ी हो जाएगी, इसका अन्दाज़ लगाना मुश्किल है।

बात अभी बीच में ही थी कि महरू गरम समोसों की डलिया लिये कमरे में दाख़िल हुई—गुलाम के हाथों से तश्तरियाँ लीं और उसे वापस भेजा। उफ़, ये समोसे! तड़ातड़-तड़ातड़ कितने समोसे उस दिन हमने खाए! सदियों की भूख हमें खाए जा रही थी।

वो दिन मेरी निजी ज़िन्दगी का कितना बड़ा दिन था! गिरहें खुलने पर आती हैं तो खुलती ही जाती हैं।

शाम तलक अपने ठिकाने से बड़ी बेटी और उसका पूरा ख़ानदान आया और हम सबने मिलकर तय किया कि उन चार ईरानी शायरों को अब अपने ही घर लाकर रखना है और क़ादिर मियाँ को समझाना है कि तुम्हारा बेटा बेसबरा है, और पत्थरदिल। अभी उसे और बड़ा होना है। कायनात से उसकी जोड़ी जमेगी नहीं। ये ही तो शादी की मुश्किल है, इसीलिए तो शादियाँ कामयाब नहीं होतीं कि मर्द सिर्फ़ उम्र और क़द-काठी में 'बड़े' चुन लिये जाते हैं, दिल और दिमाग़ का बड़प्पन कोई तौलता नहीं।

महीनों बाद, कहिए, सदियों बाद उस रात मैंने महरू के जूड़े में जुही की कलियाँ गूँथीं, उसका कंगन उतारा, और उसके वजूद की अगम कंदरा में ऐसी समाधि लगाई, जैसी हिन्दू साधु हिमालय की अगम कंदराओं में बरसों लगाए रखते हैं।

उस दिन सुबह दिल्ली अपने पूरे नूर पर थी। वापस अपनी चोटी गूँथती हुई महरू थोड़ा मुस्काई, फिर धीरे से सोचकर बोली :

"उन चार बाहरी शायरों के साथ घर के भी तीन शायरों को इस्लाह दिया करें, तूती-ए-हिन्द। हम सबके उस्ताद हो जाएँ। आपका जी बहल जाएगा और हमें भी पंख मिल जाएँगे।

"लेकिन एक ज़रूरी बात आपके कान में रखनी ज़रूरी है। शाहिद को बेशक नमरूद से इश्क़ हो, लेकिन हमारी यह कायनात भीतर-भीतर उसको चाहने लगी है। बच्चों के सामने आपकी बात काटना अच्छा नहीं जान पड़ा, पर बाप की हैसियत से यह सोच लीजिए कि एक छत के नीचे सबको शागिर्दों की तरह रखने से आपकी बेटी इकतरफ़ा मुहब्बत के भँवर में न पड़ जाए।...अभी उसका एहसास सुबह की किरण है, बाद में जब सूरज सर पर चमकेगा तो क्या होगा? वह न इधर की रहेगी, न उधर की। लोग बातें भी बनाएँगे। यही सोचकर उस दिन मैंने इनको वापस ही लौट जाने की सलाह दे डाली थी कि ईरान में भी तो एक-से-एक आला शायर हैं। इस्लाह उनको वहाँ भी मिल जाएगी।"

आईनासाज़

इस बात पर मैं फिर सोच में पड़ गया, पर तब तक देर हो चुकी थी। मैं बड़े बेटे को उन्हें लिवा लाने भेज चुका था, यह कहलाकर कि 'अमीर का आँगन अब उनका घर-आँगन है। देखते हैं, कौन माई का लाल यहाँ उन्हें छेड़ता है!'

16

दक्कन के आसरे
रात समय एक सूहा आया

घर में तो इन दिनों अमनोचैन है लेकिन दक्कन जल रहा है—ख़ास कर गुजरात। मुझसे ही ग़लती हुई कि उस दिन बादशाह को सलाह दे बैठा : दक्कन में पाँव गाड़ने का सपना तब तक पूरा नहीं होने का जब तक पच्छिम के बाग़ी रजवाड़े आपस में मिला न लिये जाएँ।

शायर या सूफ़ी जब आपस में मिलने की बात करते हैं—फैली बाँहों, उमगी आँखों की तसवीर उनके मन में होती हैं। बादशाह जब मिलने-मिलाने की बात सुनते हैं, उनके कानों में तलवारें झनझना उठती हैं। कहने-सुनने का यह फ़र्क़ भाषा से कैसे मिटे, इसका फ़िक्र ही अदब का फ़िक्र है।

इन दिनों फिर बहुत फिक्रमंद हूँ, ख़ास कर देवल्दी के लिए, जिसको उसी उम्र में देखा था जब वह मेरी कायनात से दो-एक साल बड़ी होगी। इन दिनों जो मसनवी लिख रहा हूँ, उसकी ही प्रेम-कहानी है।

देवलरानी का जो किरदार मैंने अपनी मसनवी में गढ़ा है, उसके रूप का बखान करते हुए मेरे सामने चेहरा कभी-कभी तो पद्मिनी का रहता था, कभी-कभी महरू का भी, यह मैं उससे कभी बता नहीं पाया। अजब ज़ात है मर्द की, बात-बेबात ग़ुस्से का इज़हार करते हुए कोई शर्म नहीं आती पर अपनी हो चुकी औरत से प्यार के इजहार में ज़बान लड़खड़ा जाती है...।

'इस मायने में देवलरानी भाग्यवान थी। अलाउद्दीन के बड़े बेटे, ख़िज्र ख़ाँ से उसकी मुहब्बत की दास्तान कितनी अनूठी है, सचमुच!'

औलिया की महफिल से घर लौटते हुए मैं मन-ही-मन बुदबुदाया तो मेरे बाजू में बैठा जांनिसार मचल गया : "कौन देवल्दी, उस्ताद?"

इन नये शायरों में हिन्दुस्तान की दास्तानें सुनने का ग़ज़ब जोश रहता है। जहाँ-तहाँ घेर लेते हैं मुझको। कभी दाता के दरबार में, कभी बादशाह के दरबार से घर की ओर जाते हुए बग्घी में ही बैठ लेते हैं और कुछ ऐसी प्यासी आँखों से देखते हैं कि क़िस्से सुनाये बिना रहा नहीं जाता। और अब तो, ख़ैर, वे मेरे घर का हिस्सा ही हो चले हैं!

17

देवल्दी की प्रेम-कहानी : 1316

हमीं ख़्वाहम ब फ़रिस्तम सलामे[1]

सुल्तान महमूद गज़नवी ने अपनी अंधी ताक़त के नशे में सोमनाथ का मन्दिर ढहवाया था, जैसे कोई साँड हरा-भरा पेड़ ढाह जाए। कोई भी मन्दिर-मस्जिद या दरगाह है तो एक हरा-भरा पेड़ ही जिसकी छाँह में थके-हारे ग़रीब-गुरबा लोग जुटकर थोड़ी देर सुस्ता लेते हैं, और नई जीवनी-ऊर्जा जगाकर वापस काम-काज में लग जाते हैं।

लोग जुटकर उस दर की मिट्टी में फिर एक नया पौधा लगाने के फेर में थे। इधर नई मूर्ति गढ़ रहे थे और उधर अलाउद्दीन ख़िलजी के भेजे हुए अमीर (मलिक नाइब के नेतृत्व में) गुजरात के ध्वस्त राजघरानों से बचे-खुचे गहने, जवाहरात, पैसे वसूलने में लगे थे। गुजरात को लूटकर आगे दक्कन की तरफ़ बढ़ने के उनके इरादों में देवगीर का राजा रामदेव रोड़े अटका रहा था। राय करण और दूसरे कुछ राजा उसे अपना सरदार मानते थे। आँखें दिखलाना, बहलाना-फुसलाना कुछ भी उन पर काम नहीं कर रहा था, वे बहादुर लोग थे।

अल्प ख़ान के नेतृत्व में ख़िलजी की सेना इन छोटे रायों पर हमला बोलने चली तो ख़िलजी के एक ख़ादिम ने उसके सामने ये फ़रियाद रखी : "आपकी ख़िदमत में आने के पहले मैं राय करण की ख़िदमत में था। फूल-सी नाज़ुक दो बच्चियाँ उनके संरक्षण में छोड़कर मैं दिल्ली आया कि यहाँ के हालात देखकर उन्हें वापस ले आऊँगा, पर हालात कुछ ऐसे हुए कि वापस गुजरात जाने का मौक़ा न मिला।...बड़ी बेटी इस बीच भगवान को प्यारी हो गई। छोटी बेटी देवलरानी अभी तक उनके पास है, उनको ही अपना पिता मानने लगी है। अब एक बाप की फ़रियाद लेकर मैं आया हूँ कि सियासत की उठा-पटक, दाँव-पेंच एक तरफ़...अल्प ख़ाँ या मलिक नायब उधर गए हुए ही हैं, माँगकर या जीतकर किसी तरह मेरी बेटी मुझ तक पहुँचा दें, दुहाई सुल्तान की!"

इधर देवलरानी रूप की रानी हुई जाती थी। उससे विवाह के मंसूबे रामदेव के बड़े बेटे संगल देव के दिल में पल रहे थे। बिना अपने पिता से राय किये अपने छोटे भाई भीमदेव के हाथ उसने यह चिट्ठी राय करण को भिजवाई :

---

1. *हमीं ख़्वाहम ब फ़रिस्तम सलामे*
   अगर महरम न दारम, बाके : गोयम?
   (दिल चाहता है, सलाम भेजूँ,
   पर कोई पास नहीं जो दिल पढ़ जाए।)

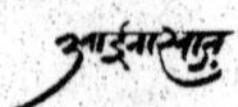

''यह ठीक है कि हम मराठे हैं और आप राजपूत, पर जातियों का फ़र्क़ मज़हब के फ़र्क़ के आगे कुछ भी नहीं है। इसके पहले कि मुसलमान उसे उठा ले जाएँ, आप अपनी बेटी का हाथ मेरे हाथों में दे दें। मैं प्राण रहते तक उस पर कोई आँच नहीं आने दूँगा।''

कुछ दिन तो घनघोर युद्ध चला। अल्प ख़ाँ और उसके साथी गुजरात के रेगिस्तानों में मर-खप जाने के ख़ौफ़ से समझौते को राज़ी हो गए। हवा की फ़ुर्ती से गुजरात और दक्कन की पहाड़ियों में राय ग़ायब हो जाते और बिजली की तेज़ी से अचानक ही अगले दिन टूट पड़ते। यह सिलसिला थमता दिखाई नहीं दे रहा था तो उन्होंने राय की कि रायों से राय करके देवल को ही उसके पिता के पास दिल्ली-दरबार लिये जाएँ; धन-दौलत की लूट बाद में मचेगी।

देवगढ़ की पहाड़ियों में ही अलोरा की गुफ़ाएँ थीं। दुर्योग ऐसा कि एक रोज़ जब अल्प ख़ाँ की पूरी पल्टन उन पहाड़ियों में सुस्ता रही थी, हिन्दू सेना की एक छोटी पल्टन उन्हें सामने से आती दिखाई दी। ज़हरीली बर्छियों से उन्होंने उस पर एकदम से धावा बोला, यह सोचकर कि वे युद्ध को ही प्रस्तुत हैं, पर बात ऐसी थी कि भीमदेव अपने भाई से ब्याहने की ख़ातिर देवल्दी को अपने घर की तरफ़ हाँके जाता था, लड़ने की उसकी न मंशा थी, न तैयारी! हारकर वह भाग गया और देवल्दी बैठे-बिठाए अल्प ख़ाँ के हाथ लग गई।

सुल्तान के हुज़ूर में उसको लाया गया तो वह अचकचा गया। एक मिनट को उसे लगा कि वह पद्मिनी का बाल-रूप है या हिन्दू शास्त्रकार जैसा कहते हैं, गुग्धा रूप। ग्यारह-बारह बरस की अद्भुत सुन्दरी, जैसे पद्मिनी के गर्भ में पलकर बाहर आई हैं! पद्मिनी की घटना का खिलजी के चित्त पर इतना गहरा असर पड़ा था कि वह उसे अपनी ही बच्ची दिखाई पड़ी और अपने ही बच्चों के साथ उसके पालन-पोषण का उसने हुकुम दे दिया।

साथ-साथ बड़े हुए दो सुन्दर बच्चों का आपस में जैसा घना आकर्षण होता है, ख़िलजी के बड़े बेटे ख़िज्र ख़ाँ और देवल्दी में वैसा ही आकर्षण पनप गया। ख़िज्र ख़ाँ की अम्मा के मन में था कि वह अपने भाई अल्प ख़ाँ की बेटी से ख़िज्र ख़ाँ का रिश्ता तय करे, सो उसने आनन-फानन में अपनी भतीजी से उसकी शादी करवा भी दी, पर उसके बाद गहरी हताशा में ख़िज्र ख़ाँ ऐसा बीमार पड़ा कि महल की सारी औरतें समझाने लगीं : ''बेटे का मन समझो, वरना उससे हाथ धो बैठोगी।''

एक सादे-से समारोह में जब देवल्दी का हाथ ख़िज्र ख़ाँ को थमाया गया तो फिर क्या था, ज़िन्दगी जश्नेपुरनूर का ही सिलसिला हो गई! कलीमे की दावतें ही महीनों चलीं—गाना-बजाना, हाथियों की लड़ाई, जादू के खेल। इस बीच सुल्तान बीमार पड़े और जब मलिक नाइब से उन्होंने अपने रंगीनतबीयत बेटे के भविष्य के प्रति चिन्ता व्यक्त की, तो मौक़ा देखकर उसने तीर चलाया : ''गुस्ताख़ी मुआफ़ हो, हुज़ूर, शहज़ादे की नीयत ठीक नहीं जान पड़ती। आपको बीमार छोड़कर उधर जश्न

मनाए जा रहे हैं। आपने उन्हें अमरोहा की बग़ावत शान्त करने को भेजा और बिना आपकी इजाज़त के वो महीने-भर में ही वापस लौट आए।''

''अरे नहीं, वो तो एक मन्नत थी। उसने यह मन्नत मानी थी कि अब्बा हुज़ूर की तबीयत सँभल जाएगी तो अमरोहा से दिल्ली के सूफ़ी दरगाहों तक पैदल चलकर आएगा। बीच में मेरी तबीयत सँभली थी तो इसी ख़ुशी में वह वापस आ गया था।''

''ये ही तो आपकी सादगी है हुज़ूर! ...आप नहीं जानते, महल में कैसी धनघोर साज़िशें चल रही हैं बग़ावत की। आपको बीमार जानकर आप पर दोनों बेटे हावी होना चाहते हैं। चाहते हैं कि आपको खोकर पूरा राज-पाट अपने हाथ कर लें।''

ढेर सारे पैसे ख़र्च करके इस बात के प्रमाण में उसने भीतरी महल में काम करने वाले सैकड़ों कारिन्दे और हिजड़े खड़े कर दिये। कमज़ोर देह में मन भी कमज़ोर हो लेता है। जो घेरकर खड़ा हो जाए, उसकी फुसलाहट में आकर उसके रंग में रँगने लगता है। धीरे-धीरे मलिक नाइब अपने मंसूबों में कामयाब हो ही गया। ख़िज्र ख़ाँ और उसका भाई नज़ीर ग्वालियर के क़िले में बंदी बनाकर छोड़ दिये गए और उनकी माँ भी बेआबरू करके महल से निकाल दी गईं।

मुश्किल की बात यह कि यह सब मेरी आँखों के आगे घटा। जब पालकी में बिठाकर 'मलिका-ए-जहान' को ज़बर्दस्ती मायके भेजने की तैयारियाँ चल रही थीं, रानी देवल्दी तड़पकर बोली : ''अम्मा, अब इस महल में रहकर मैं क्या करूँ? मुझे भी अपने शौहर के साथ भेजने का फ़रमान दिलाती जाइए—अब्बूजान षड्यंत्रकारियों की बातों में आकर ये नादानी कर रहे हैं, चुन-चुनकर अपनों को फेंक रहे हैं बाहर! मैं अब्बूजान से मिलने गई थी पर मलिक नाइब तो मेरा पुराना शत्रु ठहरा, उसने उनके हुज़ूर में आने ही न दिया। बोला कि अन्दर कई हक़ीम बैठे हैं, आपका वहाँ क्या काम? अब यह घेराबंदी बनी ही रहेगी, अम्मा और यहाँ रहकर भी अपने परिवार को बचाने में कामयाब हो नहीं पाऊँगी। फिर ग्यारह बरस की उमर से जो मेरी साँसों की सरगम पर गाता रहा, उस अपने ख़िज्र के बिना मैं जी भी कहाँ पाऊँगी...अम्मा हुज़ूर, दुहाई...!''

उसकी बात ख़त्म भी न हो पाई थी कि मलिकाएजहान ने पालकी में बैठे-बैठे ही एक ख़त लिखा और अन्दर मेरे हाथ ही भिजवाया। यह तो मैं नहीं जानता, उस ख़त का मज़मून क्या था, पर सुल्तान ख़िलजी की आँखें गीली हो गईं...और जिस मन से राजमाताओं ने सीता को राम के पीछे वनगमन की इजाज़त दी होगी, देवल्दी को भी उसके ख़िज्र के साथ ग्वालियर के क़िले में नज़रबंद होने को रुख़्सत कर दिया गया।

उसके बाद ख़िलजी बहुत दिन जी भी नहीं पाए। मलिक नाइब ने दूसरी रानी की कोख से जनमे उनके तीसरे बेटे शहाबुद्दीन को गद्दी सौंपी और ग्वालियर में ख़िज्र ख़ाँ के लिए ये आदेश भेजा कि या तो वे देवल्दी रानी को उसके बचपन के

प्रेमी संगलदेव के पास वापस भेजें या अपनी आँखें निकलवाने को तैयार हो जाएँ। हुआ यह था कि छोटे रायों ने गुजरात–मराठवाड़ा के सरहदी प्रदेशों में फिर से उथल–पुथल मचानी शुरू की थी, और लम्बे अज्ञातवास के बाद घनेरी तैयारियों के साथ मोर्चे पर डटे संगलदेव से निबटना मुश्किल हो रहा था। मलिक नाइब ने उसे ख़रीदने की कोशिश की। वह भी जब सम्भव नहीं हुआ तो उसका यह प्रस्ताव मान लेना ही उसे आसान जान पड़ा कि उसकी बाल–मंगेतर देवल्दी उसके पास वापस भेजवा दी जाए।

अब यह प्रेम था या झक थी या संगलदेव का भ्रम था कि देवल्दी रानी पर ज़बर्दस्ती हुई है, यह कहना आसान नहीं, पर यह समझना आसान है कि औरत की औक़ात गुड़िया बराबर तो है ही। उसकी भी कोई इच्छा–अनिच्छा हो सकती है या कभी उसका सच्चा प्रेम भी ज़ात–मज़हब की देहरी लाँघ सकता है, यह जल्दी किसी की समझ में नहीं आता।

देवल्दी रानी के लिए यह निर्णय उलझन भरा था कि वह प्रेमी पति की आँखें बचाए या उसे छोड़कर जाना स्वीकार करे, पर ख़िज्र ख़ाँ ने तत्काल निर्णय लिया कि उसकी असली आँख तो देवल्दी है। इन आँखों में अब और कुछ देखने की हसरत बाक़ी ही नहीं रही।

साम्बुल नाम का कोतवाल आकर मुझसे बोला : ''क्या कहूँ ख़ुसरो, किस सादगी और हिम्मत से शहज़ादा ज़मीन पर सीधा लेट गया और जब सुइयों से उसकी आँखें फोड़ी गईं, शराब के प्याले की तरह उसकी आँखें ख़ून से भर गईं।''

मजबूर की आह से सचमुच ही डरना चाहिए। उस वक़्त तो देवल्दी रानी गश खाकर गिर गई पर बाद में अपने ख़िज्र की आँखों पर आँचल की पट्टी बाँधते हुए उसकी हूक ऐसी फूटी कि इस घटना के चालीसवें दिन ही दूसरी रानी से ख़िलजी के चौथे बेटे मुबारक शाहके कारिन्दों ने मलिक नाइब की हत्या कर दी, पर ख़िज्र ख़ाँ और देवल्दी अलग तरह के लोग थे। उन्होंने दुश्मन की मौत का कोई जश्न नहीं मनाया।

मुबारक शाह जिस दिन गद्दी पर बैठा, उसके अगले ही दिन उसने ख़िज्र ख़ाँ को पैग़ाम भेजा कि उसे गिरफ़्तार रखने में उसकी कोई दिलचस्पी नहीं, वे महल में लौटकर ज़िन्दगी के बाक़ी दिन आराम से काटें और सब मुसीबतों की जड़, देवल्दी रानी को कुछ दिनों की ख़ातिर उसके ज़िम्मे छोड़ दें।

ख़िज्र ख़ाँ ने साफ़ कहा कि उसके जीते–जी यह होने से रहा तो मुबारिक शाह बोला :

''ठीक है तो आपका ज़िन्दा रहना ही कहाँ ज़रूरी है?''

देवल्दी रानी सब क़ैदियों के पास फ़रियाद लेकर गई कि वे एकजुट हों तो ख़िज्र ख़ाँ की हत्या के लिए तैयार कर भेजे गए बंदे, शादी ख़ाँ के टुकड़े–टुकड़े हो

जाएँ। ग्वालियर के क़िले में उसकी फ़रियाद से हलचल मच गई। घायल शेरों की तरह बंदी शादी ख़ाँ की छोटी टुकड़ी पर टूट पड़े, पर उनकी तलवारें जंग खा चुकी थीं और महीनों के फ़ाक़े से देह में इतनी ताक़त, इतनी फुर्ती भी तो नहीं बची थी कि वे मकाम जीत पाते।

पर चाँद-सूरज गवाह हैं कि इधर ख़िज्र ख़ाँ का सर क़लम हुआ, उधर देवल्दी ने अपनी गर्दन की नस काटकर आगे आने वाली ज़हालतों से वैसे ही छुट्टी ली, जैसे रूपवती औरतें आम तौर पर ले लेती हैं। औरत की ख़ूबसूरती हो या कायनात की, जब तक वह कब्ज़े की चीज़ बनी रहेगी, सभ्यताएँ चैन की साँस नहीं ले पाएँगी और आदमी का मन पीपल का पात ही बना रहेगा। इतने राजपाट और ज़र-जोरू, ज़मीन को लेकर हुई इतनी उठा-पटक देखने के बाद का मेरा नतीज़ा यह है कि चयन का अधिकार औरत का ही होना चाहिए। आदमी की आदमीयत और उसकी मर्दानगी इसी बात में है कि वह हर तरह की क़ाबिलीयत हासिल कर धीरज रखे, इन्तज़ार करे—झोली फैलाकर इन्तज़ार करे कि औरत के भीतर की डाल लचे और वह अपने रसपगे फल उसकी झोली में ख़ुद डालने को उमग उठे।

18

शाहिद की दास्तान

''शाहिद, कैसे होंगे वे रास्ते, कैसा रहा होगा वह 1600 मीलों का सफ़र, जिस पर अपने अरबी घोड़े दौड़ाते तुम ईरान से देहली आए होगे? बेबीलोन, सूसा, पर्सेपोलिस...। कैसा होगा तुम्हारा गाँव जहाँ तुम बड़े हुए होगे? कैसे होंगे वे तुम्हारे शहर जो बादशाह दरियास से लेकर बादशाह साइरस तक सभी निखारते रहे?''

''कहाँ से शुरू करूँ? घोड़ों से ही शुरू करता हूँ। मेरे बाबा कहते थे कि असली अरबी घोड़े आवेश में इतना तेज़ दौड़ते हैं कि उनकी चमड़ी फट जाती है, उससे ख़ून छलछला उठता है। चीनी व्यापारियों ने इसी बात की कहानी बनाई कि अरबी घोड़ों को तो लाल पसीना आता है।''

''मंगोलों के क़िस्से सुनती मैं बड़ी हुई हूँ—अब्बू की मसनवियों में भी उनकी विचित्रताओं का बड़ा ज़िक्र है...तुम बताओ, कैसे होते हैं मंगोल?''

''बहुत ही बहादुर और एकजुट। चीनियों ने तो उनके आतंक से घबराकर उनसे लड़ना ही छोड़ दिया। तरह-तरह के उम्दा चावल, एक से एक शराबें और रेशम की थानें वे उनके मुखिया को समय-समय पर पहुँचा देते। फिर चान्यु कहलाने वाले इन मुखियों की हैसियत ही इस बात से आँकी जाने लगी कि किसके पास कितनी रेशमी थानें हैं।''

"क्या तुमने सूफ़ के अलावा भी कुछ पहना है अपने बचपन में? क्या तुम्हारी अम्मा के पास भी रेशम था?"

"हमारी तरफ़ तो धनी औरतें भी रेशम नहीं पहनतीं। रेशमी पोशाकें औरतों का जिस्म ठीक से छुपा नहीं पातीं, जैसे कि शैतानी ताक़तें अल्ला की कायनात का रहस्य...फिर हमारे बुज़ुर्ग तो ग़ुलाम रहे थे—रोमन सैनिकों के ग़ुलाम! हमें कहाँ से रेशम नसीब होता भला... ?"

"क्या यह सच है कि रेशमी रास्तों के दोराहों पर जो मीनाबाज़ार सजते हैं, वहाँ औरतें अब तक बिकती हैं?"

"क्या औरतें, क्या मर्द—ग़रीबी और बदहाली सबको घोड़ों की लीद बनाकर छोड़ देती है जब तक उनके दिलों में इश्क़ेहक़ीक़ी या इश्क़ेमज़ाजी की गुहार न उठे।"

"ये कैसी तुलना की तुमने, शाहिद?"

"कौन-सी तुलना? अच्छा, घोड़े की लीद वाली? मौसम जब बहुत ख़राब होता, सर्द हवाएँ चलतीं, चारों तरफ़ बर्फ़ जम जाती और खाने को कुछ भी नहीं होता तो बचपन में हम टोलियों में निकलते और सैनिकों के या लुटेरों के घोड़ों की गरम लीद से चुनकर अनाज के दाने ले आते। कभी-कभी खजूर-से लम्बे उन रूस लुटेरों की निगाह हम पर पड़ जाती और उनका जी मचल जाता तो हमें आगोश में भरकर ऐसे मसल देते कि हमको उल्टी आ जाती। दहशत से बदहवास हम कभी वापस भाग पाते, कभी नहीं भी भाग पाते। मैं और नमरूद एक बार साथ ही बिके थे—किसी सैनिक ने ख़रीदा हमें। फिर वह खेत आया तो उसकी बूढ़ी माँ हमें सूफ़ियों के ख़ानक़ाह में दाख़िल करा आई या उससे माँगकर कोई सूफ़ी हमें ले आया—ठीक से याद नहीं आता। बीमार जानवर और हमारे जैसे बच्चों की परवरिश ये सूफ़ी कर ही देते थे।"

"अच्छा, तो इतनी पुरानी है दोस्ती तुम्हारी?"

"बहुत पुराना साथ है—सदियों पुराना। दर्द के रिश्ते सदियों पुराने ही होते हैं, जैसे कि मेरा और नमरूद का या फिर मेरा-तुम्हारा।"

कहते हुए शाहिद ने कायनात की ओर कुछ ऐसे देखा कि उसके पूरे वजूद पर कोहरे से छनकर आती हुई मद्धिम चाँदनी तारी हो गई। रात की रानी और मोगरा—उसके सुबुक कंधे छूती हुई ये दो ख़ुशबुएँ एक ही हवा पर सवार, कहीं दूर उड़ गईं। रीढ़ में एक रबाब-सा बजा और बजता ही चला गया...क्या जाने कब सुबह हुई!

फिर अचानक वही हुआ जो हमेशा होता था—शाहिद के सर में खुसफुसाहटों का एक सैलाब-सा उठा, एक विस्फोट-सा हुआ भीतर और घुटनों में सिर गाड़कर उसने अपना दरकता हुआ सर सँभाला। ऐसे में उसको सिर्फ़ नमरूद ही सँभाल सकता था जब उस पर आकाशी परिन्दों के झुंड की तरह ये रूहानी आवाज़ें उतरती थीं।

महरू की जन्नत

इधर कुछ दिनों से मेरे घर का माहौल ख़ानक़ाहों जैसा ही हो चला है। नमरूद, शाहिद और ईरान से आए दूसरे जवां शायरों से मेहमानख़ाना आबाद हुआ नहीं कि घर की फ़िज़ाँ बदल-सी गई। आए-दिन बैठक से शायरी के ख़ूबसूरत मिसरे इस तरह उठते रहते हैं, जैसे लोबान का धुआँ। मैं और कायनात एक चिलमन के पीछे अपनी बुनाई-कताई लेकर बैठ जाते हैं—इस एहसास के साथ कि अब इससे ज़्यादा सुकून तो जन्नत में भी नहीं ही होगा।

जब अमीर दरबार चले जाते हैं तो कुछ देर बग़ीचे में टहलते हैं हम। फिर मैं घर के काम सँभालती हूँ, शाम की दावत की तैयारियाँ होती हैं और निज़ाम पिया के हिस्से का खाना पहले निकाला जाता है। शाम को हम अपनी बग्घियों में बैठकर निज़ाम पिया के पास जाते हैं। वहाँ अपने हाथों से अमीर उन्हें कौर उठाकर खिलाते हैं—दो-चार कौर में ही उनकी ज़रूरत पूरी हो जाती है और बचा हुआ खाना ग़रीबों में बाँट दिया जाता है। रात में नातिया क़व्वालियों पर झूमते हैं शम्सुल जैसे दूसरे सूफ़ी। उसके बाद तरह-तरह के क़िस्सों से उभरी बातें लोगों में बाँटते हैं। इन ज़िक्रों में मेरा छोटा बेटा, फ़ख़रुद्दीन अली भी शामिल होता है।

इस बात का मुझको अफ़सोस है कि अपने किसी बेटे से मेरे शौहर के रिश्ते सहज नहीं हैं। बहुत कम उम्र में दुनिया देख लेने का एक ख़राब असर ये होता है कि मर्द बेटों के लिए ज़रूरत से ज़्यादा डर जाते हैं। डर ये कि कहीं वे भी बहककर बर्बाद न हो जाएँ। अँगूठे के तले दाबकर रखने का, मुट्ठी में सबको बन्द रखने का हौसला मर्दों में वैसे भी होता है पर उन मर्दों में तो इसका कोई हद-हिसाब ही नहीं होता जिन्होंने अपने बचपन में बहुतेरी हाबडीब देखी है, दुनिया की सब ऊँच-नीच जानी-समझी है और ज़िन्दगी के कठिन दौर देखकर बेटों के बाप बने हैं। वे बच्चों को कठपुतलों की तरह चलाना चाहते हैं और बच्चे उन्हीं के बच्चे होने के चलते 'तू डाल-डाल, मैं पात-पात' वाली चकरचाल खेलते चलते हैं। इस तरह तनातनी दोनों तरफ़ से बनी रहती है, और घर की औरत को दोनों तरफ़ की फुफकारें पचाकर लगातार एक पुल-सा बनाये रखना होता है।

जिन घरों में बाप-बेटों के बीच यह तनातनी लगातार ही चलती रहती है, वहाँ मेहमानों का आना घर की औरतों को फ़रिश्तों की आमद-सा सुहावना लगता है। साँस में साँस आती है कि कुछ देर के लिए ही सही, दिखावे के लिए ही सही, बर्फ़ कुछ पिघली तो। इसलिए भी मैं और कायनात बहुत ख़ुश हैं कि इधर बाप-बेटे के बीच भी तनातनी कुछ कमी है। भला हो मेहमानों का, ऐसे मेहमान ख़ुदा सबको दे जिनसे घर का माहौल ही बदल जाए।

आईनासाज़

और ये सूफ़ी शायर और कलन्दर बातें भी कैसी करते हैं! मन उड़नखटोला हो जाता है। ख़ास कर अपने नमरूद और शाहिद जब शम्सुल से अपने ईरान के क़िस्से बयान करने बैठते हैं, उनकी भाषा भी ऐसी हो जाती है, जैसे धुनी हुई रूई। जब रूमी और राबिया की चर्चा चलती है, अमीर भी बुल्ले शाह और फ़रीद की बातें उठाते हैं और कुछ देर में ही समां कुछ ऐसा हो जाता है, जैसे हवा में सतरंगी पंख उड़ रहे हों, चाँदनी झड़ रही हो और एक भीनी-सी ख़ुशबू मदहोश करती हुई अचानक ही होश की बुलन्दियों पर एक कंदील-सी टाँग गई हो!

ये मेरी ज़िन्दगी के सबसे ख़ूबसूरत पल हैं जो मैं अपनी कायनात के संग बाँट रही हूँ। कायनात अलग तरह की बच्ची है। ऊपर वाला उसे हमेशा इसी तरह ख़ुश रखे। बड़ी-बड़ी आँखों से सब चर्चे पीती हुई जब ख़ुद में मग्न मुस्कुराती है, मैं उसके सदके जाती हूँ।

20

कायनात : वजूद पर दस्तक

अब्बू-अम्मा से तरह-तरह की दास्तानें सुनती बड़ी हुई मैं। दास्तानें ही हमारा पालना थीं, शायरी हमारा ओढ़ना-बिछौना, पर ज़िन्दगी के इस पहर में ईरान के सूफ़ियाना क़लाम और क़िस्से मेरे वजूद पर दस्तक देने ऐसे बेखटके चले आए हैं, जैसे बसन्त की बयार। उनका असर कुछ ऐसा है कि लगता है, मैं किसी गहरी गुफ़ा की कोख से अभी-अभी बाहर आई हूँ।

नहीं जानती, शाहिद से मेरा क्या रिश्ता है। शायद वही जो नमरूद से शाहिद का। शाहिद कहते हैं कि हर रूह एक पंख की चिड़िया है। जोड़े का पंख जिस दूसरी रूह के पास होता है, वह जब अल्ला के करम से कभी रू-ब-रू हो गई तो दोनों पंख जोड़े साथ-साथ उड़ सकती है, वरना ज़मीन पर एक पंख से घायल पड़े रहना, तड़पना ही ज़िन्दगी का हासिल रह जाता है।

जब से ख़ुद पर यह बीती है, अच्छी तरह समझ में आ गया है कि अब्बू का रानी पद्मिनी से या शम्सुल फ़कीर का अम्मी से क्या रिश्ता बना होगा। और मेरे दिल की सब शिकायतें धुल-सी गई हैं। फ़खरू भाईजान को भी अक्सर समझाती हूँ— ''किसी से नाराज़ न होना, मेरे भाई, बुरा मानना बुराई की ओर बेसाख़्ता ही बढ़ जाना है। सब अपने 'होने' में गिरफ़्तार हैं। एक क़ैदी की दूसरे क़ैदी से नाराज़गी कैसी?''

बचपन से फ़खरू भाईजान ने ऐसी आदत बना ली है कि किसी की बात का कोई जवाब नहीं देते, पर जब उन्हें कोई बात खटक जाती है, उनके बाएँ कान के पास की नस इस तरह फड़कती है जैसे कि वह नस न होकर वक़्त का नथुना हो!

और वे पैर घसीटते हुए बाज़ार की ओर चल देते हैं। अब्बू को उनसे बहुतेरी उम्मीदें थीं कि उनकी तबीयत रूहानी है तो वे बड़े ज्योतिषी बनें, शायर नहीं। कम-से-कम दरबार का शायर बिलकुल नहीं। मेरे दूसरे भाई अधिक दुनियादार थे, थोड़े हिसाबी-किताबी तो उन्हें सात समुन्दर पार के जहाज़ दिलाये, उन्हें बड़ा सौदागर बनाया। इन्हें उस लायक़ दुनियादार नहीं समझा गया तो उन्होंने बाज़ार के नामालूम लोगों का ही एक कुटुम्ब-सा बनाया, अपनी दुनिया ही अलग कर ली। जाने को एक जगह, करने को एक काम सबको ही चाहिए। दुनिया के बुलबुले के भीतर अपना एक बुलबुला उठाने ही तो हम दुनिया में आते हैं।

मेरे एक बुलबुले के भीतर भी कई बुलबुले हैं। एक बुलबुले में मैं और अब्बू, दूसरे में मैं और अम्मा। एक में मैं, मेरे भाई-बहन। एक में मैं, नमरूद और शाहिद। धोबीघाट पर पड़े कपड़े पर साबुन की कई बुलबुलों वाली झाग पड़ी हो जैसे! उस दिन बुल्ले शाह की बानी अब्बू ने सुनाई जो रूमी के क़लामों की तरह ही तरह-तरह की घरेलू चीज़ें एक लहर में उठाकर कहाँ-से-कहाँ लिये जाती है : साबुन-कपड़ा, करघा, चक्की, चना-चबेना, रंगरेज़ का भगौना, सुनार की ठक्-ठक्। आख़िर इसी सुनार की हथौड़ी की ठक्-ठक् से तो रूमी की रूह जागी थी और वे फ़ना हो गए थे।

अब्बू बता रहे थे कि बाबा फ़रीद से बुल्ले शाह मिलने आए तो उमड़कर गले मिल गए लेकिन आपस में कुछ बोल नहीं पाए। आँखों से आँसू झरते रहे। हाथ पकड़कर नाचे भी लेकिन कोई कुछ बोल नहीं पाया। हम इतने बड़े लोग तो नहीं हैं, पर हमारी भी हालत कभी-कभी ऐसी ही हो जाती है। इश्क़ का बगूला तिनकों को कहाँ से कहाँ उठा लेता है! कुछ देर तिनके सटकर हवा में टँगे भी रहते हैं, फिर उसके बाद चाहे जो होना है, हो।

21

शाहिद : कीस्त लज़्ज़त

पूरी दिल्ली में तो नहीं, लेकिन अमीर उस्ताद के घर और औलिया के दरबार में उसी कोन्या शहर की ख़ुशबू है जो 1220 में सुल्तान अलाउद्दीन ने शायरों, कलाकारों और सूफ़ियों के लिए बसाया था। रूमी वहीं तो जनमे थे। उनकी मसनवियों का ढाँचा हो या उस्ताद अमीर ख़ुसरो की मसनवियों का, मस्जिदों की दीवार पर बने बेल-बूटों से बहुत मेल खाता है, जहाँ वजूद के मायने एक-दूसरे से ऐसे गुँथे होते हैं, जैसे आशिक़ और माशूक़। तुर्की सड़क की ज़बान है, फ़ारसी राजकाज की ज़बान और अरबी क़ुरआन की। ये तीन ज़बानें भी रूमी की शायरी में इन्हीं बेल-

बूटों की तरह गुँथी पड़ी हैं, ठीक वैसे, जैसे फ़ारसी-अरबी और हिंदवी ख़ुसरो में। ऐसे ही गुँथे पड़े हैं इनमें इश्क़ेहक़ीक़ी और इश्क़ेमज़ाजी।

कुछ-कुछ ऐसी ही गुंथन कायनात में भी है। शायरी जैसी देह पहनकर, एक झीने नक़ाब में झिलमिलाती वह सामने चली आई उस दिन तो अचानक ही यह बात समझ में आई कि खुली आँखों से उसका जलवा निहार पाना हमारे बस में नहीं था।

इस बात का पहला एहसास मुझे उस्ताद शम्सुल ने दिलाया था कि इस्लामी कारीगरी में जोड़े उतारना क्यों ज़रूरी होता है। फूल बनाओ तो पौधा साथ में दिखाना ही होगा। गुलाब के साथ बुलबुल उकेरना ज़रूरी है। अगर देवदार दिखाने हैं तो नदी का किनारा भी साथ ही उकेरा जाएगा। जिन जोड़ों में रूहानी नाता हो, उन्हें अकेला उकेरना कुफ़्र है। एक-एक परिन्दा, एक-एक जानवर एक इशारा है कि हर रूह को एक अलग आईना चाहिए। जो सबका आईना बन पाए, वह बस ख़ुदा ही है। मैं कितना ख़ुशक़िस्मत हूँ कि मेरे दो आईने हैं—नमरूद और कायनात। और ये दो आईने कमाल के आईने इस तरह हैं कि दोनों में मेरी नहीं, मेरे ख़ुदा की झलक है।

ख़ुद क़ुरआन भी तो दोहरे चमक वाली गोटन-किनारी है—एक तरफ़ से रुपहली, दूसरी तरफ़ से सुनहरी। चाहे जिधर से पहन लो। यह एक ऐसी औरत है जिसकी गोदी में बच्चा है, पहलू में है उसका शौहर। कभी वह बच्चे को चूमती है, कभी शौहर पर प्यार की निगाह बरसाती है। दुनिया में हर चीज़, जिसकी कोई वक़त हो, दोहरी ही है, एक ख़ुदा के सिवा।

दुनिया में हर चीज़ जिसकी वक़त है, दोहरी बनाई गई एक जोड़ी है। इसलिए कि एक दूसरे को जनम दे सकें। इस दुनिया में हर शय एक कोख है। हरेक में जगह है। हरेक में जीव है। एक नये जीवन की आहट है। कायनात की मुझमें, मुझमें नमरूद की आहट है। यह दुनिया एक सिलसिला है।

ख़ुदा एक दर्ज़ी ही तो है। कौन सम्बन्ध किस काट का सिलना है, वही जानता है। जिस काट की वो सिलेगा, पहन लूँगा। या शायद वह एक कबाड़ी है जो युद्ध के बाद के कठिन बरसों में दरवाज़े-दरवाज़े मलबा उठाता हुआ घूमता है और पूछता जाता है : "क्या पुराने जूते अब तक बचे हैं?"

अपने पुराने जूते, अपना पुराना वजूद—सब मैं ईरान छोड़ आया। साथ जो साथी आए, उनमें एक यही नमरूद बचा है। इस नये शहर में कुछ ऐसे भी हैं जिनको हम फूटी आँखों नहीं सुहाते, ख़ास कर मदरसों के कट्टर मौलवियों को, जो समझते हैं कि धर्म उसी तरह सात पर्दों में रहे—जैसे औरतें, ताकि उनकी हुकूमत बनी रहे। इस शहर का कोतवाल फ़ैयाज़ भी हमारा बैरी है। उसे हम जासूस दिखाई देते हैं। कई बार फ़रमान भिजवा चुका है कि बहुत हुआ, अब हम चुपचाप अपने मुल्क लौटें। मुल्क? अहा! सरहदें? अहा! कौन-सा मुल्क? कौन-सी सरहदें? सब सरहदें धीरे-धीरे मिटने लगी हैं। क्या कहा था उस्ताद ख़ुसरो ने उस दिन? निज़ाम पिया के

दरबार में बेसाख़्ता उनके मुँह से निकला था :

मन तू शुदम तू मन शुदी, मन तन शुदम तू जाँ शुदी।
ता कस न गूयद बाद अजीं, मन दीगरम्, तू दीगरी ?

(मैं तू हुआ, तू मैं हुआ। मैं बदन था तो तू जान था।
अब थी किसी की मज़ाल क्या कि वो जान ले हमको जुदा ?)

सुनते ही रक़्स करते हुए, बेसुध होकर मस्त नाचते हुए, रक़्सेधमाल करते हुए, एक-दूसरे के कंधे पर हाथ रखे हुए, गोलाई में खड़े, रबाब और डफ बजाते हुए हम सब सूफ़ी नाच उठे थे। उसी दिन होली भी थी—ख़ुदा के सातों रंग में नहाते हुए राग जीलफ में फिर हम एक साथ गा भी उठे थे :

आज रंग है ऐ माँ रंग है री, मोरे महबूब के घर रंग है री!
मोहे पीर निज़ामुद्दीन औलिया...

नाचते-नाचते हम ऐसे बेसुध हो गए थे कि पता ही न चला, कब हमारे साथ-साथ राबिया की लय में कायनात भी अपनी जगह पर नाचने लगी और औरतों का एक झुंड उधर लपका उसे रोकने को कि यह कैसी बेशर्मी है...। उस रात शहर में बहुत बवाल हुआ। कोतवाल का पूरा दस्ता उधर आया और तरह-तरह की धमकियाँ भी गुलाल के बराबर में बरसीं। मान-अपमान, सुख-दुख का जोड़ा भी पूरा हुआ! एक ने दूसरे को जनम दिया। उसी दिन उस्ताद ख़ुसरो मुझे एक तरफ़ ले गए और समझाया :

कीस्त लज़्ज़त इश्क़ रा बाद अज़ विसाल,
इश्क़ बा ज़ारा जुदाई बेहतरस्त।
इश्क़ बा सेर ख़ुदाई ख़ुशतर अस्त।

(जुदाई बरकत है। मिलन से बड़ी है तलाश।)

22

नमरूद : तीसरा कोई नहीं

आज की रात कयामत की रात है। बारिश थमने का नाम ही नहीं ले रही। ख़ुसरो उस्ताद के कमरे की शमा अभी बुझी नहीं। शायद वे अपनी मसनवी पूरी कर रहे हैं। बीच-बीच में जब थक जाते हैं, सितार बजाने लगते हैं। आधी रात को सितार की झनकार, बूँदों की झिमिर-झिमिर और कटहली चम्पा की ख़ुशबू मिलकर कुछ ऐसा समां रच रहे हैं कि समझ में नहीं आता रूह की इस हामिला शेरनी को कि कब तक

वह देह के पिंजरे में इधर-उधर बेचैन टहले। जी करता है, सारे बन्द टूट जाएँ। सब हड्डियाँ फोड़कर निकल आए यह जान बाहर।

शाहिद आज मेरे बिना ही चला गया। शम्सुल उसे लेकर कभी-कभी यों ही मेहरौली के जंगलों में भटकते हैं। अक्सर तो मैं भी पीछे लग जाता हूँ, पर कल मुझे तेज़ बुख़ार था, शायद इसलिए आज मैं सोया रह गया। ये मुझे सोता छोड़कर निकल गए और अभी तक लौटे भी नहीं।

अब दिल्ली हमारे रहने लायक़ नहीं रही। जब से उस कोतवाल ने शाहिद पर पीछे से वार करवाया, मेरी जान हरदम गले में अटकी रहती है। हमेशा एक फेर-सा लगा रहता है कि इसे लेकर अपने मुल्क निकल जाऊँ। दुनिया जितनी देखनी थी, देख ही ली। अब अपने घोंसले में लौटना ठीक है। बाक़ी दोनों को तो मैं वापस भेज भी दूँगा, पर शाहिद की नाल तो जैसे देहली में ही गड़ी है। शम्सुल भी उसे लेकर हिन्दुस्तानी तंत्र और जप-तप सीखते चलते हैं। कब टूटेगा यह सिलसिला?

उस बेचारी कायनात पर भी तरस आता है। कितने रिश्ते उसके लौट गए! हम परदेसियों के आसरे वह कब तक समय की धार रोक सकती है? उसे देखकर मुझे अपनी ही छोटी बहन नादिया की याद सताने लगती है जिसे मंगोल उठाकर ले गए तो रोते-रोते अम्मा-बाबा की आँखें फूट गईं। शाहिद सब जानता है—मेरे बचपन का दोस्त शाहिद। एक ही गाँव था हमारा। एक साथ हमने पूरा गाँव उजड़ता देखा। दर्द ने हमें बाँधा एक डोर में। दर्द का नाता कभी भी नहीं टूटता।

उफ़, वो हमारा छोटा-सा गाँव। हम दोनों चरवाहे ही तो थे। कुछ चरवाहे दिन में भेड़ें चराते, कुछ रात में मिलकर साथ जागते कि भेड़ियों से भेड़ों के रेवड़ों की हिफ़ाज़त करें। हम दोनों अक्सर रातों को जागने वाला काम लेते क्योंकि रात का जलवा हमें खींचता, उस बूढ़े सूफ़ी चरवाहे की कहानियाँ हमें खींचतीं जिसका काम था रात में आग जलाये रखना।

लौ ऊँची रखना मुश्किल काम है। चूँकि सूरज उन घाटियों में बमुश्किल निकलता, इस आग के आस-पास ही गाँव के सब घरों के गीले कपड़े सूखने को डाले जाते। कभी-कभी भेड़ों की चर्बीदार दुम का शोरबा भी पकता। साथ में कुछ और बूढ़े भी आकर बैठ लेते और चिलम की धाह पर क़िस्सों के सहारे ही रात कटती। हथेलियों, समूरी टोपियों, लबादों की ओर से ही आग को बारिश, बर्फ़ और बर्फ़ के तूफ़ानों से बचाया जाता। धीरे-धीरे आग की लपटें हमारे दिलों में ही उतर गईं और उसे सहेजकर रखना ही हमारा पेशा हो गया। वे तरह-तरह की सूफ़ी कहानियाँ ही थीं जिनसे हमारे दिल की राख-तले सोए पड़े शोले धधककर जले और हम आशिक़ हो लिये—पहले एक-दूसरे के, फिर एक-दूसरे के बहाने इस पूरी कायनात के। वो इश्क़, भला कैसा इश्क़, जब एक के बहाने सारी दुनिया अपनी-अपनी-सी न लगने लगे?

फिर चर्बी-पुते तेलचट्टों की चाल से हम अपनी चर्बी-पुती प्यालियों से बाहर निकले। फिर रूसी लुटेरे आए। एक सैनिक ने हम दोनों को साथ ही ख़रीदा। जब वह मरा, उसकी बूढ़ी माँ हमें ख़ानक़ाह में दाख़िल करा आई। उसके बाद किसी अच्छे मुर्शिद की तलाश में पहले तो कोनिया गए, फिर धीरे-धीरे यहाँ आए। घर छोड़कर इधर-उधर ठोकरें खाते हुए ही हमने अपने यहाँ के इस लोकगीत का मर्म पूरी तरह से महसूस किया जो हमारे यहाँ औरतें चश्मे से पानी भरते हुए अक्सर गाती थीं :

अरे ओ झकोरे,
आके कभी तो ठहर गाँव में।
यहाँ तुझे और कुछ मिले-न मिले,
मिलेगा सुकून
कि हमारी धरती धरती है,
घर घर है,
घोड़ा घोड़ा है
और आदमी आदमी—
उनके बीच तीसरा कोई नहीं,
कोई नहीं
कोई नहीं!

23

शम्सुल फ़क़ीर : रूह के रिश्ते

मुझे मेरे मुर्शिद ने यह कहकर हिन्दुस्तान भेजा था कि वहाँ की आबोहवा से कायनात की एक अलग-सी समझ मैं अपनी झोली में उसी तरह भर-भर कर लाऊँ, जैसे उनकी टाँगों के लगातार ही रिस रहे घाव की ख़ातिर जंगल से जड़ी-बूटियाँ लेकर आता था कि पीसकर उस पर लेप थपक सकूँ। कहते हैं, अपने दर पर आने वाले हर बंदे की तकलीफ़ें खींचकर वे अपने इन घावों में भर लेते थे। बड़ी रूहें ऐसा करती हैं—औरों की तकलीफ़ें अपनी ओर खींच लेती हैं। किसी को तो उनके हिस्से की भोगनी ही होगी, इसलिए उनके जिस्मों में कई बार ऐसे लगातार ही रिसने वाले ज़ख़्म उभर आते हैं।

यहाँ आकर मैं तीनों धर्मों के साधकों से मिला। हिन्दू, बौद्ध और जैन धर्म में भी कई शाखाएँ हैं—कुछ तंत्र की, कुछ योग की। सब समझने की कोशिश की। हिमालय की कंदराओं में रहने वाले कुछ साधकों से मिला और यह पाकर दंग रह

गया कि अपनी मूल स्थापनाओं में सभी धर्म एक ही तरह की बात कहते हैं—अना से निजात पाने की बात। यह निजात दो तरह से पाई जा सकती है—या तो ध्यान से या फिर प्रेम से। ध्यान मार्ग से चलने वाले बौद्ध, जैन और हिन्दू तांत्रिक अपनी अना का दायरा इतना ज़्यादा बढ़ा देते हैं कि उसमें सारी कायनात समा जाती है। यहाँ इसे ज्ञान मार्ग भी कहते हैं। दूसरा प्रेम या भक्तिमार्ग है जिसमें भावमय समर्पण से तिल-तिलकर अना मिटा दी जाती है—जब तक कि तू और मैं का फ़र्क़ ही न मिट जाए और भीतर अपना कुछ बचे ही नहीं।

हमारे मुर्शिद जिस राबिया बसरी के मुरीद हैं, वे भी तो ये ही कहती हैं, ये ही कहते हैं रूमी और बाबा फ़रीद, और अचरज क़ी बात ये है कि दरबार की चकाचौंध से घिरे, हर बादशाह से रफ़्त-ज़ब्त बनाये रखने वाले ख़ुसरो में भी समर्पण की यह जोत जगी हुई है, जैसे आँधियों में कोई चिराग़ जलाये रखे! मुझको ऐसा लगता है, उनका ये नूर छनकर आया है—या तो औलिया निज़ामुद्दीन से या फिर उस अजब-सी रूहानी औरत से, जो उनकी बीवी है...या अल्लाह! उस शक्ल में तेरे नूर की रौनक तो है ही। उफ़, वो पल। तूने अपना जलवा दिखला दिया, इस फ़कीर की झोली में डाल ही दिया दीदारेहुस्न...!

नहीं-नहीं, मैं किसी जलन से ऐसा नहीं सोचता। मैं ख़ुसरो का रक़ीब नहीं। ख़ुदा की राह पर कोई किसी का रक़ीब नहीं होता। 'सुखसागर' पढ़ाते हुए मुझे किसी पंडित ने किशन की हज़ार गोपियों के बारे में बताया था। जब एक किशन की हज़ार गोपियाँ हो सकती हैं तो इसका उलटा सच क्योंकर नहीं है? एक राधा, हज़ार गोप क्यों नहीं हो सकते? जब मैंने यह बात उठाई तो उसी आचार्य ने मुझको ललितासहस्त्रनाम और देवी भागवत के प्रमाण भी दिये कि हाँ, यह भी सम्भव है।

फिर जब उस दिन महरू बेगम दाता के दरबार में दाता से बात कर रही थीं, उन्होंने भी किसी प्रसंग में ऐसा ही कुछ कहा था : उनके बाबा हिन्दू थे, वो भी शास्त्रज्ञ। तो दाता निज़ामुद्दीन अक्सर उनसे कुछ पूछते रहते—हम सबकी समझ बढ़ाने की ख़ातिर भी पूछते रहते कुछ-कुछ और वे चिलमन की ओर से जो कहतीं, उसमें एक अलग तरह की ठनक होती। उस समय वे न किसी की बीवी होतीं, न अम्मा—वे बस, ख़ुदा का नूर होतीं, एक और राबिया फ़कीर :

"बाबा कहते थे कि यह सृष्टि दो तरह की मूल वृत्तियों से बनी है—बाहर जाने की वृत्ति उन्मेष और भीतर लौट आने की वृत्ति निमेष। हमारी साँसें इसी का इशारा हैं। बाहर जाने, प्रकट होने की वृत्ति संसार है—प्रकृति और माया है। कुछ बहुत नन्हे विद्युतकणों से या स्पन्दनों से संसार बना है—एक पाँव से बाहर जाता, दूसरे पाँव से भीतर लौटता। ध्यान में या प्रेम में ये ही स्पन्दन घनीभूत होकर वह आत्मविभोर तंद्रा पैदा करते हैं जिसे इस्लाम में बेख़ुदी का आलम कहा गया है।

"सबसे मज़ेदार बात तो यह है कि बाहर जाने का भाव या उन्मेष स्त्री-वृत्ति है

और भीतर ही रमे रहने का भाव या निवृत्ति पुरुष-वृत्ति। पर संसार ने उलटा चक्र चलाया। औरत घर में बाँधकर रख दी गई, और पुरुष बाहर गया। शासन-प्रशासन, लड़ाई-भिड़ाई से भर गया उसका संसार।''

उसकी यह बात सुन मेरे भीतर के सातों समुंदरों में ज्वार-सा उठा। सात आसमानों के चाँद नीचे झुके। मेरी सदियों की सोई यादें जाग उठीं। जो सारी सोई यादें जगा दे—महबूब तो वही है। जो सारी बिछुड़न, सारी बिसरन, सारी ठिठुरन मिटा दे—महबूब तो वही है। या इलाही, इश्क़ेहक़ीक़ी का नज़ारा है यह या कि इश्क़ेमज़ाजी का। ऊपर से नीचे तक काँप उठा। किसी और देह के पशमीने में लिपटी यह रूह तो मेरी ही थी जो मुझसे मुख़ातिब थी।

सबसे पहले उसकी ये बातें सुन मुझको अपनी नग़मा याद आई। जब मैं घर-बार छोड़कर देश-दुनिया घूमने निकला, ख़ुदा की बनाई इस धरती पर हर तरफ़ उसके ही दस्तख़त नज़र आते—पत्ता-पत्ता, बूटा-बूटा उसी का इशारा था। दरिया में उसकी मौजें थीं, हर सू वो ही वो थी।

हम दोनों के बाबा ने लड़ाई के ज़माने देखे थे। शुरू-शुरू में तो वे कट्टर ही थे, गाँव का मदरसा चलाते थे, पर लड़ाई में अपने दो बेटे खोने के बाद के भयावह दिनों में उनकी दोस्ती एक कलंदर से हो गई थी जो उन्हें सूफ़ी ख़ानक़ाहों तक ले गया था। वहाँ से वे तरह-तरह के क़िस्से लिये लौटते। ये क़िस्से हम दोनों को—मुझे और नग़मा को उड़नखटोला बनकर कहाँ-से-कहाँ से उड़ा लाते।

सुनी-सुनायी से जब मन भर गया तो सच के जलवे की ख़्वाहिश लिये मैं घर से निकल आया पर मेरी बहन तो तड़पकर भी मेरे पीछे देश-दुनिया देखने आ न सकी। बहुत दिनों तक सपनों में उसको पाँव से लिपटकर ज़ार-ज़ार रोता हुआ देखता था और चौंककर उठ बैठता था। पता नहीं, उसका हुआ क्या? उसकी शादी अच्छी हुई कि नहीं? उसके भीतर की राबिया घर-गृहस्थी, जचगी-बचगी से दबकर मुरझा तो नहीं गई?

कितनी राबियाँ यहाँ यों ही मुरझा जाती हैं। कोई उन्हें ठीक से समझता नहीं। ज़रा-सा अलहदा चलीं तो तरह-तरह की बंदिशें उन पर लद जाती हैं, तरह-तरह के नामुराद क़िस्से उनके किरदार पर टाँक दिये जाते हैं, जैसे कि वे बस एक मादा हों, इनसान हों ही नहीं! आदम-औरत के बीच आदम-हव्वा वाले नाते के सिवा भी तो कई तरह के नाते होते हैं, कोई यह समझने को राज़ी नहीं।

मेरा और महरू का रूहानी नाता या शाहिद और कायनात का रूहानी रिश्ता या ख़ुसरो और पद्मिनी के बीच के भरोसे का रिश्ता जब तलक इस जहाँ में दुनियावी मक़सद का रिश्ता समझा जाएगा, इस दुनिया को अमन-ओ-चैन नसीब नहीं होने का। यों ही लड़ाइयाँ मचती रहेंगी, बेमतलब ख़ून-ख़राबा होगा। और कोई लगातार चलकर भी कहीं नहीं पहुँचेगा।

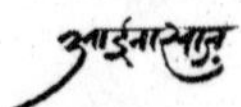

24

अमीर ख़ुसरो : झरने ख़ुदा की हँसी हैं

जब से फ़ैयाज़ कोतवाल हुआ है, दिल्ली की गलियाँ नागिन हो गई हैं। शाहिद के साथ उसने जो हरकत की, उसके बाद कई दफ़ा मेरा मन हुआ कि बादशाह से शिकायत लगाकर मैं उसकी नौकरी छीन लूँ, पर अपने लगाये पौधे उखाड़ फेंकना इतना आसान नहीं होता, चाहे उसकी पत्तियाँ ज़हरीली ही क्यों न निकलें। इस बार धमका कर छोड़ देता हूँ, अगली बार ऐसी कोई हरकत की, ज़ाती दोस्ती-दुश्मनी बीच में रखकर शाही ओहदे पर होने का फ़ायदा उठाया या किसी बेबस पर जुर्म ढाया तो ज़रूर उखाड़ फेंकूँगा।

फ़िलहाल चारों सूफ़ी शायर मेरे क़िले में महफ़ूज़ तो हैं ही। उन्हें मेहमानख़ाने में ठहराया है और उनकी हिफ़ाज़त में चार हब्शी रख दिये हैं। परिवार से जब भी फ़ुर्सत पाता हूँ, बच्चों की तरह ये मुझे घेरकर बैठ जाते हैं। अब दरबारी जीवन या सूफ़ी ख़ानक़ाहों के क़िस्से सुनने के लिए मुझे बीच सड़क घेर लेने या मेरे इक्के पर ही सवार होने की इनको ज़रूरत नहीं।

नमरूद और शाहिद की तबीयत में सूफ़ियाना ठहराव आ गया है पर जाँनिसार और नासिर अभी छोटे हैं। किसी घटना की प्रतिक्रिया उन पर इतनी ही घनेरी होती है जितनी संगमरमर पर तेज़ाब की। हज़ारों सवाल, शेख़ियाँ और संकल्प एक साथ खदबदा उठते हैं उनकी सतह पर और एक अजब कसमसाहट हवा में भर जाती है। शाहिद पर जानलेवा हमले की घटना उनमें एक अनाम दहशत-सी भर गई है। सोते हुए भी चौंक-चौंक जाते हैं। सुबह-सुबह मेरे साथ टहलने निकला नमरूद तो परसों कहने लगा :

"उस्ताद, जाँनिसार तो नींद में अपनी अम्मी को अब तक पुकारता है।"

चलते-चलते मैं थक-सा गया और घनेरी घटाओं की तरह मुझमें घिर आईं—दरबारी जीवन के शुरुआती दौर की यादें, जब अम्मी को अकेला छोड़कर लखनौती, मुल्तान या अवध मैं गया था : "सैनिक की सजधज में निकला तो बड़े शौक़ से, पर आधे रस्ते से ही लौट आने की ऐसी हुड़क उठी कि क्या कहूँ!"

"आपके शुरुआती जीवन के बारे में मैं बहुत नहीं जानता। उन दिनों के कुछ चुनिन्दा पलों का ज़िक्र करें जो आपके ज़ेहन में बार-बार झिलमिलाते हैं—ख़ास कर जब आप अकेले हों?"

"मैं समझ रहा हूँ तुम्हारा इशारा। ठीक समझ रहे हो, नमरूद—शुरुआती जीवन के वे कुछ चुनिन्दा पल और कुछ चुनिन्दा किरदार जो आपके भीतर रह-रहकर दमकें, ख़ास कर जब आप अकेले हों, ख़ुदा का इशारा ही होते हैं। किसी बड़े सच की समझ के लिए ऊपरवाला इन्हें आपकी राह में रोशन करता है। ख़ानक़ाहों का चिराग़ ही होते हैं वे पल, वे किरदार, उनके उचारे वे लफ़्ज़। आओ, वहाँ उस

चट्टान पर बैठें। कभी किसी झरने के पास की चट्टान पर बैठे हो? ऊपर से हहराती हुई तेज़ धार आती है, निस्पंद चट्टान से टकराती है और हज़ार बुंदकियों में बँटी इधर-उधर हो जाती है। उन बुंदकियों की छुअन अपने जिस्म पर या रूह पर अगर महसूस की हो कभी तो याद करो। पुरानी यादें ऐसी ही होती हैं, ख़ास कर उन ख़ास पलों की यादें, जब आपकी रूह ने थोड़ा क़द काढ़ा और वह आसमान की ओर लपकी। उस समय के अनुभव ही हहाकर उमड़ती हुई धार होते हैं, चित्त चट्टान की मज़बूती पा जाए तो उससे टकराकर ये अनुभूतियाँ, ये यादें हज़ार बुंदकियों में बँटी ऊपर ही उठती हैं।''

''समझ रहा हूँ, उस्ताद।''

''समझ रहे हो न?''

उसके बाद हम दोनों के बीच घनेरी चुप्पी घिर आई और हम किसी और ही दुनिया में डूबने-उतराने लगे। वापस उसे इस धरती पर बुलाने के लिहाज़ से मैंने आगे कहा : ''ईरान से हिन्दुस्तान तक के लम्बे सफ़र में अक्सर सूफ़ी वहीं ठिकाना बनाते हैं न, जहाँ दरिया हों या झरने! रास्ते की थकान धो डालता है ये झिलमिलाता हुआ पानी। ध्यान से देखा है झरने को? मुझको तो लगता है, झरना ख़ुदा का ठहाका है।''

''ठहाका? अच्छा कहा। ठहाके तो आपके भी मशहूर हैं। ईरान तक आपकी ख़ुशदिली के क़िस्से पहुँचते रहे। शायद इसी ख़ुशदिली के चलते आप सिरचढ़े शाहों से भी निभा पाए। ऐसा उछाल-भरा जी लेकर दरबारी जीवन जीने में तकलीफ़ तो होती होगी, सब कुछ कितना अटपटा दीखता होगा!''

''यहाँ हिन्दुओं में एक मान्यता है लीला की। जीवन को तमाशा मानकर देखते रहो, तमाशे में शामिल भी हो तो अपनी ख़ुदी के तमाशबीन हो जाओ। एक खेल की तरह ऊपर वाले ने यह जीवन रचा है—उसे खेलो, पर होश बना रहे कि सब खेल है, एक आनी-जानी माया।

''अम्मी कहती थी कि उपनिषद् में लिखा है : हम सबके भीतर दो चिड़ियाँ एक डाल पर बैठी हैं—एक (कर्म) फल खाती हुई, दूसरी उसे तटस्थ निहारती हुई।

''अम्मी की यह बात याद रखता हूँ हमेशा तो जीना आसान हो जाता है, वरना दरबारी जीवन के अटपटे प्रसंगों का कोई ओर-अन्त नहीं। एक क़िस्सा सुनाता हूँ तुम्हें, जब हाज़िरजवाबी ने मुझको उबारा।''

''लीजिए, ये तीनों भी आ गए। चलिए, वहाँ उस नरम दूब पर बैठते हैं। हिन्दुस्तान की सुबहें सचमुच सुहावनी होती हैं। देखिए तो वह गिलहरी भी मूँछों पर तिनका उठाए थकमका-सी गई है, जैसे हमारी बातें सुनना ज़रूरी हों! आओ, आओ, यहाँ बैठो! आज उस्ताद अपनी ज़िन्दगी के कुछ दिलचस्प लम्हे ताज़ा करेंगे।''

तीनों दौड़ते हुए आए और पीछे से कायनात और उसका बड़ा भाई आया। सबको पता था, हमारे टहलने का अड्डा यह कटहली चम्पा वाला बग़ीचा है जो

मेहमानख़ाने के साथ ही कंधे मिलाये खड़ा है। पीछे-पीछे गुमाश्ते भी आए। बड़ी, नक़्क़ाशीदार परातों में महरू ने मेरी पसन्दीदा चीज़ें भेजी थीं—फालसे का शरबत, शरीफे, बेल का मुरब्बा, तरबूज़, अख़रोट और मुनक़्क़े। टहलकर आने पर पहली खुराक मैं यही लेता हूँ। एक मुनक्का उठाते हुए मैंने जाँनिसार से चुटकी ली :

"तुम्हारी तरह मैं भी अपनी जवानी में घोड़े बेचकर सोता था। कभी-कभी निज़ाम पिया से रात में देर तक गुफ़्तगू होती रहती! तब तो निश्चित था कि दरबार देर से पहुँचूँगा। एक बार मलिक छज्जू से दरबारियों ने मेरी शिकायत लगाई कि मुझे निज़ाम पिया के दरबार से फ़ुर्सत मिले तब तो मैं उनका दरबार लगाऊँ। और बस, क्या था, मलिक छज्जू ने मुझ पर निगाह कड़ी कर ली और एक दिन तो भरे दरबार में मुझे टोक भी दिया : फ़ुर्सत मिल गई तुम्हें आने की?

"कुछ पल ठहरकर मैं सोचता रहा, क्या जवाब दूँ। यों ही सर झुकाए खड़ा रहा। ऐसे मौक़ों पर शायरी ही काम आती है : कोई दिलकश-सी बात, जो दिल को गुदगुदा दे। बेसाख़्ता मुँह से एक क़सीदा फूटा :

बूद पिनहाँ आफ़ताब आदम कि सुबद

(घर से दरबार की तरफ़ आ रहा था कि सुबह की ख़ुशबुओं ने मेरी राह रोकी और कहा—सूरज लौटा दो हमारा, नयनों की उड़ान थामती हैं जिनकी बाँहें वो ही मलिक छज्जू—दम-दम दमकता हुआ।) इसी गपशप में थोड़ी देर हुई, मालिक।

"...इस बतकताई पर वह हँसता नहीं तो करता क्या!"

"जी, उस्ताद, आप तो राह चलते भी सबसे हँसी-मज़ाक़ करते चलते हैं। हसन सिज्जी नानबाई, पित्ती पनवाड़ी और राह चलती पनिहारिनें भी नानखटाई, पान या कि पानी आपको तब तक नहीं देतीं जब तक आपसे आपके कवित्त न सुन लें...।"

"ख़ुदा की बनाई इस धरती पर एक-एक जान क़ीमती है और एक-एक बंदा हीरे की कनी—सब उसी के नूर से रोशन हैं। जिस दिन इस बात का एहसास आदमी को हो जाता है, क़द्रदानी उसका स्वभाव बन जाती है। वह सहज बात भी बोले तो उससे हँसी के झरने-से फूटें। तुम सबने अभी जंग के नज़ारे नहीं देखे। अगर देख लो तो पता चले कि आपस में हँसते-हँसते, प्यार से जीवन काटना कितना ज़रूरी है। ये अमन के पल सचमुच बेशक़ीमती हैं—इसी में हमारे भीतर का कमल चटक सकता है।"

"सुना है, आप जंग के मैदान में भी एक हाथ में किताबदान, दूसरे में तलवार लेकर शान से निकलते थे?"

"हाँ, तो और क्या करता? मारना-काटना मेरी फ़ितरत में नहीं था, पर अब्बू और नानू ने मुझे युद्धकला में पारंगत तो कर ही दिया था। अम्मी 'गीता' के हवाले बताती थीं कि अपनी ओर से नहीं ठानना चाहिए युद्ध, पर अगर ठन ही गया हो तो

पीछे हटने का कोई मतलब नहीं—जी जान लगाकर लड़ना ही पड़ेगा और लड़ाई जीतने की कोशिश भी करनी पड़ेगी ताकि अपने ढंग से अमन का पैग़ाम फैलाया जा सके। बात तो ताक़तवर की ही सुनी जाती है। कितनी भी अच्छी बात कोई क्यों न कहे, अगर वह कमज़ोर और कायर है, तो उसकी बात सुनेगा कौन? अच्छे आदमी के लिए तो मज़बूत और दबंग होना इसलिए भी ज़रूरी हो जाता है—इसी तर्क से मैं हर बार जंगे-मैदान में गया।

"रात को तम्बू में सब थककर सो जाते, तब मैं किताब उठाता या क़लम, और क़लम से स्याही ऐसे बहती, जैसे ताज़ा लहू छलछलाकर बहता है। जो बात मुझे पसन्द नहीं आती थी, वो ये कि बादशाह हारे हुए दुश्मनों से भी बदसुलूकी लगते थे करने।"

"मसलन?"

"क़ैदियों के चेहरे रस्सियों से इस तरह बाँध दिये जाते थे, जैसे हार में फूल गूँथे जाते हैं। घोड़े की जीन के तस्मों की गाँठ से उनके सिर टकराते थे और लगाम के फंदों में उनकी गर्दन घुटती थी।

"क़ैदियों की यह फ़ितरत देख चुका था, सो एक बार शहज़ादे मुहम्मद की हार के वक़्त जो मेरी गिरफ़्तारी का वक़्त आया तो मैं पानी के रेले-सा सरपट भागा। भागते-भागते मेरे पैरों में बुदबुदों की तरह फफोले उठ आए—रह-रह कर बुदबुदे फूटते और पैर छलनी हो जाते! इतनी तरह की मुसीबतें घटीं कि जीवन तलवार की मूठ-सा कठोर और देह कुल्हाड़ी के हत्थे के समान सूखी हुई जान पड़ने लगी। प्यास से जीभ जली जाती थी। जंगली झाड़ियों से उलझते-पुलझते देह और कपड़े सब तार-तार हो गए थे। पतझड़ के पेड़-सा भूखा-नंगा भागता ही जा रहा था कि अचानक पीछे से किसी ने मुझको ऐसे जकड़ा कि वल्लाह! उसके बाद मीलों उसके घोड़े से बँधा हुआ मेरा जर्जर शरीर आधा हवा में ही लटका रहा। मंगोल घुड़सवार के मुँह और काँख से उबकाई लाने वाली दुर्गंध उठ रही थी—आँखें मींचे मैं लगातार निज़ाम पिया से निहोरे कर रहा था कि काश, मरने के पहले एक बार अम्मी के हाथों से पानी पी लूँ!

"अचानक घुड़सवार रुका। सामने एक दरिया बेख़ौफ़ बह रहा था। वह और उसके घोड़े इतने प्यासे थे कि घोड़ों के साथ वह भी गटगट पानी पीता गया, पीता ही गया—बिना यह समझे कि ज़हरीले फलों का एक दरख़्त वहाँ का पानी एकदम ज़हरीला कर गया है। देखो, औलिया का करम—वो और उसके घोड़े वहीं मर गए और किसी तरह ख़ुद को बचाता हुआ मैं अपनी अम्मी के दरवाज़े आ ही गया।"

"हाँ, उसके बाद तो कुछ दिन पटियाली में ही रुके...उसकी बात आपने पहले बताई थी...अवध का तजुरबा कैसा रहा?"

"अवध की ओर जाते हुए तो मेरे मन की दशा वैसी ही थी, जैसी हमारे

जाँनिसार की और छुटके नासिर की हुई होगी अम्मी का घर छोड़ते वक़्त। सावन की झड़ी लगी हुई थी और मैं अपनी दिल्ली से दूर हो रहा था। बार-बार पीछे मुड़कर देखता और रह-रहकर सिसक उठता। दो माह की लम्बी यात्रा के बाद शाही फ़ौज अवध पहुँची, तब वहाँ की हरियाली ही मुझ पर अम्मी का आँचल बन फैली।''

''दिल्ली से भी हरा-भरा है अवध?''

''अंगूर, नीबू, अनार, सन्तरे, आम और केले के बाग़ वहाँ क़दम-क़दम पर छाया कर देते थे। बाग़ों से मौलश्री, चम्बा और जुही की सुगन्ध ऐसी उठती कि मन बावला-सा हो जाता। केवड़े के फूलों के जिस बग़ीचे के पास मेरा डेरा था, वहाँ से हर बीस क़दम एक राममन्दिर का सिलसिला शुरू होता था। पेड़ों से झाँकता हुआ सूरज, सरयू नदी का किनारा, तरह-तरह की चिड़ियों की चहचहाहट और मन्दिरों से उठता घंटे-घड़ियालों का नाद—इस गम्भीर रव की उँगली पकड़कर बढ़ी आती भजन और कीर्तन की मधुर स्वर-लहरियाँ—कुल मिलाकर समां ऐसा बँधता कि मैं घंटों मुग्धभाव से मन्दिरों के आगे खड़ा पाया जाता। कुछ कट्टर मुल्ले मुझे मूर्तिपूजक भी कहने लगे थे। इसी का जवाब तो मैंने यह कहकर दिया कि 'काफ़िरे इश्क़म मुसलमानी मरा दरकारनेस्त...'' (मैं प्रेम का काफ़िर, मुसलमानों से मुझको क्या? रग-रग ही एक तार है मेरा, मुझको जनेऊ से क्या? उठ जा नादान हक़ीम, मेरे सिरहाने से उठ जा। जिसको मुहब्बत का रोग लगा हो, उसका इलाज तो काबा हो या बुतख़ाना, हर जगह महबूब के पास ही होता है न! आशिक़ों को कुफ़्र से भला क्या लेना-देना?)

नमरूद की आँखों से आँसू बह चले और शाहिद ने उसके कंधे पर गर्दन टिका ली तो कायनात ने उधर से आँखें हटाकर मुझसे पूछा : 'अच्छा, अब्बू, ये भी तो आपने कभी मुझे बताया था कि नातिया क़व्वाली के ईजाद में अयोध्या के मन्दिरों में सुने उस समवेत गायन-वादन की सुरलहरियों का बड़ा हाथ है?'

''हाँ। एक बार अयोध्या में ही हरिमन्दिर का भजन सुनते हुए मुझे यह सूझा कि एक डफ मँगाऊँ और उस पर क़ुरआन शरीफ़ की अरबी आयतें तरन्नुम में गाऊँ। धीरे-धीरे डफ के साथ रबाब, यंग, नय, कंगीरा और ताली बजवाकर मैंने शागिर्दों से तरन्नुम में आयतें सुनना शुरू कीं...फिर आयतों की जगह अपने लफ़्ज़ों में जिक्रे ख़ुदा शुरू किया जिसमें आशिक़-माशूक़ का सा रिश्ता ख़ुदा और बंदे में बखाना गया था। बाद में यही बंदिशें नातिया क़व्वाली के नाम से मशहूर हुईं।''

''तो अयोध्या नगरी आपके मन भा गई थी?''

''मसनवी 'अस्पनामा' में मैंने इसका ज़िक्र भी किया है :

शोरवी-ऐ-हिन्दू बबीं कू दिन ब बुद अज ख़ास ओ आमा
राम ऐ मन हरगिज ना शुद, हर चन्द गुफ़्तम राम-राम

"हर ख़ास-ओ-आम यह बात अच्छी तरह समझ ले कि राम सरज़मीन-ए-हिन्द की शानदार शख़्सियत हैं। उनकी पूरी ज़िन्दगी अमलपैहम है। अयोध्या में राम की 'तर्ज़-ए-तरीक़त' आज भी ज़िन्दा है। मान-मर्यादा, बड़ों का लिहाज़, उनकी देखभाल, राजशाही का बंधन, अमीर-ग़रीब का समागम--ऐ रब, राम नगरी की यह तहज़ीब मुझमें हरदम जगाए रख जिससे इस नापाएदार दुनिया में अमन-ओ-चैन फैले। जहाँ देवता भी आम लोगों के रंग में रँग जाते हों—राम हों, कृष्ण हों या काली—उस देश की तहज़ीब का रंग अलग तो होगा न।"

"और अब्बू, आप इन्हें रामभजन से जुड़ी वह घटना भी बताइए जब हज़रत साहब के इसरार पर आपने किसान के मुँह से सुनी 'बारिहि लाइहो, राम मनाइयो' पूरी की थी?" अपना नक़ाब मेरी तरफ़ ज़रा-सा उठाकर उसने कहा।

"हाँ, एक बार निज़ाम पिया गयासपुर बस्ती से हज़रत ख़्वाजा कुतुबुद्दीन बख़्तियार काकी के मज़ार का बुलावा पा उधर ही चले। उनके साथ मेरे सिवा और कई सूफ़ियों और मुरीदों की टोली थी—ख़्वाजा मुहम्मद, उनके भाई सैयद मूसा, हसन संजरी, बुरहानुद्दीन ग़रीब, मौलाना नसरुद्दीन महमूद वग़ैरह।

दिन ढलने को था और सूफ़ियों का यह काफ़िला खेतों के बीच से गुज़र रहा था। एक कुएँ के पास कुछ किसान खड़े खेत में चमड़े के बड़े डोलों या चरसों से पानी पटा रहे थे। पानी उलीचने वाला किसान कुएँ की चरखी के पास खड़े किसान के साथ हर बार कुएँ से डोल बाहर आते ही सुरीले स्वर में गाता :

बारिहि लाइयो, राम मनाइयो!

निज़ाम पिया की तो इस मीठे सुर से समाधि ही लग गई। वहीं बैठ गए। कुछ देर बाद जब आँखें खोलीं तो कहा : देखो अमीर, कितने प्यार से अपनी बोली में ये अपने ख़ुदा को मना रहे हैं—दुनियावी कामों में लगे हुए भी वे उसको नहीं भूले। इसके आगे तुम अपनी शायरी जोड़ो।'

"तो आपने क्या तुरन्त ही जोड़ दिया?"

"ऐसे मौक़ों पर मैं मौन के समुंदर में कुछ देर गोते लगाता रहता हूँ...फिर जाने कैसे कुछ मोती हाथ लग ही जाते हैं। कुछ देर आँखें मूँदे रहा, फिर शब्द ख़ुद ही झड़ने लगे :

बारिहि लाइयो, राम मनाइयो,
अला बि ज़क्रे इल्लाही तत मईन्नुम कुबूल,
हर क़ौम ख़ुदा ख़ुदाहे, पीटे म क़िब्लागाहे,
मोरा क़िला अरदास कर,
मोर ग़म ते दरगुदा है,
बारिहि लाइयो, राम मनाइयो।

आईनासाज़

(सब भरा पूरा है, राम ख़ुश रहें।
अल्लाह का ज़िक्र जब भी करो, मुहब्बत से करो।
अल्लाह की याद से ही दिल मुतमईन होते हैं।
हर क़ौम का अपना ख़ुदा है, क़िब्ला है,
मेरा काबा लेकिन निज़ाम औलिया है।)''

''निज़ाम पिया को आपने काबा कहा? कट्टरपंथी तो आप पर टूट पड़े होंगे?''

''इसी कट्टरता को तो पिघलाने की कोशिश है सूफ़ियों की। इस्लाम और हिन्दुत्व की अवधारणा में एक यही फ़र्क़ है कि इस्लाम में ख़ुदा और बंदे का नाता सागर और नदियों वाला नहीं माना जाता। तात्त्विक फ़र्क़ माना जाता है दोनों में। बंदा कभी खिलकर ख़ुदा नहीं हो सकता। उस पर नेमत और बरकत बरसेगी अगर वह उसूलों की राह चला लेकिन वह ख़ुद ख़ुदा हो जाएगा, ऐसा नहीं मानते मुस्लिम। इस एक फ़र्क़ के सिवा और क्या फ़र्क़ है—तुम्हीं बोलो? बाक़ी तो सब अपने ख़ुदा को रिझाने के ढंग हैं। कोई किसी राह से पहुँचे—मंज़िल तो वही होगी—क्षुद्रता से मुक्ति।

''रहा पीर को ख़ुदा मानने का सवाल तो भाई, मैं शायर हूँ और शायरी में रूपक के बिना नई बात नहीं बनती। अगर मुझे छत तक पहुँचना है, तो क्या मैं बिना सीढ़ियों के पहुँच जाऊँगा? जो ख़ुदा के नूर से रँग गया है, मेरे लिए वह ख़ुदा ही हुआ।''

''और अब्बू, वो भी क़िस्सा बयान कर दें—फटी अचकन वाला?''

''अच्छा, वो? ...हाँ, तो मैं यह बता रहा था कि मैं जो कुछ भी हूँ, निज़ाम पिया की बरकत से हूँ और उनकी ग़रीबनवाज़ी ही उनकी सच्ची अमीरी है—यह बात मुझे कभी नहीं भूलती।

''और अब इतने बरसों के साथ में तो ये हुआ है कि कोई उनसे मिलकर लौटा हो तो मुझे दूर से उनकी ख़ुशबू आ जाती है।

''एक बार किसी लम्बे सफ़र से मैं जंगल के रास्ते दिल्ली लौट रहा था कि अचानक मुझे उनकी ख़ुशबू आई और मैंने अपना काफ़िला रुकवा दिया—बूये शेख़ मी आयद।—लोगों ने मुझको समझाया कि शेख़ तो दिल्ली में हैं, यहाँ जंगलों में कहाँ उनकी ख़ुशबू? पर मैं नहीं माना और जो तलाश शुरू की तो एक अधेड़ आदमी के पास ही जाकर ख़तम हुई जो किसी ख़ानक़ाह में औलिया से दो दिन पहले ही मिलकर आया था और अभी हाथ में फटी अचकन लिये पेड़ के नीचे सुस्ता रहा था। पूछने पर उसने कहा—गया तो था बेटी की शादी के लिए धन माँगने, पर इतने बड़े दरबार से यही मिला। औलिया ने तीन दिन रोका, पर कोई चढ़ावा नहीं आया और बेटी के ब्याह के दिन पास आने लगे तो उन्होंने आशीष में यही थमा दिया। किस मुँह से घर लौटूँ?

इस पर मैंने तपाक से पीर की फटी अचकन उससे ख़रीद ली—ऊँटों पर लदा सारा सोना उसे देकर अनमोल अचकन ख़रीदी और उसे सर पर रखकर अगले दिन जब निज़ाम पिया के हुज़ूर में पेश हुआ तो हँसकर पिया ने कैसे गले लगाया, यह मैं कैसे कहूँ!

उसके बाद मेरा गला भर गया और कुछ कहने की हालत भी न रही।"

25

सकल बन फूल रही सरसों

इन दिनों औलिया बेहद उदास हैं। भरी जवानी में उनकी बहन के पोते ख़्वाजा सैयद तकीउद्दीन औलिया का विसाल हो गया। उन्हीं को गद्दीनशीन करने की उन्होंने ठानी थी। तक़रीबन दो माह से औलिया ने किसी ज़िक्र या समां या संगीत की महफ़िल में शिरकत नहीं की। किसी से बोलते-बतियाते भी नहीं। गुमसुम-से भांजे की मज़ार पर बैठे रहते हैं।

लगातार इसी सोच में डूबा रहता हूँ कि कैसे क्या करूँ कि उनकी हँसी वापस लौटे। उस दिन शागिर्दों के साथ जंगल की सैर से ओखला शहर की तरफ़ लौट रहा था कि मेरी निगाह हरे-भरे खेतों में लहलहाते सरसों के पीले फूलों पर पड़ी। सामने पहाड़ पर कालक़ा ज़ी का प्राचीन मन्दिर था—बहुतेरे स्त्री-पुरुष सरसों के फूल लिये मन्दिर की तरफ़ जा रहे थे। पूछने पर उन्होंने बताया कि आज बसन्त पंचमी के दिन ये फूल चढ़ाने से देवी प्रसन्न होती हैं।

अब क्या था! ख़ुदा का इशारा पा मैं भी अपना देवता मनाने चला। तुरत एक टहनी खेत से तोड़ी और अपनी पगड़ी में लगाई। बाक़ी सब शागिर्दों को हाथ में सरसों का गुच्छा दिया और हम सब मिलकर पीर के पास चल दिये—उसी मज़ार पर, जहाँ वे ख़्वाजा मूसा और राजकुमार हरदेव के साथ सिर झुकाए बैठे थे। मैंने अपनी टोपी तिरछी की और नृत्यमुद्रा में लगा झूमने। मुझे इस वेशभूषा में बसन्त के पैग़ाम पहुँचाते देख उनकी आँखों में भी यह एहसास पीली सरसों की तरह फूल उठा कि ऋतुचक्र जैसा ही जीवनचक्र है—धरती जब सब झेल हँसती है, हम भी क्यों नहीं हँसें?

मैं और मेरे सारे शागिर्द उन्हें घेरकर ऐसे नाचने लगे, जैसे सूरज के चारों ओर उसके ग्रह-उपग्रह! और मेरे मुँह से सरसों के फूलों की लय में यह छन्द झड़ने लगा :

हज़रत ख़्वाजा संग खेलिए धमाल,
बाइस ख़्वाजा मिल बन आये...
तामे हज़रत रसूल साहेब ज़ग्गल।'

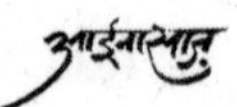

तब तक हम नाचते रहे जब तक थककर गिर न गए उनके आगे और तब निज़ाम पिया ने मेरे सर पर जो हाथ फेरा, वह मेरे भीतर सातों समुंदर की उत्ताल लहरें जगाता जाने कहाँ ले गया मुझको!

नमरूद की आँखें भी नम थीं। वह इस नाच में शामिल तो नहीं था, पर उन नम आँखों से जिस तरह वह शाहिद की ओर देख रहा था, उसमें किसी और लोक के सितारों के सूफ़ियाना नाच की धमक थी।

यह नज़ारा देखकर मैं नाचना भूलकर थोड़ी देर को थम गया था और मेरी पगड़ी में लगी हुई सरसों की टहनी औलिया के पाँवों पर गिर गई थी। दूसरी बार नाचना शुरू किया इस बात पर कि यह टहनी उठाकर औलिया ख़्वाजा तकीउद्दीन के मज़ार पर चढ़ा आए मानो मौत को ज़िन्दगी का तोहफ़ा दे रहे हों। वैसे भी औलिया मरते नहीं। उनका विसाल होता है और ख़ुदा से मिलकर वे वापस लौट आते हैं ख़ुदा के बंदों पर आशीष बरसाने। इस एहसास के साथ ही जब दुबारा नाचा तो तब तक, जब तक उनके पैरों पर उस सरसों की टहनी-सा ख़ुद ही गिर न गया।

26

कैलोक हरि

कल कैकुबाद के पोते ने सन्देह पुष्ट किया कि निज़ाम पिया के ख़िलाफ़ कोई शाही षड्यंत्र चल रहा है। उसके कुछ लोग शाह के जासूस हैं। बाबा-सा ही भरोसेमन्द है कैकुबाद का पोता जिसे मैंने कभी गोद में खिलाया था।

1280 में जब दिल्ली लौटा तो कैकुबाद ने मुझे कितने मान से अपने दरबार में जगह दी थी! वे भी हिन्दू माँ की सन्तान थे। उन्हें माँ ने बचपन में जो कहानियाँ सुनाई थीं—उन पर जब-तब वे मुझसे बातें करते। सरयू किनारे जो आलीशान भवन उन्होंने बनाया था, उसका नाम भी हिन्दू अनुगूँजों वाला मैंने रखा—'कैलोकहरि'।

उस समय कैकुबाद के पिता बुग्रा ख़ाँ बंगाल का राजकाज देख रहे थे। दरबारियों ने उनके कान भरे कि वे ज़्यादा ही हिन्दूपरस्त और स्वेच्छाचारी हो गए हैं तो अपने ही बेटे को सबक़ सिखाने वे बड़ी सेना लेकर दिल्ली चल पड़े।

सरयू नदी के किनारे फ़ौज ठहरी थी। मुझे जैसे ही पता चला, मैंने बाप-बेटे के बीच एक बैठक रखवा दी और अपनी आरबा के दम पर दोनों में सुलह भी करा दी। 'किरानुस्सादैन' (दो मांगलिक सितारों का मेल) नाम की मसनवी इस प्रसंग को निवेदित है। चूँकि इसमें दिल्ली की सब इमारतों के नूर पर मैंने ठहरकर लिखा है, मेरे कुछ चाहने वाले इसे 'सिफ़त-ए-देहली' भी कहते हैं।

शायराना भाषा का लोकमंगल में उपयोग, दो दिलों और क़ौमों के बीच की

ग़लतफ़हमियाँ मिटाने में उपयोग मुझे हर बार अनूठी ख़ुशी से भर जाता है। इस मसनवी में अपने पीरोमुर्शिद का नाम कैसे पिरोऊँ? मेरे दिल के सुल्तान वही हैं।

ख़्वाजा से सुल्तान ख़फ़ा हैं, यह बात अब मुझे किसी करवट चैन नहीं लेने देती। ख़्वाजा ने तो उस दिन मुझसे कहा कि देखो ख़ुसरो, ये न भूलो कि तुम दुनियादार भी हो। दरबार सरकार से अपना नाता बनाए रखो। शायर इस दुनिया, उस दुनिया के बीच का पुल बनाने वाला आदमी होता है।...तब से मैं यही तो किये जा रहा हूँ।

27

शब बख़ैर

कुछ बरसों से एक अजब फ़ितूर ख़िलजी के दिमाग़ में समा गया है। दुश्मनों ने उसे बरगला दिया है। पिछले बरस यों ही बैठे-बैठे मुझसे ही कहने लगा : "हज़रत निज़ाम औलिया हमारे हुज़ूर में कभी पेश ही नहीं होते। क्यों मुँह छुपाए फिरते हैं? कहीं तो दाल में काला है ही। भेस बदलकर जाऊँगा और पता करूँगा कि हज़ारों-हज़ार आदमी लंगर में दो वक़्त का जो खाना खाते हैं, उसका पैसा आता कहाँ से है? पता करने की बात यह भी है कि शहज़ादा ख़िज्र ख़ाँ रात के अँधेरे में छुप-छुप उनसे मिलने क्योंकर जाते हैं?"

तब तक बात हर जगह फैल चुकी थी कि बाप-बेटे में बनती नहीं। कुटिल दरबारी आग को हवा देने से बाज़ नहीं आते, यह तो मैं ख़ूब जानता था, पर यह नहीं सोचा था कि नौबत यह आन पड़ेगी कि औलिया का ख़ानक़ाह भी जासूसी का अड्डा बन जाएगा। यह बात मुझे नहीं सुहाई और तुरत ही मैंने फ़ैसला किया कि आमने-सामने औलिया और बादशाह को बिठाकर आपस की सारी ग़लतफ़हमियाँ मिटा दूँगा, ठीक वैसे ही, जैसे शहज़ादे कैकुबाद और उसके पिता बुग्रा ख़ाँ के बीच की ग़लतफ़हमियाँ मिटाई थीं। शायर का काम ही है—बीच की दूरियाँ मिटाना। अगले दिन निज़ाम पिया से मैं उनके लिए समय लेने गया भी पर औलिया मुकर गए :

"फ़कीर के इस तकिये के दो दरवाज़े हैं। अगर एक से सुल्तान दाख़िल हुआ तो दूसरे से हम बाहर निकल जाएँगे। हमें शाही ताक़त से, शाही हुकूमत से, शाही तख़्त से क्या लेना-देना?"

"तो क्या ये जवाब सुल्तान तक पहुँचा हूँ?" मैंने पूछा।

ख़्वाजा बोले : "तुमने शाही संशय मुझ पर अयां कर दिया है। अगर बादशाह को ग़ुस्सा आया तो तुम्हारी जान पर ही बन जाएगी।"

मैंने हँसकर कहा : "आपके सामने शाही राज़ न खोल देने पर तो सिर्फ़ जान

का ख़तरा था, अगर जानकर भी यह राज़ खोलता तो यह ईमान का ख़तरा था।''

इस पर ख़्वाजा निज़ाम पिया ने हँसकर पूछा : ''ऐ अमीरों के अमीर, क्या मेरे साथ खाना खाएगा? मेरे लंगर में शामिल होगा? तेरा खाना तो शाही होता है लेकिन आज के लिए...''

मेरी आँखें इस पर भर आईं :

''क्या कह रहे हैं, ख़्वाजा साहब! शाही दरबार की क्या हैसियत? आज तख़्त है, कल नहीं। आज कोई सुल्तान है, तो कल कोई और। आपके एक सूखे टुकड़े पर शाही दस्तरख़ान कुर्बान। शाही दरबार झूठ और फ़रेब का घर है, मगर मेरे ख़्वाजा, ये क्या सितम है कि तमाम रोज़ रोज़ा, तमाम रात इबादत, आप सारे जहाँ को खिलाकर भी ख़ुद एक रोटी—जौ की सूखी-बासी रोटी—पानी में डुबो-डुबोकर खाते हैं?''

इस पर निज़ाम पिया जो बोले, वह बात मेरे कलेजे में ख़ुद-सी गई :

''ख़ुसरो, ये चन्द टुकड़े भी मेरे गले के नीचे नहीं उतरते। आज भी दिल्ली शहर की लाखों मख़लूक़ों में न जाने कितने ऐसे लोग होंगे जिन्हें भूख के मारे नींद न आई होगी। मेरी ज़िन्दगी में ख़ुदा का कोई भी बंदा भूखा रहे तो मैं कल ख़ुदा को क्या मुँह दिखाऊँगा? कल हम अपने पीरबाबा फ़रीदुद्दीन गंजशकर की दरगाह को पाक-पट्टन शरीफ़ की तरफ़ जाते हैं। हो सके तो हमारे साथ चलना।''

''मेरी ख़ुशनसीबी, बसत शौक़!'' मैंने चहककर कहा।

''ख़ुसरो, तुम्हें आज मैंने 'तुर्क अल्लाह' का ख़िताब दिया। बस चलता तो वसीयत कर जाते कि तुम्हें हमारी क़ब्र में ही सुलाया जाए। तुम्हें जुदा करने को जी तो नहीं चाहता, मगर दिन-भर कमर से पटका बाँधे दरबार करते हो। जाओ, कमर खोलो, आराम करो। तुम्हारे नफ़्स का भी तुम पर हक़ है। शब बख़ैर।''

28

ये गलियाँ, ये चौबारे

मैं फ़खरू। हज़रत अमीर ख़ुसरो का सबसे बड़ा बेटा जो उनकी तरह ही शायर बनना चाहता था। और ही मिट्टी के होते होंगे वे पुतले, जिनके लिए चाह ही राह होती है। मेरी चाह मेरी आहों में ढलकर गलियों की राह पा गई। पढ़ाया गया मुझे ज्योतिष। पर किसकी ज़िन्दगी में आगे क्या घटने वाला है, इसके अंदाज़ के लिए मुझे ज्योतिष के मोटे ग्रंथों में मग़ज़ मारने की ज़रूरत नहीं जिन्हें अब्बू संदली संदूकों में भरकर मेरे कमरे में रखवा गए हैं। गली-मुहल्ले के दोस्त ही बहुत हैं मुझे सबकी ज़िन्दगियों का पर्दाफाश कर देने की ख़ातिर। आदमी ही क्या, किसी क़ौम की ज़िन्दगी में भी

आगे क्या घटने वाला है, यह बयां कर पाने की ख़ातिर जिगरी जासूसों की टोली ही काफ़ी है और दो दूनी चार जोड़ पाने वाला एक क़ाबिल दिमाग़। मेरे पास तो बाक़ायदा दोनों हैं, फिर मैं सितारों के चक्कर में क्योंकर पड़ूँ?

ऐसा नहीं है कि मैं ज्योतिष बिलकुल नहीं जानता। जितना ज्योतिष अब्बू ने मुझको बचपन में पढ़ाया, वह तो मैं क़ायदे से समझ ही गया, लेकिन इस उम्मीद में कि मेरी शायरी का बिरुआ पनपाने में भी वे मेरी ज़रूर मदद करेंगे। पर अम्मा की लाख सिफ़ारिशों के बावजूद उन्होंने हम भाइयों में हर किसी को राजदरबार में नौकरी पाने लायक़ किसी इल्म से मरहूम ही रखा। मेरे बाक़ी दो भाई तो सौदागर होकर दुनिया के अलग-अलग हिस्सों में घूमते फिरे, एक मैं ही रह गया घुरघुस्सू। भाइयों के ख़त, अलग-अलग मुल्कों से आने वाले दिलचस्प ख़त पढ़कर अम्मा को सुनाता, कुछ देर उनके आँचल से मुँह ढँककर उन मुल्कों के ख़्वाब देखता, फिर अपने दोस्तों के संग गलियों में भटकने चल देता।

एक-से-एक थे मेरे दोस्त। टपलू मदारी तो ऐसे-ऐसे खेल दिखाता कि मजमा टलता ही नहीं। रियाज़ भाई रबाब पर तान खींचते हुए गाना शुरू करते तो भंगी, मछुआरे, भिश्ती, दहीवाले, धोबी, माली, पंसारी, कुंजड़े, लोहार, सोनार—सब-के-सब यानी कि सारा बाज़ार भूला-सा उधर देखने लगता। भुखलू मल्लाह हमें यमुना की सैर कराता, मगर सबसे ज़्यादा मज़ा आता उन साइसों से गप्प हाँककर जो दरबारियों के इक्के चलाते हुए पीछे बैठे बंदों की आपसी बातें सुनते और नमक-मिर्च लगाकर सुनाते। एक-से-एक प्रेम-प्रसंग, दिलजोई, नमकहरामी और साज़िशों के कच्चे चिट्ठे। लोग समझते हैं कि साइस क्या पकड़ेगा तार बातों का, वह तो घोड़ों में उलझा है, पर कानों को कौन-सी चाबुक चलानी होती है या सरपट दौड़ना होता है!

ख़िलजी के वक़्त से ही बाज़ार एक दिलचस्प जगह बन गया है। ख़िलजी ने सब तरह के लोगों को दरबार में, सेना में बड़े ओहदों पर रखा है, इसलिए निचले से निचले तबके के लोग अपने बाल-बच्चों की सिफ़ारिश लेकर अब्बू के पास जाते हैं और उसके बाद मेरे पास आते हैं क़िस्मत उचरवाने। तुर्की से जिन्हें ग़ुलाम बनाकर लाया गया था, उन्हें भी पढ़ा-लिखाकर बड़े ओहदे दे दिये गए। उनमें एक है मरहबा जिसके साथ मैं अक्सर उसी पनवाड़ी के यहाँ पान खाने जाया करता हूँ जहाँ से सुल्तान का पान जाता है। हम घंटों वहाँ तख़्त पर बैठे शहर का नज़ारा लेते हैं। मरहबा जिसके इश्क़ में गिरफ़्तार है, उस सितारा बाई का कोठा भी वहाँ से दूर नहीं। उसके इश्क़ की इन्तिहा ये है कि अपने जादू-टोने से मरहबा अपनी महबूबा की बीमार ख़ाला का इलाज ही नहीं करता, उसके कोठे के तबलचियों और गाहकों को तरह-तरह की जड़ी-बूटियाँ देता है जिनकी उसे ख़ूब पहचान है। सात बरस तक तो तुर्की में रहा जहाँ उसके बाबा हक़ीम थे और ओझा-गुनी भी। पिछली लड़ाइयों में

बाबा के खेत आने पर ही उसके सौतेले चाचा ने उसे ग़ुलाम-मंडी में बेचा और जो रुपये मिले, उससे बन्धक पड़े खेत छुड़ाए।

हमारे मरहबा से कोतवाल की बिलकुल नहीं पटती। कहने को तो वह मेरे अब्बू के बचपन के दोस्त, क़ादिर ख़ाँ का बेटा है जिसे अब्बू ने यह नौकरी दिलाई है, पर जब से मेरी छोटी बहन कायनात ने उससे शादी से इनकार किया है और ईरान से आए वे हमउम्र सूफ़ी शायर हमारे अपने घर में पनाह पा गए हैं, वह मेरी तरफ़ भी ख़ूनी निगाहों से देखता हुआ गुज़रता है। वैसे भी वह सख़्त-सा बन्दा है, ग़ुस्सा तो जैसे नाक पर ही बैठा हो। इक्ता के अलावा फ़वाज़िल वसूलने में वह उन किसानों और कारीगरों पर भी कोई रहम नहीं करता जिनकी फ़सल उस साल अच्छी न हुई हो या जिन्हें लड़ाई के हादसों के बीच भरपूर काम न मिल पाया हो। हालाँकि ख़िलजी ने नहरें बनवाई हैं, पर बारिश और मंगोल सैनिकों की झक का किया ही क्या जा सकता है!

अब मुलाजिमों को वजीफ़े में ज़मीनें नहीं मिलतीं, बाजाप्ता तनख़्वाहें मिलती हैं जिससे शहर की आबादी बहुत बढ़ गई है। बाज़ार में तरह-तरह के लोग, तरह-तरह के नज़ारे दिखाई देते हैं। इन दिनों तुग़लकाबाद बस रहा है। पुरानी राजधानी, सिरी के पास की नई राजधानी—मज़बूत पत्थरों का क़िला जिसके चारों तरफ़ ऐसे इन्तज़ामात किए गये हैं कि पानी वहाँ से खिलखिलाता हुआ-सा बहे। सुल्तान की सवारी निकलती है तो बड़े हौदे पर रखी परातों से तनख़ाह उठाकर हाथी अपनी मदमस्त सूँड़ों से चारों तरफ़ बिखेरते चलते हैं और तनख़ाह लूटने की होड़ में कारिन्दे, ग़ुलाम और भिखारी हाँफते हुए से दिखाई देते हैं। छाता ढोनेवाले चित्रबरदार, लबादे ढोने वाले और हथियार लेकर चलने वाले घोड़ों पर पीछे-पीछे चलते हैं और अग़ल-बग़ल बारह हज़ार ग़ुलामों की फ़ौज पैदल चलती है।

इधर सरचों का भी चलन बढ़ गया है : रेशमी पर्दों का घेरा। सुल्तान का सरचा लाल होता है, बाद के लोगों के सरचे सफ़ेद होते हैं। पीले फूलों की कढ़ाई भी अक्सर उन पर होती है। सरचे जिन तम्बुओं के भीतर सजते हैं, उनको सीवान कहा जाता है। ये सारा तामझाम कंधे पर ढोते हुए जो काँवरिए चलते हैं, उनमें से भी कुछ मेरे दोस्त हैं। इसके अलावा जानवरों का चारा ढोने वाले दूले, भिश्ती, कहार और आगे मशाल लेकर चलने वाले दाबादरी भी मेरे दोस्त हैं और मेरे जासूस भी।

तम्बुओं में रेशमी फूलों के नक़ली पेड़ लगते हैं और दो पेड़ों के बीच एक जड़ाऊ सुनहरी तख़त सजती है जहाँ सुल्तान मखमली गद्दों पर बैठे फ़रियादें सुनते हैं—ख़ास कर ख़ानक़ाहों और सरायों में ठहरे हुए मुसाफ़िरों की। उस दिन ऐसा ही एक दरबार सज़ा था जब मरहबा दौड़ता आया और मेरे कानों में जो उसने कहा, उससे मेरे हाथों के तोते उड़ गए। बदहवास मैं घर की ओर भागा। ओ मेरी कायनात! मेरी छोटी-सी गुड़िया! ये तूने क्या कर दिया?

कौन गली गए स्याम

आज तेरह रोज़ बीत गए। कायनात और शाहिद का कहीं कुछ पता नहीं चला। नमरूद के तीनों साथी बसरा जा चुके थे, अगले महीने शाहिद और नमरूद के जाने की तैयारी थी। मैंने अब्बू से कहा था : ''लाख पर्दे में रहे कायनात, पर उसका यों उन हमउम्र लड़कों के साथ उठना-बैठना ठीक नहीं जिन्हें मुरीद कहकर आपने घर में पनाह दी है। ख़ानक़ाह आख़िर होते किसलिए हैं? आख़िर और मुरीद भी तो हैं आपके जो आपसे सूफ़ी शायरी की इस्लाह लेने आते हैं... !''

पर अब्बा ने मेरी सुनी ही कब है! घर की बात बाहर न जाए, इसलिए अभी जासूसों का ही सहारा लिया है। अभी बादशाह तक से फ़रियाद नहीं की। निज़ाम पिया भी बाबा फ़रीद से मिलने गए हैं, लौटते-लौटते जाने कितना वक़्त लगे! अब्बू-अम्मा और नमरूद की हालत देखी नहीं जाती। बाहरी मुल्कों में सौदागर रहे अपने भाइयों को भी अभी इत्तला नहीं की। ज़िन्दगी में पहली दफ़ा मैंने अपनी ज्योतिषीय गणनाओं का सहारा लिया है ताकि पता तो चले, वो अगवा हुई है कि अपनी मर्ज़ी से गई है।

लाख बार उससे कहा गया कि कायनात से निकाह पढ़ना चाहता है तो पढ़ ले। लेकिन हर बार वह इतनी मासूम निगाहों से हमें देखता कि हम अपने ही सवाल पर शर्मसार हो जाते।

नदी के किनारे या बग़ीचे में टहलते हुए मैंने उन्हें कई बार देखा। वो बातों में ऐसे मशगूल रहते कि कई बार उन्हें पता भी नहीं चलता कि मैं उनके पीछे ही हूँ। अजब-ग़ज़ब होती थीं उनकी वे बातें। एक से एक सूफ़ियाना क़िस्से। अक्सर उनके साथ नमरूद भी चलता—शाहिद के कंधे पर इस तरह झुका-झुका-सा, जैसे दोनों दो देह, एक जान हों!

अम्मा तक ने मुझे समझाया था कि मैं निश्चिन्त रहूँ; उनकी दोस्ती रूहानी है। रूह पर किसका क़ब्ज़ा हुआ है भला!

''पर लोग तो बातें बनाते हैं, अम्मा! बाज़ार की फ़ब्तियाँ मुझको चीरकर निकल जाती हैं।'' ये बात मैं कहना चाहता था, पर कहते-कहते रुक गया। बेकार ही अम्मा परेशान होतीं। अब्बू लड़का ढूँढ़ रहे थे। एक तो कोई मिल नहीं रहा था, दूसरे, कायनात शादी करना नहीं चाहती थी, यह बात अलग उन्हें खाए जा रही थी। अब बाज़ार की बातें उन तक पहुँचाकर उनके जले पर नमक छिड़कने से बेहतर था कि मैं ही अपने बाज़ार के दोस्तों से मिलकर उन तरह-तरह की अफ़वाहों से निबटूँ जो बाज़ार की चिमनियों से धुआँ बनकर निकलतीं और उचकती हुई मेरे घर की तरफ़ ही चल देतीं।

आईनासाज़

30

ख़बरिया

बाज़ार का मेरा एक साथी आज एक अजब ख़बर लाया। तीन बरस पहले ही उसे कोढ़ फूटी थी और निज़ाम पिया की गली के मुहाने पर वह अपनी झंझरी लिये बैठा रहता था। वहीं इतर-फूलवालों के पास उसने क़ादिर चचा के रक़ीब यानी कोतवाल फ़ैयाज़ के असली बाप को किसी से यह कहते सुना था कि ''अमीर ख़ुसरो ने मेरी बीवी, बच्चों समेत, गाँव से भगा लाने वाले मेरे रक़ीब को अपने घर में पनाह दी, इसका बदला मेरी तरफ़ से ख़ुदा उनसे लेगा। बीवी मेरी थी, मैं उसे पीटूँ कि पलकों पर बिठाऊँ, इससे किसी बाहर वाले को क्या? एक तो भगाने वाले को पनाह दी, ऊपर से मेरा इलाज कराके एहसास भी जताने पर आए, पर वक़्त कभी किसी का एक-सा नहीं रहता। आज देखो, अमीर की ही बेटी भाग चली अपने ईरानी आशिक़ के साथ...चख लिया घर को ख़ानक़ाह बनाने का मज़ा...। ख़ुदा की लाठी बेआवाज़ ही होती है।''

यह ठीक है कि कोतवाल का बाप था यह, वो भी असली वाला, पर इसको मेरे घर के इस राज़ की भनक कैसे पड़ी? अभी मैं यह सोच ही रहा था कि नशे में चूर वही बंदा अंट-शंट बोलता मेरी तरफ़ झपटा :

''क्यों मियाँ, क्या हाल हैं अब्बू के? सुना है, परेशान हैं?''

आगे कुछ और बोलता, इसके पहले कोतवाल के आदमी कोतवाल के इस सींकिया पहलवान, शराबी बाप को घोड़े की पीठ पर डाल उनके घर की तरफ़ चल दिये। यह भी किसी ने बाज़ार में ही मुझसे कहा था कि कोतवाल अब क़ादिर चचा और अपनी अम्मी के साथ नहीं रहते। उन्हें अलग घर मुकर्रर हुआ है। वहीं अब वे अपने असल बाप और छोटे भाई-बहनों के संग रहते हैं जो बचपन में बाप के कहर के मारे अम्मा और क़ादिर मियाँ के साथ भागकर दिल्ली आ गए थे।

तीर की तरह मेरे मन में यह बात छूटी कि कायनात और शाहिद, दोनों को अगवा करने में कहीं कोतवाल का ही तो हाथ नहीं?

31

अमीर ख़ुसरो : 1317
बदगुमानी ही सही

अपनी बीवी के नाशुक्रे बेटे की हरकत क़ादिर ख़ाँ को इतनी ज़ोर का झटका दे गई थी कि वे एकदम से ख़ामोश हो गए थे। नानखटाई की अपनी दुकान पर दिनभर

सीधे होकर बैठे तो रहते पर कोई काम नहीं करते। आने-जाने वाले राह पूछते तो साथ जाकर उन्हें बहुत दूर तक छोड़ देते और फिर आकर वहीं बैठ जाते। कभी-कभी वहीं रात को सो भी जाते।

बेगम बुज़ुर्ग हो चुकी थीं, कभी तंदूर लगातीं, कभी नहीं लगातीं। बिक्री हो, न हो, इसकी उन्हें बहुत फ़िक्र भी नहीं थी। थोड़े ही दिन की कोतवाली में बेटे ने इतने अनाप-शनाप पैसे उगाह लिये थे कि तीन पीढ़ियाँ बैठकर खाएँ। उनका नया मकान कोटला में बन रहा था—पहले वाले शौहर की देख-रेख में और यह तय था कि अगली ईद तक पूरा ख़ानदान वहीं चला जाएगा। सिर्फ़ क़ादिर मियाँ अपनी जगह से हिलने को राज़ी न थे।

मेरे पास इसका कोई सुबूत तो अभी नहीं था, पर नमरूद, शाहिद और कायनात को किसने ग़ायब करवाया है, यह कम-से-कम मैं, मेरा परिवार और क़ादिर मियाँ जानते ही थे। बादशाह तक मैं यह बात ला नहीं सकता था क्योंकि वे इन दिनों ख़ुद सूफ़ियों से नाराज़ चल रहे थे। साफ़ तमककर कहते कि वे आवारा सूफ़ी ही ले उड़े हैं तुम्हारी बेटी को। हमारे राज में किसकी हिम्मत होगी कि अमीर ख़ुसरो की बेटी को अगवा करे?

बार-बार मैं क़ादिर मियाँ के घर जाता रहा, उनकी बीवी की नज़रें मुझे देखकर झुक तो जातीं पर यह बात मानने को वे तैयार नहीं थीं कि बदले की आग में जलकर अपनी 'होने वाली' बीवी को उसके 'आशिक़ों' के साथ नीले समुन्दर में फिंकवा देने या बंदी बनाकर कहीं छुपा देने वाला उनका अपना 'लाल' होगा।

दस-बारह बार तो मैंने उनके 'लाल' को ही घेरा और अपनी रूह की पूरी ताक़त लगा दी कि किसी तरह उसका दिल छू पाऊँ, वह सच उगल दे, सलामत लौटा दे मेरे बच्चों को, बदले में मेरा सबकुछ ले ले, पर वह इतना घाघ निकला कि नाक पर मक्खी ही बैठने न दी, उलटे मुझी पर इल्ज़ाम लगाए :

"बुरा न मानें, चचा, पर ये हिन्दुओं में बैठना-उठना आपको रास न आया। उन्हीं से ये 'सत्संग' की बात सीखी और बेटी तक को 'सत्संग' की ख़ातिर खुला छोड़ा...वो भी किसके संग? उन दो मनचलों के संग जो ख़ुद को सूफ़ी कहते हैं! अब भगा ले गए बेटी को, तो मेरे पास आए हैं? अब मैं करूँ तो क्या करूँ? वो तो सात समुन्दर पार उड़ गए होंगे...वहाँ की मंडी में बिक गई होगी अब तक वो तो...हाय, क्या क़िस्मत थी उसकी! मेरे साथ होती तो सात क़िता मकानों पर राज़ करती...मुझसे क्या कहते हैं, मेरी तो ख़ुद ही छाती फटी जाती है!"

उस दिन वह इतना बोला तो बुत बने बैठे रहने वाले क़ादिर मियाँ जो कभी किसी चूहे-बिल्ले को भी नहीं दुरदुराते थे, एकदम से तमतमाकर उठे और इतनी ज़ोर का थप्पड़ उसे रसीद किया कि वह हड़बड़ा गया। उसके तुरन्त बाद अपनी छड़ी तानकर क़ादिर मियाँ बोले :

''मुझे बादशाह हुज़ूर से मिलना है। अमीर, मुझे आज ही बादशाह हुज़ूर से मिलना है। मेरे पास हैं इसके सबूत कि इसने सरकारी ख़ज़ाने पर हाथ साफ़ किया है, ग़रीबों के हिस्से के पैसे खाए हैं।''

मेरे ग़ुलाम मेरे साथ थे। लड़का क़ादिर मियाँ को रोकने आगे बढ़ा, पर ग़ुलाम बीच में आ गए और पालकी पर बिठाकर दरबार की ओर ले ही गए। यह ठीक है कि गली के एक-एक बाशिन्दे ने कोतवाल के ख़िलाफ़ बयान देने की हिम्मत दिखाई— धोबी, कुम्हार, सँपेरे, नाई, माली, सब क़ादिर मियाँ की बात का जीता-जागता सबूत बनकर दरबार में गुहार लगाने गए। ठीक है कि कोतवाल बर्ख़ास्त हो गया, पर उससे क्या, इससे मेरी बेटी तो वापस नहीं आ गई! मेरे भोले शागिर्दों का कुछ अता-पता न चला।

कायनात के जाने के बाद न जाने कितने ग़रीब-गुरबा हमसे मिलने आए। सबके पास कोई क़िस्सा होता हमें बताने को कि कब, कैसे, कहाँ चुपके से कायनात ने उनकी मदद की थी, उन्हें सोते से जगाया और रोते से हँसाया था...। ये क़िस्से सुनकर हमारे प्राण कंठ में अटक जाते। महरू की आँखों के बादल तो जैसे छँटते ही नहीं थे। उसे लगता, जैसे उसकी ग़लती से उसकी बच्ची के प्राण यों संकट में पड़े। पर्दे के पक्ष के हज़ार तर्क उसके ज़ेहन में गूँजते होंगे जो पहले मेरे ज़ेहन में गूँजते थे—पर पर्दानशीन खवातीनों को भी यह वहशी दुनिया बख़्श देती है क्या?

इसी बीच मेहरौली में एक हादसा घट गया। एक रात के भीतर तीन ख़ानक़ाहों में आग लगी और ऐसी बुरी आग कि जो सूफ़ी जागे हुए इबादत कर रहे थे, उनके शरीर भी झुलस कर फफोलों से फफक पड़े। और जो थककर अभी-अभी सोए थे, उनमें से कुछ बच भी न पाए।

निज़ाम पिया भी शहर में नहीं थे। क्या मुँह दिखाऊँगा मैं उनकी वापसी पर, यह सोचता हुआ मैं अपने पचासेक ग़ुलामों के साथ उधर लपका और दस-बारह पालकियाँ भेजीं शहर के सब नामी-गिरामी हक़ीमों के पास कि जल्दी से उनका इलाज शुरू करें। जितने कविराज वैद्य मेरी जानकारी में थे, उनको भी पैग़ाम भेजा।

हालाँकि महरू की तबीयत इन दिनों काफ़ी ख़राब चल रही थी और उसने अन्न-पानी, नहाना-धोना—सब छोड़ रखा था। पीठ के बल लेटी या तो लम्बी आहें भरती या घबराकर इबादत लगती करने, फिर भी मैं जल्दी नहीं लौट पाया। वहाँ के हालात ही ऐसे थे—तीन-चार दिन पहले कुछ हिन्दू सिपाहियों ने किसी सूफ़ी को पीट डाला था, सिर्फ़ इसलिए कि वे नाचने में मगन, किसी हिन्दू पनिहारिन से टकरा गए थे। सूफ़ी ऐसे आक्रमणों पर कुछ भी बोलने के आदी नहीं थे। बहुत होता तो एक बार आँखें ऊपर की ओर उठा लेते। पिटे हुए सूफ़ी ने भी ऐसा किया होगा। 'आसमान की ओर देखकर हँसा था वह', ऐसा लोगों ने बताया। उसके अगले ही दिन दुर्योग से पीटने वाले सिपाही का जवान बेटा चल बसा और धुएँ की तरह पूरी बस्ती में यह

बात फैल गई कि काला जादू साध रखा है इन सूफ़ियों ने, और बलवा हो गया।

भाग्य की विडम्बना ऐसी कि जो सिपाही बाग़ी होकर ऊधम मचा रहे थे, कि सूफ़ियों को रफ़ा-दफ़ा करके रहेंगे इस दिल्ली से, उनमें कट्टर मुसलमान सिपाही भी थे जो संगीत और शायरी की महफ़िल सजाने वाले अल्ला के बंदों को इस्लाम का दुश्मन समझते थे। सुनने में यह भी आया था कि क़ादिर मियाँ का बेटा भी उन्हें भड़काने वालों में शामिल था। पर इस इलाके में बहुतायत हिन्दू सैनिकों की ही थी जिनमें से ज़्यादातर की बहाली मेरी ही पैरवी पर हुई थी। घंटों लग गए यह फ़साद मिटाने में। मेरे कई ग़ुलाम मारे गए क्योंकि ज़हरीली तलवारें उन पर चलाई गई थीं। यह पहला मौक़ा था जब मुझे हिन्दुओं पर ग़ुस्सा आया, और घर लौटकर मैंने पहला काम यह किया कि एक खम्से में हिन्दुओं के ख़िलाफ़ आग उगली क्योंकि मैं यह समझता था कि हिन्दुओं में माफ़ करने और तसल्ली से राय-मशविरा करके किसी नतीज़े पर पहुँचने का माद्दा ज़्यादा है। आख़िर इतनी पुरानी संस्कृति जो ठहरी! इसे बड़ा भाई होने का जिगरा दिखाना चाहिए दूसरे धर्म के लोगों को।

"हिन्दुओं को बादशाह बड़े ओहदों पर कम-कम ही रखें तो अच्छा। बहुतेरे कौवे बग़ीचे का सुकून ले लेते हैं। तिल गाल पर एकाध हो तो ही अच्छा। ये काले चेहरे काला दिल भी रखते हैं।"

अपना ही अट्ठारहवां मक़ाल ग़ुस्से में लिख तो दिया मैंने, पर आग से आग कब बुझी है! इससे मेरी बेचैनी बढ़ी ही। एक बात यह भी समझ में आई कि किसी को अपनी अच्छाई पर भी इतराना नहीं चाहिए—गर्मी में सारी उदारता कपूर हो सकती है। करवट बदलते हुए किसी तरह दिन काटा। शाम हुई तो याद आया, कायनात की पाली चिड़ियों को दाने देने का वक़्त हो गया है। इसी वक़्त वह मेरे साथ मिलकर अपने हाथों से इन्हें दाने देती थी, पर पिंजरे के पास आने पर देखा—उसका प्यारा काकातुआ मरा पड़ा है। कलियों की तरह उसके पंख आधे खुले थे और छाती पर जुही के फूल की सफ़ेदी कुनमुना रही थी।

ओ प्यारे निज़ाम मियां, कहाँ हैं आप? कब लौटेंगे दिल्ली? क्या आपको फ़रियाद सुनाई नहीं देती? महरू को यों अकेला छोड़कर मैं आपके पास आऊँ तो कैसे? मेरा पैग़ाम लेकर लोग आपके पास पहुँचे तो होंगे?

32

वसीयत

जिस रात यह मसनवी पूरी की, उसी रात बच्चों के नाम एक चिट्ठी भी वसीयत के काग़ज़ात में छोड़ दी : बच्चो, मेरे बच्चो! मुझे देखो। मेरे आराम का वक़्त एकदम

क़रीब है। इकहत्तर बरस में कई हुक्मरान देखे। पाँच सुल्तानों की दरबारी की। किसी की रोटी का टुकड़ा नहीं तोड़ा। किसी के पानी से हाथ नहीं धोया, जब तक कि एड़ी का लहू मेरे माथे को नहीं चढ़ गया। घोड़े की पीठ और लश्करों पर शायरी की। दास्तानें लिखीं—दुखिया दिलों की दास्तानें...फिर भी क्या ज़िन्दगी थी मेरी : अपने जैसे एक आदमी के सामने, कमर पर पटका बाँध अदब से खड़ा होना, झूठ-सच मिलाकर उसे ख़ुश करना, तारीफ़ों के पुल बाँधना।

मेरे बच्चो, तुम यह न करना। मेहनत और हुनर की रोटी खाना—मेहनत की, क़ुव्वतेबाज़ू की रोटी। किसी अमीर, किसी शाह, किसी सुल्तान, हाकिम-हुकूमत को ख़ुश रखने के पीछे उम्रेअज़ीज़ न बिताना। इसके एवज़ में कुछ पाकर भी ख़ुशी नहीं होती, और जो कुछ मिलता है, वह ठहरता नहीं।

आज मेरे पास क्या बचा है ? दौलत शान-शौक़त निभाने में लुटी, कुछ मैंने बाँट भी दी, लुटा दी, कुछ यों ही बर्बाद कर दी। बची है तो मेरी यह शायरी बची है, यही मेरे लहू-पसीने की कमाई। यही चंद किताबें जो मेरी ज़िन्दगी के तजुर्बे, हालात, इतिहास, फ़लसफ़े, ख़ुदा और इनसान के इश्क़ से ताज़ादम हैं।

तुम भी इश्क़ इख़्तियार करना, सच्चाई की ज़िन्दगी जीना, ज़ुल्म से नफ़रत करना और आदमी से मुहब्बत। बाक़ी तमाम उम्र सभी नफ़रतों से आज़ाद रहना।

एक बात और। बूढ़ों-बच्चों-औरतों और बेरोज़गारों के दिल क़ुदरत का ख़ज़ाना हैं। उनमें ही कोई निज़ाम पिया तुमको मिलेंगे। सृष्टि के, मन के रहस्य समझने में वे ही मददगार होंगे तुम्हारे। दौड़-दौड़कर उनके पास जाना और उनके क़दमों में बिछ जाना। तन-मन-धन उलीच देना उनके आगे। सिर्फ़ राकस अपने प्राण तोतों में छिपाता हो, ऐसी बात नहीं। सब सूफ़ी-सन्त, देवता, चिन्तक, शायर अपने प्राण या तो पशु-पक्षियों-फूलों-तितलियों में छिपाते हैं या फिर बुज़ुर्गों-बच्चों, औरतों और उन मुफ़लिसों में जो केवल इस ख़ातिर दुनिया में कामयाब न हो सके क्योंकि वे इस मक्कार, बेईमान दुनिया में समा पाने लायक़ चुस्तोचालाक न रहे।

जब से कायनात गई है, इसी तरह रोज़ अपने मरने के दिन गिनता हूँ। एक-एक दिन छत से टपकती हुई बूँद की तरह धीरे-धीरे, धीरे-धीरे गिरता है।

महीनों की भाग-दौड़, छान-बीन, अफ़रा-तफ़री के बाद का वह सिर धुनता हाहाकार हमारे बीच ऐसे पसरा पड़ा है जैसे बड़वानल के बाद का वह थिराया समुंदर। मैं और महरू और उसके भाई-बहन तो आपस में जैसे नज़रें भी नहीं मिला पा रहे। एक-दूसरे के सर ठीकरा फोड़ने का वह शुरुआती दौर भी बुझी हुई हताशा में डूब चुका।

राख़ से जैसे चिनगियाँ चुनी जाती हैं, अब हम अपनी ख़ामियाँ ही बुनने-चुनने में लगे हैं कि ये न किया होता तो वो न होता, वो न हुआ होता तो आज हमारे बीच होती हमारी कायनात और युवा सूफ़ी शायर अपनी राह चलते हुए वापस ईरान पहुँच चुके होते।

बेटी की विदाई को निवेदित वे जो गीत मैंने रचे थे, मेरे भीतर दहाड़ें मारकर रोते रहते : 'काहे को भेजी बिदेस हो, टकिया बाबुल मोरे'! क्या जाने, कहाँ मेरी बेटी भटक रही होगी! कहाँ किस जंगल-पहाड़ में छोड़ा होगा उसे और किस दशा में छोड़ा होगा—छोड़ा होगा भी या नहीं? मैंने तो अकेले उसको देहरी भी न लाँघने दी, कैसे वह सात समंदर लाँघी होगी? कैसा लगा होगा उसे?

दाता निज़ामुद्दीन कहते हैं कि जिस जहाज़ में क़ैद करके उन्हें ईरान के शाह के पास भेजा जा रहा था, वह जहाज़ ही डूब गया। कोतवाल का हाथ ही था इस षड्यंत्र के पीछे—इसमें भी कोई शुबहा नहीं, पर इतनी चालाकी से उसने यह चाल चली कि कोई सबूत नहीं छोड़ा। यह करनी अब शाहों की अदालत के पार हो गई। अब इसका फ़ैसला जिस ऊपर वाले की अदालत में था, उसने इतना तो ज़रूर किया कि उसके इस मंसूबे पर पानी फेरा। ईरान के शाह से कोतवाल की अच्छी-ख़ासी दोस्ती सध गई थी। यहाँ हिन्दुस्तान में तो ख़ुसरो का दबदबा ऐसा था कि वहाँ कहीं उनकी बच्ची छुपाकर रखी नहीं जा सकती थी, पर दूसरा मुल्क दूसरा ही होता है। सोचा कोतवाल ने ये था कि रास्ते में शाहिद को मरवाकर समुंदर में फेंकवा देगा; जितने दिन रहना होगा, कायनात के साथ रहकर, उसे किसी बाज़ार में बेच देगा और आराम से वापस लौट आएगा हिन्दुस्तान।

"कभी-कभी सम्बन्धों के तार ऐसे उलझ जाते हैं कि हादसे ही निदान बनकर उभरते हैं," दाता ने ख़ुसरो से जब यह कहा, मेरी आँखों में एक साथ सौ बिजलियाँ चमकीं।

"क़ुदरत मासूमों को किस बात की सज़ा देती है?"

"क़ुदरत तो कुछ भी नहीं करती। वह सिर्फ़ ऐसे है, जैसे सितारे हैं, आसमान है, ज़मीं है। अपने होने में मगन। इनसान ही है जो कुछ करता है। कुछ करने की इजाज़त उसे ही है। और वह जो भी करता है, उसका सिलसिला इतना पुराना है कि उसका सिला नहीं मिलता। कपास का एक फूल—कितना सादा, कितना मासूम! कुछ तकलियाँ चलीं, उससे कुछ धागे खिंचे, वे धागे थोड़ा आगे बढ़कर किससे उलझ जाएँगे, कैसे उलझ जाएँगे, कौन कहे! पर हाँ, कुछ नियम हैं कायनात के। किसी भी तरह धागे अगर उलझे तो गाँठें निकलेंगी ही।

"कुछ गाँठें खुलेंगी, कुछ नहीं भी खुलेंगी—कितना भी ज़ोर लगाएँ हम-तुम, गाँठें नहीं ही खुलेंगी। ऐसे में उसकी मर्ज़ी के आगे सर झुका देना ही ठीक है।

"जिस पल ख़ुदी फ़ना हो जाती है, बस, उसी पल रूह इस मकाम पर पहुँच

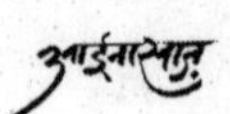

जाती है कि अलम और ख़ुशी में फ़र्क़ नहीं रहता। इसी यथास्थिति में तो रहते हैं ये सारे सितारे, चाँद-सूरज और आसमान और ये सारे नज़ारे। इसी हाल में तो पल-भर में बूँद समा जाती है समुन्दर में। हमारी कायनात जिस समन्दर में समाई, वह कोई और ही समन्दर है।

"तुम्हारी बेटी, कायनात तो, हो सकता है, लौट भी आए तुम तक, पर नूर की वह बूँद जो नूर के सागर में समायी है, वह वापस नहीं लौटने की।

"वो जो डूबा है, उसकी अना का जहाज़ है। शाहिद और नमरूद जिस काम के लिए इतनी दूर चलकर आए थे, वह काम हो गया। ऊपर वाले ने उसकी आँखें उस नूर के चश्मे के सामने कर दीं..."

वैसे तो शायरी के संकेत समझना मेरे लिए बड़ी बात नहीं थी, पर ये जो भाषा बोली जा रही थी, शायरी की भाषा नहीं, कलंदरों-पीरों-फ़कीरों की भाषा थी और पीर के सामने जो बैठा था, वो भी शायर अमीर ख़ुसरो नहीं, बाप अमीर ख़ुसरो था। मुझसे ये पहेलियाँ बूझी न गईं और मेरी आँखों से गंगा-जमुना बह चली तो दाता कुछ देर आँखें मूँदें बैठे रहे, फिर एक लाठी कसकर पीठ पर दी और कहा : "जा घर, कायनात घर पर बैठी है। पर वह जो घर पर बैठी है, वह कोई और ही कायनात है, एक फ़कीरन, एक सूफ़िन। अपने भीतर के सफ़र से लौटी है। उससे कुछ ज़्यादा नहीं पूछना। उसने जो चखा है, बयां के बाहर है, ख़ुसरो। जा, घर जा।"

33

चल ख़ुसरो घर आपने

मैं हाँफता-काँपता घर पहुँचा तो कायनात की शक्ल की एक फ़कीर मुझे पिछवाड़े के उसी पेड़ के नीचे बैठी मिली जहाँ शाहिद फ़कीर के संग मेरी कायनात घंटों बातें करती पाई जाती थी। पर उसकी ज़बान खो गई थी। आगे-पीछे उसको कुछ भी याद नहीं था। कौन उठा ले गया था और कहाँ, कैसे वापस आई, शाहिद कहाँ गया—उससे पूछा तो सबने, पर वह कुछ बोल नहीं पाई। हाँ, उसकी आँखों में कहीं कोई हताशा नहीं थी—एक अलग तरह की चमक थी जो गहरी गुफ़ाओं में भीतर किसी छेद से छनकर आई चाँदनी में होती होगी। उसके आस-पास अजब-सा सुकून तारी था, हालाँकि कपड़े सब तार-तार थे, चेहरे पर धूल समय की परतों की लय में जमी थी, पूरी देह लाल-नीले ज़ख़्मों से भरी थी, पर आँखें थीं कि उनकी मुग्ध मुस्कान एक अलग ही कहानी कहे जाती थी।

महरू और मैं तो जी उठे। उसे नहलाया-धुलाया, उसके सारे सिंगार किए, कौर उठा-उठाकर ऐसे खिलाया, जैसे फिर से छः महीने की बच्ची होकर लौटी हो हमारी

कायनात! यह उसका पुनर्जन्म था भी—यह हम समझ रहे थे। नमरूद फ़कीर और शाहिद ने तो जो किया, वो किया ही, औलिया ने भी इसकी सलामती और वापसी की ख़ातिर इतना ज़ोर लगाया कि उनकी अपनी ज़िन्दगी पर बन आई। उस दिन के बाद से उनकी तबीयत जो अचानक बिगड़ी तो फिर सँभली ही नहीं।

बाहरी दुनिया में ये हुआ कि क़ुतुबुद्दीन मुबारह शाह दिल्ली का सुल्तान बना। उसे मेरी मसनवियाँ इतनी पसन्द थीं कि 1289 में कैकुबाद के लिए लिखी 'किरानुर सादेन' (बाप-बेटे का मिलन) हो या 1290 में ग़ुलाम वंश के अन्त के बाद जलालुद्दीन ख़िलजी को समर्पित मसनवी 'मुफ़्ताह-उल-फ़तूह' ही, वह बार-बार उनका पाठ मेरे बेटे से करवाता और आँखें मूँदकर उसके रस में डूब जाता। बेटी की वापसी के बाद औलिया से सृष्टि के रहस्य समझते हुए मैंने जब अपनी रचना 'नूह सिपहार' लिखी, मुबारह शाह ने हाथी के तौल के बराबर का सोना पुरस्कार में मुझ पर न्योछावर किया।

इस बढ़ती लोकप्रियता से चिढ़कर मेरे दो पुराने दुश्मन—शायर-कवि साअत मुन्तकी और अदीब—ने मेरी बेटी कायनात के ख़िलाफ़ क्या-क्या लंतरानियाँ न उड़ाईं। इसी बीच 1320 में मुबारक शाह का क़त्ल हो गया और उसकी जगह पर ख़ुसरो ख़ाँ और फिर गयासुद्दीन तुग़लक गद्दी पर बैठा जिसके मन में औलिया के लिए पुरानी चिढ़ थी।

उसने एक अजब खेल खेला—वही आदिम खेल, जो शैतान ने ख़ुदा के ख़िलाफ़ खेला था। साअत मुन्तकी ने मेरे ख़िलाफ़—बच्चों को मुहरा बनाने का सबसे विकट खेल खेला जो शैतानी ताक़तें ही खेल सकती हैं। उसने औलिया को तकलीफ़ देने का साधन मुझी को बनाना चाहा।

मेरी कायनात तो राबिया फ़कीर की मस्ती में रहती थी। उसके किरदार पर जो कीचड़ लगातार उछाली जा रही थी, उससे मेरी ही हालत आधे ज़िबह कबूतर जैसी हो जाती थी, और उसकी अम्मा के आँसू तो जैसे सूखते ही न थे। तुग़लक ने यह किया कि अपनी सब ताक़तें लगाकर उसने कायनात की शान के ख़िलाफ़ बोलनेवालों का मुँह बन्द करवाया और अपने तईं यह सिद्ध करने की कोशिश भी की कि कायनात तो ईरान से राबिया फ़कीर का नूर लेकर लौटी है। राजसी समर्थन से क्या नहीं हो सकता! जल्दी ही कई औरतें कायनात को घेरकर बैठने लगीं और अपने सवालों के जवाब पाने लगीं।

इस बात से अभिभूत होकर मैंने 'तुग़लकनामा' लिखा और लखनौती-अभियान में उसके साथ बंगाल भी गया। इधर बिना मेरी जानकारी के गयासुद्दीन ने औलिया से कहलाया कि लखनौती से मेरे लौटने के पहले वे दिल्ली छोड़कर चले जाएँ। औलिया को शिष्यों ने परामर्श दिया कि उनके आने के पहले उनका दिल्ली छोड़ देना ही ठीक है तो बीमारी की अवस्था में भी वे हँसे और बोले : "हनोज दिल्ली दूर

अस्त।'' कुछ ऐसे कहा उन्होंने यह कि गयासुद्दीन तो दिल्ली लौट ही न पाया। अफ़गानपुर में उसके अपने बेटे जूना ख़ाँ ने उसके स्वागत के लिए जो लकड़ी का महल बनाया, अचानक ही चरमराया और वह उससे दबकर मर ही गया।

इधर मेरा अपना बेटा और दाता औलिया भी किसी और सफ़र की तैयारी में मेरी बाट जोह रहे थे। किसी प्रशंसक के अनुरोध पर बंगाल से दिल्ली लौटते हुए मैं कुछ दिन बिहार के तिरहुत (अब के मुजफ़्फ़रपुर) में ठहर गया। एक दिन लाल-लाल शाही लीचियाँ छीलते हुए मैं किसी बाग़ में ही बैठा था कि लगा, मुझ पर गाज़-सी गिरी और नीम बेहोशी में मैं पहले बेटे का, फिर अपने औलिया का नाम लेकर पुकारने लगा।

वहाँ दिल्ली में वे दोनों मुझे याद करते हुए आगे-पीछे दम तोड़ गए। जब मुझ तक ख़बर पहुँची—मैंने वस्त्र फाड़ डाले, मुख पर कालिख मल ली और खाना-पीना छोड़कर इन दोनों क़ब्रों पर सर पटकना शुरू कर किया तो जैसे कायनात सदियों की तंद्रा से जागी और उसने अपने बाबा से कहा :

''बाबा, आओ, घर चलें।''

पूरे तीन साल पर बेटी के मुँह से यह सम्बोधन सुनना मेरे भीतर की बाँध तोड़ गया। वर्षों से जो रुलाई भीतर कहीं जमी पड़ी थी—अकबकाकर फूट आई और बेटी के चेहरे पर बिखरे वे बाल हटाते हुए मैंने औलिया के मज़ार की ओर इशारा किया :

गोरी सोई सेज पर मुख पर डारे केस।

उसी तरह, वहीं मज़ार पर सिर टिकाए बाप-बेटी एक अनाम वियोग में घुलते हुए बैठे रहे और अन्त में वो दिन भी आया जब वह शेर पूरा हुआ :

चल ख़ुसरो घर आपने रैन भइ चहुँ देस।

चारों तरफ़ ही अँधेरा घिरा था और दो सूफ़ी बाप-बेटी एक-दूसरे को समेटे हुए जहाँ चल दिये थे, उस ओर से कोई नया शायर गाता हुआ आ रहा था :

जब मकानोलामकां से भी गुजर जाता हूँ मैं
अल्ला-अल्ला तुझको अपनी ही जगह पाता हूँ मैं।

यह वह जगह थी जहाँ सब सरहदें मिट गई थीं—इतिहास मिथक के गले मिल रहा था, अतीत भविष्य और लोक-शास्त्र के। सारी ज़बानों के शब्द मुल्कों और मज़हबों के बीच की सरहदें मिटाते हुए सूफ़ी जत्थों की तरह आपस में दुआ-सलाम करते दिखाई दिये। आसमां में दूर सात चाँद एक साथ ही मुस्कुराए।

...रह-रहकर मैं यहीं अटक जाती हूँ। इस तीसरे पारायण में भी यहीं अटकी। एक तरफ़ उपन्यास रखा और बायें बाज़ू से आँखें ढँककर लगी सोचने अपने जीवन के बारे में—अपने उन रिश्तों के बारे में, जो कुल मिलाकर सूफ़ियाना ही कहे जाएँगे।

आईनासाज़

खंड-2

बैक गियर

ललिता 'दी, नफ़ीस, सिद्धू-महिमा-शक्ति 'दा-सरोज किंडो और हिन्दी की प्रसिद्ध साहित्यकार श्यामा दी-नफ़ीस के ख़ानदान और उनके संसार के लोगों के सिवा ये पाँच किरदार मेरी आत्मा के स्थायी नागरिक हैं। ललिता 'दी मेरी प्रोफ़ेसर हैं और सिद्धू-महिमा और शक्ति 'दा दिल्ली विश्वविद्यालय के ज़माने के मेरे अन्तरंग दोस्त जिन्होंने मिलकर मुझे ड्रग अब्यूज़ और एक बड़े सेक्स रैकेट से उबारा था जिसमें मॉडलिंग के दौरान मैं बुरी तरह फँसी थी। वे न होते तो मेरी छूटी पढ़ाई पूरी न होती।

एम.ए. और एम.फ़िल. के बीच के दिनों में मैं श्यामा दी की टाइपिस्ट थी। अपनी अन्तिम रचना का एक बड़ा हिस्सा उन्होंने मुझे बोलकर लिखाया था। उन दिनों वे बीमार रहने लगी थीं। थोड़ी-बहुत मैं उनकी तीमारदारी भी कर देती। वहीं, उनके साथ उनके घर पर रहते हुए ही मेरी मुलाक़ात नफ़ीस से हुई थी और सरोज किंडो से।

ललिता 'दी के मुँह से जब अमीर ख़ुसरो के जीवन और उनके साहित्य की चर्चा एम.ए. प्रथम वर्ष में सुनी थी, वह पूरा ज़माना मुझे हर्फ़-हर्फ़ याद है। सिनेमा की तरह खुलती जाती है वह पूरी रील, जब इस आख्यान की चर्चा, ख़ुसरो के पूरे जीवन की चर्चा कक्षा में ललिता 'दी के मुँह से सुनी थी और बाहर निकलकर हम सब मित्र देर तक इस पर बातचीत करते रहे थे कि क्या हुआ होगा अमीर ख़ुसरो की बेटी और शाहिद का?

क्या सचमुच उन्हें कोतवाल उड़ा ले गया होगा? मार डाला होगा नमरूद को और शाहिद मियाँ को? और उसके बाद, जैसा कि होता है, कायनात के साथ पचपन बदतमीज़ियाँ करके उसने उसे कारागृह में फेंकवा दिया होगा? अमीर ख़ुसरो पर क्या बीती होगी?

"यार, याद कर अमीर ख़ुसरो का वह विदा गीत :

काहे को ब्याही बिदेस रे,
लखिया बाबुल मोरे।
हम तो बाबुल तोरे बाग़ों की कोयल
कुहकत घर-घर जाऊँ, लखिया बाबुल मोरे।

"विदा गीत तो अमीर ख़ुसरो ने बहुतेरे लिखे हैं, सब-के-सब बेटियों की तरफ़ से ही, तो क्या इसीलिए कि ऐसी कलेजाफाड़, अप्रत्याशित विदाई का शिकार हुई थी उनकी प्राणप्रिय बेटी?" दिल्लीहाट से ख़रीदा बैग झुलाती धारा बोली।

"हो तो कुछ भी सकता है। सृष्टि की तरह यह इतिहास भी, भविष्य की तरह पूरा अतीत भी लुभावना इसीलिए लगता है कि वहाँ हो तो कुछ भी सकता है। कार्य-कारण सम्बन्ध एक ध्रुव सत्य तो है ही। जो बीज हम बोते हैं, उनमें ज़्यादातर उग ही जाते हैं, इतना तो फ़िज़िक्स भी कहता है और मेटाफ़िज़िक्स भी। दुनिया के सब धर्म-दर्शन इतना मानकर चलते हैं, लेकिन 'बोने' और 'उगने' के महानाट्य के बीच अनन्त सम्भावनाएँ कौंधती हैं जिससे जीवन सरस बनता है और 'वेराइटी इंटरटेनमेंट' से भरपूर।"

धाराप्रवाह बोलते हुए पुरमज़ाक़ महिमा विश्वास ने अपने छोटे-छोटे बाल क्लचर से सँभालने की तीन नाकाम कोशिशें कीं। पीछे वाले कुछ बाल तो बन्धन स्वीकारने को तैयार थे, पर आगे वाले रह-रहकर उसके धूप से तमतमाए गोल चेहरे पर सावन की नहीं, बैसाख की विरल घटाएँ बिखरा रहे थे।

किरोड़ीमल कॉलेज के पिछवाड़े का हनुमान मन्दिर परीक्षाकाल में कैम्पस के उन सब युवा प्रेमियों की क्षणिक मिलन-स्थली बन जाता है जिन्होंने प्रथम प्रेम या अनन्त प्रेम-चक्रों के महाप्रलयी आवेग में सत्रारंभ का सारा समय पॉकेटमनी के पैसों की तरह गटागट बहाया हो। मन्दिर में हमने भी परमभक्ति में सराबोर समवेत मत्थाटेक समारोह मनाया, फिर प्रसाद में मिले बूँदी के लड्डू टूँगते हुए आगे बढ़े ही थे कि एक भिखारी टकराया। और कोई वक़्त होता तो जेब में हमारी उँगलियाँ छोटे-से-छोटे चिल्लर की टोह में विद्युतगति से घूमतीं, पर यह परीक्षाकाल था, इसलिए दान के माहात्म्य में सुने सारे उपदेश हमारे दिमाग़ में लगे भक-भुक जलने और हम सबने उदारतापूर्वक कुछ-कुछ उसकी तलहत्थी पर डाला। इस दृश्य पर मानस हँसता हुआ बोला :

"क्या फ़र्क़ है तुममें और हम बेरोज़गारों में, भिखारी भैया, यही न कि तुम हज़ार के आगे हाथ फैलाते हो, हम एक के आगे?"

मानस की व्यथा-कथा का भान था हमको। यू.पी.एस.सी. में यह उसका चौथा और अन्तिम 'अटेम्प्ट' था। पिता थे नहीं, घर में कुछ खेती-बाड़ी थी पर परिवार बड़ा था, ज़िम्मेदारियाँ ज़्यादा थीं। माताजी गाहे-बगाहे इसे लम्बे-लम्बे फ़ोन किया करती थीं जिसे सुनते हुए मानस का चेहरा साँझ का आसमान हो जाता था—कई रंग आते-जाते और अन्त में एक गहरा धुँधलका पसर जाता—सिगरेट के धुएँ-सा कसैला धुँधलका। उसका बस चलता तो वह अपना सूफ़ी बैंड ही चलाता रह जाता, पर आरक्षण की सुविधा का ध्यान दिलाते हुए घर वालों ने यू.पी.एस.सी. परीक्षा की तैयारी में पेल दिया।

मानस के हिस्से के सिक्के महिमा ने विकलांग भिखारी को पकड़ाए और आँख बन्द करके शनि या राहु में से किसी का मंत्र पढ़ा जो उसने पिछले शनीचर को ही नवग्रह मन्दिर में सीखा था।

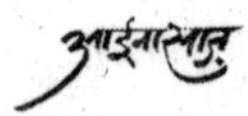

''जैसे-जैसे जीवन की असुरक्षाएँ और अनिश्चितताएँ बढ़ी हैं, नवग्रह मन्दिर भी बढ़े हैं, ख़ास कर शनि मन्दिर। ऐडहॉक नौकरियाँ करते, ऐडहॉक रिश्ते जीते हम इतना हदस गए हैं कि आध्यात्मिक सुझाव भी हमें डिज़ाइनर पैकेजों में मिलने लगे हैं : बाई वन, गेट वन फ्री! ऑन लाइन परचेज़ पर दस प्रतिशत की छूट!'' उसने हँसकर कहा तो था, फिर भी पंडित जी का सिखाया यह उपाय आज़माने से चूकी नहीं थी कि राहु मंत्र पढ़ते हुए विकलांग को दान देने से उसके आसन्न जीवनसाथी का राहु-दोष कट जाएगा और वह कम्पिटीशन निकाल लेगा।

पिछले बरस से महिमा मानस के लिए व्रत-उपवास भी रखने लगी थी—इस बात पर सब चकित थे। आई थी तो एस.एफ.आई. की तरफ़ से उसने छात्रसंघ का चुनाव लड़ा था। ऐसे फायर-ब्रैंड भाषण देती थी कि छाती दहल जाए, पर 'इश्क़ ने ग़ालिब निकम्मा कर दिया'। कुछ तो इश्क़ ने, कुछ इस तथ्य ने भी कि एस.एफ.आई. के नेताओं से धीरे-धीरे उसका मोहभंग हो गया था :

''सब एक थैली के चट्टे-बट्टे हैं—क्या कांग्रेस, क्या वाम, क्या दक्षिण! सबके मैनिफ़ेस्टो बड़ी-बड़ी ही हाँकते हैं—समता-समन्वय और सामाजिक न्याय, पर हाथी के दाँत खाने के और, दिखाने के और। कहीं एक नेता क़ायदे का नहीं। किसी को क़रीब से देखो तो वितृष्णा हो जाए।''

महिमा अंग्रेज़ी से एम.फ़िल. कर रही थी और उसका मानना था कि सोवियत संघ के विघटन के बाद से हमारा बौद्धिक समाज उसी तरह के परिताप में जी रहा है जिस तरह के परिताप में वड्‌र्सवर्थ-कॉलरिज़ जीते थे—फ्रांसीसी क्रान्ति की विफलता के दिनों में। महिमा के दादा अपने ज़माने के प्रखर नक्सली रह चुके थे। प्रकट तौर पर संगीत-शिक्षक रहते हुए उन्होंने परिवार किसी तरह पाला, पर ज़्यादातर जंगलों में ही छुपकर रहे।

1

बिरहा नागिन मोहे डस-डस जाए

अजब तरह की प्रेम-कहानी थी मानस और महिमा की—कायनात और नमरूद फ़कीर या अमीर ख़ुसरो और पद्‌मनी की प्रेम-कहानी से भी ज़्यादा अव्यक्त, सूक्ष्म, परोक्ष और सूफ़ियाना। उसकी भूमिका बाँधते हुए रोज़ेविक की महान कविता 'आधुनिक जीवन में प्रेम' का भावानुवाद ही सामने रखा जा सकता है :

और फिर भी सफ़ेदी की सही परिभाषा है श्यामलता
पक्षी की—पत्थर
सूरजमुखी की—दिसम्बर।

रोटी का सबसे सटीक वर्णन है भूख,
पानी की स्रोत-सदृश पारदर्शी परिभाषा—
प्यास, राख़ और रेगिस्तान।

दोनों दो तरह की पृष्ठभूमियों से आए थे। महिमा की माँ कोलकाता रेडियो स्टेशन की जानी-मानी शास्त्रीय गायिका थीं। उनकी शारीरिक स्थिति और उनका स्वभाव क़रीब-क़रीब वैसा ही था, जैसा एलिजाबेथ बैरेटे ब्राउनिंग का, जिनकी कविता 'अरोरा ली' विमेन्स राइटिंग का कोर्स करते हुए महिमा ने मुझे पढ़ाई थी। विक्टोरियन, रोमैंटिक, एलिजाबीदन और चॉसरकालीन अंग्रेज़ी का ख़ौफ़ कुछ ऐसा था कि जब भी वह कुछ पढ़कर सुनाती, मेरी सरकारी स्कूलमार्का अंग्रेज़ी के पैर रह-रहकर थरथरा जाते थे। इसी थरथराहट के आतंक में बहुत रो-गाकर मैंने अपना 'माइग्रेशन' इतिहास (प्रतिष्ठा) में करा लिया था। पर इतना तो पता था कि महिमा के माता-पिता की प्रेम-कहानी भी राबर्ट ब्राउनिंग और एलिजाबेथ बैरेट ब्राउनिंग जैसी ही प्रगाढ़ और उद्दाम थी—तरह-तरह की उठा-पटक से भरपूर।

महिमा पिछले तीन वर्षों से मेरी रूममेट रही थी, और हम क्लासिकल अर्थों में सहेलियाँ थीं। मेरा तो अपना कहने को कोई घर नहीं था, पर गर्मी-छुट्टी के आरंभिक कुछ दिन मैं उसके घर पर बिता चुकी थी, इसलिए हमारे जीवन के सब रूमानी-ग़ैररूमानी उद्देश्य एक-दूसरे पर खुले थे, कुछ भी पोशीदा नहीं था।

महिमा के पिता, नवारुण विश्वास, प्रेसिडेंसी कॉलेज के पिछवाड़े वाले बांग्ला स्कूल में संगीत-शिक्षक थे। संगीत-शिक्षक वे तब भी थे जब उन्हें उसकी पोलियोग्रस्त सुन्दरी माँ कुहू से इश्क़ हुआ था। उन दिनों संगीत की ट्यूशनें देने के क्रम में वे हफ़्ते में दो दिन 'हालदार बाड़ी' आते थे जो महिमा के ज़मींदार नाना हालदार बाबू का घर था। हालदार बाबू इतने नासमझ भी नहीं थे कि आग और तिनके यानी युवा संगीतज्ञ और पोलियोग्रस्त सुन्दरी नातिन कुहू का साथ होने देते। संगीत सिखाने के लिए तो उन्होंने नवारुण के पिता को रखा था, पर अज्ञात कारणों से जब उनके पिता सनातन गुरुजी एक लम्बी छुट्टी पर बंगाल से बाहर चले गए और दूसरा वृद्ध आचार्य न मिला तो मजबूरी में नवारुण ही रख लिए गए। फिर वही हुआ जो होना था यानी की प्रेम जाति एक न थी, वर्गभेद भी था पर साम-दाम-दंड-भेद के कालसिद्ध, कारगर उपायों के बावजूद वे दोनों एकप्राण होकर रहे। अन्ततः ऊब-थककर हालदार बाबू ने उनकी शादी इस शर्त पर कर दी कि वे इसी घर में रहेंगे जो उन्होंने अब अपनी नातिन कुहू के नाम कर दिया था।

ज़मींदारी के सारे बचे-खुचे पैसे उड़ेलकर पोलियोग्रस्त रूपसी नातिन के घरवास के लिए बनाया गया यह दोमंज़िला घर अधेड़ शरीर-सा बेडौल हो चुका था। कॉरपोरेशन के कुछ नियम मधुर ढंग से तोड़-मरोड़कर घर की विस्तृत अंगनैया पर तरह-तरह की दुकानें उगाह ली गई थीं। अब जबकि क्लासिकल संगीत की

ट्यूशनें ख़ास चलती नहीं थीं और रोग कठिन लग गए थे दोनों प्राणियों को, बच्चे भी इधर-उधर संघर्ष ही कर रहे थे, कोई जीवन-जगत् में व्यवस्थित नहीं हुआ था—तो घर का खाना-ख़र्चा भी ये दुकानें चला रही थीं—दुर्दिन के दोस्त की तरह।

'पनीर और खोवा भंडार' सन्तरी की तरह गेट पर खड़ा था। उसके कंधे से कंधा मिलाए मोबाइल की चिपें और सस्ते मोबाइल बेचने वाला एक कियोस्क था, जिसमें स्टेशनरी भी मिल जाती थी। उससे सटा एक फ़ोटोकॉपियर था जिसका मालिक किसी ज़माने में कवि भी रहा था तो दुकान का नाम रखा था उसने : 'कॉपी कैट'। लोग उन्हें प्यार से काकू बुलाते। 'तन्वंगी गंगा, ग्रीष्मविरल'-जैसा दुबला-पतला, लम्बोतरा शरीर कई कोणों पर नचाते काकू दफ्तरों की फ़ाइलें, बिजली बिल, कॉलेजियों के नोट्स आदि भाँति-भाँति के दस्तावेज़ थोक में फ़ोटोकॉपी करते, अपने खटारा डेस्कटॉप पर क़िसिम-क़िसिम के बेरोज़गारों के ऑनलाइन फ़ॉर्म भी भरते और बीच-बीच में ब्रेक लेकर चाय पीते हुए जॉन डन, लोर्का-नेरुदा की कविताएँ भी अपने युवा ग्राहकों को सुनाए जाते। कभी-कभी तो शेक्सपियर के लच्छेदार संवाद भी सुनाकर लोगों की वाहवाही लूटते वे और बीच-बीच में अपनी कविताएँ भी ग्राहकों को 'व्हाट्सएप्प' करना नहीं भूलते। नवोदित कवियों का एक 'व्हाट्सएप्प ग्रुप' भी बना रखा था उन्होंने—कभी-कभी रविवार को जिसकी चाय-समोसा बैठक सामने के पार्क में होती थी। व्हाट्सएप्प ग्रुप का नाम था—'उपक्रान्ति' और उनका अपना नाम स्पंदन मजूमदार।

अपने दिवंगत बाबा की प्रेरणा से महिमा ने 'एस.एफ.आई.' ज्वाइन किया था, स्पंदन मजूमदार की प्रेरणा से अंग्रेज़ी एम.ए. में दाख़िला लिया था और माँ-बाबा की प्रेरणा से कुछ शास्त्रीय संगीत भी सीखा था। प्रेरणाओं का दंगल था उसका जीवन, पर सबसे बड़े प्रेरणास्रोत थे उसके अपने बड़े भाई, शक्ति'दा, जिन्होंने लम्बी संघर्ष-यात्रा के बाद अन्ततः एक स्टार्टअप की ख़ातिर कुछ स्पॉन्सर्स ढूँढ़ लिये थे। स्टार्टअप का नाम था—'सूफ़ियाना' और इसका उद्देश्य था संगीत की शास्त्रीय और लोकप्रिय धारा से जुड़े नये कलाकारों का एक संयुक्त मोर्चा तैयार करना जो दुनिया की श्रेष्ठ कविताएँ गाएँगे—शास्त्रीय रागों और लोकप्रिय धुनों के समन्वय से उनकी सोई कुंडलिनी जगाएँगे यानी कि प्रसुप्त अन्तर्ध्वनियाँ जगाकर संचार-माध्यमों के आश्रय नवजागरण के मंत्र फूँकेंगे।

'द बेस्ट ऑफ बोथ द वर्ल्ड्स' का मध्यमार्गी मंत्र उन्हें जापान की बौद्ध संस्था 'सोकागाकाई' से भी जोड़ गया था। उसी के प्रभाव में वे ख़ुद को और अपनी टोली को 'शान्ति सेनानी' कहते थे—डॉ. इकेदा के 'ह्यूमन रेवोल्यूशन' के पैरोकार। और उन्हीं की प्रेरणा से महिमा दिल्ली विश्वविद्यालय में दाख़िला लेने आई थी—वरना उसके माता-पिता उसको दिल्ली के संस्कारहीन, व्यापारविकल, राजनीतिक दलदल में भेजने को तैयार नहीं थे।

''शक्ति 'दा के पास दिल्ली आने के मेरे प्रस्ताव पर बाबा ने खटवास-पटवास ले लिया था और माँ तो हारमोनियम पर सर रखकर हताश हो ही गई थीं।'' महिमा ने मुझको बताया था।

उत्कट गृह-मोह का ही यह प्रभाव था कि चार-पाँच दिनों की छुट्टी में भी महिमा घर भाग जाने की जुगत भिड़ाने लगती—पर शुरू-शुरू के दिनों में ही, यानी तब तक जब तक मानस से उसकी मुलाक़ात नहीं हुई थी। एक बार प्रेम क्या हुआ, बाबुल की गलियाँ छूट ही गईं। हृदय भी अजब बैंक बाबू है, हर तीन साल पर इसकी ट्रांसफर-पोस्टिंग किसी और ही ठिकाने पर हो जाती है।

मेरा भी तो हाल यही हुआ, पर यह कहानी फिर सही, फ़िलहाल मानस का चरितमानस सुनते हैं।

2

मानस चरितमानस और शक्तिचालीसा

मानस का असल नाम मनविन्दर सिंह सिद्धू है। उसका 'सूफ़ी बैंड' कैम्पस की शान रह चुका था। गाता तो मनविन्दर सिंह 'सूफ़ी' के नाम से ही था, पर बंगाली प्रेयसी के दबदबे से कम-से-कम उसके पुकार का नाम 'मानस' हो गया था। मैंने कहा था न कि इतिहास हो या सपना, वहाँ कुछ भी हो सकता है। कब, कहाँ, कैसे हुआ, अटकलें ही लगाई जा सकती हैं। दुनिया में कौन माई का लाल जान सकता था कि प्यार के प्रकोप में सिद्धू नाम ही नहीं बदलेगा, बाल भी कटवा लेगा, खड्ग-कृपाण छोड़ देगा और घरवालों के सुलगाने पर आरक्षण की सुविधा आज़माने की ख़ातिर गाना-वाना छोड़कर यू.पी.एस.सी. की तैयारी लगेगा करने?

एक बात मगर तय थी कि चाहे लाख करे यू.पी.एस.सी. की तैयारी, सूफ़ी गीतों की रंगत उसकी आँखों में बस-सी गई थी और अपने किरदार में भी वह ख़ासा सूफ़ियाना था। उसके बाबा बख़्शीश सिंह सिद्धू थे तो काश्तकार मगर पंजाब के सूफ़ी साधकों के साथ इस मज़ार-उस मज़ार घूमते हुए वे बाबा बुल्लेशाह और बाबा फ़रीद के इतने सगे हो गए थे कि जूते गाँठते या बुआई-निराई करते हुए भी उनके होंठों पर उनकी बंदिशें थिरकती रहतीं। इसी का प्रभाव पोते पर ऐसा पड़ा था कि उसे प्राय: पूरे बुल्लेशाह, पूरे फ़रीद कंठस्थ थे और अब तो वह महिमा और शक्ति 'दा के प्रभाव में उनके भी रीमिक्स गाने लगा था। प्रिलिम्स के महीने-दो महीने पहले तक तीनों सारा दिन इसी में लगे रहते और मैं बाहरी-भितरिया या आउटसाइडर-इनसाइडर की हैसियत से लगातार समीक्षात्मक टिप्पणियाँ करते जाने का अवसर भी पा जाती, पर मुख्यत: ये मेरे 'सीखने' के दिन थे।

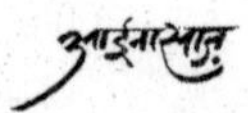

मैंने उन तीनों की संगत में और ललिता चतुर्वेदी के पिता के सूफ़ी उपन्यास के आसरे वैकल्पिक अध्यात्म के बारे में बहुत कुछ जाना। पिता जैन थे, नाना थियोसॉफिस्ट। सूफ़ियों का प्रभाव भी उन पर रहा था, पर 'सोकागाकाई' या संगीत-क्रान्ति या काव्य-क्रान्ति के सूत्र-अपसूत्र इनकी संगत में ही कुछ-कुछ मैं समझी।

मानस ने उस दिन शक्ति'दा के स्टूडियो जाते हुए रास्ते में जो समझाया था, मेरे दिल से उतरता ही नहीं : ''जो हमारे बाहर है, वही हमारे भीतर भी है। पश्चिम में इसे 'मैक्रोकॉज़्म'-'माइक्रोकॉज़्म' कहते हैं और हमारे यहाँ क्षिति-जल-पावक-गगन-समीर का बाहरी-भीतरी विनियोग। एक आकाश हमारे बाहर है तो एक हमारे भीतर भी है। हम जो भी करें, जैसे भी रहें—अपने भीतर के आकाश को बाहरी आकाश का आईना बनाकर, चाँद-सूरज की तरह निरपेक्ष प्रकाश विकिरत कर सकते हैं। आत्मक्रान्ति ही सच्ची क्रान्ति है और इस आत्मक्रान्ति का कैटेलेटिक एजेंट है संगीत और साहित्य—सब थोड़ा-थोड़ा ख़ुद को बदलें, तो ही यह दुनिया रहने लायक़ हो पाएगी। दुनिया को या ख़ुद को बदल पाने की धुन अपने-आपमें इतनी सुखद है कि हम इस अभियान में सफल होते हैं या विफल, इससे फ़र्क़ नहीं पड़ता। बस, कोशिश जारी रहनी चाहिए। जीवन का कोई उच्चतर प्रयोजन न हो तो जीवन जीने लायक़ रह भी नहीं जाता।''

''एक बात पूछूँ? बुरा तो नहीं मानोगे? क्या तुम्हें ऐसा लगता है कि बड़े प्रशासक बनकर तुम संगीत-साहित्य के लिए इतना समय निकाल पाओगे? प्रशासन में विशाल मशीन का एक पुर्ज़ा बनाकर रख देने की वृत्ति तो होती ही है।''

यह मानस की दुखती रग थी, पर कभी-कभी इलाज के लिए दुखती रग पकड़ना ज़रूरी भी हो जाता है, इसीलिए हिम्मत करके मैंने वह पूछ लिया जो महिमा भी नहीं पूछ पाई थी। अन्तरंगता भी एक ख़ास तरह की खाई पैदा करती है और कई तरह के अपडर—ख़ास कर शुरू के दिनों में। पर मैं तो इसकी प्रेमिका नहीं थी; बस, दोस्त थी, इसलिए मैंने यह हिम्मत दिखाई और इसके उत्तर में वह कुछ देर चुप हो गया, जैसे फ्यूज़ ही उड़ गया हो! फिर सँभलकर बोला :

''हर चुनौती एक अवसर भी होती है—ख़ुद को आज़माने का अवसर। देखते हैं करके। भाविक परिवर्तन तो असल बात है ही, पर अन्तर्व्यवस्थागत परिवर्तन, ठोस परिवर्तन वायवीय परिवर्तनों की राह सुगम भी कर सकते हैं। अभी मैं मेन्स की तैयारी में 'बंगाल का नवजागरण' पढ़ रहा था। ठीक है कि साहित्य-कला-संगीत-नाटक ने परिवर्तन की सही फ़िज़ाँ तैयार की, पर लॉर्ड बेंटिक ने सती-प्रथा के ख़िलाफ़ क़ानून नहीं बनाया होता, या स्त्री-शिक्षा, बाल-विवाह आदि से सम्बन्धित अन्य सुधार-बिल पास नहीं हुए होते तो अभी हम कहाँ होते? अभी भी हमारी माँ-बहनें बाल-विवाह, पर्दा-प्रथा, बहुविवाह और सती-प्रथा के तमाशे झेलती होतीं और तुम लोगों जैसी शिक्षादीप्त स्त्रियाँ क़दम-क़दम पर रोकने-टोकने को हमें कहाँ मिलतीं?''

इतना कहकर जब वह मुस्काया, मैं भी हँस पड़ी, और मेरे मन में एक हूक-सी उठी कि काश, इसकी तरह का कोई सुलझा हुआ बंदा मेरे नसीब में भी होता! क्या जाने, क्या मेरी क़िस्मत है कि जो मिलता है, या तो उलझा-पुलझा होता है या फिर अबंड! अधिक से अधिक दस मिनट ही अपने प्रेम-प्रस्तावकों को मैं झेल पाती हूँ, उसके बाद जी करता है कि सर पर पाँव रखकर भागूँ। महिमा कई बार शक्ति'दा की बातें मुझसे करती है, पर पता नहीं क्यों, मेरा मन उनमें रम ही नहीं पाता हालाँकि उनकी ख़ूबियाँ अनन्त हैं और वे रहस्यमय भी हैं। अजब-ग़ज़ब के भूत-प्रेतनुमा लोग लगातार उनको घेरे रहते हैं—कैम्पस के गुंडे, और चोर वग़ैरह भी। इसके अलावा थियेटर एक्टिविस्ट, जिनमें कुछ किन्नर भी शामिल हैं, तरह-तरह के बेरोज़गार, चायवाले, अख़बार वाले, मदारी, चौकीदार—सब इनकी सेना में शामिल हैं। इनके बारे में प्रसिद्ध है कि इनके दस बाई दस के कमरे में हमेशा कोई बेरोज़गार अतिथि पसरा रहता है और जिंगल-मिक्सिंग से उगाहे अपने सारे पैसे ये परेशानहाल लोगों के 'पितुमातुसहायक स्वामी-सखा' बने रहने में ही उड़ा देते हैं। कई चोर और अन्य भटके हुए प्राणी इनके सम्पर्क में आकर थोड़ा बदल भी गए हैं। महिमा कहती है कि एक रोज़ उसने एक छोटे-मोटे चोर को भाई के बिस्तर में घुसकर रोते हुए सुना : "दादा, आज मैंने फिर चोरी कर ली। रहा नहीं जाता। मेरे सर पर हाथ तो फेरो कि इस बार सच्चा संकल्प करूँ!"

महिमा समय-समय पर इस बात की भी ताकीद करती जाती है कि दादा का जन्म ही प्यार करने के लिए हुआ है। हर गली में उनकी तीन प्रेमिकाएँ कोलकाता में भी थीं। जो दीन-दुखी, वह इनका प्रेमी। ये उनके कन्हाई। एक रोज़ उसने गम्भीर टोन में मुझको समझाया : "इस बात से घबराकर तुझे उनसे दोस्ती का इरादा ख़त्म नहीं कर देना चाहिए। सागर को कौन बाँध पाया है! बाँधने की आकांक्षा से सागर के पास जाना भी नहीं चाहिए। पर जो सागर-तट पर बैठकर उसकी अगाधता का दृश्य नहीं देख पाया, उसका जीना भी क्या जीना!"

"वे सागर हैं तो मैं कौन-सी बलखाती नदी हूँ? आकाश हूँ मैं, आकाश! मुझको ख़ुद में समो पाना किसी समुंदर के वश का नहीं है।" कहकर मैंने उठा मारा उसको एक तकिया और मनोयोग से अपनी परीक्षा की तैयारियों में लग गई।

लॉज के जिस कमरे में मैं रहती थी, वह क़ायदे से मेरा तो था नहीं, महिमा का था। महिमा ज़्यादातर अपने सूफ़ी आशिक़ सिद्धू उर्फ़ मानस के कमरे में रहने लगी थी तो मैं क्लास के बाद का सारा समय उसके बिस्तर पर पसरकर पढ़ने और सोने का मौक़ा पा गई थी। रात को कभी वह लौटकर आती तो मैं नीचे ही अपनी चटाई बिछाकर लेट जाती और हम देर तक ग़प्पें मारते। उसकी बातों से छनकर सिद्धू के सूफ़ियाने मन की जो परछाईं मेरे मन पर पड़ती, उससे मेरे मन का पानी सिहर-सिहर जाता : "जानती है, सपना, वह एक अलग तरह का रामकृष्ण परमहंस है। उसकी

द्रावक उपस्थिति मेरी गोद को काली की गोद बना देती है और मेरे स्तनों में दूध-जैसा ही कुछ उतरने लगता है, जैसे परमहंस की पत्नी, माँ शारदा की छातियों में उतर आया था। जब परमहंस मुख-कैंसर के कष्ट से अन्न खा ही न पाते थे, आँचल के नीचे उन्हें सायास खींचकर अपनी छाती उनके घाविल मुख से वे लगा देती थीं...और वे मासूम कुछ घूँट पीकर वहीं निढाल सो जाते थे—कभी-कभी छाती में मुख लगाए-लगाए ही। ऐसी ही मासूम, समाधिस्थ नींद मेरा मानस भी सो जाता है—मेरी गोद में सर रखकर...।''

बचपन से तरह-तरह की ज़बर्दस्तियों के कड़वे-खट्टे, फीके-पनसोह घूँट पीकर मौन सिसकने-घुटने वाला मेरा यह शरीर ऐसे सरस और सूफ़ियाने, आत्मिक लगाव के क़िस्से सुनता हुआ बार-बार उत्फुल्ल सिहरन से भर जाता। महिमा मुझे किसी परीकथा की राजकुमारी-सी जान पड़ती। वह मुझे अपनी छाँव में रहने देती है, इससे मेरा रोम-रोम गौरवान्वित रहता। पर मौक़ा देखकर वह फिर अपने शक्ति'दा की गौरव-गाथाएँ सुनाने लगती :

''शक्ति'दा भी अनूठे हैं। बुझारथ डाकू, बरसाती मल्लाह, अबू सलेम, बृजेश सिंह, श्री प्रकाश शुक्ला-जैसे हाइटेक अपराधियों के गैंग में जा फँसे कई बिहारी बेरोज़गारों का जीवन उन्होंने बदल दिया है—जेल जा-जाकर उनसे मिलते हैं, उन्हें विपश्यना सिखाते हैं। 'समिट यूनिवर्सिटी प्रेस' से प्रकाशित पुस्तकों के आधार पर थियॉसॉफिकल हीलिंग करते हैं उनकी। जापान के बौद्ध महर्षि डॉक्टर इकेदा के 'ह्यूमन रिवोल्यूशन' का दर्शन समझाते हैं उनको। सूफ़ी संगीत और ओशो के कैसेट सुनाते हैं। उनकी अन्तर्निहित सम्भावनाओं के विकास में कोई कोर-क़सर नहीं छोड़ते। जो गा सकता है, उसे गाना सिखाते हैं। जो बोल-लिख सकता है, उसे जीवन के अनुभव लिखने को कहकर सोशल मीडिया पर उनकी कविताएँ-कहानियाँ प्रकाशित करते हैं।''

''तो हाइटेक अपराधियों के प्रतिपक्ष में खड़ा हाइटेक योगी है तुम्हारा भाई?'' मैं मज़ाक़ करती तो महिमा छनक भी जाती कभी-कभार। छनकना उसके स्वभाव में शामिल था; पर एक बात द्रावक थी कि कितना भी छनके, अपने कमरे से या अपने जीवन से कान पकड़कर बाहर करने की कभी नहीं सोचती। मेरे लिए तो इतना ही बहुत था। धीरे-धीरे मैंने अपनी ज़बान क़ाबू में रखना भी सीख ही लिया। इसका एक कारण यह तो था ही कि अपनी आश्रयदाता को मैं बार-बार डंक नहीं चुभोना चाहती थी। दूसरा कारण यह भी कि उसके शक्ति'दा मुझे एक कॉमिक कार्टून चरित्र की तरह दिलचस्प लगने लगे थे। उन्हें हीरो से ज़्यादा कॉमेडियन बनाती थी—किसी एक जगह टिककर न रहने की उनकी चारित्रिक मजबूरी। वे ऋषि भी थे तो बाल-खिल्य ऋषि ही थे, उन पर ममता छिड़की जा सकती थी, उन्हें उस उद्दाम ममता में नहलाया नहीं जा सकता था जो शारदा माँ की छाती में परमहंस के लिए दूध उतार लाई थी। उस तरह की

अगाध ममता उनका परम आत्मविश्वासी टुन्ना-मुन्ना वजूद जगा ही नहीं पाता था। पर वे रोचक थे ज़रूर और तरह-तरह की रंगीन ख़बरों का ख़ज़ाना : "जेल में 40% लोग औरों के हिस्से की सज़ा काटने वाले ग़रीब लोग हैं। कई तो सिर्फ़ इसलिए जेल में ही बूढ़े हो गए कि उनके रिकॉर्ड ग़ायब हैं। उनसे बात करो तो पता चलता है कि पिछले तीस-चालीस वर्षों में जेल का जीवन भी कितना बदल गया है! कैमरों के नीचे बाहुबली मोबाइल फ़ोनों पर अपने गिरोह चलाते हैं। दावतें और मुजरे करते हैं। घूस और आतंक के ज़ोर पर बाहर की दुनिया से ज़्यादा निरापद एक जगह बन गई है जेल, जहाँ ये कभी-कभी तफ़रीह फ़रमाने आते हैं।"

"तो क्या शक्ति'दा की दोस्ती उनसे भी है?"

"वो कहते हैं कि लोहे से लोहा कटता है। नागरिक पत्रकार का काम ही है सबकी ख़बर रखना और सबके भीतर का हाल जान लेना। पानी में रहकर मगरमच्छ से बैर साध नहीं सकते, पर बैर साधे बिना भी निरीह जल-जन्तुओं को चारा डाल सकते हैं। जंग और प्रेम में सब जायज़ है।"

"पर हमारे शक्ति'दा तो जंग किसी से साध ही नहीं पाते, न प्रेम ही साध पाते हैं। हाँ, कोशिशें लगातार करते हैं कि कुछ हो। हाथ पर हाथ धरे बैठे नहीं रहते।"

"तू मेरे दादा को 'दादा' क्यों कहती है, सपना? वो तुझको और ही तरह से देखते हैं।"

"और ही तरह से तो वे स्त्री-मात्र को देखते हैं। प्रेम का यह साम्यवाद मुझे रास नहीं आता। अनार्की सार्वजनिक जीवन में कभी-कभी ज़रूरी हो जाती है, पर निजी जीवन में यह ऊब और क्षोभ के अनन्त सिलसिले पैदा करती है, मही।" न चाहते हुए भी मैं इतना बोल ही गई। और बोलकर फिर पछताई क्योंकि ऊब और क्षोभ के कई सिलसिले उसके बाद हमारे अपने आपसी सम्बन्धों में पैदा हो गए।

एक दिन मरहम की लेप लगाने की ग़रज़ से मैंने कहा : "इधर मैं शक्ति'दा के अनन्य भक्तों से कई बार इधर-उधर टकराई। एक मँगनू मुसहर पच्चीस साल से जेल में थे—सिर्फ़ इस अपराध में कि पंजाब मेल की टिकट लिये बिना वे उस पर बैठ गए थे। पाखाने में छिपकर वे दिहाड़ी करने पंजाब पहुँचने को उतावले थे कि घर में फ़ाक़ा सहते-सहते बच्चे लक-लक और दयनीय हो चले थे, बाप की आँखें बाहर निकल आई थीं, बीवी भरी जवानी में काँटे की झाड़ हो गई थी...। जेल के उन्हीं बॉस-क़ैदियों की मदद से उन्होंने उन्हें और ऐसे कई निर्दोष क़ैदियों को छुड़वाया और वे अब उन्हीं के लिए खटते हैं। ग़लत-सही जो कर रहे हैं, पर ज़िन्दा तो हैं, परिवार फूल-फल रहा है। अपराध सबसे सहज रोज़गार तो है ही।"

"तुम मेरे दादा पर व्यंग्य कर रही हो?" इस बार मही आपे के बाहर हो गई और उसने मुझे अपने कमरे से निकाल दिया।

जून की धकधकाती दोपहर। परीक्षाएँ सर पर। जाऊँ तो जाऊँ कहाँ? थोड़ा

सोचकर मैंने एक उपाय निकाला। आर्ट्स फैकल्टी लाइब्रेरी में दिन और शाज़िया के ब्यूटी पार्लर में रात काटी जा सकती है।

चुपचाप उठकर मैं अपने झोलों में कपड़े-किताबें समेटने लगी और मन भी। पर निकलने को ही थी कि प्रेमचंद की 'बड़े घर की बेटी' का किरदार महिमा में जाग गया, और अपनी बड़ी-बड़ी कटावदार आँखों में आँसू भर उसने मेरा हाथ थाम लिया :

"मत जाओ।...दादा और मानस मिलकर मेरा भेजा उड़ा देंगे। उन पर तो तुमने मोहिनी मंतर मार ही रखा है, मुझे भी नहीं बख़्शा। चली जाओगी तो लड़ूँगी किससे?"

जिस कमरे से या घर से धक्के मारकर आपको निकाला जा चुका हो, वहाँ टिके रहकर रात-दिन वहीं काटना इतना आसान भी नहीं। मन को तरह-तरह के फ़लसफ़े पकड़ाने पड़ते हैं/कहना पड़ता है कि यह पूरी दुनिया आनी-जानी माया है, सब घर सराय हैं...वग़ैरह-वग़ैरह। सामने शक्ति'दा की एक तसवीर दीवार पर टँगी थी—शायद उस वक़्त की, जब वे छात्र-संघ से चुनाव जीते थे। जिन नेताओं ने उन पर पार्टी का पैसा लगाया था—उनकी भी उनसे कुछ तो उम्मीदें रही होंगी, कुछ उम्मीदें उस बेरोज़गार फ़ौज की भी रही होंगी जो छोटे शहरों और गाँवों से दिल्ली पढ़ने आए लड़कों की गाँव होती है। बाप-माँ, भाई-बहन के अलावा कम उम्र में हुई शादी से पैदा औलादें भी छोड़कर ये दिल्ली आते हैं। सबकी टकटकी उन पर ही बँधी होती है कि इस बार नहीं तो अगली बार उनका कुछ बनेगा ज़रूर। यू.पी.एस.सी. या कैट-सैट-मैट और नेट में क़िस्मत नहीं लड़ी तो छात्रनेता और अन्य छुटभैये ही उन्हें कहीं सेट कर देंगे।

नहीं-नहीं, इन पर हँसना, इनका मज़ाक़ उड़ाना भी एक अपराध ही है। प्यार और रोज़गार शरीर की ही नहीं, आत्मा की भी मूलभूत आवश्यकताएँ हैं। जब तक शिक्षा रोज़गार से नहीं जुड़ेगी और व्यक्ति-मात्र में अन्तर्निहित उसकी अनन्त सम्भावनाएँ मुकुलित करने वाला परिवेश, साहित्य-संगीत, सारी भगिनी कलाएँ और सूफ़ियाने दर्शन मिलकर नहीं रचेंगे, राजनेताओं और बाहुबलियों के आगे ता-थैया करने को मजबूर ही रहेगी युवा-शक्ति।

3

दिलमदर आशिक़ी

किसी-किसी तरह परीक्षाएँ बीतीं और आ पहुँची हहाती गर्मी-छुट्टी जिसमें हम सबको कैरम की गोटियों की तरह इधर-उधर छितरा जाना था। क्या जाने, कौन किस गड्ढे में गिरे! महिमा के पास तो भाई का ठिकाना था। अगर उसका पीएच.डी.

में चुनाव नहीं भी होता तो भाई के साथ वह संगीत का स्टार्ट-अप बढ़ा सकती थी या उनके हज़ार गणदूतों के हित में छोटे-मोटे सामाजिक अभियान चला सकती थी। बग़ल के घर में उसका प्रेमी भी था। बीच-बीच में वह उसके यहाँ भी रह सकती थी।

पर मैं और मेरे जैसे हज़ार लड़के-लड़कियाँ जिनका न कोई प्रेमी था, न हँसता-खेलता घर-परिवार, हमें या तो यहीं रहकर कुछ दिन कोई छोटी-मोटी नौकरी ढूँढ़नी थी या फिर वापस अपने गाँव-कस्बे लौटकर 'पुनर्मूषिको भव:' की स्थिति दोहरानी थी। 'लड़की-दिखाई' के हज़ार मारक सिलसिले झेलने थे, और फिर किसी परम अनजान चटोर-डंटोर, मरखंड-मुश्तंड, बालबुद्धि पुरुष-स्त्री को स्वामी या प्राणप्रिया मानने का ढोंग करते हुए अपनी सारी ज़िन्दगी काट देनी थी—उतने ही नीरस, विद्रूप ढंग से, जैसे हमारी माताओं-मातामहियों-पितामहियों ने काटी या फिर उनके पतियों ने। बेमेल विवाह? बाप रे बाप! उससे तो अच्छा था—सात जनम अकेले काटना!

पिता-माँ-भाई-बहन—अपना कहने को मेरा तो कोई नहीं था। बस, एक मौसी थी और कुछ मौसेरे भाई-बहन—मौसा जी अपनी खड़ूस सख़्तियों से जिनकी नाक में दम किए रखते थे। उस घुटन-भरे घर में जाकर पारम्परिक शादी का इन्तज़ार करने से अच्छा था कि मैं यहीं कोई छोटी-मोटी नौकरी ढूँढ़ लेती। लेक्चरशिप तो इस पर निर्भर था कि मेरा रिज़ल्ट कैसा होता है। कुछ पर्चे ठीक हुए थे पर दो-एक बिगड़ भी गए थे। वैसे, मुझसे कोई भी नौकरी चल जाती—ट्यूशन पढ़ाने से लेकर गर्वनेस बनने तक। ब्यूटी पॉर्लर में काम करने से लेकर जिम इन्स्ट्रक्टर बनने तक मैं किसी काम के लिए तैयार थी, पर मुझे किसी कॉल सेंटर में साइबर कुली बनने से इनकार था और उस मॉडलिंग से भी, जो शुरू में मैंने की थी। जहाँ सड़क की मिट्टी महके और मानुष-गंध हो फ़िज़ाँ में, वह नौकरी मुझे मंज़ूर थी।

बातों-बातों में महिमा ने मुझसे कहा था कि थोड़े दिनों में शक्ति'दा का स्टार्ट-अप चल ही निकलेगा—तब तक मैं उसके यहाँ यों ही काम कर सकती हूँ। मैंने उसकी बात सुन ली, फिर एक दिन काग़ज़-पत्तर समेटते हुए मेरी निगाह ललिता चतुर्वेदी के पिता के इसी उपन्यास की फ़ोटोकॉपी पर पड़ी और मेरा मन मचल गया मैडम से मिल आने को। क्या पता, उन्हीं के पास रिसर्च असिस्टेंट जैसा कोई काम मिल जाए!

काँपते हाथों से मैडम को फ़ोन मिलाया : "हलो मैम, मैं सपना जैन, हिन्दी माध्यम वाले सेक्शन की—वही, जिसे आपने पिताजी के उपन्यास की फ़ोटोकॉपी थमाई थी...। बहुत मदद मिली, मैम! मध्यकाल की सूफ़ी समझ के लिए ऐसे द्वितीयक स्रोत सचमुच महत्वपूर्ण हैं...।"

"अच्छा...अच्छा, सपना? ठीक है। पेपर कैसे हुए?"

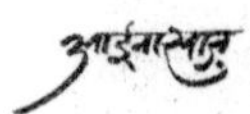

"मध्यकाल वाला पर्चा ठीक हो गया। सूचनाओं के परे जो सड़क जाती है न, वही जिसे पर्सपेक्टिव कहते हैं, जहाँ सूचनाओं की पगडंडियाँ गले मिलती हैं—आपके लेक्चर हमें वहाँ तक ले गए। फिर यह उपन्यास... ।"

"तू तिरहुत की है क्या, लड़की? ये तिरहुतिया अन्तरंगता—इसकी एक अलग ही कोटि होती है। इसके कारण तूने दिल्ली में तो बहुत भोग भोगे होंगे, जैसे किसी ज़माने में मैंने भोगे थे—हमारे लिए जो बतरस है, वह यहाँ के दरबारी समाज को 'बतबनौअल' दीखता है—किसी तरह के 'प्रयोजन' से बिछाया गया वाग्जाल। देश-काल से साधारण बात की व्याप्तियाँ भी बदल जाती हैं... ।"

"जी, आपने तो दुखती रग पकड़ ली। बहुत मज़ाक़ उड़ा है मेरा—मेरे बोलने-चलने के ढंग का...मैम, आपसे एक अनुरोध है, क्या मैं आधे घंटे के लिए आपसे मिल सकती हूँ?"

"...किस प्रसंग में मिलना चाहती हो? माफ़ करना, इस तरह पूछना नहीं चाहिए, मगर मैं इन दिनों ख़ुद भी किन्हीं परेशानियों में घिरी हूँ, इसलिए समय की क़िल्लत है..."

"मैम, कहते संकोच हो रहा है पर इतने अच्छे मेरे पर्चे नहीं हुए कि एम.फ़िल में प्रवेश की गारंटी हो। अगर प्रवेश हो भी गया तो बिना नौकरी के आगे की पढ़ाई का ख़र्चा नहीं उठा पाऊँगी। और नौकरी किसी भी तरह की कर सकती हूँ—सिलाई, कढ़ाई, बच्चों की देख-रेख, नर्सिंग-केयर, कम्प्यूटर टाइपिंग से लेकर रिसर्च असिस्टेंट तक की। और मैम, मैं खाना भी ठीक बना लेती हूँ। आप मुझे अपना रसोइया रख सकती हैं। मेरी माँ आँखें मूँदने के पहले मुझे सब तिरहुतिया व्यंजन बनाना सिखा गई थी—पुरकिया, खजूर, निमकी, परवल, करेले का भरवाँ, सरसों मसाले की भिंडी, सत्तू-पराठा, हरे चने का हलवा, मखाने की खीर... । तब मैं छनकती थी कि क्यों तंग कर रही है मुझे माँ, पर जानती हैं मैम, शुरू में मकान मालकिन की टिफ़िन-असिस्टेंट बनकर मैंने लॉज के पैसे भरे, उनकी साड़ियों पर फॉल भी लगाया, उनके पोते-पोतियों के पोतड़े भी धोए...मैं बच्चों और बूढ़ी माताओं की मालिश भी अच्छी कर सकती हूँ। ब्यूटी पार्लर का काम भी सीखा है।" एक साँस में मैंने सब कह दिया—इस तरह कहा कि मेरी साँस फूल गई।

ललिता मैडम कुछ देर ख़ामोश रहीं। इस ख़ामोशी से निराश होकर मैंने जल्दी ही अपना एकालाप समेटा : "यह सब मैं इसलिए कह पाई कि आप उस पिता की बेटी हैं जो संस्कारों में सूफ़ी थे... ।"

"कब तक लॉज छोड़ना है? घर कब जाना है?"

उधर से जो आवाज़ सुनाई पड़ी, उसके पीछे कोलाहल का एक समुन्दर लहराता जान पड़ा। कोई तीखे स्वर में गालियाँ बक रहा था, पीछे कुछ पटका भी गया, फिर फ़ोन कट गया—खचाक्!

मेरे होश उड़ गए। कोसने लगी उस घड़ी को जब मैंने फ़ोन की सोची और मैडम के लिए गहरी चिन्ता भी हुई।

4

पिया न पूछे बात

उस भयानक शाम के बाद क़रीब सत्रह-अठारह दिन मैंने गोपीचंद जासूस की सी बेचैनी में काटे। इतनी भरी-पूरी दिखने वाली ललिता मैडम के जीवन में ऐसा क्या दुख है जो सारी भलमनसाहत के बावजूद दो बोल किसी से बोल लेने का अवसर उन्हें नहीं देता? किसने पटकी होगी वह प्लेट? किसने गालियों की झड़ी लगाई होगी इस बात का लिहाज़ किए बग़ैर कि वे फ़ोन पर हैं? था तो वह उकताया-सा, कर्कश पुरुष-स्वर ही!

छात्र तो वैसे भी हुलुकबन्दर होते हैं। खुफ़ियागीरी करने पर उतर आएँ तो क्या न पता कर लें! यह भी कि कैम्पस में हीरो बना फिरता टीचर किस समय बाथरूम जाता है, किससे दबता है, किसकी ख़ुशामद करता है, किस स्तर की उसकी राजनीति है, क्या हैं उसके जीवन की केन्द्रीय समस्याएँ, किन चैनलों से वह आगे बढ़ा है और अगर नहीं बढ़ा तो क्यों नहीं बढ़ा, इसको लेकर उसके मन में कितनी कुंठाएँ हैं—इन कुंठाओं की खुंदस वह किन पर निकालता है और कैसे? अम्मा कहती थी कि ईश्वर की आँखें हैं—नक्षत्र-कर्मों का लेखा-जोखा रखने वाले ख़ामोश अकाउंट कीपर। नक्षत्रों का तो नहीं पता, ज्योतिष मैं नहीं जानती, पर अपने अनुभवों से इतना ज़रूर जान गई हूँ कि छात्र, सन्तति और प्रशंसक ईश्वर की आँखें ज़रूर हैं या उनके छोड़े हुए नटखट जासूस।

पर मेरी जासूसी का उत्स नटखट चकल्लस नहीं थी, एक गहरी चिन्ता थी और एक गहरा अपराधबोध भी कि मैंने ग़लत समय पर फ़ोन किया जिससे उनके घर में कोहराम मचा। कैसे चीख़ कर कोई बोला : "दिन-भर फ़ोन पर लगी रहती है...पाखाने की टंकी कौन ठीक कराएगा रे...तेरा बाप? जब देखो तब टेसुए बहाता रहता है नलका तेरी तरह। तू ही है पाखाने की टंकी। रख, फ़ोन रख, नहीं तो अभी बताता हूँ तुझे।"

मेरे तो दिमाग़ की सुई ही अटक गई थी इस वीभत्स प्रसंग पर। अगर ये मैडम के पतिदेव थे तो कैसे बिताई होगी ज़िन्दगी मैडम ने इनके साथ? कितने धीरज से बच्चे बड़े किए होंगे! बच्चों को ऐसे भयावह पिता के कोप से कैसे बचाया होगा? पढ़ाई-लिखाई कैसे जारी रखी होगी? कैसा लगा होगा उनको ऐसे भयावह व्यक्ति का साथ—ऐसे सूफ़ियाना, लेखक पिता के अन्तरंग साहचर्य के

बाद ? अम्मा कहती थी, चावल का एक दाना परखकर समझ में आ जाता है, चावल कितना सिद्ध है।

किंतु इस पुलस्त्य न्याय से मेरा मन न भरा तो भरे-भरे मन से मैंने अनेक स्रोतों से पता लगाया—मैडम के पारिवारिक जीवन का सारा इतिहास-भूगोल, और जो पता लगा, उसका सारांश यह था कि मैडम के श्रीमानजी (अजय चौधरी) पब्लिक प्लेटफ़ार्म पर तो ख़ासे अनूठे व्यक्ति थे। 1984 में मैडम से उनकी उस फ़िल्म समारोह में भेंट हुई जहाँ पानी-समस्या से जूझ रही बस्तियों पर बनी उनकी डॉक्यूमेंटरी को अवार्ड मिला था। 1973 में सिलिकॉन वैली की अपनी बड़ी नौकरी छोड़कर आई.आई.टी., एम.आई.टी. के इंजीनियरों की जो टोली भारत आई थी, मार्क्सवादी आदर्शों पर देश का नक़्शा बदलने—वे भी उनमें एक थे। मैडम से पन्द्रह साल बड़े एक तेजस्वी व्यक्ति जिनके प्रतिबद्ध भाषणों का जादू मैडम पर ऐसा छाया कि माता-पिता से बग़ावत कर उन्होंने उनसे शादी कर ली, पर धीरे-धीरे सार्वजनिक जीवन के कड़वे-खट्टे अनुभव चौधरी साहब के पूरे वजूद में बर्र के खोते लगा गए।

फ़िलहाल उनका हाल यह था कि छूते ही वे छनक जाते थे। हरयाणा के एक छोटे से गाँव से आई.आई.टी., आई.आई.टी. से एम.आई.टी., एम.आई.टी. से सिलिकॉन वैली, सिलिकॉन वैली से बस्तर, बस्तर से दिल्ली की झुग्गी-झोंपड़ी-क्लस्टर तक का उनका सफ़र ऐसी हज़ार उठा-पटकों से भरा था कि वजूद की कमर ही कसक गई थी। सारा कमाया-धमाया समाज-सेवा पर लुटाया था, पर बीस वर्षों के अथक सामूहिक श्रम का नतीज़ा कुछ ख़ास निकला नहीं था। व्यवस्थागत, संरचनागत परिवर्तन के आसार तो दम तोड़ ही रहे थे, लोकसेवा को निवेदित सामूहिक प्रयास भी जितने रंग दिखा सकते थे, दिखा नहीं पा रहे थे। विचार-सरणियाँ उज्ज्वल थीं, सूझें अनन्त थीं, पर पाँच क़दम चलकर ही फूँ सरक जाती हर योजना की। कभी नायकों के ही अहंवृत्त उलझ जाते आपस में, कभी सरकारी महकमा दानवी वृत्तियाँ दिखाता। कुछ लोगों के अनुसार वे नक्सल दस्ते के सदस्य थे और पुलिस की निगाह से बचने को झुग्गियों में रहते थे। कुछ का कहना था कि 'प्रेशरग्रुप' की या 'नागर-समाज' की प्रखर भूमिका का जो महास्वप्न लेकर चले थे, इस क़दर उसके चूर-चूर होने का मनोताप इनके दिमाग़ का पेंच ही ढीला कर गया था। उनके पददलित आदर्शों की सारी खुंदक बीवी-बच्चों पर निकलने लगी थी।

मुहल्लेवालों ने बताया कि मार-पीट, गाली-गलौज का सिलसिला इस विवाद से शुरू हुआ कि इनके बच्चों का दाख़िला कहाँ होगा। सर का कहना था कि बच्चे सरकारी स्कूल में पढ़ेंगे, सरकारी वाहनों पर चलेंगे...मैडम ने कुछ देर यह प्रयोग बच्चों पर होने दिया, पर जब बच्चे स्कूल से गालियाँ सीखकर घर आने लगे, ये डर

गईं कि इतिहास ख़ुद को फिर से न दोहरा दे। और तब उनका ऐसा दुर्गाभाव जगा कि हज़ार प्रतिकारों के बावजूद बच्चों का एडमिशन प्राइवेट स्कूल में कराके रहीं। कालांतर में पी.एफ. के सब पैसे ख़र्च कर जब उनके लिए एक गाड़ी भी ले ली, सर ने उन्हें घर से निकाल बाहर किया। पर बहुत दिन अकेले रह न पाए। अब ऐसा है कि उनके घर दो हैं, पर आवाजाही बनी रहती है—और जब आते हैं तो बच्चों के 'ब्रेनवॉश' का कोई अवसर नहीं छोड़ते। इसी को शायद कहते हैं : 'वर्किंग रिलेशनशिप'। हवा निकल भी गई तो पंक्चर पर पहिया चल रहा है टकदुमटक—जैसे देश का, वैसे सम्बन्धों का।

शुरू में मैडम ने कुछ प्रतिरोध और भी किए होंगे, पर जब से सर का दिमाग़ चल गया है, वे उनको कुछ भी नहीं कहतीं और वे जो भी बकते-बोलते हैं, उसे पागल बच्चे का अनर्गल प्रलाप मानकर माफ़ कर देती हैं। उनके पुराने आदर्शवाद के लिए उनके मन में आदर भी बचा हुआ है, पर कुल मिलाकर वे उसी मातृभाव से उन्हें स्वीकार कर चुकी हैं जिससे विद्यापति की युवती नायिका ने अपने डेढ़ बरस के दूल्हे को अंगीकार किया था :

पिया मोर बालक हम तरुनी गे
पिया लेली गोदक चलली बजार।

5

दर संग सेम बाशद

"यह पुरुषों की केन्द्रीय समस्या है—बाहर की खुंदक घर में निकालना चाहते हैं। जो झेल जाए, उसी के हिस्से आता है लत्तम-जुत्तम। और जो मिल गया, उसी को मुक़द्दर समझ लेने की शिक्षा औरतों के ख़ून में इतनी जल्दी घुल जाती है जितनी जल्दी दूध में बताशा। आँचल का दूध भी ख़ून में छलक आता है—बच्चों की हितचिन्ता, उन्हें अधूरे जीवन से बचाने का प्रयत्न किसी तरह गृहस्थी खींचे चले जाते हैं।"

जब मैंने महिमा के आगे यह लेक्चर झाड़ा तो वह तड़प उठी :

"तू तो ऐसे कह रही है, जैसे कहीं की पुरधाइन है! कितने जोड़े देखे हैं तूने? आठ साल की थी, तभी पिता चले गए—वह भी एक ही झटके में...सॉरी, यह सब याद दिलाने के लिए, मगर मुझे अचरज होता है यह जानकर कि तेरा अनुभव-वृत्त इतना बड़ा कैसे है?"

"याद तो वह बात दिलाई जाती है जो कभी बिसरे। मेरा तो पूरा वजूद इस एहसास पर टिका है कि मेरा कोई नहीं। मैं इतनी अकेली हूँ जितनी अकेली गैंडे की इकलौती सींग होती है—आकाश की ओर उँगली उठाए। अकेलेपन के साथ एक

बात अच्छी है कि वह चाहे-न-चाहे आकाशमुखी हो ही जाता है। आकाश का ख़ालीपन उसकी अपनी ख़ला से ऐसी दोस्ती साधता है कि दोनों मिलकर दुनिया के हर अकेले दिल में सेंध लगाने लगते हैं—चरनदास चोर की तरह।''

महिमा ने चकित होकर मुझे देखा, फिर बोली :

''कल तू स्पोर्ट्स सरप्लस के जूते लेने मानस के साथ सरोजिनी नगर गई थी क्या? वहीं तूने उसे वह जगह दिखाई जहाँ अन्तिम बार तेरे पापा ने तुझे गोलगप्पे खिलाए थे?''

''हाँ, कश्मीर की फ़्लाइट पापा ने दिल्ली से पकड़ी थी। दिल्ली तक मैं और माँ भी साथ आए थे। आगरा घूमकर उस दिन लौटे ही थे कि शाम को सरोजिनी नगर घूमने का कार्यक्रम बना। मैं तब छह बरस की थी। दीवाली के एक शाम पहले की बात है, वहाँ भी बम फूटा तो पापा को लगा कि पटाका फूटा है। मुझे गोद में उठाकर वे खिलौने वाले से मोल-तोल कर रहे थे, इतना-भर याद है मुझे—आगे सब धुआँ-धुआँ है...।''

''उस हादसे में तो तुम सब बच गए थे न?''

''हाँ, कभी-कभी प्रकृति संकेत देती है पर हम पकड़ नहीं पाते। अगले ही दिन हम पटना लौट गए और पापा ने कश्मीर की फ़्लाइट ली—वापस नहीं लौटने को...। पापा के ग्रेचुएटी-पेंशन के पैसे से मुझे हाई-स्कूल करा देने तक माँ बची रहीं, फिर कैंसर उनको पूरा ही कुतर गया...पर वे एक बहादुर मौत मरीं। मरीं भी नहीं—उनकी उपस्थिति मैं अक्सर महसूस करती हूँ। ख़ास कर दुविधा की घड़ियों में, उनकी कही हुई बातें पास होती हैं—मेरे हर निर्णय में शामिल।''

''पर तूने कुछ ग़लत निर्णय भी तो लिये। मसलन, मॉडलिंग का निर्णय। तेरे ज़्यादातर प्रेम-प्रसंग अधूरे ही छूट गए...मुझे बता न, कैसे कब क्या हुआ? परीक्षाएँ ख़त्म हो चुकी हैं। बचपन की बातें तू कभी नहीं करती। कम-से-कम मुझसे नहीं करती। अब शायद हम बिछड़ भी जाएँ। मानस को तो तूने कुछ-कुछ बता रखा है, मुझे नहीं बताएगी? तेरी सहेली तो मैं हूँ।''

''योजना बनाकर कोई जीवन की दास्तान किसी को सुना सकता है क्या? कभी कोई बात चली होगी तो बताया होगा कुछ। तू अक्सर भाई के स्टूडियो जाकर उधर रह ही जाती है, फिर हम दोनों को बुला भेजती है। इतनी दूर का सफ़र साथ काटते हुए सहजप्रवाही बातचीत में कुछ फूटता है मुँह से...। चल, कहीं साथ सफ़र पर चलते हैं—नोएडा ही सही। फिर कर लेना जो बातें करनी हैं।''

मैंने उसे किसी तरह टालना चाहा और पेट के बल लेटकर आँखें मूँद लीं। मुज़फ़्फ़रपुर से दिल्ली आकर बिताए वे आरम्भिक डेढ़ बरस। बाबा रे!

पर वह आज टलने वाली नहीं थी। मेरी पीठ पर सर टेककर उसने समकोण-सा बनाया और एकदम से पूछा :

"अहमद ले गया था तुझे मॉडलिंग रैकेट तक, है न? वहीं के अनुभव इतने कड़वे रहे हं कि तेरा शादी से जी उचट गया है—इसीलिए शक्ति'दा को टालती रही है। ग़लत कहा क्या?"

6

ख़ूख़ारियश ख़ुल्की

अहमद एहसान फ़ारूक़ी। फ़िल्म स्टार रेखा के पति, मुकेश अग्रवाल के 'हॉटलाइन ऑफ़िस' में काम करने वाले मुलाजिम का बेटा, मेरे लॉज की मालकिन की भूतपूर्व बहू शबनम का क़द्दावर प्रेमी। हाँ, यह बात सच है कि मुझे डेढ़ बरसों तक ग्लैमर और चकाचौंध की दुनिया में भटकाया उसने ही था। मैं अठारह बरस की लड़की पटना से दिल्ली आई तो पूरी आश्वस्त भी नहीं थी कि मेरा दाख़िला यहाँ बी.ए. में हो भी सकेगा। वैशाली एक्सप्रेस से बहुतेरे लड़के-लड़कियाँ दिल्ली विश्वविद्यालय आ रहे थे—मेलाघुमनी भाव में, तो मौसी से ख़ुशामद कर-करके मैंने किसी तरह टिकट के पैसे उगाह ही लिये थे।

रिज़ल्ट मेरा ठीक-ठाक था, पर फ़र्राटेदार अंग्रेज़ी मुझे कहाँ आती थी। वह तो भला हो विश्वविद्यालय का कि उस साल इतिहास-राजनीतिशास्त्र के दो विभागों में हिन्दी माध्यम के छात्रों का एक अलग संवर्ग बना और दाख़िले की सूची में मेरा नाम टँग भी गया। पर दाख़िला मुफ़्त में तो होता नहीं। माँ को गुज़रे सात महीने हो चुके थे—मौसी अनन्तगता बहन की स्मृति के लिहाज़ से मुझे अपने घर ले तो आई थीं पर मौसा जी का जो रवैया था मेरी तरफ़, वह संक्षेप में यही था कि 'काटे-चाटे स्वान के, दोउ भाँत विपरीत'। अब उस बारे में सोचती हूँ तो लगता है, काटने से ज़्यादा भयंकर था उनका वह चाटना। पढ़ाने के लिए कमरे में बुलाया जाता और इस बात का ख़याल भी नहीं रखा जाता कि सात महीने बाद मेरी बोर्ड परीक्षा है और मेरी माँ को गुज़रे भी अभी सात महीने नहीं हुए। मेरी मुश्किल यह थी कि इस वितृष्णाकारी चूमाचाटी की बातें मैं मौसी को बता भी नहीं सकती थी, क्योंकि मौसी अपना यह आप्तवाक्य रह-रहकर हवा में उछालती थीं : 'देख, बेटी, मौसा जी की ज़बान कड़वी है पर दिल के ये बुरे नहीं। मुझे ज़्यादा निहोरा न करना पड़ा, तुरन्त मान गए तुझे यहाँ ले आने को। मर्द के क्रोध का बुरा नहीं मानते, बेटी। क्रोध-काम-लोभ—इन महापातकों में सबसे कम घातक क्रोध ही होता है। और यह भी गाँठ बाँध ले तू कि जो क्रोधी होता है—भरसक कामी नहीं होता और लोभी भी नहीं। मैं इनकी कड़वी-खट्टी बोली इसलिए भी सह लेती हूँ कि लंगोट के बड़े पक्के हैं तेरे मौसा जी। मेरे सिवा किसी और को ठीक से देखा तक नहीं।'

इस गहन विश्वास का गला घोंटने की मुझको हिम्मत नहीं हुई। फिर कुछ महीने तो यह भी निर्णय नहीं कर पाई कि मेरे सामने पड़ने पर जो ये रह-रहकर काँप जाते हैं और मुझे भगा देते हैं सामने से, वह ग़ुस्से के कारण या किसी और तरह के दुर्दम्य आकर्षण का संकेत देने के लिए। जब उन्होंने एक दिन मुझे धीरे से भींच ही लिया तो भी मैं कुछ देर विभ्रम में रही कि पापा की बातें करते-करते इनके मन में वात्सल्य तो नहीं उमड़ गया ? पर भींचकर जिस तरह मुझे वापस बिस्तर पर धकेला, उससे उनके गहन अन्तर्द्वन्द्व की ख़बर मुझे मिली और तब जाकर साफ़ पता भी चला कि यह वात्सल्य नहीं था, वासना थी—वासना, जिससे जूझने के पचपन उपाय माँ मुझे बचपन से सुझाती रही थी : 'मन में इधर-उधर के ख़याल आते ही सर से नहा लेना चाहिए', वग़ैरह। उस वक़्त ही मैंने निर्णय लिया कि बोर्ड परीक्षा के बाद किसी तरह दिल्ली जाना है—वहीं क़िस्मत आज़मानी है, इस घर की पोषिता कन्या बनकर नहीं रहना।

दाख़िले के लिए पैसे जुटाने की धुन में मैंने जहाँ से अपनी पहली ट्यूशन का एडवांस लिया, उस घर का ऊपरी हिस्सा 'माताजी का लॉज' कहलाता था। बँटवारे के बाद के दिनों में 'माताजी' की शरणार्थी सासु माँ को यह घर मिला होगा। घर में कोई और न बचा था, इनके और इनके आठ वर्षीय पोते के सिवा जिसे मुझे गणित की ट्यूशन देनी थी। फ़ौजी बेटे के खेत आने के बाद इनके बेटे की बहू अहमद नाम के इसी किरायेदार के प्रेम में पड़ गई थी। माताजी ने प्रेमलीला कुछ दिन बर्दाश्त की, फिर एक दिन ख़ुद ही बोलीं : 'तू आज से मेरी बेटी। अपने बेटे की फिकर छोड़। इसे पाल दूँगी मैं। जा, अपने आशिक़ से ब्याह रचा और यहाँ से कहीं दूर चली जा। बीच-बीच में आकर बेटे से मिल लेना।'

कहने का मतलब यह कि माताजी सचमुच माताजी थीं। ग्लोब-सी विशाल छातियों की वह उच्छल तरंगमयता ही उनके पूरे वजूद का नियामक थी। उनकी आँखों में, देखने के ढंग तक में दूध उतर आया था। थोड़ी-बहुत बेईमानियाँ हँसी-खेल में मटिया देती थीं, पर बेवकूफ़ नहीं थीं वो। सब ऊँच-नीच समझती थीं। और ज़रूरत पड़ने पर दूध का दूध, पानी का पानी भी कर देती थीं, जैसे बहू-प्रसंग में किया।

जिस समय मैं उनसे मिली, वे पचास पार थीं। इतनी लड़कियों की देख-भाल अकेले उनके बस की नहीं रह गई थी। मुझमें उन्हें एक भरोसेमन्द सहायक दीखा होगा, सो उन्होंने अपने बग़ल वाला कमरा यों ही दे दिया मुझे। हाँ, वे मुझसे किराया नहीं लेती थीं पर बदले में उनके सारे काम मैं कर देती थी। लॉज की लड़कियों का टिफ़िन बनाती तो बदले में कुछ खा भी लेती थी। इस तरह रहने-सहने का इन्तज़ाम हो गया, पर किताबों, कॉपियों और अन्य खर्चों की क़िल्लत बनी रहती। पढ़ने का वक़्त भी कम ही मिलता।

7

चू ब तरदामनी ख़ू कर्द

भूले नहीं भूलती वह शाम, जब एक दिन माताजी की भूतपूर्व बहू शबनम अपने बेटे से मिलने लॉज आई। उस दिन सब बहुत ख़ुश थे कि बंटू अच्छे नम्बरों से पास हो गया था और शुरुआती प्रतिरोधों के बाद अपनी (किसी और के संग ब्याही) ममा से महँगे खिलौने लेने को तैयार भी।

शबनम मेरी मेहनत से ख़ुश थी। उसने मुझे भी एक नई ड्रेस दी : लॉन्ग स्कर्ट और ब्लाउज़ और इस बात पर इसरार किया कि मैं ये नये कपड़े पहनकर उसके साथ एक पार्टी में चलूँ जहाँ फ़िल्म स्टार रेखा भी आएगी। वह पार्टी मेहरौली-स्थित अपने घर 'बसेरा' में रेखा के पति मुकेश अग्रवाल ने ही रखी है। केटरिंग के प्रभारी उसके अपने पति अहमद ही हैं इसलिए इतनी बड़ी पार्टी में उनको भी कुछ काम मिल गया है। 'तुम तो इतना अच्छा खाना बनाती हो। मालपुए तुम ही बना देना। जब से अहमद ने तुम्हारे मालपुए खाए, तभी से वे तुम्हें वहाँ ले जाने की बाट जोह रहे हैं।'

माताजी मुझे छोड़ने के लिए सहज राज़ी न हुईं, पर तब तक उनके दामाद भी हमें लेने आ चुके थे, और उनके आगे उनकी एक न चली।

हमेशा सलवार-कुरता पहनने वाली मैं स्कर्ट-ब्लाउज़ में वैसे ही असहज हो रही थी, ऊपर से अहमद जीजू ने आँख भी मारी और कहा : "मॉडल लग रही है, मॉडल! चल, तुझे एक बड़ी मॉडलिंग कम्पनी के बॉस से मिलाता हूँ। एक साथ इतने पैसे हो जाएँगे कि ज़िन्दगी-भर आराम से रहेगी—क्या दो-दो पैसे पर खटती रहती है!"

एक बार दलदल में पैर धँसे, उसके बाद तो हर क़दम पर वैसे मौसा जी, भैया जी, सर, बॉस वग़ैरह मिलते ही रहे जिनसे डरकर मैं दिल्ली भागी थी। उस दलदल से उबरना इतना मुश्किल था कि क्या कहूँ! वह तो भला हो सूफ़ी संगीत के क्रेज़ का, जो इस घटना के क़रीब छः महीने बाद एक रात सिद्धू से मेरी मुलाक़ात हुई। उसे उस पार्टी में स्टेज पर बुल्लेशाह गाने के लिए बुलाया गया जहाँ मुझसे भरी महफ़िल में शराब बँटवाई जा रही थी। उसकी आँखें मुझसे मिलीं तो वह दंग रह गया :

"तुम यहाँ? टर्म पेपर नहीं जमा करना है क्या? तुम इन लोगों के लिए काम करती हो? क्यों? चलो यहाँ से, मैं घर छोड़ दूँगा।"

उसके बाद ही उसने वह लॉज मुझसे छुड़वाया, डी एडिक्शन कैंप में मुझको

डाला और फिर जिस तरह सिद्धू, महिमा और शक्ति'दा ने मिलकर मेरी देखरेख की, वह मेरे जीवन का सबसे सूफ़ियाना एहसास है।

8

दिले पारा पाराशुद

इस दौर में मेरी सबसे ज़्यादा मदद की थी शक्ति'दा ने, यह भी मैं भूली नहीं हूँ। सिद्धू की यू.पी.एस.सी. वाली परीक्षा नज़दीक थी और महिमा को ज़ाकिर हुसैन कॉलेज में कुछ गेस्ट लेक्चर मिल गए थे, ऊपर से अंग्रेज़ी एम.फ़िल का कोर्सवर्क। शाम को विभाग से लौटकर हरीश सर, श्रीसेन्दु सर, सुमन्यु सर, मंजु मैडम, मालाश्री मैडम, तपन बसु, क्रिस्टल-अंजना-इरा मैडम, गौतम चक्रवर्ती, राजकुमार सर से जुड़े तरह-तरह के क़िस्से डलिया में भरकर वह ले आती थी और इतने रोचक ढंग से सुनाती थी कि क्या कहूँ! कभी-कभी सिद्धू भी आता था, पर तपस्वी भाव से शक्ति'दा ही मेरे बिस्तर के बग़ल वाले स्टूल पर विराजे हुए दीखते। 'विड्रॉवल सिम्पटम' के वक़्त की मेरी तकलीफ़ों के प्रबल साक्षी और सहभोक्ता वे ही थे, इसमें कोई शक नहीं।

इस दौरान कभी-कभी कौर बाँधकर उन्होंने मुझे खिलाया भी। अच्छे होने में बहुत दिन लगे। और अच्छे होते-होते मैं उनके एहसानों-तले इस क़दर दबी कि जब एक रोज़ उन्होंने हँसकर कहा कि उन्हें मुझसे कुछ कहना है तो मैंने ख़ुद को मना भी लिया कि यदि ये विवाह की बात करेंगे तो इस बार मैं टालूँगी नहीं, पर उन्होंने जो बात कही, वह सुनकर मेरे होश उड़ गए।

''जानती हो, तुम चाहो तो मेरा एक बड़ा सपना पूरा हो सकता है।''

''बोलकर देखिए, जान-प्राण हाज़िर।'' मैंने भी मज़ाक़िया लहज़े में कहा और जल्दी से उनके सिगरेट-दगे कत्थई होंठों की ओर से निगाहें हटा लीं।

''तुम्हें तो पता है, हमारा एक पायलट प्रोजेक्ट बहुत दिनों से 'टाइम्स फ़ाउंडेशन' में अटका पड़ा है। 'टाइम्स' के आश्वासन पर ही हमने पचास लाख का लोन जुटाया कि 'टाइम्स' के साथ इसके को-प्रोड्यूसर बन सकें—कोक-स्टूडियो के समकक्ष हो सकता था हमारा यह सूफ़ी गायन का प्रोजेक्ट...पाकिस्तान के सारे गायक तैयार हो गए थे, सबकी चिट्ठियाँ आ चुकी थीं...हम अन्तिम कॉन्ट्रेक्ट का इन्तज़ार ही कर रहे थे कि अन्त समय में एक और बड़ी कम्पनी इसे ले उड़ी—अपने तमाम आइडियाज़ हम 'टाइम्स' से पहले ही शेयर कर चुके थे...अन्त समय में हाथ आया सिर्फ़ एक रिग्रेट लैटर।''

''ऐसी चाल चली प्रतिपक्षियों ने कि अन्तिम मोड़ पर बाज़ी उलट गई?''

''विश्व बाज़ार में सबसे बड़ा मोहरा पैसा ही तो है, पैसा ही नया ख़ुदा है। ...और सेक्स। सेक्स रैकेट का संसार तो तुम भोग ही चुकी हो, पर सेक्स ही पैसे की काट भी है, उसका सबसे बड़ा प्रतिपक्षी।''

''इसमें आप मेरी क्या मदद चाहते हैं?''

''देखो, मेरी बात का बुरा मत मानना। यह कहते हुए मेरी ज़बान कट रही है, पर तुम चाहो तो हम हारी बाज़ी जीत सकते हैं। सुना है, फ़ाउंडेशन का नया प्रेसिडेंट सौन्दर्य का उपासक है, और तुम तो हो ही सौन्दर्य की प्रतिमूर्ति। सौन्दर्य की द्रावक क्षमता कुछ भी करा सकती है, अब तक यह तुम अच्छी तरह जान चुकी हो...तो बस, एक बार, हमारे साझा भविष्य के नाम पर तुम एक जुआ खेल जाओ। बस, अन्तिम दफ़ा। उसके बाद तुम्हें इस नारकीय जीवन की ओर पलटकर देखने भी न दूँगा—बाँहों में भरकर रखूँगा तुम्हें।''

9

हर शबम जाँ बरलब आह

मुझे इस सदमे से उबरने में महीनों लगे। मुर्दे पर जैसे नौ मन लकड़ी, वैसे सौ मन—प्रकारांतर से यही तर्क दिया था शक्ति चौधरी ने। सौन्दर्य की प्रतिमूर्ति तो महिमा भी थी, पर उसे वे किसी के पास तलवे चाटने थोड़े ही भेजते। चूँकि मैं एक रैकेट में पहले ही फँस चुकी थी, इसलिए मेरे लिए यह कोई बड़ी बात नहीं मानी गई।

बहुत सोचा मैंने इस बारे में—अकेले ही सोचा। सिद्धू को नहीं बताया, महिमा से भी चर्चा न की। फिर यह सोचकर कि एक ही झटके में सारे एहसान उतारकर फ़ारिग हो जाती हूँ, बाद में इन्हें पलटकर देखूँगी भी नहीं, जब मैं तैयार हो गई 'टाइम्स फ़ाउंडेशन' के हेड के संग शाम बिताने को, और निरपेक्ष भाव से शक्ति चौधरी के पास पते के लिए फ़ोन किया, वे साक्षात् सामने आ गए और राह रोककर खड़े हो गए :

''मैं तो तुम्हारे प्रेम की परीक्षा ले रहा था, देवि! तुम्हें कहीं जाने की ज़रूरत नहीं।''

उस समय तक मेरा मन उनसे इतना खट्टा हो चुका था कि मैंने भी छूटते कहा : ''लेकिन मैं तो आपसे प्रेम नहीं करती। अब आप मुझे जाने ही दें ताकि आपके एहसान उतर जाएँ।''

उस समय शक्ति विश्वास का चेहरा देखने लायक़ था। आश्चर्य-परिताप-संशय का त्रिपुंड-सा चमक रहा था उनके *कर्पूरगौरं करुणावतारम् संसारसारम्* मुखमंडल पर।

उन्होंने मुझे उनका पता न दिया तो मैंने स्वयं पता लगाया फ़ाउंडेशन के चेयरमैन का और पता चला—वह तो पिछले हफ़्ते ही अपनी नई गर्लफ्रेंड के साथ पेरिस चला गया। तो क्या शक्ति विश्वास को यह पता न होगा? ग़ुस्सा तो बहुत आया, पर माँ कहती थी, ग़ुस्सा भी एक बन्धन है। किसी को जीवन से एकदम ही निकाल बाहर करना हो तो ग़ुस्सा भी न करो, उसे माफ़ ही कर दो या कम-से-कम वह दे दो जिसे चलताऊ अंग्रेज़ी में 'बेनिफ़िट ऑफ़ डाउट' कहते हैं (सन्देह का लाभ)। सो धीरे-धीरे मैं सब भूलकर फिर सहज हो गई। कम-से-कम उपक्रम तो किया ही सहज होने का।

चलचित्र की तरह सारा अतीत जिस क्षण आँखों के आगे घूम जाता है, कुछ देर के लिए होश नहीं रहता कि काल की किस वाली देहरी पर ऐसे गुमसुम पड़े हैं—बीते हुए में या बीतते हुए में या कि उसमें जो बीतना बाक़ी है अब तक?

कुछ दिन लगे ख़ुद को फिर से खड़ा करने में, लेकिन फिर देह झाड़कर खड़ी हो ही गई और मन समेटकर एम.ए. फ़ाइनल के पर्चे भी पूरे किए।

10

आनन्द लोक हाउसिंग सोसायटी
एम.ए. फ़ाइनल की परीक्षा

इस बीच एक सुखद घटना यह घटी कि ललिता 'दी ने मुझे अपने पड़ोस में रहनेवाली हिन्दी की बड़ी लेखिका श्यामा दी के यहाँ बतौर नर्स रखवा दिया।

श्यामा जी के यहाँ रहते हुए मुझे बहुत दिनों बाद यह एहसास हुआ कि मैं 'घर' पर हूँ और 'घर' में भी। इतिहास की घनेरी छाँव और मिथकों का जटाजूट धारे एक अदृश्य बरगद था इनके ड्रॉइंग रूम में जिसको हम 'अंगनैया' कहते थे। ड्राइंग रूम क्यों कहते थे अंग्रेज़ अपने घर की बैठकों को—इसका एहसास मुझे पंडिता रमाबाई की 'द हाई कास्ट हिंदू वुमेन' पढ़ते हुए हुआ था। उन्होंने लिखा है कि यहाँ (अमरीका में) काम-काज निबटाकर पूरा परिवार साथ बैठा करता है! पति-पत्नी, उनके माँ-बाप और बच्चे—आग तापने के लिए या पालतू पशु-पक्षियों के साथ खेलते हुए आपस में ग़पशप करने के लिए। हमारे यहाँ ऐसा कोई साझा स्पेस नहीं होता जहाँ 'मर्दाना' और 'ज़नाना', 'डयोढ़ी' और 'आँगन' का फ़र्क़ मिट जाए। तो इसका अर्थ मैंने अपनी टूटी-फूटी अंग्रेज़ी में यह निकाला कि जो सबको 'ड्रॉ' करे, अपने पास खींचे—वह ड्रॉइंग रूम।

मैं ऐसे मनमाने अर्थ निकालने में बचपन से पारंगत थी। पापा मेरी बातों पर

ख़ूब हँसते और मुझे 'दादी माँ' कहते। कभी-कभी मेरी बातें सुनकर वे माँ से कहते :

"यह तो जगन्माता है। देखना, सारी दुनिया को इससे छाँह मिलेगी। तुम्हारी बेटी है न—तुम भी तो ऐसी ही हो। थक-हारकर तुम्हारे पास बैठता हूँ तो सारी थकान उतर जाती है।"

उनकी ये बातें मुझे बेहद रुलातीं उन डेढ़ वर्षों में यानी तब, जब मैं उस 'मॉडलिंग नेक्सस-कम-सेक्स रैकेट' के चंगुल में थी। मैंने फ़िल्मों में देखा था और जाते समय लॉज वाली माताजी ने समझाया भी था कि इन बड़ी पार्टियों में शरबत भी नहीं पीना चाहिए, उसमें भी नशे की गोलियाँ मिली होती हैं, तो जितनी बार मुझे अहमद जीजू चौके में आ-आकर कोल्ड ड्रिंक के लिए पूछते रहे, मैं सिर हिलाती रही और यह भी याद दिलाती रही उन्हें कि वापस लॉज जल्दी जाना है, कल ही एक ट्यूट जमा करनी है और वे हाँ-हाँ करके टालते रहे।

फिर जब उन्होंने मुझे 'मॉडलिंग' की दुनिया के बादशाह केतन कुमार से मिलवाया, मेरा मुँह चूल्हे की धाह से एकदम ही तमतमाया हुआ था। उन्होंने मुझे मुँह धो आने को कहा और कुछ मामूली बातें पूछीं जिसके उत्तर मैं समझा-समझाकर आराम-आराम से अपनी तिरहुतिया हिन्दी में देने लगी। इस पर वे हँसे :

"यह लड़की तो बातें भी ऐसे करती है, जैसे गाना गा रही हो!...क्यों जी, तुम्हारी ओर लोग इतना गा-गाके क्यों बोलते हैं? उन्हें कोई जल्दी नहीं रहती? पूरा बिहार जल रहा है, मगर बिहारी औरतों को देखो तो फ़िल्म 'सगीना-महतो' का वह गाना याद आता है जो दिलीप कुमार ने गाया था न : आग लगी हमरी झोपड़िया में, हम गावैं मल्हार।"

यह कहते-कहते उसने मेरे गाल में चुटकी काट ली और मैंने त्वरित आवेग में उसके हाथ पर एक थप्पड़ जड़ दिया। अब क्या था, उसने मेरी बाँह मरोड़ी और मुझसे वे ही ज़बर्दस्तियाँ कीं जो मौसा जी करते थे। पर मौसा जी के छूने-छोड़ने में फिर भी एक नर्मी होती थी। ऐसा लगता था कि कोई दुविधा उन्हें दबोचे है। पर इसके मन में तो कोई दुविधा थी ही नहीं। यह तो मुझे ऐसे दबोच रहा था, जैसे भूखा बिल्ला मुर्ग़ी को दबोचता है! मौसा जी के वक़्त मैं मौसी के लिहाज़ में चीख़ नहीं पाती, पर इस वक़्त मैं कितना चीख़ी-चिल्लाई...कोई छुड़ाने नहीं आया...और उसके बाद की बेहोशी में कब मुझे ड्रग इंजेक्ट किया गया, ड्रग का आदी बनाकर मुझे किस तरह वहीं मेहरौली के किसी गेस्ट हाउस में क़ैद रखा गया, किस-किस दरिंदे से भेंट हुई मेरी—यह कहानी न मैंने किसी को सुनाई है, न सुनाऊँगी।

वह तो भला हो सिद्धू का कि उसने मुझे बार-टेंडर्स की उस भीड़ में पहचाना और चूँकि वह उस रात का 'चीफ़ सिंगिंग आर्टिस्ट' और एक तरह का 'सेलिब्रिटी'

था, जब उसने मुझे साथ चलने की बात कही, लोग यही समझे कि मामला एक रात का होगा, सरदार का दिल आ गया होगा 'इस ख़ूबसूरत बला' पर।

"क्यों सूफ़ी, दिल आ गया इस पर? यहीं रह जा गेस्ट हाउस में—कौन तेरे यहाँ से फिर इसे टेरने जाएगा!...और इसके रेट भी अभी ज़्यादा हैं—कच्ची है यह जंगली बिल्ली।"

इतना ही सुन पाई मैं और शर्म से लाल हो गई। उसके बाद सिद्धू ने कैसे क्या 'मैनेज' किया, यह उसने तो मुझे बताया नहीं, पर महिमा ने बाद में बताया कि उस दिन की अपनी गायकी की फ़ी में उसने मेरा 'नाइट स्टे' लिया, और फिर अपने आई.पी.एस. मित्र की मदद से मुझे यहाँ से निकालकर डी-एडिक्शन कैम्प में डाला तो बहुतेरी धमकियाँ उसे ऐसी मिलीं कि कुछ दिन गाँव रहकर उसे अपने यू.पी.एस.सी. के अन्तिम चरण की तैयारी करनी पड़ी। यही वह समय था जब शक्ति'दा और महिमा ने मेरा 'चार्ज' लिया। देख रहे हैं न इस एक कड़वे-खट्टे-चरपकास प्रसंग का सारांश बताने में मुझ-जैसी हिन्दी माध्यम वाली, आसन्न समाजवैज्ञानिक को कितने सारे विदेशी शब्दों की खपच्ची लेनी पड़ी : 'मैनेज', 'मॉडलिंग नेक्सस', 'सेक्स रैकेट', 'नाइट-स्टे', 'डी-एडिक्शन', 'चार्ज'—इस वज़न का पर्याय मातृभाषा में मुझे नहीं मिला। ऐसा नहीं है कि मैं अनुवाद में फिसड्डी हूँ, पर यदि 'मैनेज' का 'व्यवस्थित', 'नाइट-स्टे' का 'रैन-बसेरा' या 'अभिसार-रात्रि', 'डी-एडिक्शन' का 'नशामुक्ति', 'चार्ज' का 'बागडोर हाथ में लेना' लिखा जाए तो उसमें बाज़ारू व्यवस्था की वह फ्रेंच परफ़्यूमनुमा मादक-सी गंध नहीं आएगी जिसकी ओर मैं ख़ास इशारा करना चाहती हूँ। नये बाज़ारवाद ने कई ऐसी 'माँदें' तैयार की हैं बीच बाज़ार में, जहाँ आप नितान्त निजी, खुफ़िया स्पेस खड़ी कर सकते हैं और औरत-मर्द के बीच भेड़-भेड़िया वाला आदिम खेल मंचित भी कर सकते हैं—बिना किसी शोर-शराबे के। हो सकता है, बीच-बीच में पुलिस रिंग-मास्टर बनकर आए और दस्तक दे बन्द गाड़ी के काले शीशे पर, या फ़ार्म-हाउस पार्टी के पिछवाड़े खड़े विलास-कक्षों पर। पर पुलिस का क्या है! वह आए भले ही शिकारी या फिर रिंगमास्टर की शैली में, वापस दुम दबाकर चली जाएगी (भीगी बिल्ली-सी) अगर आपने उसकी ओर मछली की एक कुटिया फेंक दी तो। उसके फूटते ही आप दुबारा अपने विलास-कक्ष का सेलिब्रिटी-स्टेटस (जननायकीय वैभव) अंगूर के गुच्छे-सा उठाकर होंठों से लगा सकते हैं। जो आपके प्लेट में पड़े हैं, उन विवश अंगूरों में खट्टा होने की हिम्मत कैसे हो सकती है? टूटे भले कच्चे हों, उन्हें कारबाइड में पकाकर उनकी खटास हर लेने का पूरा इन्तज़ाम बाज़ार ने कर ही रखा है।

11

बसेरा

तो इतनी अफ़रा-तफ़री झेल लेने के बाद अन्ततः श्यामा जी की छाया में रहना एक सुखद परिवर्तन था। सब कुछ ठीक ही चल रहा था। सुबह उठते ही नहा लेती ताकि नींद, थकान और आलस्य एक झटके में उतर जाएँ। उसके बाद श्यामा जी को नहला-धुलाकर थोड़ी देर पार्क में टहला आती। घर लौटकर हम नाश्ता करते और तब मैं उन्हें अख़बार सुनाती। थोड़ी देर जब वे आराम करतीं तो मैं अपना कुछ पढ़ती-लिखती या खाने वाली माई से ग़प्पें लड़ाती। दिन के खाने के बाद फिर वे थोड़ी झपकी लेतीं तो उनकी शाम की दवाई की ट्रे लगाकर मैं उनका लिखा टाइप करने बैठ जाती या उनकी ज़रूरी चिट्ठियों का जवाब देती। कभी-कभी बैंक भी जाती। शाम को उनसे उनके नये उपन्यास का श्रुतलेख लेती, उनके अतिथियों से बातचीत करती, उनके खान-पान का इन्तज़ाम। रात में फिर उनको कुछ पढ़कर सुनाती और तब तक ग़प्पें करती रहती जब तक उन्हें नींद न आ जाए। ग़प्पें करते हुए उनकी मक्खनी देह पर जैतून के तेल की मालिश करते हुए मुझे गहरा सन्तोष होता और अम्मा की बीमारी में उनके साथ बिताए दिन याद आते।

उनके मुँह से झड़े हर शब्द में एक सार्थक जीवन जी चुकने के बाद की वही अनुपम गंध होती थी जो डाल पर झूमते हुए धीरे-धीरे पक गए फल में होती है। धीरे-धीरे सब बंधन ढीले पड़ते जाने का अपना एक अलग सुख है। जैसे कड़ी मेहनत के बाद हम औरतें जब रात में बिस्तर पर अकेली लेटती हैं तो कंचुकी ढीली करते ही जान में जान आ जाती है कि चलो, एक बंधन कटा। नींद की झपकी में बचपन के झूलों की पींग रच-बस जाती है—यथार्थ से स्वप्न की वह अनमिट दूरी—दोनों के बीच के झुटपुटे की वे मधुर पींगें और धीरे-धीरे शिथिल पड़ती हुई हरेक मांसपेशी। यही सुख ऋतुमुक्ति में भी होता होगा। चमड़ी से मांस अलग होता भी है तो कैसे ? धीरे-धीरे, बिलकुल आहिस्ता जैसे माँ बच्चे को अपने स्तन से अलग करती है कि नींद टूटे नहीं और अलगाव हो जाए ! चमड़ी से मांस अलग होता है और चमड़ी झूल जाती है—एक ज़रूरी ख़ालीपन के एहसास से। चमड़ी, दाँत, दाँत की चमक, आँख की ज्योति, चेहरे की लुनाई, रीढ़ की एकतानता, हड्डियों का लोच, उम्र का लकड़सुँघवा सबको ही लकड़ी सुँघाता है। सब झूल जाते हैं। बचता जो, वह है वह गहरा आत्मतोष जीवन की झीनी समझ का। कम-से-कम श्यामा जी जैसे सर्जनात्मक, बहादुर चित्त वाले व्यक्ति के पास तो वह ज़रूर बचता है। यह गहरा आत्मतोष ही है उम्र-भर की वह कमाई कि मुझसे जो सार्थक हो सकता था, मैंने किया—मेहनत में कोई कोताही नहीं की और कभी जानकर किसी का भी दिल नहीं दुखाया।

ललिता मैडम के पिताजी वाला वह उपन्यास उनके यहाँ से उठाकर मैं पहले भी

ले आई थी, पर श्यामा जी और स्वयं को व्यवस्थित करने में बीच के ये इतने महीने इतनी अफ़रा-तफ़री में बीते कि अन्तिम हिस्सा पढ़ भी न पाई। श्यामा जी से उसका ज़िक्र किया तो वे बोलीं कि वह उपन्यास उनका तो पूरा पढ़ा हुआ है पर उन्हें भी अन्तिम हिस्सा सुनने में ही दिलचस्पी हैं जहाँ ख़ुसरो की बेटी अगवा करा ली जाती है और शाहिद फ़कीर को भी इस तरह दृश्य से हटा दिया जाता है कि संशय शाहिद फ़कीर पर ही आए। जीवन के इस भयावह मोड़ पर राजदरबार से विमुख अमीर ख़ुसरो कैसी बेताबी में हज़रत निज़ाम औलिया की ओर देखते हैं और क्या-क्या उनमें बातें होती हैं, यह हिस्सा किसी भी तरह की मुसीबत से घिरे आदमी को एक हलकी-सी टेक दे सकता है।

तो तय पाया गया कि रोज़ शाम मैं क़रीब पाँच-छः पृष्ठ उस बातचीत से उन्हें भी सुनाऊँगी। शाम की चाय के बाद यह रुका सिलसिला फिर चल पड़ा और सम्बन्धों का सूफ़ियानी, रूहानी एहसास क्या होता है, इस पर चर्चाएँ भी चल पड़ीं—कभी मेरे और श्यामा जी के बीच, कभी हम दोनों और साहित्य या कलाजगत् के उन धुरंधरों के बीच जो बीच-बीच में श्यामा जी से मिलने आते थे। सिद्धू और मेरे बीच जो शुरुआती पत्राचार चला—थोड़ी-सी आहट उसमें भी इन सूफ़ियाना एहसासों की मिल सकती है।

12

दस्तकों की दास्तां

एक बार श्यामा जी के संरक्षण में रहते हुए मैंने उन्हीं से पूछा था : "क्या ख़ुसरो के सचमुच ही कोई ऐसी बेटी थी? क्या उसके साथ ऐसी कोई दुर्घटना सचमुच घटी थी? अगर उसे सचमुच ही इलहाम हुआ था तो सूफ़ी फ़कीरों में उसकी गणना क्यों नहीं होती? क्या यह कोई काल्पनिक किरदार है? या ऐसा कुछ हुआ कि उसकी तथाकथित 'बदनामियों' के साथ उसकी 'नेकनामियाँ' भी सावधानी से पोंछकर मिटा दी गईं?"

एक साँस में जो मैं पूछ बैठी, उसका जवाब मुझे श्यामा जी ने लम्बी चुप्पी के बाद धीरे-धीरे दिया जब अगली रात खाने के बाद नीबू की चाय पीते हुए हम बरामदे में बैठे थे।

"जब भी हम किसी बिसरे हुए कालखंड से कोई कहानी उठाते हैं, परछाइयाँ और आहटें पकड़ने का अजब खेल हमें खेलना होता है। यह प्रक्रिया हाहाकार में डूबे समुंदर से मछलियाँ पकड़ने जैसी प्रक्रिया है। कई बार 'मोबीडिक', 'ओल्ड मैन एंड द सी' या 'चेम्मीन' के मछुआरा नायकों की तरह हम अपनी कछार खो देते हैं और डूबते हुए लगातार एक अतल में जा पहुँचते हैं। यह अतल एक मायावी

नागलोक की सुरंगों से गुज़रता हुआ हमारे अपने भाषिक अवचेतन तक पहुँचा देता है जहाँ सदियों से निजी या जातीय जीवन की तकलीफ़ें ख़ूबसूरत बंदिनियों की शक्ल में निश्चेष्ट बैठी मिलती हैं। जैसे डूबते को तिनके का सहारा, वैसे अवचेतन में डूब चुकों को क़लम का। इसी क़लम का तिनका उन अतल बंदिनियों की मुक्ति की राह बनता है जिन्हें दुख कहते हैं।

"ललिता चतुर्वेदी के पिता मेरे अच्छे परिचित थे। बेटी के निजी जीवन की तकलीफ़ें संवेदनशील पिता को जैसे बेमौत मार सकती हैं, इनको भी मार गईं। ख़ुसरो की बेटी कायनात के किरदार में ललिता के अपने जीवन की तकलीफ़ों की परछाईं रूप बदलकर आ गई हो, यह भी सम्भव है। लेखन विरेचन भी तो है न।"

"ललिता मैडम के जीवन का शाहिद या उनका शम्सुल फ़कीर कौन था ? कौन था उनके जीवन का कोतवाल ?"

"सार्वजनिक जीवन में उतरने वाली हर सर्जनात्मक स्त्री के जीवन में नमरूद, शम्सुल फ़कीर और कोतवाल रूप बदलकर आते रहते हैं—कई बार अलग-अलग, कई बार एक ही शख़्स में घुलकर। और अगर रूह में दम-खम हो तो हर चुनौती मुक्ति की राह बन जाती है। तुम्हें अपने लिए भी यह बात याद रखनी चाहिए।"

अभी हम बात कर ही रहे थे कि दरवाज़े पर दस्तक हुई। दरवाज़ा खोला तो दो बच्चों के साथ एक सुन्दर-सी आदिवासी स्त्री सामने खड़ी थी और उसके थरथराते हाथों में एक किताब भी थी। नये लेखक अक्सर पुरानों के घर किताब देने आते हैं, पर अमूमन इतनी देर से नहीं आते—वह भी एक अकेली स्त्री, दो चकित नयन बच्चों के साथ। क़रीब ग्यारह बज रहे होंगे—मैंने दरवाज़ा खोलते हुए लक्ष्य किया कि औरत की पीठ के पीछे छुपी हुई बदरंग थैली भी थी।

दरवाज़ा खोलने की देर थी, वह औरत आँधी-तूफ़ान-सी घुसी और श्यामा जी की गोद में सर रखकर फफक पड़ी—आँचल हटा तो दिखाई दिया, पीछे ब्लाउज़ फटा हुआ था और खरोंचों से बहा हुआ ख़ून जमने-सा लगा था।

दौड़कर मैं पानी लेने भागी और लौटकर आई तो श्यामा जी ने कहा कि बच्चों के लिए मैं अपने पलंग के साथ ही एक फोल्डिंग कॉट बिछा दूँ, वह स्वयं श्यामाजी के पलंग पर ही सो जाएगी।

13

सन्तन ढिंग बैठ-बैठ : जंगल की आग

वह कौन है, उस पर क्या बीती है, यह मुझे किसी से पूछने की ज़रूरत ही नहीं पड़ी। सुबह तक सारे फेसबुक और व्हाट्सएप्प समूहों पर यह बात आग की तरह फैल गई

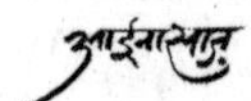

थी कि कल रात गैंगरेप का शिकार हुई वह उभरती हुई संथाली लेखिका सरोज किंडो, जिसके पति ने दो साल पहले पंखे से लटककर आत्महत्या कर ली थी—जब उसे पता चला था कि उसके दोनों बच्चे उसके हैं ही नहीं, उस संथाली एम.पी. के हैं जिनके आउटहाउस में वह पिछले पाँच बरस से इस नाते रह रही थी कि उसका पति उनकी पार्टी का एक कार्यकर्ता था। कसैली भाषा में किसी ने टिप्पणी की थी कि कार्यकर्ता को कॉन्स्टिट्यूएन्सी के ज़मीनी कार्यक्रमों में उलझाकर विधुर सांसद ने उसकी पत्नी के साथ ख़ूब मटरगश्तियाँ कीं। उसकी किताब छपवाई, पुरस्कार भी दिलवाया, विदेशी यात्राओं पर गए, पर आत्महत्या-स्कैंडल के बाद जब उसे और बच्चों को निकाल बाहर किया तो बस्ती में रहते हुए गैंगरेप होना ही था।

दो तरह के लोगों ने ख़ूब चटखारे लेकर टिप्पणियाँ की थीं—पहले में वे लोग शामिल थे, जो वरीय सांसद के विपक्षी रहे होंगे और दूसरे में वे युवा लेखक, जिनकी किताब छपी भी थी तो कहीं चर्चित होने से रह गई थी। कोई इधर कटार चला रहा था, तो कोई उधर। कुल मिलाकर स्थिति भारतेन्दु हरिश्चन्द्र के नाटक 'सत्य हरिश्चंद्र' के श्मशान-वर्णन वाली हो गई थी जहाँ लाश को घेरकर कई तरह के भूत-प्रेत उछल-कूद रहे हैं :

हम कट-कट-कट-कट-कट हड्डी चाभेंगी,
हम गट-गट-गट-गट-गट लोहू पीवेंगी।

घबराकर मैं श्यामा जी के कमरे में गई तो वे अलग क्षुब्ध बैठी थीं :

"जिसके माथे पर पहले से ही कोई लांछन मढ़ दिया गया हो, जिसके ख़िलाफ़ योजनाबद्ध ढंग से कोई लंतरानी लगातार फैलाई गई हो, उस स्त्री-कलाकार को तो लोग सार्वजनिक शौचालय की दीवार समझते ही हैं—जिसका मन आया, वह थूक गया। जो चाही, उस पर वह आकृति बना दी। जो चाहा, खुरच डाला। लगातार लात खाती हुई वह दीवार ढिमला भी गई तो किसी को उससे सहानुभूति नहीं होती। तुम्हें याद है, पिछले हफ़्ते जिस जलज सिंह और उसकी बीवी को मैंने डाँटकर भगाया था, इस सबके पीछे वही हैं। अजब स्तर गिर गया है प्रचारतंत्र में लोगों का, मेहनत से बढ़ना नहीं चाहते, किसी को नीचे गिराकर आगे दौड़ना चाहते हैं।" श्यामा जी ने दाँतों से अपने ओठ काटकर कहा।

"तो क्या ये लंतरानियाँ हैं ? सचमुच, चेहरा देखकर ऐसा नहीं लगता, कल मैंने इसकी कविताएँ भी पढ़ीं। आदिवासी जीवन से उठाए ठेठ बिम्ब हैं वहाँ और ठेठ स्त्री-भाषा की लहक है। कोई नागर पुरुष वैसी कविताएँ लिख भी नहीं सकता। और यह भी बात सच है कि जिसके पास अपना इतना समृद्ध स्मृतिलोक होगा, इतनी प्रखर भाषा होगी, वह मेहनत पर भरोसा रखेगा, समय पर भरोसा रखेगा, कोई घटिया शॉर्टकट क्यों अपनाएगा ?"

मैंने भी धीरे से कहा। हालाँकि ऐसा कहते हुए मैंने एक क्षेपक भी जोड़ा :

"ठीक है कि मॉडलिंग के दौर में मुझे बहुतेरी ऐसी लड़कियाँ भी मिलीं जो अच्छी-ख़ासी योग्यता के बावजूद शॉर्टकट अपना लेती थीं यानी कि देह का रिश्वत-रूप में इस्तेमाल उन्हें बहुत तकलीफ़देह नहीं लगता था, पर वे बेचारियाँ कम पढ़ी-लिखी, कम उम्र की नादान लड़कियाँ थीं। कविता-कहानी लिखने वाली दो-तीन बच्चों की माँ क्या खाकर ऐसा बेशऊर काम कर पाएगी जो अच्छी-ख़ासी देह को पेप्सीकोला की बोतल में बदल दे?"

"बिलकुल। सबसे मुश्किल बच्चों की आँख की अदालत होती है। और देखो तो उल्लू की दुमों को—पेटरनिटी टेस्ट के इस ज़माने में भी वे औरतों पर ये आदिम इल्ज़ाम लगा सकते हैं कि 'मामाज़ बेबी पापाज़ मेबी'।"

"पर श्यामा जी, इसके पति की आत्महत्या के पीछे का राज़ क्या है?"

"यह कहानी थोड़ी लम्बी है, पर सुन लो। अभी तो मैंने उसको नींद की गोलियाँ दे रखी हैं, शाम तक डॉक्टर आएँगे—तब तक बच्चों को भी तुमने सुला ही दिया है...सुन ही लो ताकि सनद रहे।"

"हाँ, स्त्री-पुरुष सम्बन्धों के इस गीजागांजी वाले पक्ष पर मैंने भी बहुत सोचा है और हमेशा आश्चर्य करती रही हूँ इस बात पर कि मेंटर-मेंटी या गुरु-शिष्य, निदेशक-अभिनेता, प्रकाशक या सम्पादक-लेखक जैसे पारस्परिक सहयोगमूलक सम्बन्धों का कबाड़ा क्यों कर लेते हैं लोग? देह या पैसा-जैसे घोर भौतिक उपादान बीच में आते ही आपस के सराहनामूलक स्नेह की टाँय-टाँय फिस्स हो जाती है। क्यों इतिहास के हज़ारों उदाहरण उनकी आँख नहीं खोल पाते? इतिहास गवाह है कि दूध-धुले या दुधैले सम्बन्धों में देह या पैसा खटास पैदा करते ही हैं। दूध में खटास पड़ेगी तो वह फटेगा ही।"

"पर ज़रूरी नहीं है कि स्त्री-पुरुष के बीच का हर रिश्ता नर-मादा के बीच का रिश्ता ही हो! ये लोग जिस सांसद के आउटहाउस में रहते थे, वह दो बड़ी हो रही बेटियों का पिता है और किंचित् लोकभीरु-सा आदिवासी। गंवई संस्कारों का शुभ्र पक्ष अभी जिससे विदा नहीं हुआ। भू-आवंटन के किसी केस में उस पर भ्रष्टाचार का अभियोग लगा ज़रूर है पर अभी सिद्ध नहीं हुआ। और सबसे बड़ी बात कि सरोज उसके अपने गाँव की है—बचपन के उस दोस्त की बेटी जो उसका चुनाव-प्रचार करते वक़्त विरोधी गुट के नेताओं द्वारा मार भी डाला गया। आदिवासियों में यह कहावत चलती है कि डायन भी दस घर छोड़कर किसी का शिकार करती है—यह बात उनकी मनीषा में उत्कीर्ण है।

ख़ुद सरोज कैसी सँभली हुई-सी लड़की है, यह तो उसका लेखन ही बताता है—अगर कोई पढ़ने की ज़हमत उठाए। क्या किया होगा सांसद ने उसके लिए? किसी प्रकाशक से मिलवाया होगा? इन संयोग-शासित पक्षों पर इतना हंगामा?

कोई-न-कोई तो किसी को किसी से मिलवाता ही है। हर आवेदन-पत्र पर रेफ़री का एक कॉलम ही होता है जो आपका काम ठीक से जानता हो—ऐसा विश्वसनीय व्यक्ति। फिर वह कोई कमज़ोर लेखक तो है नहीं। रहा उसके दूल्हे की आत्महत्या का प्रसंग तो वह भला व्यक्ति था। किसी ग़ैर-आदिवासी घर का लड़का जो राँची के किसी स्कूल में बचपन से ही इसके साथ पढ़ा था। शुरू में उसे मिर्गी के दौरे आते थे, वैसे भी शरीर और मन—दोनों कोमल, अत्यन्त संवेदनशील, इस दुनिया के लायक़ नहीं। उसके पिता ने शुरू में तो शादी का पुरज़ोर विरोध किया, पर बाद में किसी व्यवसाय में लगाने के पैसे भी दिये। व्यावसायिक बुद्धि उसकी थी नहीं। कई बार व्यवसाय डूबा तो तरस खाकर सांसद ने उसे भू-आवंटन के उसी प्रोजेक्ट से जोड़ दिया जिस पर आज सी.बी.आई. एन्क्वायरी कर रही है। इतने सारे आघात उसे एकदम गुमसुम बना गए—डिप्रेशन की चिकित्सा बाजाप्ता चली एम्स में। डिप्रेशन के रोगियों में आत्महत्या की वृत्ति होती ही है। किसी दिन मौक़ा मिला और उसने फाँसी लगा ली। लोगों ने दो का दो मिलाकर ऐसा गर्हित प्रवाद फैलाया कि पूछो मत।

जैसा कि मैंने कहा, सांसद भला तो था पर ऐसा लोकभीरु कि कठिन समय में सरोज के पीछे खड़े रहने के बजाय उसने उसके रहने का इन्तज़ाम सुरक्षित कैम्पस से बाहर कहीं कर दिया, जहाँ शोहदे उसके पीछे लगे। एक बार किसी स्त्री के माथे पर 'उपलब्ध' का ठप्पा लग जाए तो कौन अपनी क़िस्मत आज़माने से चूकता है दमित यौन-कुंठाओं से ग्रस्त इस समाज में? पर वह तो ऐसी थी नहीं। शोहदों से अपने बचाव में साम-दाम-दंड-भेद—सब आज़माकर देखा। उन दिनों लगातार मेरे पास भी सलाह लेने आती रही। ...इसके सुरक्षित आवास की चिन्ता में किसी एनजीओ में इसकी नौकरी की बात भी मैंने की थी, पर तब तक यह घटना घट गई...।''

14

मयदानवों का संसार

अभी हम बातें कर ही रहे थे कि माई ने आकर बताया कि दरवाज़े पर 'नई दुनिया' अख़बार के वल्लभानन्द झा नाम के वही पत्रकार आए हैं जो एक बार में तीन बार प्रणाम बोलते हैं, हर वाक्य के आगे-पीछे 'मैडम' जोड़ते हैं, और लिखते भले हिन्दी में हों, पर कम-से-कम अपनी तरफ़ के लोगों से बोलते बराबर मैथिली ही हैं। महरी छत्तीसगढ़ की थी, और उनकी मैथिली से उसकी छत्तीसगढ़ी एक ख़ास तरह का बहनापा स्थापित कर चुकी थी, इसलिए हमारे सजग होने के पहले ही उसने बैठक के सोफ़े पर उन्हें विराजमान कर दिया, और कुरते की बाँह से पसीना पोंछते हुए

पहला वाक्य वे यही बोले कि उनका प्रयोजन सरोज किंडो से खुली बातचीत है : ''ई बात सोशल मीडिया पर वायरल भेल छइ कि अहीं हुनकर शरणदाता छी।''

इसके पहले कि श्यामा जी कोई प्रतिकार करतीं, मैं ही झपट पड़ी, ''पुलिस में रपट दर्ज़ है और वह बेहोश पड़ी है। उसके ज़ख़्म कुरेदने का यह सही वक़्त नहीं है। मैं चाय भिजवाती हूँ, आप पी लें और जाएँ। ज़रा स्वस्थ हो जाए तो मैं ही आपको बुलवा भेजूँगी। आपका नम्बर मेरे पास है। आप महिमा के मित्र हैं न, मैं आपको अच्छी तरह जानती हूँ।'' मैंने किंचित् व्यंग्य से कहा क्योंकि इनका बाहर-भीतर मैं सचमुच पहचानती थी।

महिमा की एक मित्र थी मेघना—इन्हीं के दफ़्तर में काम करने वाली शादीशुदा लड़की जिसके पीछे कभी ये हाथ धोकर पड़े थे। अच्छी-भली, सुन्दर-सी इनकी पत्नी थी। उससे इनके दो बच्चे भी थे, पर 'चाहिए एक प्रेमिका भी पत्नी के अलावा' वाले तर्क पर इन्हें वाग्विलास और साप्ताहिक प्रणय-केलि के लिए जीवन की गाड़ी की एक 'स्टेपनी' भी चाहिए थी।

भला हो नवीन गैजेटों का कि चुटकी बजाते ही लड़कियाँ सारे अशोभन प्रस्तावों की रिकॉर्डिंग कर सोशल मीडिया पर उन्हें पब्लिक कर देने की धमकी दे सकती हैं और 'संदिग्ध' व्यक्ति के प्रति सखियों को सावधान भी कर सकती हैं। तो आराम से मेघना ने उनके असंयत प्रेम-प्रस्तावों की एक रिकॉर्डिंग सखियों को भेज दी थी जो पूरी-की-पूरी आज मेरे मानस-पटल पर ऐसे भुकभुका रही थी, जैसे एम्स के विज्ञापन-पटल पर स्वास्थ्य-सम्बन्धी चेतावनियाँ!

''आपसे रूमानी सम्बन्ध कैसे स्थापित कर सकती हूँ भला? मेरा पति मुझ पर सौ जान से फ़िदा है। इतना विश्वास करता है मुझ पर, कि कहीं भी रात-बिरात, देश-विदेश मैं अकेली जा सकती हूँ। उसका विश्वास मैं कैसे तोड़ दूँ?''

''क्या आप भी बाबा आदम के ज़माने की बातें ले बैठीं! तब का संसार सात जन्मों से कम के गठबंधन की सोचता नहीं था क्योंकि एक जगह कीलित क़बीले में तो स्वेच्छाचार अनार्की ही मचाता। इतनी विकट घेरेबंदियों और नियमावलियों के बावजूद मार-काट मचती ही रहती थी हर काम्य स्त्री के पीछे—इतिहास गवाह है। आज हमारा समाज बिना घेरेबन्दियों का विश्व-समाज है : ऐडहॉक नौकरियाँ, ऐडहॉक रिश्ते। तीसेक साल तक इधर-से-उधर आवेदन करते अबंड घूमो तो सम्बन्ध भी अस्थायी बनते हैं। तीस-बत्तीस साल तक क्या यौन-जीवन स्थगित रहे? उसके बाद भी नौकरी मिलती है अस्थायी। एक तरह का बंजारा समाज है हमारा। आँख ओट, पहाड़ ओट—जो जितनी देर साथ है, उतनी देर उसको अपने व्यक्तित्व का सर्वोत्कृष्ट दो और उसको भी प्रेरित-स्पंदित रखो ताकि वह भी अपनी अन्तर्निहित सम्भावना का भरपूर पल्लवन कर सके—ख़ुश रहो, ख़ुश रखो। मेरा

सिद्धान्त यही है। जब तक व्यक्तित्व का सर्वोत्कृष्ट दे-ले सको—सम्बन्ध रखो—वरना तुम अपने रस्ते, हम अपने। लड़कर भी अलग मत जाओ—'पार्ट ऐज़ फ्रेंड्ज़', क्योंकि अच्छी यादें ही दुनिया की सबसे बड़ी पूँजी है।"

"हाँ-हाँ, इस बात से मैं भी सहमत हूँ कि अगर ज़बर्दस्ती नहीं है और कोई पूर्व-अनुबन्ध या कमिटमेंट नहीं है तो सम्बन्ध ऐसे चलाए जा सकते हैं, पर मैं और तुम—दोनों विवाहित हैं यानी कि प्रतिबद्ध और जहाँ तक मैं जानती हूँ, दोनों का पारिवारिक जीवन सुखी है, फिर दाल-भात में मूसलचंद या कबाब में हड्डी का क्या स्कोप?"

"मैंने सुना है कि बाहर की दोस्तियों से तरोताज़ा होकर घर आओ तो घर में इन्तज़ार कर रहे पति-पत्नी की ओर भी हम ज़्यादा मुलायम रहते हैं—क्षतिपूर्ति का सिद्धान्त काम कर जाता है। फ्रस्ट्रेटेड या चिर-क्षुब्ध लोग तो घर आते ही ठूसम-ठूसी शुरू कर देते हैं। ज़्यादातर पुरुष तो पत्नी-बच्चों को बॉक्सिंग बैग समझते ही हैं और ज़्यादातर स्त्रियाँ भी पुरुषों को एक चौकीदार और एटीएम मशीन से अधिक कुछ नहीं समझतीं।

...औरमैं घर तोड़ने की बात कहाँ कर रहा हूँ? तुम मेरी पत्नी को 'भाभी' कहती रहना। ऑफ़िस में और थोड़ा-सा ऑफ़िस के बाहर तो सहज भाव में हम घूम-फिर सकते हैं, सप्ताहांत में कहीं अन्तरंग ढंग से भी मिल सकते हैं। बदनामी का डर हो तो हम यह सम्बन्ध गुप्त भी रख सकते हैं। ईश्वर भी तो कई रहस्य हमसे गुप्त ही रखता है। जब समझने लायक़ होगा, समझ लेगा हमारा पिछड़ा समाज भी यह तथ्य कि मनुष्य स्वभाव से पॉलिगेमस है।"

"लेकिन मैं इतनी ज़हमत उठाऊँ ही क्यों? मुझे तुम इतने भी अच्छे नहीं लगते। फिर चौबीस घंटे में कुछेक घंटे ही तो कामकाजी औरत को घर-बार के लिए मिलते हैं, वह किसी और के साथ उसे क्यों बाँटे—वह भी बिना किसी सामाजिक प्रयोजन के? कोई बड़ा सामाजिक अभियोजन हो, जैसे—क्रान्ति, आन्दोलन, नाटक, कलाजगत, साहित्य का साझा प्रयोजन, वैज्ञानिक, तकनीकी या आध्यात्मिक संधान का साझा आँगन, तब की बात अलग है। सिर्फ़ पशु-वृत्ति से चालित क्यों हम एकान्त ढूँढ़ते चलें?

"तुम्हें मैं इतनी ही अच्छी लगती हूँ तो मैत्री रखो। फ़ोन कर लिया करो। कभी-कभी परिवार के साथ घर भी आ जाओ। यह वन-टु-वन बिठाने की कोशिश पिछले दस वर्षों में सात-आठ लड़कियों के साथ तो तुम कर ही चुके हो। थोड़ा विराम ले लो और सोचो कि इस रूमानी आवारागर्दी में समय और ऊर्जा नष्ट करने का मतलब क्या है? आख़िर सब्लिमेशन भी एक चीज़ है कि नहीं?"

जब तक मेरे दिमाग़ में यह रील घूमी, वल्लभानंद झा अपना टेपरिकॉर्डर समेटने लगा था : "ठीक है मैडम, फ़िलहाल तो जाता हूँ। आप मुझे पहचानती हैं तो मैं भी

आपको ख़ूब पहचानता हूँ। आप तो 'जय' साबुन और 'वज्रदंती' टूथपेस्ट की विज्ञापन-बाला भी रह चुकी हैं न! उस समय आप क्या-क्या धंधे करती थीं, आपका इतिहास-भूगोल भी मुझको ख़ूब पता है। फ़ोन का इन्तज़ार करूँगा।''

मैथिली छोड़कर वह हिन्दी पर आया और पीठ मोड़ चल दिया।

अगले दिन सोशल मीडिया इस दुष्प्रचार से रँग गया कि श्यामा जी का घर कलंकिनी कुलक्षणाओं की शरणस्थली बन गया है। दिल्ली का कोई पत्रकार 'कलंकिनी', 'कुलक्षणा' शब्द का प्रयोग तो करेगा नहीं, भाषा के इस तत्समप्रधान पक्ष से स्पष्ट था कि इस दुष्प्रचार के पीछे की 'लुत्ती' किसकी लगाई हुई है। मैंने ज़िन्दगी में इतना कुछ सहा है, मेरी आँखें खोलने को प्रकृति ने इतने सारे 'झटके' नियोजित कर रखे हैं कि मुझे किसी चीज़ से ख़ास चोट नहीं लगती—बस, साँसें घुटने-सी लगती हैं कभी-कभी। उल्टी-सी आती है तो मैं कुछ देर के लिए छत पर चली जाती हूँ और आसमान की ओर पसरा शून्य देखने लगती हूँ।

मैं छत की ओर चली और श्यामा जी ने टोका तो धीरे से बोली : ''अम्मा की कही हुई यह बात मुझको कभी भी नहीं भूलती कि आँखें आत्मा का द्वार हैं : विराट् को देखने वाला विराट् से भर जाता है, क्षुद्र को देखने वाला शून्य से।'' तो मैं कशमकश के वक़्त छत पर चली जाती हूँ।...

माँ बहुत पढ़ी-लिखी नहीं थी, पर पापा के बाद के दिनों में अपना मन शान्त करने को उसने 'स्टेशन' के ह्वीलर पुस्तक-विक्रेताओं और स्थानीय पुस्तकालयों से लेकर ओशो की बहुतेरी पुस्तकें पढ़ी थीं और उनके किए हुए सरस और चुटीले भाष्य भी। दुनिया के प्राय: सभी चिन्तकों का भाष्य जिस तरह की सहजप्रसन्न, पुलकित-सी हिन्दी में ओशो ने किया है, वह हिन्दी के विचार-गद्य का एक अत्यन्त शुभ्र पक्ष है। उसने हिन्दी-जगत के तमाम युवकों और स्त्रियों के जीवन की कितनी गाँठें खोली हैं, इसका पता अपनी ही माँ के उत्तरोत्तर उन्नयन के सहज साक्ष्य से मिला।'

इस पर श्यामा जी सोचती हुई बोलीं : ''इसके अलावा रामकृष्ण परमहंस, विवेकानंद, महर्षि अरविन्द, महर्षि रमण और कृष्णमूर्ति धर्मेतर अध्यात्म का वही पक्ष विकसित कर रहे थे जो ओशो या पुराने सूफ़ियों ने किया, पर उनकी आधार-भाषा अलग थी और जिस तरह की हिन्दी में उनका अनुवाद हुआ, वह वैसी खिलखिलाती हुई, सहज प्रसन्न हिन्दी नहीं थी जो अनुवाद की होनी चाहिए। ओशो और ये सारे चिन्तक जिनका मैंने नाम लिया, ठीक से देखो तो ये सब सूफ़ी ही थे—सब बंदिशों से आज़ाद करने वाले बंदे जिन्होंने अपने अनुभव से जाना कि बंधनों से छूटने का सही मतलब उन ग्रंथियों से आज़ाद हो जाना है जो हमारे रंध्र मूँद देती हैं। काम-क्रोध-लोभ-ईर्ष्या-कल्मष-अहंकार के गर्भ से जन्मे सारे विकार। सृष्टि का अहोभाव तो हरदम बरस ही रहा है, हमारे रंध्रकूप बन्द हैं जो कि हमसे कुछ ग्रहण नहीं होता।''

"क्या यह कुछ-कुछ वैसा ही नहीं है, श्यामा जी, जैसे नाक अगर जुकाम से जबद हो तो साँस खुलकर नहीं आती? कितनी भी प्यारी सुगंध हो—महसूस ही नहीं होती?"

"और क्या! उस दिन तू ज़बर्दस्ती मेरा फ़ेशियल करने पर तुली थी जब, तब मैंने ग़ौर किया कि तू वही कर रही है जो सूफ़ी गुरु करते हैं। भाप से तू मेरे जबदे हुए रंध्रकूप ही तो खोल रही थी जिससे कि सुगंधित स्नेह या चिकनाई सोख पाने की क्षमता इस रूखी त्वचा में विकसित हो ले।"

इस पर मैं हँसने लगी और श्यामा जी का प्रयोजन सिद्ध हो गया।

तो उनका प्रयोजन था कि सोशल मीडिया वाले दुष्प्रचार पर मैं दुखी होने के बजाय हँसूँ। मुझे हँसते देख वे भी बच्चों की सी निश्छल अपनी वह ख़ास तरह की हँसी हँसीं जिसमें प्रपात का कलरव छुपा था। कल-कल, छलछल बहती हुई वह हँसी मेरे सारे सन्ताप बहा ले गई। ऐसा लगा कि फिर से मैं सात बरस की बच्ची हो गई हूँ और माँ उबटन मल-मलकर मुझे बीच आँगन में नहला रही है जहाँ और कोई नहीं—बस, मैं और माँ और वह बरगद का पेड़ जिसके नीचे माँ पीढ़िया पर खाना बनाती थी।

इसके बाद इस प्रसंग की प्रेतमुक्ति का अंतिम रिचुअल यह था कि श्यामा जी ने अपनी विशिष्ट मुद्रा में दो मोटी गालियाँ वल्लभानंद, जलज सिंह, कविता सिंह और उन सब सेडिस्टों को दीं जो दूसरों के ख़िलाफ़ बेसिर-पैर की अफ़वाहें फैलाने में अजब-सा रस पाते हैं।

15

गुलेलें

"स्याले! जो औरतें उनके झाँसे में नहीं आतीं, बैठे-बिठाए उनके ध्यान में अटक जाती हैं। उनका नाम किसी से जोड़कर उड़ाते हैं। ऐसे करते हैं उनके कल्पित केलि-कक्ष का बखान मानो उनके द्वार पर बँधा कुत्ता वही तो थे! सब उनकी आँखों के आगे घटा। हमारे समय में चांडाल चौकड़ियों का केन्द्र शराब के अड्डे थे जहाँ हर शाम क्रान्तिकारिता का नक़ाब उतरता था और असली ख़ूंख़ार, सामन्ती चेहरे हो-होकर हँसते थे। अब ये चौकड़ियाँ फेसबुकों पर जमी हैं। इतना ही फ़र्क़ है।"

"इनके दिमाग़ में नहीं घुसता कि तन-मन-धन से बाहर-भीतर—दोनों खटने वाली औरत के पास कहाँ है इतना समय कि वह इधर-उधर लोगों से रूमानी रिश्ते बनाती चले! फिर रूमानी रिश्ते बनाने लायक़ पुरुष भी तो नज़र नहीं आते। शिक्षादीप्त स्त्री उतनी ही अकेली है जितनी कि ध्रुवस्वामिनी थी—रामगुप्तों का समाज है, चंद्रगुप्त नज़र ही नहीं आते।"

"सारा संकट इसी बात का तो है कि एक औसत स्त्री का नैतिक क़द एक औसत पुरुष से इतना ज़्यादा हो गया है कि पुरुष कुंठा में जीने लगे हैं। इसके बजाय कि वे ख़ुद को शिक्षादीप्त नई स्त्री से बात करने योग्य बनाने की कोशिश करें यानी पढ़ें-लिखें, शिष्ट और सौम्य बनें, सारी ऊर्जा समेटकर वे औरतों की ही छवि धूमिल करने में लग जाते हैं और पिच्च-पिच्च गालियाँ थूकने में। सबसे तकलीफ़ की बात तो यह है कि औरतें भी कभी-कभी इस चरित्रहनन-अभियान का हिस्सा हो जाती हैं। अब इस कविता सिंह को ही देखें—इसने सरोज के ख़िलाफ़ कुत्सित अफ़वाह फैलाने में कम बड़ी भूमिका नहीं निभायी। बहुतेरे स्रोतों से यह पता चला है कि जलज सिंह उछल पड़ते थे सरोज किंडो का नाम सुनकर कि साहित्य में दलित-आदिवासी-अल्पसंख्यक कोटा नहीं चलेगा, और स्त्री-लेखन का सिरमौर है मेरी पत्नी, क्या खाकर उसकी बराबरी करेगी सांसद की यह रखैल... ?"

"उफ़, इस शब्द से कब पीछा छूटेगा औरतों का ? और कला-साहित्य की दुनिया से कब मठाधीशी जाएगी ? हर फूल अपनी तरह से सुन्दर है, जैसे हर व्यक्ति अपनी तरह से विशिष्ट। अगर कोई अलग तरह का है, आपका उसकी रचना से तादात्म्य नहीं बनता तो आप उसका चरित्रहनन करेंगे ? यह फ़ासीवाद नहीं तो क्या है ?"

"स्त्रियों का कोई अपना पब्लिक स्फियर भी तो नहीं है, इसलिए उन सबको इतना सहना पड़ता है—जिनके सर पर किसी जलज सिंह जैसे पति-पिता-पेट्रन का हाथ नहीं जो चीख़-चीख़कर उनकी श्रेष्ठता का दावा ही न ठोंकें बल्कि शराब पिला-पिलाकर छुटभैयों के मन में यह बात भी भरें कि सारे 'प्रतिपक्षी' निकृष्ट-भ्रष्ट और अधम हैं।"

" 'प्रतिपक्ष', 'प्रतियोगिता' आदि बाज़ारू शब्द कला-साहित्य की दुनिया में और अश्लील जान पड़ते हैं...यह एक मशाल-यात्रा है। देखा है कभी महत्-उद्‌देश्य में जुटे मशाल-यात्रियों को आपस में उलझते हुए ? इस बात पर उलझते हुए कि कौन श्रेष्ठतर है ? जब बड़ा उद्‌देश्य आँखों में हो तो छोटी बातें दिखती ही नहीं। अहंकार और आत्मघोष का प्रश्न सिर्फ़ फ़ासिस्टों के यहाँ दीखता है।"

"बिलकुल। इससे बड़ा फ़ासीवाद क्या होगा कि जो मेरे-जैसा है, वही श्रेष्ठ है ? जिसकी भाव-भाषा अलग है या जो अलग तरह से प्रयास कर रहा है—दो कौड़ी का है, बस ?...प्रतियोगिता नहीं, सहकारिता किसी मशाल-यात्रा का बीज-शब्द होता है...बाक़ी का कोटि-निर्धारण या कैननाइजेशन तो समय और इतिहास ही करेगा।...जितनी ऊर्जा लेखक दूसरों को लंगी लगाने में ज़ाया करते हैं, उतने में कुछ पढ़ें-लिखें तो शायद बात बने।"

"यह आपने ठीक कहा कि प्रयास कर रहे नवांकुरों पर प्रहार तो और भी गर्हित है। वैसे तो प्रयास करता हुआ हर व्यक्ति प्रेम और प्रोत्साहन का अधिकारी होता है, पर नये लेखक तो और भी...उन्हें भी रेस का घोड़ा बनाकर छोड़ देते हैं ये साहित्यिक महंथ।"

''सरोज की तकलीफ़ तो देखी नहीं जाती। दो नन्हे बच्चों की माँ... । बीमार पति को भी माँ के धीरज से ही पाला। डिप्रेशन के मरीज़ों में आत्महत्या की वृत्ति होती ही है। हर तरह के रोज़गार में विफल हुआ बेचारा...इसमें भी दोष उसका नहीं, हमारी व्यवस्था का है कि अच्छे-भले, ऊर्जावान युवक को मन-लायक़ रोज़गार तक मुहैया नहीं कराती...सरोज तो एम्स में उसका इलाज कराने ही दिल्ली आई थी। सिर्फ़ इसलिए कि क्षेत्र के सांसद के आउटहाउस में ठहरे वे और इसी बीच सरोज की कुछ रचनाएँ चर्चित हुईं—पूरा साहित्यिक महकमा इसके पीछे पड़ गया...कोढ़ में खाज यह सोशल मीडिया जहाँ बात-बात में आग ही लगती रहती है...और राग-द्वेष मुरकट्टे भूत की तरह भुनभुनाते घूमते हैं।''

''यह तो आपने सरोज की भाषा में ही बात की...कल उसका बिस्तर साफ़ करते हुए उसके तकिये के नीचे दबी कुछ कविताएँ मिलीं मुझे...पढ़कर मन कैसा-कैसा तो हो गया!''

''ओह...सुनना चाहूँगी वे कविताएँ! लाओ तो...''

फिर मैंने अटकते-अटकते कुछ कविताएँ उन्हें सुनाईं जिसमें उसकी तकलीफ़ और उसका सात्त्विक आक्रोश हराते दावानल-सा फैला था :

गुलेल

और कोई पत्थर बचा हो जो पास किसी के
तो दे मारे।
पत्थर की गोटियाँ बनानी हैं।
खेलने हैं मुझको बचपन के खेल।
जो मुझको लाई थी खींचकर
पत्थरदिल दुनिया में—
वही रूह मेरी, मेरी यह आत्मा
समझा रही है मुझे कुछ-कुछ।
वही कह रही है कि
मिलकर कुछ खेलें।
अपराजिता है वह ख़ुद तो,
जैसा कि कहती है गीता—
शस्त्र उसे बेध नहीं सकते,
नहीं जला सकती है आग उसे,
गला नहीं सकता है उसको
प्रलय का भी पानी,
सुखा नहीं सकते उन्चास पवन।

पता नहीं क्या सोचकर रूह ने मेरी
मुझसे की दोस्ती,
मेरी-उसकी जोड़ी
जोड़ी है छोटू-लम्बू जैसी।
मैं उसके पासंग में भी नहीं पड़ती।
बिंधती हूँ, जलती हूँ,
हो जाती हूँ लुगदी-लुगदी
तुरत सूख जाते हैं प्राण।
अक्षयवट वह होगी,
मैं औसत पेड़ हूँ सड़क का—
कच्ची-पक्की अमियों के मीठे गर्भभार से उन्मन—
चकित-चकित देखती हुई अपनी डालों की मंद्र-मदिर चटकन।
शब्द छूटते हैं गुलेलों से
ऐन कोख पर मेरी।
क्षत-विक्षत मुझे देखकर
वह बहलाती है
उड़न खटोला वाले क़िस्सों से।
पेंच भिड़ाकर उड़ाती है मेरा मन
दूर अनन्त में कहीं उड़ती गुड्डी-सा
वही आत्मना
जिसको दर्शन कहते हैं वजूद
शास्त्र कहते हैं निरंजना।

मुचड़े हुए काग़ज़ों में ऐसी ही कुछ कविताएँ सरोज के तकिये के नीचे से मुझे मिलीं तो ही मुझको अन्दाज़ हुआ कि इस पर क्या बीती है। उसी रोज़ मैंने संकल्प लिया कि अब चाहे जो भी हो जाए, न्यायालय तक इसके साथ जाना ही है। जिन दिनों मुझे बाबा आसाराम बापू के आश्रम से संचालित सेक्स रैकेट में फँसाया गया था, उस समय भी मैं न्यायालय जा सकती थी। पर तब कोई मेरे पीछे नहीं था, और उनके पीछे राजनेताओं, उद्योगपतियों और फ़िल्म-रैकेटियरों का पूरा गैंग था। मुझे वहाँ से भगा या छुड़ा लाने के अपराध पर सिद्धू को इतनी धमकियाँ मिली थीं कि उसने यू.पी.एस.सी. का सेंटर ही बदलकर जालंधर ले लिया था। एक तरह का अज्ञातवास था वह उसके लिए। डी-रेडिक्शन कैम्प में मुझको महिमा और शक्ति 'दा के सहारे ही तो उसने छोड़ा था और इसका ऋण मेरी आत्मा पर है कि उन्होंने मेरी देख-भाल की थी, पर उसके बाद मुझे यही समझाया था कि पहली पढ़ाई पूरी कर लूँ।

यह दूसरा झटका है, मुझ पर नहीं तो किसी और निरीह लड़की पर। इस बार तो मैं न्यायालय का दरवाज़ा खटखटाकर रहूँगी; दोषियों को सज़ा दिलवाऊँगी ज़रूर ताकि सनद रहे।

16

अविस्मरणीय तिथि : 30.12.2016

आज मैं और सरोज एक साथ कोर्ट गए। आज से चार साल पहले जो मेरे साथ हुआ था—मुकेश अग्रवाल के फ़ार्म हाउस से उठवाकर किस दशा में मैं आसाराम बापू के आश्रम लाकर फेंक दी गई थी—उसके बाद कैसे लगातार बड़े-बड़े राजनेता और व्यापारी वहाँ बनी गुफ़ाओं में लगातार मेरे साथ अनाचार करते रहे थे, इस पर एक एफ.आई.आर. तो मैंने सिद्धू के कहने पर पहले भी करा रखी थी। पर सिद्धू के जालंधर चले जाने पर वह फ़ाइल ऊपर से ऐसे दबी कि कभी खुली ही नहीं। सरोज के गैंग रेप का केस जिस दिन दर्ज़ हुआ, उस दिन न जाने, क्या मेरे मन में आया कि मैंने सिद्धू को व्हाट्सएप्प पर लिखा : 'अपनी ताक़त लगाकर मेरी फ़ाइल इसके साथ नत्थी करवा दो। मैं यह लड़ाई नये सिरे से लड़ना चाहती हूँ। चाहती हूँ, गड़े मुर्दे उखाड़ना, ढोंगियों को बेनक़ाब करना ताकि आइंदा कोई दरिन्दा धर्म के नाम पर ऐसे षड्यन्त्र करने के पहले हज़ार बार सोचे।'

अब तो सिद्धू समर्थ हो चुका था। उसने फिर दोस्ती निभाई और अधिकारियों के पास फ़ोन के ताँते लगा दिये। यह उसके ही अथक प्रयास का नतीज़ा था कि मेरी दबी फ़ाइल खुली, सरोज वाले केस के समानान्तर खुली और सोशल मीडिया का दूसरा चेहरा भी सामने आया। वही मीडिया जो कल तक हम पर पत्थर बरसा रहा था, ज़रा-सी हिम्मत दिखाने पर हमारे साथ खड़ा हो गया। और उसके बाद तो हज़ार स्त्री-संगठन भी इस क़दर नारे लगाते हमारे साथ चल पड़े कि गवाही के लिए कचहरी जाते हुए हमें दस बंदूक़धारियों के निशाने पर चलना होता था। बहुत कोशिशों पर वीडियो कॉन्फ्रेंसिंग के सहारे हमारे जिन भयभीत साथियों ने गवाही दी, उनमें तीन की हत्या हो गई...उसके बाद उनके पत्नी-बच्चों को मुँह दिखाने लायक़ न रही मैं। यहीं पर मेरी हिम्मत फिर टूटी।

तकलीफ़ और हरारत का यह सिलसिला अब आगे चलाने का मन न हुआ। मैं तो हारकर बैठ ही जाती अगर मार डाले गए गवाहों में एक की बीवी, सतनाम, सामने न आती कि अब यह लड़ाई आप अधूरी नहीं छोड़ सकतीं। धमकी के गुमनाम ख़त आते ही रहते थे। वह तो कुछ महान स्त्री वकीलों का आसरा था कि वे बिना पैसों के भी हमारा केस लगातार लड़ती रहीं और सी.बी.आई. के कुछ अधिकारियों

का भी जिन्होंने हर दबाव का सामना करते हुए जाँच पूरी की।

सात कठिन मासों के बाद आज मेरे दो अपराधी गिरफ़्तार हुए, पर सरोज के अपराधी फिर छूट निकले। ख़बर आई तो हम एक-दूसरे के गले मिलकर पहले ख़ूब-ख़ूब रोए, फिर एक-दूसरे का माथा चूमा।

17

तीसरा फेफड़ा

छत, बाथरूम और भंडार-घर—औरतों का तीसरा फेफड़ा हैं। उनकी भिंची हुई साँसें और थमे हुए आँसू एक बृहत्तर आयाम पा जाते हैं वहाँ। चाँदनी और धूप की दो हथेलियाँ फैलाकर आसमान फफक पड़े आँसू पोंछ देता है और हवा भिंची हुई साँसों में उड़ते हुए पंछियों का वितान भर देती है। यह बात शायद ललिता चतुर्वेदी भी समझती थीं। घर के भीतर जब भी घुटन-सी महसूस होती, पति चीख़ते या बच्चों के कमरे से रॉक म्यूज़िक चीख़ता तो वे अपनी किताबें ले छत पर ही आ बैठतीं। एक दिन मैंने इन्हें श्यामाजी से कहते सुना था कि छत और मेट्रो उन्हें मायके की निश्चिन्तता देते हैं :

"यहाँ पहुँच जाओ तो मन से यह डर निकल जाता है कि अभी कोई चुटिया पकड़कर झकझोर देगा कि क्या किताबों में मुँह छुपाए बैठी रहती हो या भगवान के आगे घंटी डुलाती : अगर कहीं भगवान है तो उसकी सृष्टि में इतना अन्याय क्यों? अगर ये किताबें कहीं ले जाती हैं तो दुनिया का नक़्शा क्यों नहीं बदलता?"

उनके क्रान्तिकारी पति के आदर्शवाद का यह पक्ष अजब था कि उसमें आत्मक्रान्ति की कोई जगह नहीं थी। अपनी चिढ़, अपनी जकड़न, अपनी कड़वाहट से निज़ात पाने का, आत्मपरिष्कार का कोई स्कोप ही नहीं था।

छत पर मैं पहुँची तो ललिता जी को भी अपने छज्जे के नीचे आरामकुर्सी पर कुछ पढ़ने में ध्यानमग्न देखा। यहीं उन्होंने अपने कुछ शेल्फ़ डाल रखे हैं, बाक़ी किताबें तो पुस्तकालयों में दान ही कर दीं क्योंकि पति को किताबें देखते ही दौरा पड़ जाता है, किताबों की निरर्थकता के साथ जुड़ी अपनी निरर्थकता का ध्यान आ जाता है।

एक दिन तो मुझसे भी उलझ पड़े जब मैंने आतंकवादी हमलों पर अपनी राय जारी कर दी। इसो आतंकवादी बम-विस्फोट में मैंने अपना पिता खोया था। मेरी नस-नस चटकने लगती जब किसी बम-विस्फोट का समाचार अख़बारों की सुर्ख़ियाँ बनता। बात तो हम और ललिता 'दी ही आपस में कर रहे थे, पता ही नहीं चला कि पीछे के कमरे से ये भी हमारी बातें सुन रहे हैं। एकदम से कूदकर सामने आ गए और कहा : "आप जैसे यथास्थितिवादी ही दुनिया का नक़्शा बदलने नहीं देते। और क्या

उपाय छोड़ा है आपकी सरकार ने ग़रीब आदिवासियों और अल्पसंख्यकों के पास? इसी तरह तो वे अपनी माँगों की ओर सरकार का ध्यान खींच सकते हैं।''

''ध्यान खींचने का उद्‌देश्य क्या है? संवाद ही तो। संवाद की राह खोलने के और भी उपाय हैं। ऐसे तो हज़ार निर्दोष लोग...।''

''निर्दोष लोग? इस व्यवस्था में कोई निर्दोष नहीं। सभी दोषी हैं। सबको अपनी ज़िम्मेदारी समझनी होगी—कुछ लोग आत्मबलिदान करें, कुछ मौत के घाट उतारे जाएँ—बाक़ी जो बचेंगे, वे दुनिया का नया नक़्शा बनाने में जी-जान से जुटेंगे। एक मेहनतकश समाज बनेगा, मुनाफ़ाख़ोरी, चोरबाज़ारी, ऊँच-नीच की श्रेणीबद्धता—सब धीरे-धीरे मिट जाएँगी।''

''चुनाव-व्यवस्था में आपकी आस्था नहीं तो तानाशाही का कौन-सा रंग पसन्द है—रूसी या चीनी मॉडल?...और बोलने की स्वाधीनता जो जाएगी?''

इस पर सर ठठाकर हँसे और हँसते-हँसते लोटपोट हो गए :

''इस बात पर तो आपके कबीर को ही उद्धृत करूँगा : मन मस्त हुआ तो क्या बोले!''

उनकी इस हँसी की अराजकता सौ बिजलियों की चमक-ठमक मुझमें पैदा कर गई। कैसे रह पाती हैं ललिता'दी ऐसे व्यक्ति के साथ जो बोलता है तो बोलता ही जाता है और कुछ सुन ही नहीं पाता? सोच की एकांगिता भी एक तरह का पक्षाघात है। ध्रुव दक्षिण हो या ध्रुव वाम, दोनों की बीमारी एक ही है—एकांगिता और श्रेष्ठता-ग्रंथि।

सोच ही रही थी कि धड़धड़ाते हुए महिमा के भाई ऊपर आ गए और जिस तरह की करुणावत्सल आँखों से मुझे देखा, मैं समझ गई कि समाचार इन तक पहुँच चुके हैं।

जय हो सोशल मीडिया का! समाचार महिमा तक भी पहुँच चुका था कि मेरी कितनी भद्‌द पिटी है इस प्रसंग में और लिखने वाले ने यह भी लिखा है कि गैंग-रेप क्या, गैंडा रेप भी क्या बिगाड़ लेगा एक्स मॉडल 'सपना' और एक्स रखैल 'सरोज किंडो' का जो एक-एक प्रोत्साहन, एक-एक पुरस्कार के लिए किसी के साथ सोने को तैयार हो जाती हैं? एक 'मनचली' दूसरी की संरक्षिका हो तो धंधे के पंख फैलेंगे ही...वग़ैरह-वग़ैरह।

महिमा के भाई ने इस तरह से पूरा प्रसंग खोला कि फिर से मेरे पुराने घाव ताज़ा हो गए। फेसबुक के जो लिंक या जो ब्लॉग मैंने नहीं भी देखे थे—सबकी तरोताज़ा रपट मुझे दी और मुझे कुम्हलाते देखकर कहा :

''लुक, नॉलेज इज़ पॉवर। मैं तुम्हें सत्य से वाकिफ़ कराता हूँ इसलिए ताकि तुम इससे उबरने का उपाय निकालो। हम हैं तुम्हारे साथ। दुनिया चाहे जो कहती हो, मैं तुम्हें अपनाने को तैयार हूँ क्योंकि मैं तुम्हारी परिस्थितियाँ जानता हूँ—तुम्हें ड्रग एडिक्ट बनाया गया और तुमने जो किया—नशे में किया। एक तरह से तुम्हारा अपहरण हुआ।''

मेरी साँसें फिर से घुटने लगीं, फिर भी मैंने हिम्मत कर कहा :'

"यही तो तुम्हारी मुश्किल है कि तुम हमेशा भक्तवत्सल भाव में अपनी गोपियों के पास जाते हो, और मेरा अतीत कुरेदे बिना तुम्हें कल नहीं पड़ता।"

'गोपियों की बात मत करो, राधारानी। अगर कान्हा हूँ भी तो सबसे पहले मैं तुम्हारा हूँ।' अपनी मनमोहिनी हँसी हँसकर उसने कहा और अदा से ललाट पर गिर आई लट पीछे की, फिर अचानक गम्भीर होकर बोला :

"मगर आज मैं अपनी बात करने नहीं आया। महिमा का पैग़ाम पहुँचाने आया हूँ। महिमा परेशान है यह सब देखकर। उसने कहा है कि सरोज किंडो और उसके दोनों बच्चों को तुम चाहो तो उसके पास भेज सकती हो। वह उनकी ज़िम्मेदारी उठा लेगी।"

इस बात पर मैं कुछ सोच में पड़ी। यह तो मुझे पता था कि अपनी बीमार बच्ची के लिए उसे एक फ़ुल टाइम आया की ज़रूरत है ताकि वह भी स्वतंत्र होकर कुछ सर्जनात्मक कर सके, पर क्या सरोज के लिए यह सही इन्तज़ाम होगा ? उसके बच्चे तो अच्छे स्कूल में पढ़ जाएँगे, रहने-सहने की दिक़्क़त भी नहीं होगी, पर उसका लिखना-पढ़ना इससे बाधित तो नहीं होगा ?

फिर भी यह प्रस्ताव एकदम से ठुकराए जाने लायक़ नहीं था। यह जगह छूट जाए तो बहुतेरे झमेलों से छूटकर वह अपनी ज़िन्दगी नये सिरे से शुरू कर सकेगी।

श्यामा जी और ललिता जी से राय करूँगी—यह सोचते हुए मैंने शक्ति'दा को चाय पिलाई और श्यामा जी से भी मिलवाया। दोनों ने देर रात तक सूफ़ी संगीत के अनेक आयामों पर चर्चा की और मैं शक्ति'दा की मोहिनी सूरत देखकर लगातार यही सोचती रही कि कृष्ण-ग्रंथि वाले आधुनिक पुरुषों का उभयनिष्ठ गुण यही होता है कि बातें अच्छी कर लेते हैं—उनकी असल बाँसुरी होती है उनकी जिह्वा; बल्कि उनके व्यक्तित्व का सारांश ही होती है जिह्वा। चटकारा लेने को हरदम तैयार—रस-छोड़ती जिह्वा।

और आधुनिक स्त्री की कशमकश यही है कि उसे एकांगी पुरुष ही हर तरफ़ बिखरे दिखाई देते हैं—कोई सिर्फ़ जिह्वा, कोई सिर्फ़ लिबलिबी, कोई दिल ही दिल, कोई दिमाग़ ही दिमाग़। अपनी टक्कर का कोई सम्यक् पुरुष दिखाई भी दिया तो अक्सर बहुत देर से दिखाई देता है—और ही कहीं अनुरक्त, और ही कहीं प्रतिबद्ध, किसी और ही धुन में खोया सूफ़ी—जिसे उसके लिए वक़्त ही नहीं।

अभी मैं सोच ही रही थी कि जैसे मेरे मन की बात भाँपकर शक्ति'दा गाने लगे अत्यन्त मनहर-मधुर स्वर में। उनके बंगाली एक्सेंट पर बुल्लेशाह की पंजाबी एक ख़ास तरह का 'एलियेनेशन इफ़ेक्ट' दे रही थी, एक अलग तरह का विलगाव-बोध जिसका प्रयोग ब्रेख़्त ने अपने नाटकों में बखूबी किया है :

मैं नाती धोती रहि गई, इक गंठ माही दिल बहि गई,
या लाइए हार-सिंगार नूँ, दिल लोचे माही यार नूँ।

(मैं नहाती-धोती रह गई/ कोई गाँठ जा बैठी जो प्यारे के दिल में/ अब क्या करूँ हार-सिंगार का?)

सबसे पहले यह गीत मैंने सिद्धू के मुँह से सुना था। उस समय भीतर एक हूक-सी उठी थी : 'नहाती-धोती रह गई' वाला बिम्ब ख़ुद पर ही चरितार्थ दीखने लगा था, सो रुलाई भी आई थी। इस बार तो जैसे हँसी आ रही थी इस पूरे गायन-प्रसंग पर। एक नुक़्ते के फेर से सचमुच ख़ुदा जुदा हो गया था।

18

खाइयाँ भी तो कहीं जाती हैं

शक्ति'दा के जाने के बाद श्यामा जी ने मेरी क्लास ली, और पूछा :

"अच्छा-ख़ासा बंदा है। तुझे इतना चाहता भी है। क्यों इतने वर्षों से उसे टालती जा रही है? मेरी कहानी दोहरानी है क्या?"

"आपकी कहानी?"

"पता है, जिन बिग्रेडियर साहब का संग-साथ मैंने साठ साल की उम्र में स्वीकार किया, वे मेरे बचपन के साथी थे—बग़ल की गली में उनका घर था। लाहौर में मंटो को जो बड़ा घर बँटवारे के बाद अलॉट किया गया था (वे उसमें कभी रहे नहीं, रहते रहे अपने भतीजे के छोटे-से फ़्लैट में), दरअसल इनके बुज़ुर्गों का ही था। उससे सटी एक आइस-फैक्टरी थी और उसके पीछे था हमारा मुहल्ला।"

"तो क्या बँटवारे के दौरान जो प्रेम-कहानियाँ अधूरी ही छूट जाने को अभिशप्त हुईं, उनमें आपकी भी प्रेम कहानी थी?'

"उन दिनों हमारी यह औक़ात कहाँ थी कि प्रेम के मायने समझ पाते। छोटे ही थे हम तो, बँटवारे की यादें धुआँ-धुआँ दर्ज़ हैं हमारे सीने में।...हमारे परिवार भी यहाँ अलग-अलग शरणार्थी शिविरों में थे—मैं दिल्ली, ये अमृतसर। फिर ये सेना में चले गए।

"लेकिन जब मेरी कहानियाँ इधर-उधर छपने लगीं तो एक बार रेडियो के 'जयमाला' कार्यक्रम में मेरा लम्बा साक्षात्कार किया किसी ने और उसमें बचपन की यादों से जुड़ी जो बातें मैंने कीं, उनमें उनका भी नाम आया।...वे उस समय मेस में अकेले बैठे बियर पी रहे थे। मेरी आवाज़, मेरी बातें और उसमें अपना नाम सुनकर इनके भीतर कई शोले लपक उठे...उसके बाद तो किसी तरह ढूँढ़कर मुझे निकाल ही लिया...कई बरस हमने चिट्ठी-पतरी की।"

"कहाँ हैं वे प्रेमपत्र? अब तक छपे भी नहीं?"

"प्रेमपत्र कहाँ! उन पत्रों में ज़्यादातर हम मंटो की बातें करते थे जो हम दोनों का महबूब लेखक था, और उससे जुड़ी फ़िल्म-इंडस्ट्री की बातें।"

"तो क्या सिर्फ़ दोस्ताना गुफ़्तगू होती थी... ? और बस, मंटो की?"

"वह इसलिए कि तब तक मेरे अपने जीवन में कोई और आ चुका था, और इनकी तो बाज़ाब्ता शादी हो चुकी थी...वह तो भला हो मंटो का कि उनके अफ़साने और तब के रिसालों में छपे उनके आलेख हमारी रूह में दबी चिनगारियाँ लगातार ही उकसाते रहे और हमारे बीच एक नरम-सी आग की पुलिया बनी रही।"

"मंटो तो मेरे भी पसन्दीदा अफ़सानानिगार हैं...उनकी और इस्मत चुग़ताई की दोस्ती के क़िस्से भी उन दिनों आम होंगे?"

"हाँ, मगर उन दोनों के बीच वैसी ही दोस्ती थी जिसके ख़्वाब तुम नई औरतें आज देखने लगी हो...कोई रूमानी एहसास नहीं था उनके बीच...मंटो की बीवी सकिया और इस्मत भी पक्की सहेलियाँ थीं।"

"क्या यह सच है कि 'लिहाफ़' को लेकर जो बवाल उठा, उस पर इस्मत को परेशान देखकर मंटो ने कह दिया था—आख़िर कम्बख़्त औरत ही निकली?"

"कह भी दिया हो तो क्या, एक बात को लेकर उसकी तकली कातते रहने वालों में वे लोग नहीं थे। बड़े लोग थे, सपना, उनके सरोकार बड़े थे। और किसी बात की ऊपरी सतह पर अटककर रह जाना उन्हें आता नहीं था। आजिज़ी से कही गई इस बात में औरत या इस्मत आपा की कमतरी का एहसास छुपा हो, ऐसी बात नहीं। उनके कहने का मतलब सिर्फ़ यह रहा होगा कि गए वे दिन जब साहस, वीरता, धीरज सिर्फ़ पुरुषों के खाते में पड़ने वाले गुण माने जाएँ और लज्जा, सहिष्णुता, क्षमा, ममता सिर्फ़ स्त्रियों के खाते में पड़ने वाले गुण...।"

"हाँ-हाँ, स्त्रीवाद भी तो यही कहता है कि इन सभी आध्यात्मिक गुणों का एक जॉइंट-अकाउंट होना चाहिए—स्त्री-पुरुष दोनों के नाम का।"

इस बात पर उन्होंने मुझको एक ज़ोर का धौल-धप्पा किया और बोलीं :

"तो फिर इस जॉइंट अकाउंट से तू अपने हिस्से का साहस क्यों नहीं निकालती?"

"वो इसलिए कि जिसके वरण में मैं अपने साहस की जमा पूँजी लुटाना चाहूँगी, वो बंदा शक्ति'दा नहीं।"

"मौक़ा तो दे, जानम। वैसे मैं भी ऐसा ही सोचती थी—पिछला भावनात्मक रिश्ता रीत जाने के बाद जब मैं एकदम अकेली हो गई, तब, या जब बिग्रेडियर की पत्नी गुज़री और बच्चे अपनी-अपनी दुनिया में मस्त हो गए, तब भी। बिग्रेडियर साहब मुझसे मिलने तो आए, पर उस समय मैं लिखने-पढ़ने में ऐसी उलझी रही कि इनकी आँखों का निवेदन देखा-अनदेखा कर जाना ही मुझे ज़्यादा श्रेयस्कर लगा।

''जानती है, सपना, अकेलापन भी शराब ही है—एक अजब-सी शराब। मुँह की लगी छूटती ही नहीं। कुछ दिन अकेले रह जाओ तो अकेलेपन में ही रस आने लगता है। दूसरे की उपस्थिति बोझ लगने लगती है। तेरे साथ भी ऐसा ही कुछ हुआ है न?''

''इतनी गहराई से इस विषय में मैंने सोचा नहीं लेकिन इतना ज़रूर है कि जिस संक्रमण के दौर से हम गुज़र रहे हैं, उसमें ज़्यादातर लड़कियाँ मनसा अकेली ही हैं।

''शायद यह उन्नीसवीं शताब्दी के अन्त से ही शुरू हुआ। शिक्षादीप्त होने के बाद स्त्रियों ने अपनी नैतिक और आध्यात्मिक क़द-काठी बढ़ाने पर जितना ज़ोर दिया, पुरुष नहीं दे पाए, इसलिए एक ख़ला-सी उभर आई दोनों के बीच। नया मुल्ला ज़्यादा प्याज़ खाता है और नवस्वतंत्र व्यक्ति ज़्यादा बोझ उठाता है—स्त्रियाँ पारम्परिक भूमिकाएँ निभाती हुई नई भूमिकाएँ भी निभाने लगीं। पहले की स्त्री तन-मन से सेवा करती थी पर केवल घर की, नई स्त्री तन-मन-धन से सेवा करती है—और घर-बाहर दोनों की। इसलिए बच्चों-बूढ़ों के बीच जो उनकी साख बढ़ी और पुरुष के अहंकार को चोट लगी तो वह ख़ुद ही एक पिनकू-सा बच्चा बना इधर-उधर छनकता फिरा।

''वह तो ललिता'दी जैसी धैर्यवान स्त्रियों के वश का है कि कठिन पतियों को भी मातृभाव में स्वीकार कर रखा है। मुझसे यह ख़तरा नहीं सधने वाला तो मैं अकेली भली।''

''यह तो ठीक है कि ललिता ने झेला बहुत है। तात्त्विक एकता न हो तो शादी पंचाग्नि तप से भी अधिक कठिन हो जाती है। पर इस तप के कुछ परिणाम भी निकलते हैं।

''आज तू इसके पति, अजय चौधरी को जैसा देख रही है, वह इससे भी अधिक विकट था—पक्का दिग्भ्रांत जीनियस जिसका पूरा जीवन प्रयोगों में बीता। अमरीका की नौकरी छोड़ी तो चलो, अच्छा किया, पर जिस आदर्श के तबोताब में छोड़ी, उसका मानचित्र ही ध्वस्त हो गया नब्बे के बाद। बस्तर के जंगलों में भटका, फ़िल्में बनाईं...फिर वहाँ जो बम-विस्फोट हुए, उसमें और सब तो भाग लिये, लेकिन यह पकड़ा गया। जैसी कि हमारी न्याय-व्यवस्था है, चूँकि विस्फोट में इसका हाथ न था, इसीलिए यही पकड़ा गया। जेल तो अक्सर निर्दोष ही जाते हैं...वर्षों अदालत में तलवे घिस-घिसकर और अपने रहे-सहे गहने बेचकर ललिता ने इसके लिए बेल तो ली, पर उसके बाद यह अन्ना के आन्दोलन से जुड़ गया...। वहाँ से मोहभंग होने पर इसकी स्नायुतंत्रिका सचमुच हिल गई...सारा दिन दोष-ढूँढ़न चश्मा लगाए सबके कामों में नुक्स निकालता रहता और ख़ुद कुछ नहीं करता।''

''...''

''इसकी प्रतिक्रिया में बच्चे अलग ढंग से ख़फ़्तुलहवास हो धनी दोस्तों की

देहली पर दिन-रात लगे काटने...रातोरात करोड़पति बनने के सपनों में धुत्त... कुछ भी होना है, पापा जैसा नहीं होना। इसी बीच छोटे वाले को प्रेम हुआ, प्रेमिका किसी और के साथ चल दी तो वह साधु होने की धुन में, 'राम-रहीम' आश्रम में जा बैठा। बड़ा देखने में सुन्दर है तो उसे फ़िल्म में जाने की धुन बहुत दिन परेशान करती रही।

''वह तो ललिता के धीरज का नतीज़ा है कि किसी तरह दोनों ने पढ़ाई पूरी कर ली और एक-एक कामचलाऊ नौकरी भी पकड़ी...पर अब शादी के नाम से भड़कते हैं। मैं यह नहीं कहती कि मशीन का पुर्ज़ा बनकर जीने में ही जीवन की सार्थकता है—प्रयोग और प्रतिरोध जीवन का अनिवार्य अंग तो हैं ही पर बदतमीज़ और ग़ैर-ज़िम्मेदार हुए बिना भी तो प्रयोग और प्रतिरोध हो सकते हैं।''

''ललिता'दी का बिखराव अब समझ में आया। हर समय उनकी कोई चीज़ खोई ही रहती है और ख़ुद भी वे कम खोई-खोई नज़र नहीं आतीं, तभी तो हम उन्हें 'खोया-खोया चाँद' कहते थे।''

''ललिता जैसी औरतें बिखरी हुई और कमज़ोर-सी लगती ज़रूर हैं, पर कमज़ोर होतीं नहीं। ठीक है कि घर में सब उनको 'फ़ॉर ग्रांटेड' लेते हैं, बाप और बच्चों के बीच एक पुल-सा क़ायम करने में उनको कई बार दोनों तरफ़ की झाँव-झाँव सुननी पड़ती है, पर उससे क्या! 'ईच वन टीच वन' की तरह का एक महती उद्‌देश्य यह भी है कि हर औरत कम-से-कम एक परिवार के पुरुषों के चारित्रिक उन्नयन का प्रयास करे, और यह बिना धीरज के बिलकुल सम्भव नहीं। 'जैसे को तैसा' की नीति ही यथास्थिति को बढ़ावा देती है। बुरा मानना बुराई की ओर उठा पहला क़दम है। 'आयोडेक्स मलिए, काम पे चलिए' भाव से मन पर लगी ख़ुदरा चोटें दरकिनार कर, बिना प्रतिक्रियावादी हुए यानी सहज भाव से अपना काम करते चलने से ही सामने वाले के मन में पछतावे के अंकुर जगते हैं और क्रमिक परिवर्तन के भी।''

''कहाँ बदल पाते हैं लोग, श्यामा दी?''

''परिवर्तन की लय मद्धिम होती है, पर परिवर्तन होते हैं ज़रूर। परिवर्तन ही तो सृष्टि का परमसत्य है। एक पौधा बोने से शहर की जलवायु पर उसका असर पता नहीं चलता, पर लगातार बीज छिड़कते चलिए तो एक दिन फ़िज़ाँ बदल ही जाती है।...परिवर्तन हुए नहीं होते तो आज भी बाल विवाह, सती-प्रथा, छुआछूत क़ायम ही होते...।''

''वो तो है...।''

''वो तो है तो फिर यह भी है कि आदमी-औरत के बीच दुनिया का सबसे ख़ूबसूरत रिश्ता पनप सकता है—एक बार कोशिश ज़रूर करनी चाहिए—बल्कि बार-बार...तीन बार।''

फिर, जैसा कि होता ही रहता था, हम फिर से साथ हँस पड़े। सबसे अच्छी बात

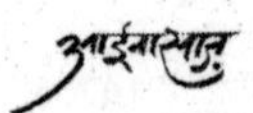

यह हुई कि हमारे साथ अब तक चुपचाप बैठी सरोज भी हँस पड़ी। हँसती हुई वह इतनी सुन्दर, इतनी तरोताज़ा लग रही थी, जैसे पहली बारिश से धुली वनपस्तियों की गंध! उसी वक़्त मैंने तय किया कि उससे उसके अन्तरंग जीवन के बारे में कभी पूछकर देखूँगी—लेकिन पहले इसके देह-मन के रिसते घाव सूखें तो!

19

ख़ुशग़प्पियों की ग़ुलेलें

अगले कुछ महीने भारत के उन तीन विकट संस्थानों के चक्कर लगाते बीते जो 'तलवे घिस जाने' का मुहावरा चरितार्थ करते हैं—पुलिस स्टेशन, अदालत और सरकारी अस्पताल। और इस बात से भी इनकार नहीं किया जा सकता कि शक्ति'दा इस बीच लगातार मेरे साथ बने रहे। कहीं 'पब्लिक' में मुझे अकेले जाने देते हुए उनका कलेजा सचमुच काँपता, यह मैंने लक्ष्य किया। तो यह बंदा क्या सचमुच मुझसे प्रेम करने लगा था? पर मेरी स्थिति अभी तक ऐसी नहीं हुई थी कि मैं इनके प्रेम का प्रतिदान दे पाती। 'बुझाए न बने' अगर इश्क़ का एक पक्ष है तो 'लगाए न लगे' भी उतना ही बड़ा सच। थोड़ा-सा सोचकर मैंने यह तय किया कि इनको मज़ाक़-मज़ाक़ में टालना ही उचित होगा :

"देखो दादा, मैंने बहुत सोचकर देखा। तुम्हारे प्रेम के गणतंत्र के अल्पसंख्यक समूह में टिके रहना ही मुझे ज़्यादा रास आएगा। प्रेमिकाएँ तो तुम्हारी अनन्त हैं--बहुसंख्यकों-सी अनन्त, बहन अखिल ब्रह्मांड में एक ही है—वो महिमा। तो मैं भी उसकी दुम पकड़कर ही तुम्हारे लाइलाज प्रेमी हृदय की वैतरणी पार करूँगी। तुम अपनी बहन की तरह, मित्र की तरह मुझको स्वीकार करो।" एक रोज़ ऑटो से घर लौटते वक़्त जब दादा ने मेरा हाथ पकड़ना चाहा, मैंने झट से इतना कह दिया।

पर दादा तो माहिर आदमी थे ही, छूटते ही बोले :

"इस 'शोना' देह ने इतना अन्याय सहा है कि अब किसी का स्पर्श इसे मारक लगता होगा—इतना समझता हूँ, इसीलिए तो जल्दी नहीं मचाता—जितना समय लेना है, लो—कभी तो तुम्हें मेरी ज़रूरत महसूस होगी ही। तब तक इन्तज़ार करूँगा।"

इतना कहकर उन्होंने मेरा हाथ छोड़ दिया और रूठे बच्चे की तरह देह समेटकर, एक तरफ़ होकर बैठ गए। और कोई दिन होता तो मुझे फिर से हँसी छूटती, पर आज मैं नहीं हँस पाई। उदास होकर सोचने लगी : ऐसा क्यों होता है कि स्त्री-चित्त में पीछे पड़ जाने वाले पारदर्शी प्राणियों के लिए तो केवल ममता ही उमड़ती है? थोड़ा रहस्य, थोड़ी कुहेलिका प्रेम के लिए ज़रूरी होंगे, तभी ईश्वर भी जल्दी प्रकट नहीं होता। 'बिन माँगे मोती मिले, माँगे मिले न भीख'—स्त्री-पुरुष सम्बन्धों के लिए यह

कहावत जितनी सटीक है, उतनी और किसी प्रसंग में हो, न हो। संस्कृत की सारी कालजयी कृतियाँ इस बात का मर्म समझती हैं कि प्रेम की पहल झीने इशारों में स्त्री की तरफ़ से होनी चाहिए तो बात बनती है। चिरयाचक की मुद्रा में रहनेवाला पुरुष अपना ट्रैक रिकॉर्ड इतना ख़राब कर चुका है कि उसकी माँगों से या तो मन उकता जाता है या उस पर दया आने लगती है।

मुझे अपनी सोचों में मगन देखकर शक्ति'दा ने अपना मान तोड़ दिया और ख़ुद लगे बात करने :

"क्या सोच रही हो?"

अबकी मैंने उन्हें झटका देने की सोची :

"ऐसा नहीं है कि आरम्भिक चोटों से मेरी यौनिकता मर ही गई है और मुझे कोई अच्छा ही नहीं लगता। अब जैसे—वह जो डॉक्टर सरोज का इलाज कर रहा है, ख़ासा आकर्षक लगता है मुझे। शायद कम बोलने वाले धीर-गम्भीर लोग मुझे ज़्यादा अच्छे लगते हैं।"

"जैसे कि सिद्धू," इस बार उन्होंने मुझे नहले पे दहला दिया और मैं चुप हो गई। वैसे भी हनुमान लेन आ गया था जहाँ के लाल पैथ लैब से हमें सरोज की रिपोर्ट लेकर अदालत में जमा करनी थी और वहाँ उस वकील से भी मिलना था जिसे दादा ने ही सरोज का केस लड़ने के लिए ठीक किया था।

20

चिन्त खटोला बाण दुख

लम्बी चुप्पी के बाद आज सरोज ने जो बयान दर्ज़ कराया, उससे हम सबके रोयें खड़े हो गए। चौक के कोचिंग सेंटर से दसवीं के बच्चों को ट्यूशन पढ़ाकर लौटते हुए उस दिन कुछ देर हो गई तो उसने गली का छोटा रस्ता पकड़ा। वहीं नशे में धुत्त पहले एक लड़का उस पर झपटा : "तू सांसद बलभद्र टोप्पो की रखैल है न रे?" उसको धकेलकर वह आगे दौड़ने लगी तो पीछे से तीन जने और आ गए और उसके बाद किसी ने जननांग में छतरी की मूठ घुसेड़कर ऐसी भद्दी गालियों की बौछार की कि कलेजा मुँह को आ गया...।

यही घाव था जो भरने का नाम नहीं ले रहा था। वो तो डॉ. नफ़ीस ही थे और उनका अपार धीरज जो आज सरोज कुछ कहने-सुनने के लायक़ हुई थी। मेरा मन उनके प्रति सचमुच कृतज्ञ था और सिद्धू के बाद सचमुच ये पहले पुरुष थे जिनके लिए मेरा हृदय धड़का था : 'काश, ये विवाहित या प्रतिबद्ध न हों!' मैंने ख़ुद को जाने कितने दिन बाद अपने ख़ुदा से कोई गुफ़्तगू करते देखा।

दरअसल डॉ. नफ़ीस की यह बात भी मेरा मन छू गई थी कि ग़रीबों से पैसे तो वे नहीं ही लेते थे, ग़रीब से ग़रीब मरीज़ को वो उतना ही समय और तवज्जो देते थे जितना 'रिएम्बर्समेंट' यानी पलट-भुगतान वाले मरीज़ों को। इतने महीनों में मैंने कभी उन्हें धीरज खोते नहीं देखा और सरोज के दोनों बच्चों से तो वे इतने हिल-मिल गए थे मानो सदियों से जानते हों उन्हें!

एक नाता उनसे और निकल आया और वह यह कि उनके बाबा भी श्यामा जी के पिता के लाहौर के दिनों के साथी थे। घंटों श्यामा जी ने विभाजन-पूर्व के हिन्दुस्तान पर बातें कीं और वे अदब से सुनते और उसमें कुछ-कुछ जोड़ते रहे—उन क़िस्सों के साक्ष्य से, जो उनके बाबा ने उन्हें सुनाई होंगी। साझा चूल्हा, चौक का हलवाई, राह के खटोले, आपस की ख़ुशग़प्पियाँ और इमरती-कचौड़ी-लस्सी के वे अनन्त सिलसिले जिनसे सुबहें शुरू होतीं और वे हज़ार प्रसंग दो क़ौमों की मुहब्बत और साझा संघर्षों के।

ये क़िस्से सुनते हुए मेरे मन में भी हुलास उठा कि हाय, मैं वहाँ क्यों न हुई! मैं, सरोज और उसके दो बच्चे चौके की तरफ़ वाले दीवान पर बैठे सारे क़िस्से सुन रहे थे। कहीं से घूमते-टहलते शक्ति'दा भी आ गए और फिर से जग गई महफ़िल—अभी-अभी उन्होंने बुल्लेशाह के अठवारे और उनके बारहमासों की सीडी जारी की थी और हमारे सामने उसकी बानगी रखने को बेताब हो रहे थे।

जब महफ़िल जम ही गई तो डॉ. नफ़ीस ने कोने में जाकर किसी को फ़ोन किया और क़रीब दस-पन्द्रह मिनटों में लम्बे क़द की एक अत्यन्त ख़ूबसूरत लड़की हाज़िर हो गई। दोनों एक तरफ़ दो मूढ़े सरकाकर बैठ गए और मैं भी साँसें भींचकर श्यामा दी के पास दरी पर जा बैठी। अठवारे सिद्धू ने गाए थे, बारहमासे किसी और ने, पर दोनों के कंठ में ऐसा जादू था कि प्रायः सबकी आँखें नम हो गईं; इससे भी आश्चर्य की बात यह कि सीडी ख़तम होते-होते बाहर आकाश में भी छोटे-छोटे मेघखंड घुमड़ने लगे :

हाड्डे घत्रां शामी अग्गे
कासद लै के पातर वगे,
काले गए ते आए धग्गे,
बुल्ला शहु बिन ज़रा न तग्गे...
शामी वाहवडे।

(और मैं भेज रही हूँ आषाढ़ की शाम आगे। डाकिए दौड़कर चले जा रहे मुझसे बचते हुए...काले मुग़ल गए और गोरे आ गए, पर तू गया तो गया, सोणिए!)

बरसात के बाद माघ का एक द्रावक चित्र आया जिसकी पृष्ठभूमि के शॉट्स सिद्धू ने तैयार किए थे—ईरान जाने के पहले :

कड़-कड़ कप्पड़ कड़क डराए
मारू थल विच बेडे पास...

(कड़क रही हैं हड्डियाँ मेरी
नाव मेरी धँस गई कैसे मरुथल में ?
ओढ़नी कफ़न मेरी...)

...इट खड़िक टुकड़ बजे तता होवे चला
आवण फ़कीर ते खाखा जावण राज़ी होवे बुल्ला!

(ईंटें खड़कीं, टुकड़ बजे, जला चूल्हा,
आया फ़कीर और लो...ये चला...ये चला!)

मैंने ग़ौर किया, डॉ. नफ़ीस की वह ख़ूबसूरत दोस्त तो एक तान पर उठकर थिरक भी गई। डॉ. नफ़ीस को भी खींचकर उठाया, पर उनका शर्मीलापन उन पर तारी था, तो थोड़ी देर बाद वे तो बैठ गए पर बरामदे की बूँदा-बाँदी में वह ऐसे नाचती रही, जैसे कोई मयूर नाचता है!

अभी वह नाच ही रही थी कि सरोज अपने बच्चों के स्कूल से लौटी और उस मयूर-नर्तन की नायिका को देखकर थमक-सी गई।

21

क्या कहूँ आज जो नहीं कही

रात को सबके जाने के बाद जब हम लेटे तो पहला सवाल मैंने सरोज को देखकर यही किया कि वह डॉ. नफ़ीस की दोस्त को देखकर इतना चौंकी क्यों थी। इस पर वह उठकर बैठ गई :

''डॉ. नफ़ीस के अस्पताल में यौन-शोषण की शिकार स्त्रियों की मनोचिकित्सा ये ही तो करती है। ये ही मेरी भी साइकोथेरेपिस्ट थी।''

''अच्छा, मैंने कभी देखा नहीं इन्हें। ज़्यादातर तो हम साथ ही थे।''

''हाँ, ये रात को आती थी—चाँद जब आसमान में चढ़ जाता। और एक रहस्यमय आभा धरती पर छा जाती तो ये मेरी खिड़की खोलती। खिड़की के उस ओर झूलती माधवी-लता से कुछ देर खेलती और फिर प्रकृति और स्त्री-शरीर के रहस्यों की बातें अत्यन्त सरस ढंग से बताती हुई हमें कहती कि स्त्री-शरीर तो इस पूरी कायनात, पूरी धरती के रहस्यों का ख़ज़ाना है—उतना ही महिमामय और गरिमामय जितनी स्वयं प्रकृति। कोई उसे रौंद भी डाले तो उसका कुछ बिगड़ता

नहीं...। उसकी उन बातों का सारांश प्रस्तुत कर पाना मेरे लिए सम्भव नहीं है। दुनिया-भर की पुरातन सभ्यताओं में स्त्री-शरीर और स्त्री-मेधा के रहस्यों से जुड़ी तरह-तरह की कहानियाँ, तरह-तरह के चित्र...।''

''चित्र?''

''हाँ, वह मूलतः चित्रकार ही तो है। बाहर से चित्रकला पढ़-लिखकर आई है। ख़ुद को लेस्बियन चित्रकार कहती है।''

''लेस्बियन चित्रकार! ये क्या होता है?''

''ऐसी स्त्री-कलाकार जो स्त्री-यौनिकता को निवेदित उदात्त चित्र बनाती है। स्त्री-शरीर में कुछ विशेष रहस्य है, कुछ ख़ास यौन-तन्त्रिकाएँ हैं जिनका सुन्दर-सा संजाल माधवी-लता-सा ही स्त्री के सिर से पाँवों तक फैला है। इसीलिए स्त्री की यौनिकता एक अंग में कीलित न होकर नस-नस में फैली हुई उसे सर्वदा रसमग्न रख सकती है, ठीक वैसे ही, जैसे प्रकृति का वैभव धरती-आकाश-नदी-पहाड़ और पूरे वनस्पति-जगत् में फैला हुआ उसके कण-कण को ऊर्जस्वित रखता है।...

''और उससे भी बड़ी बात यह कि स्त्री-शरीर के ऊर्जा-केन्द्र, जिसे हमारे यहाँ योग-तंत्र में चक्र कहते हैं, एक-दूसरे से वैसे ही खुलकर बतिया सकते हैं, जैसे हम दो सखियाँ जब बात करने पर आएँ तो सब-कुछ निःसंकोच साझा कर सकती हैं। एक केन्द्र से दूसरे में ऊर्जा का प्रवाह वहाँ आसान हो जाता है अगर मन थोड़ा साध लिया जाए।...शरीर से मन का जुड़ाव स्त्रियों में थोड़ा ज़्यादा होता है, इसलिए मन की कुंठाएँ और चोटें अगर सृजनात्मक कामों के दौरान—जैसे चित्र बनाते, नृत्य करते, गाना गाते, कुछ लिखते-पढ़ते या किसी को प्रोत्साहित करते हुए—दूर कर ली जाएँ तो मूलाधार से सहस्त्रार तक रौशनी की एक उच्छल नदी-सी बहने लगती है। अंग-अंग में सचमुच कमल-दल खिलने का आभास होने लगता है। अजब तरह का संगीत गूँजने लगता है नस-नस में और स्त्री-शरीर, स्त्री-मन, स्त्री-भाषा—सब मीरा के घुँघरुओं और राबिया के रबाब की तरह आस-पास के पूरे परिवेश को एक ऊर्जस्वी स्पंदन से भर सकते हैं।''

''उसकी ये बातें सुनकर ही तुझमें अपनी अगाधता में विश्वास लौटा—इस बात का विश्वास लौटा कि तू सिर्फ़ शरीर नहीं है, और शरीर भी है तो धरती का जिसे रौंद पाना किसी के वश का नहीं—तू हर अराजक शक्ति से ऊपर है...?''

''और क्या! उसकी ये बातें सुन और उसके वे चित्र देख...। यौन दोहन से तो तू भी गुज़री है...शुरू-शुरू में मन कैसा-कैसा तो हो जाता है न! ऐसा लगता है कि तू महज एक चींटी थी—किसी ने उठाया और मसल दिया—और तू कुछ भी न कर पाई...।

''ये थेरेपी सेशन मेरे लिए बहुत ही सहायक हुए वरना मुझे तो अपने शरीर से नफ़रत हो गई थी।

अपने स्तन देखती तो लगता, प्रकृति ने दो थल्लेवाले घाव दे दिये हैं शरीर पर। अपने आदिवासी समाज में हम ऐसे थल्लेदार घाव पर तुतमलंगा थोपते तो धीरे-धीरे सूखकर वह बह जाता। जी करता, कोई ऐसा तुतमलंगा होता जिसका लेप इन दो बड़े थल्लेदार घावों पर थपक लेती तो सूख जाते ये। जननांग, जाँघें—सब विषैले पानियों के दलदल जान पड़ते...इस कुंठा या आत्मघृणा का इलाज उसने, पता है, कैसे किया?''

''कैसे किया?''

''मुझे अजब-ग़ज़ब रहस्यात्मक चित्र दिखाए—उसके अपने बनाये हुए चित्र। जननांग के दोनों तरफ़ दो सुनहरे पंख—आकाश में उड़ने को तैयार। जंघाएँ जैसे सटकर किसी अजस्र धारा में बहते हुए कदलीस्तम्भ। और स्तन?—उसका चित्र एक अगाध पेड़ से लटकते दो रसीले, गठीले फलों की तरह बनाया था...नाभि एक अतल अमियकुंड की ओर खुलती थी...।''

''अरे, इसी तरह के चित्र तो ललिता सहस्रनाम के स्तोत्रों में भी हैं! मुझे उतनी संस्कृत नहीं आती, पर मेरा खोया हुआ आत्मगौरव जगाने की समवेत कोशिश जिन दिनों ललिता मैडम और श्यामा दी कर रही थीं, उन्होंने मुझे ये स्तोत्र सुनाए थे। अरविन्द आश्रम के एक पुराने आचार्य हैं—मखी साहब। उन्होंने इनके कहने पर एक सीडी में डालकर ये स्तोत्र मुझे दिये भी थे। देखती हूँ, कहीं पड़े होंगे तो तुझे सुनाऊँगी—सृष्टि के मातृपक्ष के प्रतीकों पर शोध करनेवाले महान तांत्रिकों में मखी साहब का नाम आता है...।''

''कितनी अच्छी बात है न कि स्त्री-आन्दोलन अन्य रैडिकल आन्दोलनों की तरह कभी सर्वोच्छेदनवादी नहीं रहा। उसने परम्परा से रूढ़ियाँ फटक-बीनकर उसके पोषक-तत्त्व सँभाल लिये हैं और देह-दोहन का शिकार हम जैसी स्त्रियों का मनोबल बढ़ाने के लिए लगातार इनका उपयोग भी किया है—ख़ास कर अफ्रीका में, एशिया में और लातिन अमरीका में जहाँ प्रकृति साहित्य, प्रेम और अध्यात्म की विधायिका शक्ति के रूप में केन्द्रस्थ रही है।''

उसके बाद बहुत ढूँढ़-ढाँढ़कर मैंने वह कैसेट निकाला और फिर रात गए उस गुरु-गम्भीर पुरुष-स्वर में गाए गए स्तोत्र चाँद के कानों में ये कहते रहे : तुम भी मेरी तरह स्त्री-मन के, स्त्री-शरीर और स्त्री-भाषा के रहस्य समझने की कोशिश कर रहे हो न, ताकि उसके सच्चे सखा बन पाओ? देखो, जल्दी नहीं मचाना, धीरज रखना, बिना धैर्य के कोई नायक नहीं बनता। धीरोदात्त, धीरललित, धीरप्रशांत तो छोड़ो, रावण जैसे धीरोद्धत नायक में भी धीरता तो अपेक्षित है ही। बिना धैर्य के पुरुष कैसा पुरुष..., जल्दी क्या है, पहले महिमामयी स्त्री के योग्य तो बनो, फिर वह स्वयं हाथ बढ़ाकर तुमको वर लेगी!

आईनासाज़

22

बाँधो न गाँव इस ठाँव, बंधु

आगे की कहानी अगली सुबह शक्ति'दा ने पूरी की कि वह लड़की शाहाना डॉ. नफ़ीस की दोस्त नहीं, उनकी पूर्व-पत्नी है।

"तुम कैसे जानते हो?" श्यामा जी ने पूछा तो जो शक्ति'दा ने बताया, उसका सारांश यह कि वह उनकी पूर्व प्रेमिका की पूर्व प्रेमिका रही है। दोनों एक ही फ़्लैट में कई वर्ष रहीं, फिर पिता के दबाव में शाहाना की शादी नफ़ीस से हुई।

"शाहाना उन समलैंगिकों में है जो उभयलिंगी होते हैं। डॉ. नफ़ीस से मिली तो उनकी शराफ़त से मुतासिर हुई और यह सोचकर हाँ कर दी कि निभा लेगी शादी, पर बाद में जाने क्या हुआ कि दोनों बिना झगड़ा किए आहिस्ता से अलग हो गए। इतना शालीन विलगाव बहुत कम ही होता है।"

"तो क्या दोनों अलग-अलग रहते हैं?"

"नहीं, अपने अब्बू को डॉक्टर नफ़ीस कोई झटका नहीं देना चाहते, तो आपसी मशविरे से फ़्लैट के ऊपरी माले पर शाहाना अपनी साथिन के साथ रहती है। दुनिया नहीं जानती पर मैं जानता हूँ कि वे जब मिलते हैं, बाहर ही मिलते हैं—अच्छे दोस्तों की तरह। कभी थिएटर में, कभी ऐसी किसी महफ़िल में। और दोनों के मन में एक-दूसरे की सच्चाई के लिए गहरा सम्मान है...पर दैहिक आकर्षण का बीज ही नहीं फूटा—कम-से-कम शाहाना बीवी के मन में तो नहीं ही फूटा और नफ़ीस भाई ने भी ज़बर्दस्ती न की।"

शक्ति'दा जैसा जगतनिन्दक भी जिसकी सज्जनता का ऐसा क़ायल हो, उस व्यक्ति के लिए किसके मन में सम्मान न जगेगा? श्यामा जी भी गहरी सोच में पड़ गईं :

"अरे, यह लड़का नफ़ीस इतना अकेला है—इसका भी कोई साथी होना चाहिए—बच्चों से इतना प्यार करता है।"

"मरीज़ों को जीवन दे रखा है। देख ही चुकी हैं इसकी दत्तचित्तता।...पाँच-पाँच बजे तक ओ.पी.डी. चलती है, दूर-दूर से लोग इसके भरोसे दिल्ली आते हैं। कुछ पैसे इकट्ठा हो जाएँ तो अम्मा की सर्जरी मैं इसी से कराऊँगा।" शक्ति'दा बोले।

"कभी तो छुट्टी होती होगी?"

"इतवार को डॉ. नफ़ीस अपने स्कूल में काम करते हैं जहाँ सभी मज़हबों के तरक़्क़ीपसन्द लोग धर्मेतर अध्यात्म का एक कोर्स पढ़ाते हैं। चौथी से दसवीं तक के बच्चों को क़िस्सों-कविताओं-विमर्शों के नाटकीय मंचन द्वारा ऐसे भविष्य की नागरिकता के लिए तैयार किया जाता है जहाँ वे हिंसा-आतंक और ज़बर्दस्ती की जीवनचर्या में शामिल न हों।"

इस बात पर मेरी साँस टँगी की टँगी रह गई। 'ये तो एक तरह का सूफ़ी समाज

तैयार करने-जैसा है! क्या कभी मुझे इस स्कूल में पढ़ने-पढ़ाने का मौक़ा मिल पाएगा?' बेसाख़्ता मेरे मुँह से जो निकला तो शक्ति'दा की आँखें झुक गईं।

गहरी उदासी का एक घटाटोप जो उनके चेहरे पर छाया, उस पर सायास एक मीठी-सी विद्युत्प्रभा जगमगाकर उन्होंने कहा :

"देख रही हैं न, श्यामा दी, इसके सामने उनकी इतनी तारीफ़ बघारकर कैसे मैं अपने ही पाँव पर कुल्हाड़ी मार रहा हूँ?"

श्यामा दी ने एक बार ग़ौर से शक्ति'दा का मुँह देखा, फिर मेरा। उसके बाद कुछ सोचते हुए बग़ल से अख़बार उठाकर मुँह के आगे फैला लिया।

शाम को अपने कमरे में मुझको बुलाकर कहा : "तुझे नफ़ीस अच्छा लगता है न? उससे भी पूछती हूँ। अगर उसे भी तू पसन्द है तो इसके पिता को मैं सारी सच्चाई से वाकिफ़ कराके तुझसे इसकी शादी की बात चलाऊँगी। बाप को बच्चों की तरह फुसला रखा है...यह भी कोई बात हुई...!"

कुछ देर तो मैं अवाक् खड़ी ही रही, फिर जैसे सदियों से जमे हुए आँसू रोम-रोम से बहने को हुए...अकबकाहट में श्यामा दी की बड़ी गोद में मैंने सर छुपा लिया।

डॉ. नफ़ीस के चले जाने के बाद भी घर एक ख़ुशनुमा एहसास से भरा रहता। सरोज मेरे भीतर के ये परिवर्तन कुछ दिनों से नोट करने लगी थी, एक दिन पूछ भी बैठी :

"क्या तुम्हें डॉ. नफ़ीस अच्छे लगते हैं?"

"डॉ. नफ़ीस किसको अच्छे नहीं लगते? किसको अच्छी नहीं लगती सोच, व्यवहार और बोली-बानी की नफ़ासत जो अच्छे मुसलमानों में होती है?"

"पर उनकी उपस्थिति में तुम्हारे चेहरे का रंग बदल जाता है।"

"इस बात का अन्दाज़ मुझे भी है, सरोज। उनकी उपस्थिति इतनी द्रावक है कि मुस्लिम आतंकवाद के नाम पर मेरे मन में जो ग्रंथि जमा थी, वह अचानक पिघलने लगी। इस बात पर मैं ख़ुद दंग हूँ...।

"बचपन में भी मुझे मुस्लिम नफ़ासत बहुत मोहती थी, पर आतंकी विस्फोट में पापा को खोकर और विश्व के ज़्यादातर आतंकी विस्फोटों के पीछे किसी मुसलमान का नाम पाकर ख़ौफ़-सा बैठ गया इस्लाम के नये पैरोकारों के नाम से।

"दिल्ली विश्वविद्यालय आई; शाहिद अमीन, इरफ़ान हबीब जैसे लोगों को अलग-अलग सेमिनारों में सुना; हबीब तनवीर, सफ़दर हाशमी जैसे लोगों की नाट्य-मंडली देखी; फ़ैज, इन्तज़ार हुसैन, फ़हमीदा रियाज़, राही मासूम रज़ा जैसे लोगों को पढ़ा; रज़ा जैसे लोगों की पेंटिंग्ज़ देखीं तो यह ख़ौफ़, यह पूर्वग्रह धुलने लगा धीरे-धीरे। तभी मेरे जीवन में एक और जो ख़ौफ़नाक घटना घटी—एक तरह का अपहरण, और उसके बाद ड्रग-माफ़िया के बीच धकेले जाने की भीषण घटना—

उसके पीछे भी एक ऐसे शख़्स का हाथ था जो मुसलमान है। यह ठीक है कि मॉडलिंग करके पैसा कमाने के उसके प्रस्ताव पर मैंने विचार किया, यह ग़लती मेरी है, पर उसके बाद जो हुआ, उसमें मैं इतनी ही निर्दोष थी जितनी तुम्हारे साथ घटी दुर्घटना में तुम...।''

''क्या तुम्हें सचमुच लगता है कि मैं निर्दोष हूँ?''

''अरे, ये कैसी बात? निर्दोष तो तुम हो ही।''

''मैं उस रास्ते गुज़री ही क्यों? मैं दिल्ली आई ही क्यों? पति का इलाज एम्स में नहीं होता, राँची में ही हो जाता। बच्चे वहीं पढ़ लेते। किताब वहीं छप जाती, या नहीं भी छपती तो क्या हर्ज़ था, ऐसा गिंजन तो न होता?''

''माँ कहती थी, अनुभव प्रसाद है और उसे बाँटकर ही खाना चाहिए। लेखन अनुभव बाँटने का एक ढंग है। संसार तुम्हारे सामने जिन विडम्बनाओं के साथ खुला, इसके प्रति तुम्हारी जो समझ बनी, उसे आसपास के लोगों और अगली पीढ़ी तक बाँटने का एक ढंग तो लेखन है ही। और प्रकाशन प्रकाश-वितरण की व्यवस्था है—उसका अनुषंग। उसको लेकर मन में कैसी ग्रंथि पाल ली है! असल लेखन-प्रकाशन तो तुम्हारा अब शुरू होगा।...

''अच्छा, हाँ, तुम्हारे लिए एक प्रस्ताव है महिमा की ओर से। उसके पति भारतीय विदेश सेवा में हैं, फ़िलहाल ईरान में। उनकी बच्ची विकलांग है। उसकी देख-भाल में कुछ मदद कर देना, और वहीं रहकर पढ़ना-लिखना। तुम्हारे बच्चों की पढ़ाई का ज़िम्मा भी वह उठा लेगी। भारत में रखा ही क्या है! यहाँ की ज़हालतों से भी बच जाओगी।''

इसके बाद जो हुआ, उसके लिए मैं तैयार नहीं थी। वह चीख़ पड़ी :

''नहीं, अब मैं किसी बड़े आदमी के आउट-हाउस में नहीं रहने वाली।''

''लेकिन वह भला आदम है, एकदम से सूफ़ियाना।''

''भले तो सांसद साहब भी थे, उससे क्या होता है? दुनिया तो आदमी-औरत के हर रिश्ते को एक ही नाम देती है।...देखो, मैं यहाँ शायद बहुत दिन रह गई, लेकिन अब मैं यहाँ भी बोझ बनकर नहीं रहूँगी...मेरे टिकट का इन्तज़ाम हो जाए तो वापस दुमका चली जाऊँगी, अपने नैहर। वहाँ का आदिवासी समाज मुझे स्वीकार लेगा। उसे मेरी ज़रूरत भी है।''

मैंने किसी-न-किसी तरह उसे स्थिर किया, पर वह कुछ सुनने को तैयार ही नहीं थी। पूरा बदन अजब तरह से काँप रहा था। दोनों बच्चे घबराकर उसके दोनों तरफ़ चिपक गए थे। डॉ. नफ़ीस को फ़ोन करने की नौबत आ गई, पर वह शान्त हुई तभी जब उसको नींद की गोली दी गई।

इसके हफ़्ते-भर बाद रात को जब हम अपनी-अपनी चटाइयाँ लिये छत पर सोने गए, उसके बच्चों से थोड़ी दूर मैंने उसकी और अपनी चटाई बिछाई।

अलसाई-सी पुरवैया बह रही थी। चाँद आधा छुपा था। चाँद की तरह हम भी आधे तो अव्यक्त ही थे—आधे-आधे अजनबी। मैंने धीरे से कहा :

''तुम्हारी बेटी, बबिता हाथ में हरदम एकतारा लिये सोती है, और किसी को छूने भी नहीं देती...क्या यह उसके पिता ने ख़रीदा था?''

सरोज एकदम से चौंककर बैठ गई।

''तुम भी बहुत ग़ौर से देखती हो!''

''अकेले प्राणियों के पास और उपाय क्या? मैं हर चीज़ इतने ग़ौर से, इतने प्यार से देखती हूँ और तब तक जब तक वह चीज़ भी मुझको उतने ही प्यार से, उतने ही ग़ौर से न देखने लगे। और जिस क्षण मेरी और उस चीज़ की आँखें मिल जाती हैं, हम हमेशा के लिए एक-दूसरे में उतर आती हैं।''

''ये तो तुम हम आदिवासियों की भाषा बोलती हो। कहीं तुम भी तो... ?''

''ठीक से देखो तो हर औरत अपने नैसर्गिक संवेगों में आदिवासी ही होती है... ।''

उसने चकित हिरणी की आँखों से दुबारा मुझे देखा और अपने में सिमट गई।

''यह खिलौना उसके बप्पा ने ख़रीदा था, गाँव के हाट से। कितना रोई-छनकी थी जब कुछ दूर चलने के बाद उसने ग़ौर किया कि उससे तो उस तरह की मनहर धुन निकल ही नहीं पा रही, जैसे इकतारे वाले ने निकाली थी। बप्पा ने उसे कंधे पर उठाकर कितना नचाया, तब जाके हँसी।''

''बप्पा से बहुत हिली थी?''

''बाप-बेटी की जोड़ी तो हाथी और हिरनी की जोड़ी होती ही है।''

''हाथी और हिरनी की जोड़ी?''

''अच्छा, तुम जंगल में रही नहीं, इसीलिए जानती नहीं कि शेर जब दहाड़ता है, इधर-उधर चर रहे सब हिरन-हिरनियाँ एक टोली बनाकर हाथी के पीछे-पीछे चलने लगते हैं...और जब तक हाथी की छाया बनी रहती है, शेर भी आक्रमण नहीं करता। भूख ख़ुद ही बड़ा पंगा है। भूख के वक़्त किसी बड़े जानवर से उलझने का पंगा अब कौन ले भला! इसलिए वह किसी और जानवर की तरफ़ मुँह कर लेता है।''

इस बात पर मेरी भी आँखें भर आईं और सरोज की भी। हम दोनों भी किन्हीं बापों की बेटियाँ ही थीं। हाथी की छाया जो नहीं रही, तब ही यह हाल हुआ।

अचानक प्रसंग बदलकर सरोज ने पूछा : ''किसी रामायण में इसका उत्तर मुझे नहीं मिला कि सीता-निष्कासन का प्रसंग जब घटा, जनक क्यों नहीं आकर

आसन्नप्रसवा बेटी को अपने राजमहल लेते गए? उत्तरकांड में सीता के मायके का कहीं ज़िक्र ही नहीं आता। क्या ब्याही बेटी इतनी परायी हो जाती है? मैं तो अपने मायके ज़रूर लौटूँगी, हालाँकि वहाँ से भी कोई बुलावा नहीं आया। पिता नहीं हैं लेकिन भाई तो हैं। मैं अपने मायके लौटूँ न? भाई मुझसे मिलने क्यों नहीं आए? क्या उन्होंने भी मेरे ख़िलाफ़ उड़े क़िस्सों पर भरोसा किया? क्या वे भी मुझसे नफ़रत करते हैं?''

''आया था तो कोई भाई। उस दिन अस्पताल में गाँव से कोई मिलने जो आया था, वो तुम्हारा भाई नहीं है क्या?''

''वह भी मेरे दूल्हे की तरह मेरे बचपन का साथी था—हम दोनों का साथी। हम एक ही स्कूल में पढ़े थे। पाँचवीं के बाद इसकी पढ़ाई छूट गई...गर्मी की छुट्टियों में जब मैं राँची से गाँव आती, ये मुझसे रोज़ मिलने आता और कहता : मुझको बता—इतने दिन क्या पढ़ाई की?

''उसको समझाने में मेरे पाठों का दोहराव भी हो जाता। मैं पूछती : मेरी फीस?

'तो वह बदले में मुझे गाँव-जंगल की सब खुफ़िया बातें बताता—नाग-नागिन के बीच क्या हुआ, खत्तो गिलहरी ने कित्ते बच्चे दिये, सुगना पहाड़ी की गुफ़ाओं में छुपकर रहने वाले नक्सल गाँव के लड़कों की क्या क्लास लेते हैं...।''

''ओहोऽ, इतनी मज़ेदार बातें? खेती-बाड़ी के रहस्य भी?''

''वो तो मुझे पहले से पता है। आख़िर मेरा बप्पा भी खेतवाला था। आदिवासिन हूँ मैं भी। सृष्टि अपने कई रहस्य सिर्फ़ मुझसे ही साझा करती है।''

''अपने बप्पा के बारे में मुझको बताओ।''

''मेरा बप्पा आन्हर था। आइयो तो मुझे जन्म देकर सिधार गई। उसको टेटनेस हो गया था। बप्पा ने ही मुझको पाला। मुझे पीठ पर बाँधकर वह खेती के सब काम बिन आँखों के भी कर लेता था।...''

''सांसद साहब से बप्पा की दोस्ती कैसे हुई?''

''उनके खेत-पथार हमारे खेत-पथार के बंधु थे—कंधा से कंधा सटाकर खड़े बंधु, फिर भला वे बंधु कैसे नहीं होते...?

''फिर वे ग्राम प्रधान हुए तो बाबा भी ख़ूब बड़े गुनी ओझा। दूर-दूर तक उनका नाम था। किसी की कोई तकलीफ़ उनकी झाड़-फूँक से दूर न हो तो उनकी पीसी वनस्पतियों से ज़रूर दूर हो जाती थी। देह की तकलीफ़ वनस्पतियों से, मन की तकलीफ़ उनकी बातों से।...दम साधकर बोलते थे, ऐसी बातें बोलते थे और ऐसे बोलते थे कि सब भरम, सब संशय मिट जाएँ। सब उनकी बात मानते। सांसद जी अपने चुनाव-प्रचार में इसीलिए तो उनको सबसे आगे रखते—हर बात के पीछे एक क़िस्सा वे सुनाते। रात-भर पेड़ों से बतियाते। पेड़ उन्हें गीत भी सिखाते और क़िस्से सुनाते।''

''तो सांसद साहब ने तुमको बचपन से ही तिल-तिल बड़ी होते देखा है?''

''और क्या! उनकी बेटियाँ मेरे आगे-पीछे की तो हैं। उनकी पत्नी जिन्हें हम

मलकीनी कहते थे, गुणों की खान थीं। उन्होंने ही मुझको सीना-पिरोना सिखाया। पर बेटे की लालसा में उन्हें पाँच बेटियाँ हुईं और अन्त में बेटा हुआ भी तो जिया नहीं। नाल गले में अटक गई थी, ऑपरेशन ज़रूरी था, पर राँची पहुँचते-पहुँचते देर हो गई। उसके बाद वे भी बहुत दिन न जी पाईं। ये जो मुझसे मिलने आया था न, वह लड़का, बेंजामिन, उनका भतीजा था। बाद में उनकी तीन बेटियाँ भी एक-एक कर गुज़र गईं—एक ससुराल में, एक जचगी में, एक को बाघ खा गया।''

''क्या तुम्हें बेंजामिन भी चाहता था?''

''क्या कहूँ...शायद। पर कभी कुछ बोला नहीं।...बप्पा चाहते थे कि मेरा उससे लगन हो जाए, पर तब तक सुदीप पासवान मुझे प्रेम-पत्र लिख चुका था। दसवीं के इम्तिहान के बाद उसने मुझसे इतनी सुन्दर हिन्दी में अपने मन की बातें कहीं कि मैं वहीं, उसी क्षण, उसकी हो गई। मन में ठान लिया कि वही मेरा सब-कुछ है।''

''सुदीप पासवान मतलब तुम्हारा दूल्हा?''

''हाँ, वही। मुझे उसकी हरदम बहुत चिन्ता रहने लगी क्योंकि उसने चिट्ठी में लिखा था कि अगर मैं उसकी न हुई तो वह अपने गले की वही नस काटकर मर जाएगा जहाँ हर दो-तीन महीने पर एक बड़ा-सा ट्यूमर उभर आता था—एक रिसने वाला ट्यूमर जिससे उसकी गर्दन एक तरफ़ झुकी ही रहती थी।''

''तो वह शुरू से ही बीमार रहता था?''

''हाँ, लेकिन पढ़ने में बहुत तेज़ था। उसके बाबा ने उससे क़सम ली थी कि वह आई.ए.एस. बनकर दिखाएगा। वह यह वादा निभा भी देता मगर मेरे प्रेम ने उसको बर्बाद कर दिया, सपना। रही-सही क़सर गिरते स्वास्थ्य ने निकाल दी। चार साल लगातर उसने यू.पी.एस.सी. के पर्चे दिये...और अन्तिम चांस में मेरा पल्लू पकड़कर कितना रोया! तभी उसे डिप्रेशन का पहला दौरा पड़ा था। ये शहराती बाप-माँ कितने पागल होते हैं न! ये जो अच्छा कलाकार हो सकता था, उसे इंजीनियरिंग पढ़ने भेज देते हैं; जो अच्छा गायक हो सकता था, ज़मीन बेच-बाचकर भी उसे डॉक्टरी पढ़ा देते हैं; जिसको साहित्य में निखरना था, उस पर सिविल सर्विस ठोंक देते हैं—इससे बड़ी तानाशाही क्या हो सकती है? पर बात करते हैं जनतंत्र का चेहरा निखारने की! जब तक घर में जनतंत्र नहीं आएगा, बाहर जनतंत्र की इसी तरह टाँय-टाँय फिस्स होती रहेगी...और कितने सुदीप यों ही भुकभुकाकर बुझते रहेंगे।''

सरोज आवेग में बोलते-बोलते एकदम चुप हो गई, जैसे क्षितिज से उठता तारों का गान सुन रही हो! उसके बाद धीरे से कहा :

''बेंजामिन बाँसुरी अच्छी बजाता है। किसी दिन सुनना। सुदीप जब भी डिप्रेशन में जाते थे और इसे पता चल जाता था, बिना रिजर्वेशन के, जेनरल बोगी में आलू के बोरे-सा अटका हुआ भी यह हमसे मिलने चला आता था और हम तीनों, बल्कि हम पाँचों जल्दी-जल्दी तहरी खाकर उसकी बाँसुरी सुनने बैठ जाते थे। बाँसुरी सुनते हुए

सुदीप कैसे मुस्कुराता था—क्या बताऊँ मैं तुम्हें!''

''चैन की बाँसुरी?''

''चैन की एक बाँसुरी होती है तो बेचैनी का भी इकतारा होता है—इकतारा जो कभी वैसा नहीं बजता जैसा कि लेते समय लगता है, वह बजेगा। मोल ले लेने के बाद वह बजता ही रहता है एक अन्यमनस्क-सी धुन में।''

''अरे भाई, बस! तुम कवियों के साथ यही मुश्किल है कि कहीं भी शुरू हो जाते हो...।''

थोड़ा हँसाने की ग़रज़ से मैंने कहा पर तभी सरोज के बेटे किशमिश को 'सूसू' लगी और वह नींद में ही कुनमुनाया : ''बप्पा, सूसू आई है।'' और भागी उधर सरोज।

24

मेरे मन कछु और है

एक ख़ुशख़बरी इधर यह कि बहुत मेहनत से और अपने उस सूफ़ियाना धीरज से डॉ. नफ़ीस ने अन्ततः सरोज को इस बात के लिए राज़ी कर लिया कि वह उनके ही अस्पताल में अपनी जैसी परितप्त औरतों के लिए एक सम्बलन केन्द्र चलाएगी :

''अपनी तकलीफ़ से निज़ात पाने का एक ही तरीक़ा है, सरोज, औरों की तकलीफ़ में अपनी तकलीफ़ घोल दो।''

जिस समय डॉ. नफ़ीस सरोज का आख़िरी 'सेशन' ले रहे थे, मैं उसके साथ ही थी, पर इसके पहले कि मैं उनसे कुछ कहती, ख़ुद सरोज ने मेरे बारे में बात शुरू कर दी : ''इतना किया है तो एक मेहरबानी और कर दीजिए डॉक्टर साहब! इस मेरी सहेली, सपना को भी अपनी इतवारी स्कूल में नव-सूफ़ीवाद पढ़ाने के लिए रख लीजिए। इसकी एक बचपन की दोस्त, महिमा और उसके पति ने ईरान के एक अच्छे सूफ़ी उस्ताद से बात की है। अगर यह वहाँ कुछ दिन रहकर नव-सूफ़ीवाद पर अपनी रिसर्च पूरी कर ले तो आतंकविह्वल इस विश्व में शान्ति-सेनानी तैयार करने के आपके मिशन में यह भरपूर सहयोग कर सकेगी।''

एक साँस में सरोज इतना कह गई तो डॉ. नफ़ीस मुस्कुराए :

''इससे अच्छी बात क्या होगी मेरे लिए, पर थोड़ी तैयारी मेरे अब्बू भी करा सकते हैं। नव-सूफ़ीवाद के अच्छे उस्ताद वे ख़ुद भी हैं। ये स्कूल दरअसल उन्होंने ही खोला था।''

''अच्छा, तो उनसे मुलाक़ात कब और कहाँ हो सकती है?' मैंने उत्साह से पूछा तो पता चला कि वे फ़िलहाल कश्मीर की वादियों में 'दीने इलाही' नाम के अपने स्कूल की एक शाखा स्थापित करने के लिए संघर्ष कर रहे हैं।

"कश्मीर की ठंड उनसे अब बर्दाश्त नहीं होती, फिर भी उन सब ख़ाली घरों में जहाँ से हिन्दू खदेड़ दिये गए, वे मेल-मुहब्बत के पैग़ाम फैलाने वाली इस संस्था की शाखाएँ खोलना चाहते हैं। जब अयोध्या में या गुजरात में दंगे हुए—वहाँ तम्बुओं में उन्होंने स्कूल चलाया—ख़ास कर स्त्रियों के लिए, क्योंकि किसी मज़हब की स्त्रियाँ नहीं चाहतीं दंगे-फ़साद और युद्ध-फ़साद में जो भी मरे, किसी माँ का बेटा, किसी बहन का भाई, किसी बीवी का शौहर, किसी बेटी का बाप ही होता है। आप जैसी लड़कियों के संस्था में जुड़ जाने से संस्था मज़बूत ही होगी।"

25

एक और सिलसिला

5 जनवरी, 2017 मेरे जीवन का दूसरा बड़ा दिन था जब डॉ. नफ़ीस हैदर के पिता सीनियर हैदर से मेरा मिलना हुआ। वैसे तो कश्मीर की सर्दी हर साल उनकी बूढ़ी हड्डियों पर भारी पड़ती थी, पर इस बार कुछ ज़्यादा ही बीमार पड़कर वे आए थे। फिर भी उनके चेहरे पर वह अजब-सा सुकून था जो सारी ज़िन्दगी अच्छे कामों में बिताने वाले, किसी घेरेबंदी में भरोसा नहीं करने वाले उदारचेता, सूफ़ीनुमा लोगों के चेहरे पर होता है।

बायोप्सी की रिपोर्ट अच्छी नहीं आई थी। डॉ. नफ़ीस और शाहाना—दोनों सर जोड़े आगे की चिकित्सा-व्यवस्था पर मशविरे करते जब-तब मुझे दीखते और मेरे मन में शक-सा जगता कि शक्ति 'दा झूठ तो नहीं बोल रहे! बाज़ार की दुनिया के सफल खिलाड़ी हो चुके थे वो तो—उनकी संगीत कम्पनी मुनाफ़ा कमाने लगी थी और टीवी पर ही एक चैनल से जुड़ने की सोच रही थी। ऐसे लोगों के लिए झूठ-सच का कॉकटेल ही जीवनद्रव होता है। अपनी असंख्य प्रेयसियों से समानान्तर रिश्ता रखते हुए भी उन्हें लगातार झूठ बोलने पड़ते होंगे—ऐसे में उन पर विश्वास कर श्यामा जी मेरे जीवन के बारे में इतना बड़ा निर्णय लेने जा रही हैं, यह अनर्थकारी न हो।

अगर यह झूठ हुआ तो कितने शीशे दरकेंगे! डॉ. नफ़ीस और शाहाना कितना चौंकेंगे! मेरे मन की यह बात भी बेवजह अयां हो जाएगी कि डॉ. नफ़ीस के लिए मेरा मन गुलाबी हो चला है। और सबसे बुरी बात यह होगी कि अन्तिम वक़्त में सीनियर हैदर का मन बेकार के संशय में पड़ेगा कि सचमुच ही बेटा-बहू में कोई ख़ला तो नहीं! कहीं उनका साथ दुनिया के आगे खेला जाने वाला एक नाटक तो नहीं!

दौड़कर मैं श्यामा दी के पास गई कि अभी शादी-ब्याह की बात शुरू करने का सही वक़्त नहीं और मुझे शक्ति 'दा की बातों पर पूरा भरोसा भी नहीं। इस पर श्यामा दी ने कहा कि डॉ. नफ़ीस हैदर से बात किए बिना वे किसी से कुछ नहीं कहेंगी और

तत्काल तो नहीं ही कहेंगी। उसके बाद बात आई-गई होगी, सीनियर हैदर की कीमोथैरेपी चलने लगी और डॉ. नफ़ीस हैदर ने मुझे नर्सिंग केयर के साथ-साथ ईरानी सूफ़ी मत पर उनकी बातचीत रिकॉर्ड करने का ज़िम्मा भी सौंपा।

यही वह समय था जब मैंने ईरान गए बिना रूमी और राबिया फ़कीर के समय के ईरान की सैर कर ली और यह भी समझा कि आतंकविह्वल और हिंसाजर्जर अपने समय में इन सूफ़ी सिद्धान्तों का सार हमें बीसवीं सदी के समतावादी आदर्शों पर कैसे लागू करना चाहिए। जानना ही मानना है। अगर ख़ुसरो ने दाता निज़ामुद्दीन औलिया को न देखा होता, या दाता निज़ामुद्दीन औलिया ने बाबा फ़रीद को, तो वे उन रूहानी बातों का मर्म न समझ पाते जो सभी धर्मों का सार हैं यानी उस अतिशय भौतिकता की दलदल से बाहर आ जाने का ऊर्ध्वबाहु संकल्प न ले पाते जो धीरज, सहिष्णुता, प्रेम और करुणा जैसे महाभावों की ओर प्रेरित करता हुआ हमें बृहत्तर प्रकृति के वैभव से एकसार करता है।

''बाज़ार की दुनिया, 'फिल इट, शट इट, फॉरगेट इट' की दुनिया, 'टू मिनट्स प्लीज़' की; तदर्थ नौकरियों, तदर्थ सम्बन्धों की क्षणवादी दुनिया अपने सजे-सजाए काउंटरों पर सेक्स तो बेच सकती है, प्रेम नहीं। सुविधाएँ बेच सकती है, शान्ति नहीं। गिरहकट सफलताओं की घुड़दौड़ में जोतकर हमको ये चाबुकों पर दौड़नेवाले घोड़े ही तो बना देती है या फिर कुछ भी झपटकर ले लेने के शौक़ीन हिंसक भेड़िये या बातों में लपेटकर मतलब निकालने वाली चालाक लोमड़ी...या बाज़ों को ख़ुश करने में लगी चुग़लख़ोर चिड़िया...। कुछ भी हो जाएँ, हम मनुष्य नहीं रह पाते, अगर भीतरी चेतावनियाँ सुनने का सूफ़ी धीरज न हो।''—सीनियर हैदर ने तकिया सिर के नीचे समंजित करते हुए पहली बात मुझसे यही कही।

यह तो मैं जानती थी कि मुम्बई फ़िल्म-जगत के लेखक-निर्देशक के रूप में बाज़ार की दुनिया इन्होंने भी ठीक से ही देखी होगी। इप्टा के दिनों में ये देवानन्द के बड़े भाई चेतन आनन्द, बलराज साहनी और ख़्वाजा अहमद अब्बास के दीवाने रहे पर एक सूफ़ी शान्ति-सेनानी के रूप में इनकी यात्रा मुम्बई-दंगों के बाद ही शुरू हुई—सत्तर साल पूरा कर लेने के बाद। एक ही जीवन में दोनों तरह की—अतिशय भौतिक और अतिशय आध्यात्मिक—ज़िन्दगियाँ जी पाने का नसीब कितने कम लोगों का होता है! तो मैं ग़ौर से इनकी बातें सुनती और नोट करती रही। टेप भी ऑन ही रखा। जब तक इनकी साँसें तूफ़ानी न हो जातीं, ये कुछ-कुछ क़िस्से सुनाते ही रहते।

और बाद के दिनों में तो इनका हाल वही हो गया जो महाभारत के अन्त में भीष्म पितामह का—हम सब गोल घेरा बनाकर इनकी बातें सुनते और सुख-दुख की तरंगों पर उपलाते रहते।

''तौबा, सब्र, शुक्र, रज़ा, ख़ौफ़ और फ़कीरी—ये ही छ: सीढ़ियाँ हैं जहाँ से हम उस छत पर पहुँचते हैं जहाँ चाँद, सूरज और यह पूरी कायनात जो हमारे भीतर

है और हमारे बाहर भी—देह की बंदिशें तोड़कर एक-दूसरे की बाँहों में लीन हो जाती है...फ़ना हो जाती है। रूह-बूँद समुंदर तक नहीं आती, समुंदर ही बूँद तक उमड़ आता है। इस रूहानी तथ्य की अनुभूति सारे मज़हब करते हैं। पर अनुभूतिगम्य तथ्य तर्कगम्य तो होते नहीं—तो जिसे यह विराट् अनुभूति अब तक नहीं हुई, उसके लिए इस अनुभूति का एक रूपक प्रेम में तलाशना चाहिए।

"जिस बंदे के पास बैठकर आपको लगे कि आप पंखुड़ी-पंखुड़ी खिल रहे हैं, आपके भीतर की सारी क्षुद्रताएँ ढह रही हैं—समझिए, वही आपका पीर है, आपका सच्चा महबूब। वही आपकी मुक्ति की राह बनेगा, वही बताएगा कि एक के बहाने सारी दुनिया अपनी-अपनी-सी कैसे लगती है...।

"क्या है ईश्वर, क्या अल्ला, क्या गॉड?—मनुष्य जितनी ऊँचाई तक उठ सकता है, उसकी परिकल्पना। तर्कविद् लोग इसे ऐसे ही समझें तो मज़हब की दुकानें चलाने वाले ख़ुद मुँह की खा जाएँगे। बाक़ी जो सचमुच द्रष्टा हैं, जिन्होंने अमृत चखा है, वे तो हैं ही आपके साथ। आदर्श हमारे आत्मनों की तरह कभी विलीन हो भी जाएँ तो तिरोहित नहीं होंगे—इसका इन्तज़ाम कर रखा है कायनात ने।"

सीनियर हैदर के उपमान, उनकी भाषा, उनके हाव-भाव—सब उफक-उफक कर हमें सच्चे सूफ़ी का मतलब समझाते रहे, और अन्त में वह शाम आ गई जब उन्हें दूसरी दुनिया की तैयारी करनी थी, अचानक मेरा हाथ डॉ. नफ़ीस के हाथों में पकड़ाकर उन्होंने शाहाना और उसकी सखी से कहा : "तुम चारों, तुम सब ख़ुश रहो...छोटी बातों में जो उलझा, गया। जो मार्ग जिसके अनुकूल है, सहज है। उस पर ही चलता हुआ वह दुनिया के बृहत्तर उद्देश्यों के निष्पादन में सहयोगी हो सकता है। दुनिया के नियम दुनिया का गोरखधंधा चलाने में उपयोगी हो सकते हैं, पर कोई नियम इस उसूल से बड़ा नहीं हो सकता कि अपनी विशिष्ट रुचियों, अपनी मानसिक-शारीरिक बनावटों की रक्षा करते हुए भी हम मिल-जुलकर कोई बड़ा ध्येय साधें। दुनिया का एक बड़ा हिस्सा दुखी है, उसके ही दुख दूर करने में लग जाएँ।"

एक समझदार चुप्पी के साथ शाहाना ने भी मेरा हाथ थाम लिया, हालाँकि उसका चेहरा कुछ देर की ख़ातिर फक्क पड़ गया था। अन्ततः श्यामा जी ने अपनी बड़ी-सी छतनार तलहथी सीनियर हैदर की आँखों पर रख दी।

26

शीशम के पात

शादी के पहले श्यामा जी से नफ़ीस के बाबा को मेरे जीवन के उस हादसे का संकेत मिला ही होगा, फिर भी उन्होंने कोई आपत्ति नहीं की और मेरा हाथ उनके हाथों में

डाल गए। पर मैंने यह उचित समझा कि शादी के पहले नफ़ीस के ही अस्पताल में अपनी सब तरह की जाँचें करा लूँ। हालाँकि एड्स के डर से सब बड़े लोग मुझसे सुरक्षित समागम ही करते होंगे, पर मेरे लिए यह जानना ख़ुद भी ज़रूरी था कि मैं विवाह के लायक़ हूँ कि नहीं! मेरे शरीर में कोई छूत की बीमारी तो घर नहीं कर गई या छः-सात महीने के उस गिंजन में मेरा अपना गर्भाशय तो अक्षत है न!

जब मेरी सब रपटें ठीक आ गईं तो भी मैंने डॉ. नफ़ीस हैदर के अपने मुँह से जानना चाहा कि मेरी कोई बात उन्हें मुतासिर करती है, इसलिए वे मुझसे विवाह करने को तैयार हैं या सिर्फ़ मरणासन्न पिता की आज्ञाकारिता या समाजसेवा का कोई फ़ितूर उन्हें 'पतिता' से विवाह के लिए तैयार कर गया है?

यह तो मैं जानती थी कि डॉ. नफ़ीस बहुत कमसुख़न हैं, हाँ-ना के अलावा शायद ही कुछ बोलते हों कभी। सर झुकाकर काम करते रहते हैं बस, पर फिर भी मैंने ठान ली थी कि जब तक ये बोलेंगे नहीं, मेरे प्रश्नों के सटीक उत्तर नहीं देंगे, मैं शादी नहीं करूँगी। तो महीनों मैंने ऐसा किया कि पिता के गुज़रने के बाद अस्पताल से जब भी घर जाने को निकलते नफ़ीस, मैं उनको उनकी गाड़ी के सामने खड़ी मिलती और उन्हें मुझे श्यामा जी के घर या हॉस्टल तक की लिफ़्ट देनी ही पड़ती।

अच्छा मुसलमान तमीज़दार तो होता ही है, फिर वे तो अपना नाम चरितार्थ करने की हद तक नफ़ीस थे। चूँकि गाड़ी में मैं उनकी मेहमान ही होती, मेहमाननवाज़ी के नाम पर ही वे मुझसे मौसम या अस्पताल या राजनीति के किसी पक्ष पर कुछ कहते और अबोला टूटता। फिर यह मेरा सरदर्द होता कि इस बेलचंड, वस्तुनिष्ठ बातचीत का रुख़ मैं आत्मीय प्रसंगों की ओर कैसे मोड़ूँ। ऐसे में सबसे 'सेफ' होता है किसी के माँ-बाप या छोटे भाई-बहन या उसके सुदूर बचपन के बारे में बातें करना या उस जगह के बारे में जहाँ उस व्यक्ति का बचपन बीता। पर बंदा इतना सधा हुआ था कि स्मृतिप्रवणता से साफ़ निकलता हुआ मुझे ऐसे उत्तर देता गया, जैसे मेडिकल की प्रवेश-परीक्षा के मल्टिपल च्वायस सवालों के दिये होंगे। चार विकल्प हैं, थोड़ा सोचा, थोड़ा याद किया और एक पर मारा टिक।...लाहौल विला क़ूवत!

और मैं उनसे बात भी क्या करती...न साहित्य पढ़ा था, न फ़िल्में देखी थीं, बस, डॉक्टरी की थी ज़िन्दगी भर। हर बार गाड़ी से उतरते हुए मैं सीधा ही पूछ लेने का यत्न करती कि वे मुझसे क्यों शादी करना चाहते हैं, पर मारे डर, मारे संकोच के बात ओठों से वापस पेट में गुड़ुप हो जाया करती थी।

जब ऐसा कई दफ़ा हो चुका तो एक दिन मैं निराश होकर बैठ गई। गई ही नहीं गाड़ी की तरफ़। बस स्टैंड पर मूँगफली खाती हुई बस का इन्तज़ार लगी करने कि लो, गाड़ी टहलाते और मुझे ढूँढ़ते जनाब ख़ुद ही उधर आ गए और गाड़ी का शीशा उतारते हुए हलका मज़ाक़ किया :

"आज जबकि बारिश के आसार हैं, आपने मेरा साथ छोड़ दिया और सुहानी हवा के साथ हो लीं?"

उनका यह मज़ाक़ मेरा जीवन बदल गया। मैं समझ गई कि आदमी मज़ाक़ कर सकता है तो लकड़ी का कुंदा नहीं होगा। मैं अपनी मूँगफली का दोना समेटती हुई चुपचाप गाड़ी में आ बैठी। कुछ और बोलने का मन नहीं हुआ। एकतरफ़ा इनसान कितना बोले! आज जो बोलना है, ये ही बोलें।

इन्होंने कुछ देर इन्तज़ार किया कि मैं फिर से कुछ खुटर-पुटर-सी करूँगी, पर मैं तो ख़ुद से रूठी बस बैठी रह गई—बाहर के ही नज़ारे देखती। तब हार कर इन्होंने धीरे से कहा :

"मूँगफलियाँ खानी बन्द क्यों कर दीं? भूख मुझे भी लगी है लेकिन मैं अपना हिस्सा नहीं माँगूँगा।"

हिस्सा? मेरी ख़रीदी हुई चीज़ में इसका भी हिस्सा है? यानी कि यह मुझे अपना ही मानता है? मगर क्यों?—आँखों में इतने सवाल भरे मैंने इसे देखा। पल-भर को हमारी आँखें मिलीं, उसके बाद यह चुप्पा-सा, अधगूँगा-सा आदमी ऐसा शरमाया कि रास्ते भर कुछ भी नहीं बोला।

अगले दिन फिर हम मिले। फिर अस्पताल के किसी मरीज़ की 'केस स्टडी' के सिलसिले में मुझे बुलाया—कुछ देर उस पर ही बातें कीं और जब मैं जाने लगी तो मुस्कुराकर कहा :

"आज मुझे भी आपकी मूँगफलियों में अपना हिस्सा लेना है। कहाँ से ख़रीदी थीं? सारी दुनिया से बेख़बर, स्वाद ले-लेकर मूँगफली खाते हुए मैंने आपको देखा तो दस मिनट गाड़ी किनारे खड़ी करके देखता ही रहा...पर आपका ध्यान काहे को टूटता...आप तो मगन थीं।"

उस दिन, लगता है, ये काफ़ी तैयारी से आए थे। ख़ूब रिहर्सल की होगी आईने के सामने। गाड़ी में बैठने के बाद धीरे-धीरे बोलना शुरू किया :

"आपने अम्मा के बारे में पूछा था। हरसट्ठे मैं अम्मा के बारे में बोल नहीं पाता...पर आज ये बता ही दूँ कि उन्हें भी मूँगफलियाँ पसन्द थीं और मुझे भी हैं। रोज़ स्कूल की टिफ़िन में उनकी बनाई मूँगफली-चिक्की ले जाता था। आज आप चिक्की खिलाएँ।"

मैं अकबका-सी गई और मन-ही-मन कहा : "राधा ना बोले ना बोले ना बोले रे, बोले तो इतना बोले रे।" अकबकाहट में मैंने फिर उनकी ओर देखा और हमारी आँखें फिर मिलीं।

"आपकी अम्मा तो फ़रिश्ता ही होंगी," गर्दन झुकाकर मैंने कहा

फिर वही घनघोर चुप्पी। ऊपर भी घटाएँ घहर ही रही थीं।

"क्या आप उनके जैसे दीखते हैं?"

दूसरा प्रश्न दाग़ने पर पहले प्रश्न का लेटलतीफ उत्तर मिला :

''पर उनकी ज़िन्दगी बहिश्त की ज़िन्दगी नहीं थी।''

अब मैं डरी और आगे कुछ नहीं पूछा। आगे का सफ़र फिर मखमली ख़ामोशी में बीता।

27

जब मकानो-लामकां से भी गुज़र जाता हूँ मैं

जब से सीनियर हैदर ने मेरा हाथ अपने बेटे के हाथ में थमाया है, शाहीन उद्विग्न-सी दीखती है। हालाँकि नफ़ीस इस बात का ख़ास ध्यान रखते हैं कि सुबह की चाय हम तीनों साथ ही पिएँ और रात का खाना भी साथ ही खाएँ, सारा सिलसिला पहले जैसा ही रहे। पर अक्सर वह अलस्सुबह भूखी ही क्लिनिक चली जाती है और वहीं कुछ मँगवाकर खा लेती है। रात को भी इतनी देर से लौटती है कि मुझसे तो उसका सामना न के बराबर ही होता है। उसकी लेस्बियन पार्टनर किसी पेंटिंग-प्रोजेक्ट में ऑस्ट्रेलिया गई तो वहीं की होकर रह गई। शायद इसलिए उसका अकेलापन और बढ़ गया है या फिर यह भी हो सकता है कि नफ़ीस के जीवन में किसी और का प्रवेश उसमें नये सिरे से यह एहसास जगा गया हो कि वह तो नफ़ीस से प्रेम करने लगी थी। मैंने कहीं पढ़ा था कि उभयलिंगियों के साथ यह होता है कि उनकी चाह रंग बदल देती है। कभी जी करता था कि नफ़ीस से इस बारे में खुलकर बात करूँ, पर नफ़ीस की नफ़ासत उन्हें किसी के आगे पूरी तरह खुलने ही नहीं देती। यह बात मैंने एक साथ, एक छत के नीचे रहने के बाद ही जानी कि क्या बीवी, क्या कोई अजनबी, एक सीमा के बाद वे सबके लिए अभेद्य हैं! व्यवहार इतना अच्छा, बोली इतनी मधुर कि किसी को शिकायत का मौक़ा ही न मिले पर अभेद्यता ऐसी कि सामने वाला तरसकर रह जाए कि भीतरी ख़ज़ाने की चाभी लगे हाथ। लगातार एक गम्भीर झिलमिलाहट की ओट, जैसे दूर गगन के सितारे हों! हार-थककर मैंने शाहाना से दोस्ती की ठानी कि शायद उससे ही कोई सुराग़ हाथ लगे पर मैं डाल-डाल, वह पात-पात। लम्बे इन्तज़ार के बाद एक दिन वह ख़ुद दोपहर में मेरे पास आई और मुझे ऊपरी मंज़िल की चाभियों का झब्बा थमाकर बोली :

''फ्रांस की एक फ़ेलोशिप मुझे मिल गई है और कल मैं निकल भी जाऊँगी। आपकी शादी पर कोई तोहफ़ा दे न सकी थी, अपनी एक पेंटिंग भेंट करना चाहती हूँ।''

बात उसने ख़तम भी न की थी कि पीछे से एक बड़ी पेंटिंग लेकर वह लड़की आई जो कुछ महीनों से उसकी इंटर्न रही थी और पेंटिंग उसे थमाकर चलती बनी, रोकने से भी न रुकी।

मैंने हाथ बढ़ाकर शाहाना को भीतर बुलाया और चाय के लिए मायरा से कहकर उसके बग़ल में आकर बैठ गई।

''ऐसे अचानक? नफ़ीस को पता है यह सब?''

''हाँ, उनसे कहकर आई हूँ। वे मरीज़ों से घिरे थे, आँख उठाकर देख लिया और मैं समझ गई कि उन्होंने बात सुन ली है।''

''एकदम अन्तिम दिन आकर बताया...ईमेल तो पहले ही आ गया होगा, उसके बाद ही टिकट-विकट लिए होंगे...। क्या हमसे नाराज़ हो? कोई ग़लती हुई हमसे? सब कुछ इतने झटके में हुआ...तुमसे राय तो ली होगी न नफ़ीस ने?''

''हाँ, बताया तो था कि श्यामा जी को हमारे बीच की ख़ला का अन्दाज़ जाने कैसे हो गया है...और अब वे तुम्हारा हाथ...''

''तुम्हारी सखी ब्रेटा शक्ति'दा के बहुत क़रीब थी किसी समय...और अब भी दोस्त हैं दोनों—उसी ने यह बात शक्ति'दा को बताई थी कि तुम्हारे और नफ़ीस के बीच सिर्फ़ दोस्ताना रिश्ता है, मियाँ-बीवी वाला रिश्ता कभी बन ही नहीं पाया...।''

''इतनी अन्तरंग बात उसने जगजाहिर की?''

''जगजाहिर की या नहीं, मैं नहीं जानती, पर शक्ति'दा को बताया। शक्ति'दा सुबुक, सुन्दर, रंगीन झूठों के बेताज बादशाह हैं। उनकी बातें हम गम्भीरता से शायद ही कभी लेते हैं, इस बात पर भी मैंने शुरू में भरोसा तो नहीं ही किया कि कोई औरत ऐसी भी हो सकती है जो नफ़ीस जैसे आदमी का आकर्षण नकार दे जो ख़ुदा की सी शख़्सियत रखता है और वैसी ही रूमानी अभेद्यता भी...।''

''...''

फिर एक लम्बी-सी, असहज चुप्पी घिर आई हमारे भीतर और मैंने देखा कि वह ठीक से चाय भी नहीं पी रही। उसकी पतली-लम्बी उँगलियाँ काँप रही हैं और दोनों हाथों से उसने प्याला जकड़ रखा है कि छूटकर गिर न पड़े।

इतने में घंटी बजी और मैंने दरवाज़ा खोला तो रात नौ बजे घर में क़दम रखने वाले नफ़ीस आज चार बजे ही घर में हाज़िर। हाथ से मैंने बैग लिया और बीवी होने का अधिकार जताते हुए उनका कोट भी उतारा। कुछ सोचकर मैं कॉफ़ी-वॉफ़ी के इन्तज़ाम में रसोई के भीतर चली गई कि जिसके लिए दस काम छोड़कर आए हैं, उससे जी-भर बातें तो हो जाएँ।

अब आम बीवियों की तरह कान दीवार पर लगाये रहना मुझे शालीन नहीं जान पड़ा, पर मन में धुकधुकी तो बनी हुई थी कि राम जाने, क्या हो रहा हो वहाँ!

पर लो, पूरे पैंतीस मिनट पचास सेकेंड बाद जब मैं बैठक में आई तो देखती हूँ कि दोनों एक-दूसरे को देखते हुए गुमसुम-से बैठे हैं—शायद ही दो-चार शब्द गौरैयों-से फुदके हों बीच में।

मैंने ही चुप्पी तोड़ी और पूछा : ''ये क्या अबोला लगा रखा है? जी खोलकर बात कर लो और अगर जो यह महसूस हो रहा हो कि फिर से मियाँ-बीवी बनकर रहना है तो मैं ही किसी फ़ेलोशिप पर बाहर चली जाती हूँ—विदेश देखा भी नहीं कभी।''

''...''

''सुनो शाहाना बीबी, तुम्हारे एक्स शौहर से ऐसा भयानक वाला इश्क़ नहीं हुआ है अब तक कि बीच से हट ही न सकूँ।''

इस पर भी कोई कुछ न बोला तो मेरा माथा ठनका और मैं दीवार पर पेंटिंग लगाने के बहाने भीतर चली ही गई। जाते-जाते यह भी ख़ौफ़ हो रहा था कि अभी तो शान से भीतर जा रही हूँ, कल उसी शान से बाहर भी जाना हुआ तो कहाँ जाऊँगी?

श्यामा जी भी शिमला रहती हैं इन दिनों। वर्किंग विमेन्स हॉस्टल? पर काम तो मैं करती ही नहीं, मतलब कि छोड़ ही दिया काम शादी के बाद कि पी-एच.डी. की प्रस्तावना लिखूँगी ललिता'दी की मदद से।

जो भी हो, सिर्फ़ इसलिए तो मैं रहती नहीं रहूँगी इस घर में और इस शादी में कि मेरी आवास-सम्बन्धी समस्याएँ सुलझ जाएँ और दाना-पानी चलता रहे! दाल-भात में मूसलचंद ही बनकर रहना होता तो शक्ति की अनेक गोपिकाओं के साथ ही शान्तिपूर्ण सह-अस्तित्व क़ायम करके भारत माता-भाव से रह न लेती भला?

पेंटिंग खोलकर देखी तो दिल धक् से रह गया। हाय राम, ऐसी होती हैं लेस्बियन पेंटिंग्स? धरती के तीन बड़े टीले—हरे भरे—कुछ इस अन्दाज़ में उभरे थे कि लगता था, संपुष्ट स्तनों वाली कोई आसन्नप्रसवा आसमान से आँखें मिलाती हुई चित लेटी है! सिस्टर निवेदिता के मन में राजा रवि वर्मा की उस पेंटिंग को ही लेकर ऊहापोह मच गई थी जिसमें हिरण के बग़ल में तिरछी लेटी शकुन्तला अपनी सखी प्रियम्वदा से कुछ कह रही है। यह पेंटिंग देखकर क्या सोचतीं सिस्टर निवेदिता? पर पेंटिंग सुन्दर बहुत थी—जीवन की तरह ही विराट और सुन्दर। तीन की तिकड़ी प्रेम त्रिकोण के चक्कर का संकेत तो नहीं था? बचपन से मैं इसी बात से डरती रही कि कभी क़बाब में हड्डी न बन जाऊँ। नहीं बनना तो नहीं ही बनना। देखती हूँ, क्या होता है! शयनकक्ष की पूर्वी दीवार पर मायरा की मदद से पेंटिंग टाँग दी, उसके बाद पानी पीकर वहीं सोफ़े पर ठीक उसी तरह चित लेटी तो अटपटा लगा, फिर तिरछी होकर लेट गई। बैठक की ओर जाने का मन नहीं हुआ। अब जो निर्णय सुनाना है, वे ही आकर सुनाएँ। लेट लेती हूँ जब तक लेट सकती हूँ।

सात-सवा सात के क़रीब नफ़ीस भीतर आए, यह बताने कि मुझे शाहाना की पैकिंग कराने ऊपर चला जाना चाहिए, वे वापस क्लिनिक जा रहे हैं। इस पर मैंने उनका हाथ पकड़कर उनको जाने से रोका और उनकी आँखों में देखती हुई बोली :

''आप उसे रोक लें। वह आपको चाहती है। आपको शादी की अनुमति देकर

उसने यह महसूस किया है कि वह आपको कितना चाहती है। पछतावा है उसको अपने निर्णय का। बाबा के लिहाज़ में कुछ बोल नहीं पाए आप दोनों, पर आप दोनों की आँखों में एक-दूसरे के लिए मुहब्बत है। फ़िलहाल उसकी जगह मैं ऊपर शिफ़्ट कर जाती हूँ ताकि घर की बात घर में रहे और कोई हंगामा न हो। आप उसके साथ रहकर तो देखें। आगे की आगे देखी जाएगी। आपको ख़ुश देखने में ही मेरी ख़ुशी है। किसी से कुछ छीनकर ख़ुश रहने वालों में मैं नहीं।''

एक साँस में मैं इतना बोल गई कि नफ़ीस मुझे देखते रह गए, फिर धीमे से मुस्कुराकर कहा : ''इस्लाम दो बीवियों की इजाज़त देता है, पर अब इसका क्या करूँ कि मेरा दिल ही इजाज़त नहीं देता। शाहाना कलाकार है—क़रीब-क़रीब तुम्हारे शक्ति'दा जैसे क्रिएटिव। उतने क्रिएटिव लोग मेरी-तुम्हारी तरह कभी अकेले नहीं होते, उनका असल विवाह अपनी कला से हो चुका होता है...। तुम उसकी चिन्ता मत करो। हवा में उड़ते ही वह हवा की हो जाएगी। अच्छी मेज़बान की तरह उसे अच्छी विदाई दो। और कौन-सा हम हमेशा के लिए बिछड़ रहे हैं! दोस्त तो हम रहेंगे ही। और दोस्त का घर भी अपना ही घर होता है। कभी ठहरना चाहे तो ठहर भी सकती है। पर मेज़बान हर बार तुम ही रहोगी।''

मैं भी हँसी : ''उफ़ओह! इतना बोल लेते हैं जनाब!''

''हाँ, लेकिन जीवन-भर के लिए एक ही बार...अब इससे ज़्यादा कुछ मत पूछना।''

28

ऊपर हिम था, नीचे जल था

नफ़ीस के जाने के बाद मेरा मन छूमछनन हो गया। दौड़ती हुई मैं ऊपरी मंज़िल पर गई पर देखा कि पैकिंग तो कब की पूरी हो चुकी है। ऊबर टैक्सी-ड्राइवर को घर का पता समझाती हुई शाहाना दीवार की ओर मुँह करके खड़ी थी। उसकी लम्बी पीठ पर उसकी टीशर्ट पूरी नहीं पड़ रही थी, जींस और टीशर्ट के बीच मक्खनी त्वचा थोड़ी-सी उघड़ी हुई ऐसी दमक रही थी कि मन कर गया—उँगली बढ़ाकर ज़रा छू लूँ। बचपन में छत से चाँद देखते हुए भी मेरा मन यही करता था कि हाथ बढ़ाकर चाँद पर स्केचपेन से एक सुन्दर-सा फूल बना दूँ या फिर एक चिट्ठी लिखूँ जो पापा पढ़ सकें।

मैंने पीछे से उसकी गर्दन छुई। लड़कों की तरह कटे हुए उसके मुलायम बाल इतना तो बढ़ ही गए थे कि गर्दन तक आ जाएँ। वह चौंकी, चौंककर पीछे मुड़ी और फीके होंठों से मुस्काई :

''ठीक से रखना मेरे नफ़ीस को।''

थोड़ा तो मैं अचकचाई, लेकिन हँसी का जवाब हँसी ही हो सकता है, यह सोचकर वापस कहा :

''सँभाल कर रखूँगी तुम्हारी अमानत। कब तक लौटोगी?''

''हवा का झोंका कब जानता है कि कब लौटेगा, पर साँस है तो आस है। कभी-न-कभी हम फिर से टकराएँगे...अल्ला हाफिज़!''

उसके जाने के बाद मेरा मन बहुत देर तक विभ्रम में पड़ा रहा—कमरा उसने साफ़ ही छोड़ा था, पर पेंट के कुछ रंगीन निशां लकड़ी के फ़र्श या फिर दीवार के मन पर गहरे पड़े थे। उसकी इंटर्न भी अपना सामान चुपचाप बटोर रही थी, मैंने उसे चाय के लिए नीचे बुलाया तो उसने भोलेपन से पूछा :

''आप इनकी कौन हैं?''

इस सवाल का जवाब अनुत्तरित ही छोड़कर मैं उसका सामान और अपना मन व्यवस्थित करने में जुट गई। उसे विदा करके लौटी तो ललिता'दी का ध्यान आया। बहुत दिन हुए उनसे मिले। फ़ोन करती हूँ, घर पर हुईं और घर की स्थिति सामान्य हुई तो थोड़ी देर मिल आऊँगी—यह सोचकर फ़ोन लगाया तो उधर से आवाज़ आई : ''कल तीनमूर्ति ही आ जाओ। वहीं कैंटीन में चाय पिएँगे। कुछ किताबें भी लौटानी हैं।''

इसका मतलब, घर का माहौल फिर से ख़राब है। या तो भाईसाहब का दिमाग़ गरम है या बच्चे किसी बात पर ज़िद ठाने बैठे हैं और एक दमघोंटू चुप्पी-सी छाई है घर में—तूफ़ान के पहले की शान्ति। टॉल्स्टॉय ने कितना ठीक लिखा है न कि हर सुखी परिवार एक ही ढंग से सुखी होता है पर हर दुखी परिवार अपने ही ढंग से दुखी। शक्ति'दा खाते-पीते घरों में अहं के टकराव या कुंठाओं के कठमुल्लेपन से पनपे ऐसे रगड़ों को 'फर्स्ट वर्ल्ड प्रॉब्लम' कहकर टाल जाते हैं, पर जिसे भोगना पड़ता है, वही जानता है कि कोई समस्या छोटी नहीं होती अगर भोक्ता संवेदनशील है।

''कुछ दोष इस बाज़ारू व्यवस्था का भी है जो निन्यानवे का फेर लगाये ही रखती है—ख़ास कर युवकों में। और ग़ौर से देखो तो ये भी विवश हैं। हर समय इनके सर पर तलवार ही लटकती रहती है। नौकरी और सम्बन्ध—दोनों अस्थायी।'' तीनमूर्ति कैंटीन में कप की सतह रूमाल से पोंछती हुई ललिता'दी बोलीं।

''मगर दी, सम्बन्ध हों या नौकरी—स्थायित्व की भावना आते ही आदमी लचर-सा जाता है। स्वयं को सँवारने-निखारने की वृत्ति जंग खा ज़ाती है। 'फॉर ग्रांटेड' लेने की वृत्ति बढ़ जाती है—और सम्बन्धों में 'फॉर ग्रांटेड' लिये जाने का दर्द क्या होता है, आपसे बेहतर कौन जानेगा भला?''

'''फॉर ग्रांटेड' लिया जाना इतना बुरा भी नहीं होता, सपना। कोई तो ऐसा सबके पास होना चाहिए जिससे वह कुछ भी कहके अपना मन हलका कर सके।''

"लेकिन यह आवश्यकता तो पारस्परिक ढंग से पूरी होनी चाहिए। ऐसा थोड़े ही है कि आप ही सबका पंचिंग बैग या उल्टी की बाल्टी बनती रहें और आपके पास कोई न हो ऐसा...!"

"दीयों की, चिराग़ों की, सहारों की ख़ासियत यही है कि एक शृंखला-सी बनती जाती है : 'अ' 'ब' के लिए, 'ब' 'स' के लिए...।"

"लेकिन 'अ' 'ब' के लिए, 'ब' 'अ' के लिए—प्रेम तो इसी का नाम है।"

"सृष्टि में केवल ऐसी ही व्यवस्था होती तो किसी का संसार बड़ा नहीं होता। जिसका संसार बड़ा करना होता है इस सृष्टि को, उसका वृत्त वह पूरा नहीं होने देती।"

"इतना ज़्यादा माफ़ कैसे कर पाती हैं?"

"ज़िन्दगी को ग़ौर से देखो तो धीरे-धीरे यह बात अयां हो जाती है कि कहीं किसी एक व्यवस्था से शासित तो है ही वह। इस पर विश्वास करते हुए अपने से बृहत्तर आयाम वाले लोगों की जीवनियाँ पढ़ने से बहुत लाभ होता है, और अगर किसी सिद्ध, किसी सूफ़ी से मिलना हो जाए, तब तो बात ही क्या! अपने से भी ज़्यादा उनका जीवन देखने से यह बात चित्त में गहरे उतर जाती है कि हर आत्मा में कुछ धनात्मक, कुछ ऋणात्मक ऊर्जाएँ संचित होती हैं, कुछ सद्‌वृत्तियाँ, कुछ क्रूर वृत्तियाँ।

"हर आत्मा में कुछ ख़ास तरह की ग़लतियाँ करने की वृत्ति होती है। जो धर्म पूर्वजन्म मानते हैं, उनकी अवधारणा है कि अगर आपसे कभी किसी का ख़ून एक बार हो गया, तो अगले जन्मों में भी वह वृत्ति आपमें रहेगी और तब तक रहेगी जब तक आपने ध्यान देकर उसे निःशेष न कर लिया या उसकी 'निर्जरा' न कर ली। ध्यान से अपनी यह कुवृत्ति देखने या उस पर मन से पछता लेने से यह वृत्ति जलकर भस्म हो जाती है, पर हम उतना भी नहीं कर पाते, अहंकार के तबोताब में।"

"क्या ग्रीक नाटककार इसे ही 'ट्रैजिक फ्लो' कहते थे? उदात्त से उदात्त चरित्र में भी एक दोष तो रह ही जाता है...।"

"बिलकुल। सब पुरानी संस्कृतियों ने इस पर विचार किया है। परम्परा से प्राप्त हर दृष्टि त्याज्य नहीं होती। इतिहास की तरह चिन्तन परम्पराएँ भी लम्बे धीरज-मनन के बाद आत्मसात कर लेनी चाहिए। इससे जीना आसान हो जाता है।"

"चिन्तन-मनन ही क्या वह छन्नी है जिससे परम्परा से रूढ़ियाँ छाँटकर अलगाई जा सकती हैं...?"

"बिलकुल...हाँ, तो मैं यह कह रही थी कि जिस दिन यह बात समझ लो कि परिस्थिति, मनःस्थिति या कार्मिक वृत्तियों के कारण ही कोई भी व्यक्ति लगातार एक तरह की ग़लतियाँ करता जाता है तो उसे माफ़ करना आसान हो जाता है।

"यह याद रखो कि कुछ आधारभूत वृत्तियाँ मेरी अपनी भी होंगी तो स्थिति और सँभल जाती है। निर्जरा की बात तो जैनदर्शन करता है। बौद्ध दर्शन का 'पुंडरीक सूत्र' कहता है कि सामने वाले में परिष्कार आप तब ही सम्भव कर पाएँगे जब

अपनी कार्मिक वृत्तियों की 'निर्जरा' कर लें। 'पुंडरीक सूत्र' के जापानी सूत्रधार डॉ. इकेदा इसे 'ह्यूमन रेवोल्यूशन' कहते हैं। पहले अपना 'ट्रैजिक फ्लो' ढूँढ़ें, उसकी 'निर्जरा' कर लें—इस बीच परिवेश के प्रतिपक्षियों या प्रताड़कों को करुणा और धैर्य से झेलें, उनकी कुंठाओं के निवारण के लिए जो बन सकता है, करें—तब जाकर किसी क्षण घट सकता है हृदय परिवर्तन।

''हमारे भीतर कहीं कोलाहल दबा पड़ा हो, तभी हमें बाहर भी कोलाहल मिलता है। लगातार यह मैंने सोचा है कि क्या होगा मेरे भीतरी कोलाहल का स्रोत जो रह-रहकर बाहर प्रकट हो लेता है? तो धीरे-धीरे कुछ समझ में भी आया है...।''

''क्या ललिता'दी, आप तो ऐसी सुलझी हुई हैं कि कभी आपको प्रतिशोधपीड़ित नहीं देखा, फिर कैसा कोलाहल? प्रतिशोध और अहंकार ही तो कोलाहल का आदिम स्रोत हैं, बल्कि कभी-कभी तो मुझे लगता है, आप ख़ुद पर अन्याय कर रही हैं। अगर क्षमा बड़ा भाव है तो न्याय शायद उससे भी ज़्यादा बड़ा भाव...स्वयं पर अन्याय भी तो अन्याय ही हुआ न!''

''इस बारे में भी मैंने बहुत सोचा है, सपना। यह एक विराट् प्रश्न है और इसके कई उत्तर हो सकते हैं। मेरे लिए इसका उत्तर यह है कि अगर कोई मेरे सामने किसी और पर अन्याय कर रहा है तो मैं यह बर्दाश्त नहीं करूँगी और प्रतिकार के लिए जो बन पाएगा, करूँगी लेकिन अगर कोई मुझसे अटपटा व्यवहार कर रहा है तो मैं तब तक अनदेखा करके उसे माफ़ करती रहूँगी जब तक वह मेरे जीवन का वो ही उद्देश्य न बाधित करने लगे जिसके लिए मेरा जन्म हुआ है। मसलन पढ़ाई-लिखाई या जनसेवा जिसमें मेरी थोड़ी गति है। हर जीव की गति किसी क्षेत्र में तो होती है, किसी-न-किसी मायने में हम सब थोड़े ख़ास हैं, वही ख़ासियत हमारी मुक्ति का मार्ग हो सकती है। अगर वह क्षेत्र भी किसी की उपस्थिति से बाधित होने लगा तो मैं उसे छोड़ दूँगी, उठकर कहीं और चली जाऊँगी।''

''मगर आपकी पढ़ाई-लिखाई बाधित तो होती है—इतनी नेगेटिव तरंगें आपके परिवेश में हैं—घर से पुस्तकालय आप यों भागती हैं, जैसे दावानल से शेर...।''

''अगर घर रणभूमि भी है तो रणभूमि पर पीठ नहीं करते। पढ़-लिखकर जब घर जाती हूँ तो बछड़ों की तरह वही बच्चे, वही पति मुझे देखकर रँभाने लगते हैं जिन्होंने सुबह मुझे नन्ही ढूँसियाँ मारी थीं। यह दृश्य तृप्तिदायक होता है—अमृत की बूँद की तरह। मुझे उनके विकास की प्रतीक्षा है, उनमें विकास के लक्षण दीखते हैं मुझको, अभी मैंने हार नहीं मानी। अच्छा, चलो, घर चलो, तुम स्वयं ही देख लेना...बच्चों के लौटने का वक़्त हो गया, चौधरी साहब भी इन दिनों मेरे साथ ही रह रहे हैं, और दोनों माँएँ आई हुई हैं। मेरी और उनकी—दोनों माँएँ। उनकी मगन आपसदारी देखकर भी तुम्हें अच्छा लगेगा। बच्चे भी लौट आए होंगे अपनी मटरगश्तियों से, भूख लगी होगी उन्हें...चलो, चलते हैं।''

जीवन से बड़े हैं बंधु, इस जीवन के रस्ते

मेट्रो से उतरकर हमने रिक्शा लिया।

''रिक्शा और ट्रेन की सवारी से मेरे पिता की यादें जुड़ी हैं। उनमें बैठते ही मैं राजमहिषी हो जाती हूँ। बचपन के कई अनूठे क्षण मुझमें कौंधने लगते हैं। सोनपुर स्टेशन पर उतरकर मेरे और माँ के लिए पत्ते के दोने में मोतीचूर के गरम लड्डू कैसे वे लाते थे! हर बार खिड़की के पास बैठने की मेरी वह ज़िद पूरी होती; होलड्रॉल और टाइम टेबल और खाने की डलिया और ह्वीलर बुक स्टॉल से तरह-तरह की पत्रिकाएँ। अमर चित्र कथा शृंखला अम्मा के लिए। ओशो, अमृता प्रीतम, कृश्न चन्दर और इस्मत चुग़ताई की किताबें। ट्रेन की सीटी कहीं दूर से भी सुनाई दे तो मेरे भीतर की धरती छुक-छुक करती चल देती है, कहीं किसी अज्ञात दिशा में। उन्हीं की लाई 'रूसी लोककथाएँ' से शब्द उधार लेकर कहूँ तो 'जाओ वहाँ न जाने कहाँ, लाओ उसे न जाने किसे'—यही मेरे जीवन का सूत्र हो गया उनके जाने के बाद।''

ललिता'दी ने अचानक कहा तो मैं उनका चेहरा देखती रह गई।

''सचमुच, घर के बाहर आपसे मिलना एक नई तरह की ललिता'दी से मिलना है—परम प्रफुल्ल, चहकती हुई, अपना नाम चरितार्थ करती हुई-सी, लालित्यमयी।''

''यह बात तो दुनिया की अस्सी प्रतिशत महिलाओं पर लागू है कि घर के भीतर प्रवेश करते ही उनकी बत्ती गुल हो जाती है और पब्लिक प्लेटफ़ार्म पर भी वे शायद ही कभी सहज रह पाती हैं। घर-बाहर दोनों उनके कंधे पर वैताल-सा विराज जाते हैं। घर उनको दाल बराबर नहीं समझता। घर की मुर्ग़ी दाल-बराबर भी नहीं—दालें तो बहुत महँगी हैं। और घर के बाहर जो मुर्ग़ी निकली तो ज़िबह करने को, पंख नोंच-नोंच कर इधर-उधर फेंकने को इतने सारे तेज़ चाकू तैयार।

''तो धोबी का गधा न घर का, न घाट का। हमें सहज करता है बस तुम जैसे दोस्तों का साथ या फिर परम अनजान लोगों का, जो यों ही मेट्रो में आकर बग़ल में बैठे या कुछ क्षणों के लिए मिले बस में या परचून की दुकान पर या पुस्तकालय की कैंटीन में और बेबात मुस्कुराए—आदमीयत की गंध से नहाई हुई सोंधी मुस्कान, ब्रह्म की तरह निरपेक्ष।''

''पुस्तकालय की कैंटीन में?''

''और पुस्तकालय में भी। अब तुमसे क्या छुपा है, सपना! पुस्तकालय तो वृद्धाश्रम और अनाथाश्रम के बीच की कोई चीज़ हो गए हैं—वे सब वृद्धजन जिन्हें कोई भी घर में नहीं पूछता और वे सभी बच्चे (मेरे लिए बच्चे, वैसे युवक) जो बेरोज़गार और अकेले हैं, वातानुकूलित-सी, साफ़-सुथरी जगह में किताबों के बीच

दिन काटने चले आते हैं। किताबें ताना तो नहीं मारतीं, चुपचाप आपको ऊँघते और सपनाते देखती रहती हैं।''

''तो गम्भीर अध्येता एकदम नहीं आते?''

''आते हैं, लेकिन कम-कम। अकेली स्त्रियाँ, वृद्धजन और बेरोज़गार अपनी छोटी टिफ़िन लेकर ठीक नौ बजे आते हैं और खिड़की के पास की सीट ले लेते हैं—आकाश में उड़ती चील देखने को। उठते हैं तभी जब शटर बन्द होने लगती है। यह एक अलग तरह का समुदाय है जो मुझे घर जैसा लगता है।''

''कुछ प्रेमी जोड़े भी तो आते ही होंगे—साथ बैठने-भर के सुख के लिए, हाथ पकड़ने का मौक़ा पाने-भर के लिए... ?''

''ऐडहॉक नौकरियों और ऐडहॉक रिश्तों के इस भीषण देशकाल में इतना तो तय है कि मेहनतकश शरीर ग़ायब हो गया है और कामना-कातर शरीर हावी। पर प्रेमी युवकों को देखकर मोह भी होता है। मुझे तो ये अपने बच्चों जैसे ही लगते हैं।''

''इस गोद लिये नये घर के कुछ विशिष्ट लोगों के बारे में बताइए न, दीदी!''

''दो वृद्ध जोड़े हैं। एक वृद्धा के हाथ में लकवा है। उसको उसका वृद्ध पति दिन-भर पत्रिकाओं की रंगीन तसवीरों में रमाए रखता है, बीच-बीच में उससे इशारों में कहता है कि अब वह ये चित्र काग़ज़ पर उतारे ताकि उँगलियों में प्राण लौटें। दूसरे वृद्ध को भयानक दमा है। उसे उसकी पत्नी रह-रहकर गरम पानी पिलाती रहती है, इन्हेलर देती रहती है। वे मिलकर आर्किटेक्चर की किताबें देखते रहते हैं। आर्किटेक्ट रहे हैं पुराने—दोनों के दोनों। बच्चों को बड़ा मकान बनाकर दिया, पर वह मकान कभी घर नहीं हो पाया तो दिन-भर तरह-तरह के घरों की तसवीरों में मन लगाये रखते हैं।

''बाक़ी बेरोज़गार युवक-युवतियाँ हैं, जिन्हें छोटे-मोटे इश्क़ और छोटी-मोटी नौकरियाँ बीच-बीच में सींचती रही हैं। पर कुल मिलकर वे बापों की दुत्कार और अग़ल-बग़ल वालों की नेक सलाहों और तिरछे प्रहारों से बचते हुए भाँति-भाँति की किताबें सामने ऐसे खुली रखते हैं, जैसे वे किताबें नहीं हों, जिरहबख़्तर हों!''

''और मेरे जैसी लड़कियाँ, बूढ़ी कुँवारियाँ और दूसरी तरह की अकेली औरतें?''

''वे सब सचमुच पढ़ती हैं या कुछ लिखती हैं—चाहे वे रामकहानियाँ ही क्यों न हों, ऐसी रामकहानियाँ जो कहीं छपें-न-छपें—राम के दरबार का घंटा ज़रूर बजा देती होंगी।''

''वर्किंग विमेन्स हॉस्टल के अपने अनुभव से मैं भी ऐसा कह सकती हूँ कि कोई भी औरत ऐसी न होगी जिसके भीतर एक उपन्यास न छटपटाता हो। आपकी सबसे बातें होती हैं?''

''कभी-कभी हो भी जाती हैं—कैंटीन में, सामने की लॉन में। ख़ास कर तब जब अपने घर में मेरी ख़ास ही मरम्मत हुई हो और मेरा मन ज़्यादा ही अस्थिर हो,

इनके साथ बैठकर मुझे सहारा-सा जान पड़ता है। लगता है कि ये जिस मनोबल से एक-दूसरे का सहारा बनते हुए जी सकते हैं, मैं क्यों नहीं जी सकती ? दुनिया में ज़्यादातर तो ऐसे ही लोग हैं जिन्हें न कोई सीधी आँख से देखता है, न सीधे मुँह बात करता है—ये एक-दूसरे को तो सीधी आँख से देख सकते हैं, आपस में तो सीधे मुँह बात कर सकते हैं। एक डिब्बे में सवार यात्रियों की तरह किसी को कभी उतरना है, किसी को कभी—जितनी देर सफ़र कटना है, अच्छा कटे।''

''ये तो सूफ़ी भी कहते हैं कि इस दुनिया में ऐसे रहो, जैसे सराय में हो। पाँव थपक के न चलो, रहो तो बंजारों की तरह, ख़ानाबदोशों की तरह—कंधों पर ही घर उठाए हुए। यह आज पहली दफ़ा समझा कि घर की मार-पीट, उठा-पटक, डाँट-फटकार को आप इतनी गम्भीरता से क्यों नहीं लेतीं...।''

''सब सपना है, सपना, सब बीत जाएगा। पर हाँ, अपने जानते स्वप्न में भी किसी पर अन्याय न करना, गंदा व्यवहार भी नहीं, किसी का बुरा नहीं मनाना, और कोई बुरा कर भी दे तो बुरा मानना नहीं।''

''जब सबकुछ स्वप्न ही है, तो क्या बुरा, क्या भला ?''

''जितने दिन की यात्रा है, शान्ति और आत्मसन्तोष से जिए व्यक्ति, पर इसके लिए ज़रूरी है कि जो भी भूमिका मिली है, ठीक से निभाए। अपना स्पेस ले पर दूसरे का छीने नहीं।''

''इस बात पर मुझे शाहीन याद आ रही है। दीदी, मैंने उसका स्पेस छीन तो नहीं लिया ? यह बताने भी आई थी कि वह चली गई, घर छोड़कर विदेश चली गई...।''

कुछ देर चुप रहकर ललिता दी बोलीं : 'अलगाव का निर्णय उसका ही था। पहला क़दम उसी ने तो उठाया था। सृष्टि ने सब जीवों में बस मनुष्य को ही निर्णय लेने की स्वाधीनता दी है, इसका सम्मान होना चाहिए। फिर जाने का मतलब हमेशा के लिए जाना थोड़े ही होता है। तुम लोग, तुम तीनों दोस्ती का रिश्ता तो रख ही सकते हो। रिश्तों का सरताज बादशाह तो दोस्ती ही है भाई, क्योंकि उसमें कोई स्वार्थ नहीं होता...और तभी उसे यह गरिमा दी गई है कि एक साथ कई दोस्त हो सकते हैं, जैसे एक साथ कई फूल खिल सकते हैं।

''दाम्पत्य का रिश्ता फिर भी एक दुनियावी रिश्ता है। साझा सम्पत्ति, शरीर और बच्चे—ये ही हैं इसकी बुनियाद, जो कि एक ठोस दुनियावी बुनियाद है—मिट्टी जितनी ठोस और पुख़्ता।'

''क्या इस मिट्टी पर आकाश नहीं झुक सकता ? पति-पत्नी दोस्त नहीं हो सकते ?''

''हो जाएँ तो इससे अच्छा क्या होगा ? धरती-आकाश जहाँ मिलते दिखाई देते हैं, वह क्षितिज कितना सुन्दर होता है! सूर्योदय-चन्द्रोदय—सबका आधार। अगली

पीढ़ी के लिए यही सपना है हमारा—मेरी और श्यामा जी जैसी हज़ार औरतों का—तुम्हारी, सरोज या महिमा की ख़ातिर। महिमा के क्या हाल हैं और सरोज के?''

''महिमा अब स्वस्थ हो रही है। दिव्यांग बच्चों का एक अन्तरराष्ट्रीय स्कूल खोलने की उसकी योजना है जिसमें वंचित परिवारों के बच्चे नि:शुल्क पढ़ेंगे—दुनिया के श्रेष्ठ शिक्षक, लेखक, चिन्तक, वैज्ञानिक उनको ऑन-लाइन पढ़ाएँगे। हर पाठ एक सुन्दर, कविता-जड़ी कहानी के रूप में पढ़ाया जाएगा, ऐसी कहानी जिसकी जड़ें जीवन के दैनन्दिन संघर्षों में हों। पाठों का कथान्तरण करने की ख़ातिर लेखकों की एक अन्तरराष्ट्रीय टीम बनेगी। दुनिया की सारी भाषाओं में ये पाठ तैयार होंगे। आप भी इसमें शामिल होंगी न, दीदी! उसने आपके लिए विशेष अनुरोध किया था।''

''तो उसके मन की गाँठें आख़िर खुल ही गईं? तुमसे उसका सहज संवाद शुरू हो गया?''

''गाँठ खोलने में सिद्धू ने भी बहुत मदद की। भौतिक दूरियाँ साधक और बाधक—दोनों बन जाती हैं। साधक इस अर्थ में कि दूरी से माफ़ करने लायक़ तटस्थता आती है, और बाधक इस अर्थ में कि दूर से कोई आपकी आँखें नहीं पढ़ सकता कि उसमें कितनी सच्चाई, कितनी तरलता और गहराई है। मेरा ट्विन सेल्फ़ है सिद्धू, तो उसने जुड़वाँ आत्मा के रूप में यह किया कि गाँठ पुरानी नहीं पड़ने दी। गाँठें पुरानी पड़ जाती हैं तो जन्म बीतते रहते हैं और वे खुलती नहीं। फिर कोई ध्यान से उनको देखकर, आपके बताए शब्दों में, उनकी 'निर्जरा' करे—तब तो कुछ हो वरना कोल्हू के बैल की तरह गोल-गोल घूमते कितने युग बीत जाते हैं!''

''अरे भाई, कोल्हू के बैल को गाली न दो। उसका गोल-गोल घूमना सार्थक भी होता है—तेल पेरा जाता है इस बहाने। आदमी के गोल घूमने में तो कुछ भी नहीं घटता—कुछ भी नहीं; वही रात, वही दिन, वही रोना, वही गाना—रात गँवायी सोय के, दिवस गँवाया खाए के! कबीर, भक्त कवि, सूफ़ी और मेटाफिजिकल कवि—डन, हर्बर्ट वग़ैरह हर क़दम पर याद आते हैं न!''

''मैंने अंग्रेज़ी ज़्यादा नहीं पढ़ी, दीदी। मेरी और सरोज जैसी लड़कियाँ कितनी समृद्ध हो जाएँगी न, अगर विश्व साहित्य उन्हें अपनी भाषा में पढ़ने को मिले। सिद्धू और महिमा ने अपने स्कूल के पाठ्यक्रम गठन में इसकी व्यवस्था की है।''

''क्या महिमा ने तुमको इतना बताया?''

''नहीं, अभी उससे प्रत्यक्ष संवाद शुरू नहीं हुआ। उसके ईमेल का मुझे इन्तज़ार है। कुछ बातें सिद्धू ने बताईं, कुछ शक्ति'दा ने...।''

''इन भाई-बहन का प्रेम भी अनूठा है न?''

''हाँ, मगर शक्ति'दा ने जिस टीवी चैनल वाले की बेटी से मेट्रीमोनियल अलायंस (...क्या कहेंगे इसको—विवाह-संधि या विवाह-व्यापार?) किया है न, उसकी महिमा से नहीं बनती, न उसके बूढ़े बाप-माँ से बनती है। शक्ति'दा रातोरात

स्टार तो बन गए, पर स्टार बेचारे की पीठ पर अँधेरों की विकट बोरियाँ तो लदी ही होती हैं।''

''क्या वह अब भी तुम्हारे सम्पर्क में हैं?''

''कभी बहुत दुखी होते हैं तो फ़ोन कर लेते हैं। एक सुखद परिवर्तन दिखता है उनमें! दुख उन्हें धीरे-धीरे माँज रहा है। थोड़ी-सी परिपक्वता आई है।''

''और सरोज? बेंजामिन ने उसे शादी का प्रस्ताव दिया था, उसका क्या हुआ?''

''शादी वह नहीं करेगी। बच्चों में डूबी है और काम में भी। नफ़ीस बता रहे थे, उसका 'काउंसेलिंग केन्द्र' बहुत अच्छा चल रहा है।''

''बेंजामिन दुखी हो गया होगा?''

''आदिवासी और दूसरे समाजों में दुख मवेशियों की तरह ही पल जाते हैं, जैसे घर के सदस्य हों—उनकी उपस्थिति अलग से नहीं गिनी जाती। भूत-प्रेतों और मवेशियों, चिरई-चुरंग की तरह उनसे सहज वार्तालाप चलता रहता है। उससे ही आती है उनके जीवन में एक अजब-सी अगाधता। वो क्या कहते हैं अंग्रेज़ी में—लार्जर दैन लाइफ़ पर्सपेक्टिव—'जीवन से बड़े हैं, बंधु, इस जीवन के रास्ते' वाला महाभाव इससे ही सधता है।''

सवत्सा गाय की तरह ललिता'दी अब मेरे आगे चल दीं और मैं इनके पीछे-पीछे चलती, इनका उड़ता हुआ आँचल सराहती, जब इनके साथ मेट्रो स्टेशन पहुँची तो 'स्मार्ट कार्ड' विक्रेता से लेकर 'फ्रिस्किंग काउंटर' तक के लड़के-लड़कियों से इनकी अन्तरंग वार्ता का क्रम निहारती रही।

ट्रेन में भी अग़ल-बग़ल जो बैठा मिला, उससे कुछ-कुछ बोलती-बतियाती ये रहीं। घर पहुँचने पर दरवाज़ा दो हँसमुख वृद्धाओं ने एक साथ खोला। पता चला, एक इनकी माँ हैं, दूसरी सास। अनन्य सखियों की तरह दोनों घुटनों तक साड़ी उठाए बैठी थीं क्योंकि बाथरूम का नलका फट गया था और पूरा फ़्लैट जलमग्न हो गया था।

''अरे माँ, फ़ोन क्यों नहीं किया? जल्दी आ जाती। बच्चे नहीं लौटे क्या?' पूछते हुए इन्होंने जल्दी-जल्दी प्लम्बर को फ़ोन लगाया तो पीछे बैठी सास ही पहले बोलीं : 'नहीं-नहीं, तू पढ़ने गई थी न। तू पढ़ने जाती है तो हमें कितना अच्छा लगता है! इतनी देर हमने सँभाला, अब तू सँभाल।''

पीछे से माँ दो प्लेटों में हमारे लिए पोहा ले आईं और उसी जलमग्न धरती पर मोढ़ों के ऊपर पैर सिकोड़कर हम पोहा खाते, प्लम्बर का इन्तज़ार करते और हँसते हुए 'कामायनी' लगे गाने :

नीचे जल था, ऊपर हिम था,
एक तरल था, एक सघन,

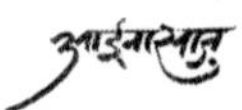

एक तत्त्व की ही प्रधानता,
कहो उसे जड़ या चेतन।

हमारा समवेत गायन सुनकर चौधरी साहब ऊपर वाले कमरे से नीचे झाँकते हुए बोले :

"तुमने मुझे हिम कहा न! मैं बर्फीला दीखता हूँ तुम्हें? ऐसा हिममानव भी नहीं। कहाँ है मग्गा, लाओ। मैं भी पानी उलीचता हूँ।"

थोड़ी ही देर में ललिता'दी के बच्चे भी आ गए, और सारी आपसी तना-तनी भूलकर घर के सब लोग टखनों तक पानी में डूबे हुए फ़र्श पर जमा पानी गमलों में लगे उलीचने। मुझे याद आया हर युद्ध के दौरान हमें स्कूल में रटाया जाने वाला नारा—'संकट में भारत एक है'।

पानी उलीचते हुए एक-दूसरे पर पानी डालता हुआ पूरा परिवार होली खेलती हुई मस्त टोली लग रहा था। यह दृश्य देखते हुए मुझ पर ललिता'दी के तर्कों का मर्म एकदम झपाक् से खुल गया। तो इसी एक क्षण के अमियपान की ख़ातिर रोज़-रोज़ का गरल गवारा था इनको?

सबसे आनन्दप्रद दृश्य था दो वृद्ध माताओं का। दोनों एक-दूसरे की बोली भी ठीक से समझ नहीं पाती थीं। ललिता'दी की माँ बज्जिका, मैथिली में लगातार कुछ-कुछ सुझाव दिये जा रही थीं और उनके पति की माँ फेटा बाँधकर हरियाणवी में जवाब दे रही थीं, पर संवाद निर्बाध चल रहा था।

"जैसे ई ललिता जल्दी-जल्दी सब काम ओरिया कर लाइब्रेरी भागती है न, हम भी गंगा स्नान को भागते थे। दिन भर का किचकिच धुल जाता था।"

"हमारे हरयाणा में तो हमारे खेत ही गंगा-जमणा थे। दिन वहीं खलिहाण पर निकल जाता, रात रसोई में।"

इसी तरह की स्मृतिप्रवण बातें होती रहीं। अचानक चौधरी साहब शरमाते हुए बोले (सुखद बातें बोलते हुए वे अक्सर लजा जाते। उनके ज़ेहन में बैठा था कि सार्वजनिक प्रदर्शन की चीज़ तो ग़ुस्सा है, प्यार नहीं) :

"अम्मा आटे के लड्डू कमाल के बनाती हैं।"

"हाँ, जब हमारा नया-नया परिचय हुआ था, अम्मा, ये आपके बाँधे हुए सारे लड्डू मेरे हॉस्टल ही दे आते थे और भुक्खड़ों की तरह लड़कियाँ उन पर टूट पड़ती थीं।"

"अच्छा, मुझे तो इसणे बताया ही णा, वरना मैं टोकरी भर बणा भेजती!"

"दादी और नानी, दोनों लो कैलरी भी कुछ बनाया करो जो हमारे कैलरी-कॉन्शस दोस्तों को पसन्द आएँ।"

"क्यों बबुआ, सत्तू का नमकीन शरबत, मखाने के गरम-गरम लावे, लिट्टी-

चोखा, दलपिट्ठी, मूंग जवा, भूँजा, चूड़ा-दही—बिहार तो हेल्थ फूड से पूरा टेबुल भर देगा तुम्हारा।''

''और हरयाणा से जवार-बाजरे की रोटी के संग-संग झागदार लस्सी पीकर ही तो सब सेना के जवान और खिलाड़ी निकलते हैं।''

''अच्छा, तो इस सफ़ाई अभियान के बाद माँ सत्तू-पराँठे और भरवाँ परवल बना दें और अम्मा झागदार लस्सी और लड्डू।''

इस बीच प्लम्बर भी आ गया तो साँस में साँस आई। जो कालीनें जल्दी-जल्दी समेटकर लम्बूतरी खड़ी की गई थीं, मिलकर बिछाई गईं। अस्त-व्यस्त हुआ सारा घर मिलकर व्यवस्थित किया गया। और मिलकर काम करने के बाद की, किसी सामुदायिक अभियान के बाद की जो मीठी थकान होती है, उसमें अदरक की चाय का दौर जितना सुखद हो सकता है, हुआ। उस दिन पहली बार मैंने महसूस किया कि गहरी थकान के बाद हम मिलकर चाय नहीं पीते, आपसदारी के गाढ़े आसव की चुस्की लेते हैं जिसका सुरूर जीवन से कभी नहीं जाता :

बलि-बलि जाऊँ मैं, मधवा पिलाई के,
अपने ही रंग रँग लीनी के
मोसे नैना मिलाई के।

30

मातृसदन

आज सुबह-सुबह व्हाट्सएप्प पर एक तसवीर देखकर मन कैसा तो हो गया और मैं सरोज के 'मातृ-सदन' की तरफ़ दौड़ी। तसवीर में फ़ुटपाथ पर मरी पड़ी एक मज़दूर औरत के सारे कपड़े अस्त-व्यस्त थे और उसका दुधमुँहा बच्चा उसकी छाती में मुँह लगाए विस्फारित नेत्रों से आसपास खड़ी भीड़ की चकर-पकर देख रहा था। गैंग रेप के बाद उसी तरह की घायल अवस्था में दुधमुँहे बच्चे के साथ जो लोग उसे फ़ुटपाथ पर पटक गए थे, उनका तो कहीं नामोनिशान नहीं था, पर नफ़ीस और सरोज बच्चे को 'मातृसदन' ले आए थे।

तय यह हुआ था कि बच्चे के पिता या अन्य किसी रिश्तेदार के आगे नहीं आने पर 'मातृसदन' की स्त्रियों के सम्मिलित मातृत्व की छाया में बच्चा पल जाएगा। 'मातृसदन' सरोज की कल्पना की उपज थी। नफ़ीस ने अपने अस्पताल के परिसर में परितप्त स्त्रियों के मानसिक स्वास्थ्य-लाभ के लिए एक 'कॉउंसलिंग सेल' जो खोला था, सरोज की मेहनत और लगन से वह परितप्त स्त्रियों, उपेक्षित वृद्धों और

अनाथ बच्चों का एक सम्मिलित परिवार-सा बन गया था। नफ़ीस अपनी प्रैक्टिस का अधिकांश वहीं देते थे, कुछ और डोनेशनों का भी इन्तज़ाम हो रहा था।

सरोज और नफ़ीस मिलकर जिस तरह केन्द्र का विकास कर रहे थे, उससे मेरी आँखें भर आईं। एक बार सोचा : छोड़ूँ आगे पढ़ाई का चक्कर और इनके इस महाभियान में ही जुट जाऊँ, पर मेरे लिए नफ़ीस का सपना था कि आगे पढ़कर अच्छी शिक्षक बनूँ।

"अच्छे शिक्षक की संसार को ज़रूरत है। आगे चलकर इस परिसर में तुम अपना स्कूल खोलना।"

पुलिस और पत्रकार इंद्रधनुष की तरह बारिश-तूफ़ान गुज़र जाने पर एकदम से प्रकट हो जाते हैं और उनसे निबटना भी एक विकट काम होता है। उसी में लगे थे नफ़ीस और सरोज—दोनों। बच्चा अब मेरी गोद में था—भूख से ऐंठता हुआ, पसीने से तर-ब-तर। इतनी भी ताक़त उसमें नहीं बची थी कि ठीक से रो भी पाता। मैं उसको चम्मच से दूध पिलाने का जो यत्न कर रही थी, बिलकुल निष्फल हो रहा था, क्योंकि उसे बोतल या चम्मच की आदत ही नहीं थी।

अंदर कूलर में जाने की सोच रही थी कि बसन्ती भाभी दौड़ी हुई आईं और पटाक से वहीं अपनी छाती खोल बच्चे का मुँह उसमें लगा दिया। फिर दोनों कूलर की ओट में सुस्ताने बैठ गए। उनके अपने पेट-जाए तीनों उसे घेरकर उत्सुकता से अपने नये भाई का मुँह देखने लगे। और मेरे मन में बसन्ती भाभी की पूरी कहानी घूम गई जो सरोज ने एक दिन मुझे सुनाई थी :

"बसन्ती भाभी वैसे तो हमारे पूरे गाँव की भौजाई थीं, लेकिन बेंजामिन की ख़ास भौजाई। देख ही रही हो कि कितनी छबीली हैं बसन्ती भौजी, लेकिन इनका दूल्हा बिलकुल ही बकलोल था। बेचारी का जी ही नहीं लगता घर में तो सुबह-सुबह नीम की हाथ-भर लम्बी दातौन लेकर घर से निकल जातीं और गाँव के एक-एक घर से दुआ-सलाम करती हुई तब तक घूमतीं जब तक दातौन उँगली-भर न बच जाए। कभी कहीं कोई अलाव तापता मिलता तो वहाँ बैठ जातीं, किसी के चौके में घुसकर पालक कतरतीं तो मुट्ठी-भर पालक आँचल में बाँध भी लेतीं। रास्ते में कोई मछली मारकर लौटता होता तो अधिकारपूर्वक उसमें से अपना हिस्सा माँगतीं। किसी की बाड़ी में बैंगन फले होते तो दो-चार तोड़ लेतीं। किसी के आँगन में मूँगबड़ियाँ पारी गई होतीं तो मुट्ठी-भर वो भी...। अन्त में लदी-लदाई जब घर पहुँचतीं तो पैंतीस बरस की बसन्ती भौजी को सत्रह बरस की उनकी पतोहू घेर लेती कि 'अम्मा, हमहूँ, हमहूँ, अम्मा, हमहूँ।'

"बात-बात में कभी झोंटा-झोटौवल भी हो जाता, लेकिन फिर थोड़ी ही देर बाद एक थाल में खाने बैठतीं तो सास-बहू—दोनों के बालगोपाल उन्हें घेरकर उनकी सब मछलियाँ बीन लेते। एक दिन छनककर बहू बोली :

"माई, का हमसे परतर करती हो! अच्छा लगता है कि सास-बहू एक साथ बच्चे जनें? थोड़ी तो सरम करो, बुढ़ा रही हो अब तो।"

"बुढ़ाएँ मेरे दुश्मन! असल बुढ़िया तो तू है, सारे ज़माने की परनानी। सैतान की खाला।'

"और फिर अगले ही घंटे सब भूल-भालकर उसी बहू की चोटी गूँथने भी बैठ जातीं। इसी मस्त-मलंग बसन्ती भौजी के संग कुछ ऐसा घटा कि सरोज अपने गाँव जाकर इन्हें साथ ले आई। पता नहीं, कैसे क्या हुआ कि बेंजामिन का नाम इलाके के नामी नेक्सलाइटों में गिना जाने लगा। पुलिस उसके पीछे पड़ी और वह भागकर यहीं सरोज के पास दिल्ली आ गया। इसका बदला पुलिस ने ऐसे लिया कि फेक एनकाउंटर में बसन्ती भौजी का बेटा मारा गया और बहू का कहीं नामोनिशान नहीं। अपने चार और बहू के तीन बालगोपालों के साथ बसन्ती भौजी पंजाब कमाने गए अपने दूल्हे को लाख मोबाइल लगाएँ, वहाँ रिंग ही न जाए। गाँव के लोगों ने किसी तरह सरोज को ख़बर की तो वह जाकर सबको यहीं लिवा लाई और फ़िलहाल यह हुआ है कि बेंजामिन अपनी भौजी, भतीजों और भतीजियों के साथ सरोज के एक कोठरी के घर में ही रहते हैं—लेकिन अमन-चैन से। सरोज के अपने बच्चों को शुरू में कुछ दिक़्क़त हुई, पर धीरे-धीरे वे भी अभ्यस्त हो गए। बेंजामिन भी कहीं चौकीदारी करके पैसे लाने लगा है और बसन्ती भौजी नर्सिंग का काम-काज सीख रही हैं।

"बच्चे बहुतेरे इकट्ठा हो जाएँ तो वे आपस में यों ही पल जाते हैं, एक-दूसरे को देखते-सँभालते," उस दिन बसन्ती भौजी बोलीं तो मैंने सोचा, इन बच्चों में से जो थोड़े बड़े हो गए, उन्हें हम अपने घर भी लिये जा सकते हैं। ऊपर का जो कमरा ख़ाली हुआ है—उसमें उनके पढ़ने-लिखने की भी व्यवस्था हो सकती है। पर इतनी जल्दी नफ़ीस से अपने दिल की बातें मैं करूँ तो कैसे? क्या सचमुच उसका घर मेरा भी घर है? क्या सचमुच मेरा भी कोई अपना घर है? सहसा विश्वास नहीं होता।

कश्मीर बम-विस्फोट में पापा की मृत्यु के बाद मैं और अम्मा कई रिश्तेदारों के यहाँ अभ्यागत-भाव से रहे। लोग बुला तो लेते थे पर तीन-चार दिन बाद ही हमारी उपस्थिति उन पर भारी पड़ने लगती थी। जितने दिन भी अम्मा उनके यहाँ रहतीं, काम ही करती रहतीं (उसी दौरान मैंने भी साथ लगे-लगे बहुतेरे काम सीखे—फॉल लगाना, कपड़ों की मरम्मत, सिलाई, कढ़ाई, बुनाई, बड़ी, पापड़, तिलौड़ी और अचार पारना और कड़ी धूप में उन्हें उलटते-पलटते रहना, बदन-मालिश, तरह-तरह के व्यंजन बनाना, बच्चे पालना), बावजूद इस सनातन चक्र के जब घर के और बच्चे बिस्कुट, टॉफ़ी, मिठाई या मैगी खाते तो मैं टुकुर-टुकुर माँ का मुँह देखती। एक बार मुझ पर तरस खाकर सबकी आँख बचाकर माँ ने टिन से दो जिम्जैम

बिस्कुट निकाले जो पापा हर हफ़्ते लाया करते थे और छत पर जाकर मुझे खिलाए। 'गीता', कृष्णमूर्ति और ओशो पढ़ने वाली मेरी माँ ने मेरे लिए बिस्कुटों की चोरी की...। उसके बाद उसे इतनी ग्लानि हुई कि उसने कहीं आना-जाना छोड़ दिया और हम अपनी दो कोठरी के पुश्तैनी घर में ही सन्तोष से रहने लगे। वहीं से वह टिफ़िन का खाना लॉजों में भेजने लगी और हमारा काम चल गया, लेकिन फिर कैंसर का लम्बा दौर...उस घर के नाम पर मौसा जी ने पैसे लिये, माँ के बाद मैं उनके घर आ गई और घर उनका हो गया।

और अब यह घर? क्या सचमुच यह घर शादी करते ही मेरा हो गया? क्या कोई घर किसी का होता है—ख़ास कर औरत के लिए? भूले नहीं भूलते वे दिन जब मैं ड्रग-रैकेट में लिथड़ती हुई, नीमबेहोशी में बड़े-बड़े लोगों के 'घर' भेजी जाती थी। साथ की लड़कियों ने बाद में मुझे बताया कि चूँकि मेरी उम्र कम थी, मेरी क़ीमत ज़्यादा थी। नशे की सुई की तड़प में मेरी प्रतिरोधक क्षमता न के बराबर हो गई थी—धारा में ख़ुद को निश्चेष्ट छोड़ दिया था मैंने। सुनती हूँ, पॉर्न मार्केट में मुझ पर फ़िल्माई हुई वीडियो फ़िल्में भी ख़ूब बिकीं—मालामाल हो गए मुझे इस क़ैद में रखने वाले। 'घर' ले जाते वक़्त सारे मंत्री-संत्री, अफ़सर, लेखक और कलाकार लल्लो-चप्पो करते जाते और घंटे-डेढ़ घंटे में जब खुमार उतर जाता या खुजली मिट जाती या पत्नी-बच्चों के घर लौटने का वक़्त हो जाता तो एक बड़ी महीन-सी अदृश्य झाड़ू मुझे बुहारकर ऐसे बाहर कर देती, जैसे टूटी हुई शराब की बोतल होऊँ मैं तो! भला हो सिद्धू का और उसके गाये सूफ़ी क़लामों का जो उस दिन की महफ़िल में मैं उसको दीख गई और वह किसी तरह मुझे वहाँ से उबार लाया। अब भी उसकी उस रात का वह क़लाम मुझे गहरी नींद से जगाकर बिठा देता है : 'जब मकानो-लामकां से भी गुज़र जाता हूँ मैं, अल्ला-अल्ला...तुझको अपनी ही जगह पाता हूँ मैं।'

31

पुरानी दिल्ली

अस्पताल से लौटते हुए नफ़ीस को अपनी दादी फुफू के पास कुछ देर रुकना था। वे एक अर्से से बीमार थीं और इनके दोनों बच्चे मुल्क से बाहर ही थे। शौहर का इन्तकाल हो चुका था। नफ़ीस ने कई बार कहा कि दादी फुफू उनके पास ही आकर रहें, लेकिन उनके अपने पुश्तैनी घर के हरेक कमरे में दूर-पास के जो इतने ज़्यादा ग़रीब-गुरबा रिश्तेदार और जानकार पल रहे थे, उन्हें छोड़कर कहीं और जाना उन्हें गवारा न था। मैं सरोज के 'मातृसदन' में ही थी कि नफ़ीस का फ़ोन आया : ''साथ चलोगी?'' हालाँकि मेरा मन काफ़ी थका और उदास-सा था, फिर भी मैं उठ खड़ी

हुई। कम बोलने वाला व्यक्ति हर बात इतना सोच-विचारकर, संभ्रम-विभ्रम की ऐसी कुहेलिका काटता हुआ बोलता है कि उसके बोलने में एक ख़ास बात पैदा हो जाती है।

ओशो की किताबें पढ़-पढ़कर मेरी माँ ने जितना हठयोग मुझे समझाया था, उसमें से कुछ बातें मुझे नफ़ीस के साथ रहते हुए लगातार याद आती हैं। माँ कहती थी कि मूलाधार पृथ्वी तत्त्व का वाहक है तो ध्यान की गहन अवस्था में वहाँ के पीले चतुष्कोण के बीच से 'लं' की ध्वनि उठती सुनाई देती है झींगुर की लय में। ऐसे ही हर चक्र पर कोई रंगीन आकृति, कोई ध्वनि उभरती है और गर्दन के बीचोबीच के रंगहीन, आकृतिहीन आकाश में उभरती है शंखध्वनि—सागर के अतल से उठती शंखध्वनि।

अनहद की ये कुछ अवस्थाएँ हैं—ऐसा माँ दस-बारह की उम्र में भी मुझे समझाया करती। उस समय तो मैं बहुत बोर होती थी लेकिन अब समझती हूँ कि ज्ञान-ध्यान की बातें इतना ज़्यादा क्यों बताती थी माँ—शायद इसलिए कि एक पितृहीन बालिका के आसन्न अनुभव में आने वाली कड़वी-खट्टी बातों और उन भयावह दृश्यों में मेरा मन न रमे। मुझे यह एहसास बना रहे कि जीवन उतना ही नहीं है जितना दिखाई देता है—कुछ और भी है जीवन में जीवन के पार...।

मौन की मथानी से मथा हुआ मन जो शब्द उचारता है, उनमें नवनीत का स्पर्श होता है—माँ की यह बात मुझे हर बार याद आती है जब नफ़ीस मुझे कुछ कहते हैं। पूरा वजूद शंखध्वनि के साथ-साथ, नूपुर और जलतरंग की उच्छल ध्वनियों में लीन होने लगता है। सूफ़ियों और हठयोगियों की अन्तरंग अनुभूतियों में सब कुछ तो साझा ही है। पढ़े-गुने-सुने हुए सारे प्रसंग जैसे चरितार्थ होने लगते हैं। क्या यही प्रेम है? इश्क़हक़ीक़ी?

गाड़ी में नफ़ीस के बग़ल वाली सीट पर बैठी हुई मैं ख़ुद को राजमहिषी से कमतर महसूस नहीं करती। नहीं भी वे कुछ बोलते तो उनकी तरफ़ की खिड़की से आती हवा गाने लगती है। बारिश की बूँदें लगती हैं कानों में कुछ कहने और मेरा बदन सिहर जाता है। रिज की तरफ़ से पुरानी दिल्ली जाते हुए अक्सर जो मोर मिल जाते हैं, गर्दन घुमाकर हमें आशीष-सा देते हैं मानो। मुझे चुप देखकर इस बार नफ़ीस ने ही बात शुरू की :

"ज़िन्दगी के अन्तिम बीस बरस तो अम्मी कुछ बोलीं ही नहीं। टुकुर-टुकुर बस देखती ही रहीं सब कुछ।"

"..."

"नहीं, दुख देह का नहीं था, न ही वे स्वभाव से इतनी ख़ामोश थीं...बचपन में तो मेरे साथ कौन-सा खेल नहीं खेलती थीं! दौड़-भाग के भी सारे खेल मैं और मेरे दोस्त खेलते थे उनसे...तरह-तरह के क़िस्से सुनाती थीं...पर तब ही जब बाबा काम

से बाहर निकले होते। उनके घर आते ही एकदम से सहमकर बैठ जातीं और चौके में घुस जातीं।''

''अच्छा, तो क्या शुरू में बाबा बहुत सख़्त थे?''

''अजब रिश्ता था उनका। जब तक जीं अम्मा, बाबा ने कभी उनसे न सीधे मुँह बात की, न सीधी निगाह से देखा...हरदम उनके सख़्त पिता बने रहे—तरह-तरह की हिदायतें देते, नुक्स ही निकालते रहते उनमें और उनके रिश्तेदारों में, ख़ास कर मेरे मामू में जिनसे उनकी पुरानी अदावत थी...पर अम्मी की मौत ने उन्हें एकदम से बदल दिया...एकदम फ़कीर हो गए। उनका सूफ़ी वजूद उनकी मौत के भयावह झटके से ही एकदम प्रकट हो गया।''

''अरे...!''

''एक तरह से उनकी मौत के ज़िम्मेदार वे ही थे। मायके की नाजों-पली लड़की भाई और दूल्हे के बीच की तनातनी में असमय कुम्हला गई।''

''मामू और अब्बू के बीच तकरार की वजह क्या थी?''

''ख़ास कोई बात नहीं थी, मूँछ की लड़ाई थी। मुमानी और अब्बू चचाज़ाद भाई-बहन थे। मुमानी की नानी से बनती नहीं थी और नानी की लाडली थी अम्मी तो उनसे भी नहीं। छोड़ो ये बेकार के क़िस्से, इन बातों में कुछ नहीं रखा। लुब्बेलुबाब ये है कि नफ़रत की ताक़त प्यार से बड़ी हो जाती है बाज़ वक़्त क्योंकि नफ़रत करने वाले दिल प्यार कर सकने वाले मासूम दिलों से बहुत ज़्यादा हैं और यह बात भी सोलह आने सच है कि जिन्हें यह कायनात ज़रा ख़ास बनाती है यानी ज़रा सूफ़ियाना, उनसे लोग बिना बात ही चिढ़ते हैं, क्योंकि उनकी अना को इस बात से बहुत ठेस पहुँचती है कि कोई इतना अलग, इतना प्रखर कैसे है। सिंड्रेला की बहनें सिंड्रेला से आख़िर क्यों जलती थीं या किंग लियर की दोनों बड़ी बेटियाँ कोर्डेलिया से?''

''मैं ज़्यादा अंग्रेज़ी नहीं जानती, लेकिन यह नाटक मैंने देखा है...मासूमियत से जलन एक अलग बात है, पर ऐसे रगड़ों के पीछे कुछ आर्थिक लिप्साएँ भी होती हैं अक्सर...।''

''अरे, हो तो तुम भी मासूम, पर चलो, अच्छा है, यह बात तुमने पकड़ ली—बिलकुल सही पकड़ी...मुमानी को इस बात का भी बहुत ख़ौफ़ था कि नानो की लाडली हैं अम्मा तो अपनी जायदाद में उनको बराबर का हिस्सा न दे दें...जबकि अम्मी के लिए पैसा हाथ की मैल था। फिर वे अपने इकलौते भाई को भी इतना ज़्यादा चाहती थीं कि बस में होता, तो सारी दुनिया ही उन पर लुटा देतीं। उनसे या किसी से कुछ लेने का ख़याल उन्हें सपने में भी कभी नहीं आता...।''

''तो मुमानी ने अब्बू के और ज़माने-भर के कान भरे होंगे नानू और अम्मी के ख़िलाफ़...?''

''वो घरेलू पचड़े चल ही रहे थे कि अब्बू की फ़िल्में पिटनी शुरू हुईं। समानान्तर

सिनेमा में काम कुछ मिला, फिर उस तरह की फ़िल्मों का ज़माना लदा—महँगे सेटों वाली कमर्शियल फ़िल्में ज़ोर पकड़ने लगीं तो हालत लगातार पतली ही होती गई। कम्यूनिज़्म के प्रभाव में, इप्टा के आदर्शों से लहालोट घर से तो लड़कर निकले थे। ग़ुस्से में दादू ने भी अपनी ज़मीनों से बेदख़ल कर दिया था। वो तो जब मैं बड़ा हुआ और मेरे नाम की गई पुश्तैनी सम्पत्ति मेरे सिर पर आन पड़ी, तब मैंने इनके कर्ज़े उतारे और इन्हें दिल्ली लाया, पर तब तक अम्मी जा चुकी थीं और अब्बू मन से फ़क़ीर हो चुके थे। बचे हुए पैसे से क्लिनिक बनाया, निज़ामुद्दीन वाला वह घर तो पुश्तैनी ही है।''

''तो आपका बचपन मुम्बई में बीता?''

''हाँ, लेकिन दसवीं के बाद मैं ज़्यादा दिल्ली ही रहा, अपने दादू के पास। बीच-बीच में जब भी घर जाता, अम्मी की हालत देख कलेजा मुँह को आ जाता। अम्मी के रिश्तेदार और दोस्त ड्राइंग रूम में नहीं बैठ सकते थे। उनकी किताबें बिस्तर पर बिखरी हुई नहीं रह सकती थीं। अक्सर ही थालियाँ पटक दी जातीं...। अन्त के दिनों में तो अम्मी का मायका जाना भी बन्द हो गया था। छुप-छुपकर हाजी अली की दरगाह में भाई-बहन मिलते। जब भी मामू मुम्बई आते और मैं भी वहाँ होता, मुझे भी बहुत प्यार करते...लेकिन बेमेल शादियाँ ज़िन्दगी तबाह कर देने का सबसे कामयाब उपाय हैं, इतना तो मैंने जान ही लिया है।''

''तो मुझसे शादी करते डर नहीं लगा?''

''तुम्हें मैं एक अर्से से देख रहा हूँ, सरोज वाले हादसे के बाद से, लगातार। कुछ तुममें है जो हमारे साथ धमाचौकड़ी मचाने वाली शुरुआती अम्मी से मिलता है—वैसे ही बात-बात पर चौंक जाना, वैसी ही अलमस्ती...इतना ही कह सकता हूँ कि तुम्हारी हालत बाद वाली अम्मी जैसी कभी नहीं होने दूँगा।''

अंधा क्या चाहे, दो आँखें! मेरी धड़कनें इतनी तेज़ तो कभी भी नहीं हुई थीं। कुछ देर चुप्पी-सी छाई रही, फिर वे ही धीरे से बोले :

''ख़ुसरो की एक क़व्वाली सुनोगी? शाहाना को भी बहुत पसन्द है...तुमसे मुझे यह उम्मीद है कि तुम शाहाना का ध्यान हरदम ही रखोगी...वह भी घर की सदस्या है। और हाँ, यह एक बात कि मुझसे यह भी उम्मीद मत रखना कि रोज़ एक ही बात रटता रहूँगा मैं...या रोज़ इतनी ग़प्पें लगा सकूँगा...बोलना मेरा स्वभाव नहीं है। बोलते हुए मुझे अजब ख़ाली-ख़ाली-सा लगता है, जैसे भीतर का कुछ खो गया हो! और मेरा मुँह भी दुखने लगता है।''

यह कहकर बंदा फिर से ऐसे साइलेंट मोड पर गया कि महीनों फिर हाँ-हूँ ही करता गया।

फुफू दादी की तबीयत इतनी नासाज़ थी कि मुझे यही ठीक जान पड़ा कि कुछ दिन मैं उनके पास ही रुक जाऊँ। रुकने को तो नफ़ीस भी रुक सकते थे लेकिन

दरियागंज से बदरपुर अस्पताल की दूरी इतनी ज़्यादा थी कि सुबह-सुबह का ट्रैफिक जाम झेलते हुए अस्पताल पहुँचने में उन्हें रोज़ तीन घंटे लग जाते। वहाँ कुछ मरीज़ अब-तब की हालत में भी थे और जूनियर डॉक्टरों में जो सबसे ज़्यादा होनहार थे, उन्हें सुपर स्पेशलिटी (डी.एम.) की प्रवेश-परीक्षा देनी थी तो डेढ़ महीनों से वे छुट्टी पर ही थे। कुल मिलाकर तय हुआ कि मैं अकेली ही रुकूँगी तब तक जब तक फुफू दादी के बेटे-बहू बाहर से न आ जाएँ।

सेवा करने में तो मैं बचपन से पारंगत हूँ। बारह-तेरह की ही थी तो माँ बीमार पड़ी। मुझसे अच्छी चम्पी-मालिश तो शायद ही कोई करता हो मुहल्ले-भर में। तभी तो मुहल्ले में कोई औरत बीमार पड़ती या बाद के दिनों में हॉस्टल में, तो मेरी ही गुहार लगती। बुज़ुर्गों की सेवा करते हुए मैंने एक बात यह भी समझी थी कि प्यार-भरे स्पर्श के लिए तरसा होता है उनका शरीर और मनुहार-भरी बातों के लिए उनका मन। उनकी आधी बीमारी तो इससे ही दूर हो जाती है कि उनसे उनके पुराने दिनों की चर्चा सुनो या अपने लिए कोई सलाह माँगो। सलाहों की तो मुझको हमेशा ज़रूरत रहती थी और क़िस्सों की भी मुझमें गहरी तलब थी, सो बुज़ुर्गों से मेरी हरदम अच्छी निभती।

नफ़ीस की दवा और मेरी सेवा से जब फुफू दादी धीरे-धीरे ठीक होने लगीं तो एक दिन मैंने उनकी जमकर फ़ेशियल की। बालों में मेहँदी लगाई। मैनिक्योर-पैडिक्योर भी कर दिया उनका। शाम को उनको थोड़ा टहलाया भी, तो आहिस्ता-आहिस्ता वे 'फ़ॉर्म' में आने लगीं। लगीं बताने मुझको नफ़ीस की अम्मी के बारे में सब कुछ, जो अब तक नफ़ीस भी मुझे बता नहीं पाए थे :

''मालिश तो तेरी सास भी तेरे जैसी ही करती थी। हाथ भी उसके तेरे जैसे मुलायम थे। बस, रंग ज़रा पक्का था और थोड़ी ज़्यादा ही दुबली थी। इम्तियाज़ हीरोइनों के बीच रहने वाला आदमी, उसको वो इसीलिए कम ही जँची। पर ख़ानदान आला था, भाई सिविल सर्वेंट था, वालिद बैरिस्टर थे, जब तक जिए, तेरे अब्बू के ख़ास दोस्तों में रहे। उन्हीं के जिताए अपने सब सिविल मुक़दमे अब्बू ने जीते। वे सब ज़मीनें वापस पाईं, जो उनके सौतेले भाई दबाए बैठे थे। इसीलिए तेरे अब्बू ने उनकी बेटी का रिश्ता ठुकराया नहीं...जल्दी से उन्होंने इसलिए भी 'हाँ' कर दी क्योंकि उन्हें लगा था कि उनका अफ़लातून बेटा घर-गृहस्थी में बँधकर कुछ तो दुनियादार हो लेगा।''

''फ़ोटो में तो अम्मी का चेहरा नफ़ीस-जैसा ही जान पड़ता है?''

''हाँ-हाँ, उसका चेहरा नमकीन था और ज़बान एकदम शीरीं—तेरे-जैसी। हँसी भी तेरे ही जैसी—आँखों में तेरे ही जैसी चमक और ममता। रंग से क्या होता है, बेटा, असली सुन्दरता तो ये ही है—पर इम्तियाज़ को यह समझने में देर लग गई।''

''सुना है, अब्बू की मामू से भी कम ही पटती थी?''

"हाँ, वह बड़ा अफ़सर था, गाड़ी-घोड़े वाला और इम्तियाज़ ने शादी के लिए 'हाँ' ही तब की जब उसकी सारी फ़िल्में पिटने लगीं। उस समय उसका दिमाग़ इतना चिड़चिड़ा हो गया था कि जो उसको सलाह देने जाए—वो ही उसका जानी दुश्मन हो जाता था। कटकटाकर दौड़ता उस पर।"

"रोब-दाब वाले बड़े ब्यूरोक्रेट को तो अब्बू 'क्लास-एनिमी' भी समझते होंगे शायद?"

"बहन उसकी लाडली थी। जब बाप भी न रहे तो बहनोई की हालत ख़स्ता जान उसने कई तरह से उसकी मदद करनी चाही और उसके एवज़ में कुछ सलाहें भी दीं। ये ही सलाहें ज़हर हो गईं। मेरे भतीजे यानी तेरे अब्बू भी समझाने गए तो इतनी थूकम-फ़ज़ीहत हुई कि घर लौटकर अपनी सारी ज़मीनें अपने पोते के नाम लिख दीं उन्होंने और बेटे को बेदख़ल किया।"

"यह भी उलटा ही पड़ा होगा अम्मी पर?"

"और क्या! इम्तियाज़ को लगा कि अब्बू और भाई के संग मिलकर उसने उसके हाथ-पाँव बाँधने की यह साज़िश की है कि फ़िल्मों में और पैसे न झोंक सके और एक सद्गृहस्थ बनकर घर आ बैठे।"

"अम्मी ने कभी भी सफ़ाई नहीं दी?"

"वह तो उसके आगे बोल भी नहीं पाती थी पर हमदर्दी रखती थी उससे। अजब औरत थी वह। उससे भी हमदर्दी रखती थी वह, जो उसकी एक नहीं सुनता था। कहती थी : मैं उनकी उल्टी की बाल्टी, उनका कूड़ेदान हूँ। यह भी एक भूमिका है, उल्टी कर लेने या गन्दगी बाहर करने से मन थोड़ा बदलेगा। देखिएगा, जब मैं नहीं रहूँगी, ये मुझको ढूँढ़ेंगे कि कहाँ गई मेरी वह गूँगी-सी उल्टी की बाल्टी और फिर धीरे-धीरे बदलेंगे भी। क्रूर नहीं हैं, दयावान हैं—ग़रीब-गुरबों की तरफ़ से सोचने वाला क्रूर और बदमाश कैसे हो सकता है? नखरीले हैं ज़रूर और ये नखरे उठा लूँगी मैं, जब तक ज़िन्दा हूँ...।

"उसकी ये बातें जब मैंने उसके मरने के बाद इम्तियाज़ को बताईं, वह फूट-फूट कर रोया...और उसके बाद तो उसकी ज़िन्दगी कैम्पों में ही बीती—मार-काट, क्रान्ति हवा हो गई, प्रेम के संदेसे बाँटता फिरा हर तरफ़।"

"नफ़ीस अम्मी पर ही गए हैं ज़्यादा...।"

"देखने में तो अपनी दादी जैसा है।"

"अच्छा, दादी बहुत सुन्दर थीं?"

"बला की सुन्दर लेकिन रोबीली। पूरी देह ख़ूबसूरत गहनों से लदी, हुक्के की नली थामे दो बांदियाँ लगातार ही हाँ-हाँ करने को मौजूद। वो कहें कि सूरज पश्चिम से निकला है तो भी उन्हें 'जी हाँ-हाँ जी' ही कहना होता था। नफ़ीस की नानी भी ख़ूब बोलने वाली दबंग औरत थीं। इम्तियाज़ भी पहले बहुत बोलता था। इन्हीं

गड़बड़झालों की प्रतिक्रिया नफ़ीस और उसकी अम्मी पर ये हुई कि शब्दों से उन्होंने कुट्टी ही कर ली और अपने भीतर चले गए।"

32

गीत-अगीत कौन सुन्दर है

इधर एक नई घटना यह घटी कि सरोज की छाया में अपने बड़े भाई का विशृंखल परिवार छोड़ बेंजामिन भी कई-कई हफ़्ते ग़ायब रहने लगा और ललिता'दी अक्सर फ़ोन करके मुझे बताती रहीं कि चौधरी साहब के बस्ती वाले 'दूसरे' घर में उसकी आवाजाही बहुत बढ़ गई है जहाँ वे ग़रीबों और वंचितों की 'मुक्तिवाहिनी' नामक गुप्त सेना का संगठन एक अर्से से करते रहे हैं : "यह तो मैं नहीं जानती कि ये लोग बम बनाते हैं कि नहीं या अन्तरराष्ट्रीय आतंकवादी संगठनों से उन्हें आर्थिक सहायता मिलती है या नहीं—पर कुछ तो होता है वहाँ जिसका भेद वे मुझसे साझा नहीं करना चाहते। उनके नीमपागल बाने के पीछे कुछ संगठित कार्रवाइयाँ चलती हैं—रात-बिरात खुफ़िया फ़ोन आते हैं। मैं सवाल करती हूँ तो लड़-झगड़कर उसी अपने बस्ती वाले घर की ओर चल देते हैं और महीनों इधर का रुख़ नहीं करते।"

"बेंजामिन जैसा प्रेमी जीव भी ऐसा युयुत्सु हो जाएगा, कौन जानता था! घृणा एक बड़ी ताक़त तो है ही—शायद उतनी ही बड़ी, जितना प्रेम। आप ख़ुद ही कहती हैं कि ऋणात्मक ऊर्जाओं की भी अपनी सार्थकता है। पॉजिटिव-नेगेटिव तार जुड़ते हैं, तब ही बिजली दौड़ती है, संसार चलता है।"

"हाँ, लेकिन आग से आग नहीं बुझती। क्रान्तियाँ होती भी हैं तो प्रतिक्रान्ति घटने में देर नहीं लगती। हल तो संवाद ही है।"

"इन ग़रीबों ने इतना झेला है, इतनी भूख, इतना अपमान कि भीतर-भीतर धधकती चिनगारियाँ अब और धीरज नहीं रखना चाहतीं।"

इस बात पर ललिता'दी कुछ बोलीं नहीं, पर मेरे आगे मेरे बचपन का वह पूरा दृश्य कौंध गया जब शांति वार्ता के लिए गए पापा के बम विस्फोट में साफ़ उड़ जाने की ख़बर आई थी—और जो धुआँ फैला था मेरे जीवन में, मेरे जैसे कितने और लोगों के जीवन में, इसका हिसाब-किताब है किसी के पास?

"हर आतंकवादी समझता है कि वह सर पर क़फ़न बाँधे निकला एक क्रान्तिकारी ही है। किसी को अलग वतन चाहिए, किसी को अपने मज़हब की बढ़ोतरी का सन्तोष...बहुतेरे क्रान्तिकारी भी इनमें मिले होते हैं—ख़ास कर युवक लेकिन धीरे-धीरे ऐसी क्रूरता उनमें आ जाती है कि वे मनुष्य ही नहीं रहते।"

"'मनुष्य नहीं रहते' का मतलब?"

"मनुष्य नहीं रहने का मतलब संवाद के लायक़ नहीं रहना। सिर्फ़ बोलते जाना, सुनना नहीं। भगत सिंह, सुखदेव या सुभाष बाबू ऐसे नहीं थे। ऐसे नहीं होते क्रान्तिकारी। उनमें सबकी बातें सुनने का धीरज होता है और वे हदें पार करते भी हैं तो वैचारिक घृणा उनका उचकुन नहीं होती, सार्वजनिक कल्याण की कामना रखने वाली महान करुणा ही उनकी ईंधन होती है।"

"मैंने कहीं पढ़ा था कि आइसिस वाले बच्चों से बचपन छीन लेते हैं, दूध पीते बच्चों को ही खींच लेते हैं माँ की गोद से ताकि ममता, करुणा आदि महाभाव, जो माँ के संस्पर्श में पनपते हैं, उनमें पनपे ही नहीं।"

"माँ की या माँ जैसों की छाया में पला बच्चा उस हद तक क्रूर नहीं हो सकता कि अंधी हत्या करे और करता ही जाए...।"

"चौधरी साहब माँ को मानते हैं न...उनका बचपन तो सन्तृप्त बीता है न?" मेरे मुँह से सहसा निकल गया और एक सहमी हुई चुप्पी के बाद ललिता'दी बोलीं :

"हर नियम के अपवाद भी होते हैं, ख़ास कर तब जब किसी दरकते महास्वप्न की किरचियाँ एक साथ कई-कई आँखों में चुभने लगें। सुना तो यह भी है कि जिनके आउटहाउस में सरोज रहती थी, वे सांसद भी अपने घर पर इनकी बैठकें करते हैं। प्रतिपक्ष-प्रतिरोध भी अमियकुंड से ही निकले थे न, क्रिया-प्रतिक्रिया में अंडा-मुर्ग़ी का रिश्ता है। क्या जाने, कौन पहले हुआ या दोनों जुड़वाँ ही पैदा हुए और पैदा होते ही गुत्थम-गुत्थी-सी मचा दी!"

"जब तक यह सृष्टि है, महासमर जारी रहेगा। किसी के दबाए दबेगा नहीं— किसी शान्ति-पाठ से नहीं, फिर भी एक आदर्श, एक यूटोपिया की तरह प्रेम और शान्ति भीतर-बाहर के आकाशों में चमकने तो चाहिए।

"प्रेम और शान्ति के सूफ़ी एहसासों के बावजूद इतनी जोड़-तोड़, तोड़-फोड़, नफ़रत और अहंमन्यता फैली है सृष्टि में। जब ये आदर्श भी नहीं रहेंगे, तब की अराजकता की सोचो...।"

"योजना क्या है इनकी?"

"हर भ्रष्ट नेता, अफ़सर और हर उस जज पर एक नैतिक दबाव पैदा करना— ख़ास कर उनके बच्चों और बीवियों की तरफ़ से, जिनसे इनका एक खुफ़िया दल लगातार संवाद रखता है। उनके आगे उनके काले कारनामे वे खोलते हैं, जायज़ और अविलम्ब फ़ैसले के लिए उन्हें तैयार करते हैं कि वे पति-पिता को उकसाएँ, वरना सोशल मीडिया का सहारा लेते हैं पर दल का नाम उजागर नहीं होने देते। संगठन गुप्त कार्रवाइयाँ करता है। जहाँ तक मेरी जानकारी है, ये अभी उस जज के पीछे पड़े हैं जो पैसे खाकर सरोज के गैंपरेप वाले केस की डेट पर डेट बढ़ाए जा रहा था और अब बेंजामिन जैसे कई निर्दोष लड़कों को जेल भेजने पर तुला है।"

33

तसवीरें

'सप्रू हाउस' पुस्तकालय से निकलते हुए आज मंडी हाउस में मुझसे शाहाना की शागिर्द, उसकी ऐपरेंटिस टकरा गई। उसने बताया कि शाहीन को एक अन्तरराष्ट्रीय सम्मान मिला है और उसके बनाए चित्रों की प्रदर्शनी 'त्रिवेणी' में जल्दी ही आयोजित होगी। मैंने उससे दोस्ती करने के लिहाज़ से कहा :

''शाहाना ज़्यादातर बाहर ही पढ़ी है। उसे हिन्दी, उर्दू बोलने में दिक़्क़त होती थी और मैं अंग्रेज़ी बोलने में सहमती हूँ, इसलिए उससे तो मेरी बातचीत कभी भी खुलकर हो नहीं पाई, पर मैं उसके चित्रों का मर्म समझना चाहती हूँ।''

वह लड़की जसविंदर, कुछ देर तो चुप रही, फिर कहा :

''उन्होंने तो आपके लिए बहुतेरे चित्र छोड़े थे, पर मैं सब समेटकर अपने स्टूडियो अपार्टमेंट लिये आई कि आप शायद उनका मोल न समझ पाएँ।''

''समझाओगी तो समझ लूँगी। इतनी भी कुंद नहीं हूँ।''

''हाँ-हाँ, कुछ तो होगा आपमें जो नफ़ीस साहब ने शाहाना जैसी पाँच यूरोपीय भाषाएँ बोल सकने वाली जहीन कलाकार का साथ खोने का ख़तरा उठाकर आपसे शादी कर ली!''

जज के हथौड़ों से ऐसी मीठी चोटें खाते रहने का मेरा दिमाग़ बचपन से आदी है, फिर भी मैं ऊपर से नीचे तक सिहर गई। मेरा चेहरा भी उतर ही गया होगा क्योंकि जसविन्दर का कलाकार मन गुरुभक्ति से प्रेरित ऐसी खुटुकचाली पर थोड़ा पछताया, और बात सँभालती हुई वह तुरत बोली :

'पास ही तो मेरा अपार्टमेंट है। आइए, पेंटिंग्ज़ दिखाती हूँ। बियर तो शायद आप पीती नहीं हैं?'

मेरा मन जाने को सहज प्रवृत्त न हुआ, फिर भी मैं चली गई। माँ अक्सर कहती थी : 'दुविधा हो, खाऊँ कि न खाऊँ तो कभी मत खाओ। जाऊँ कि न जाऊँ तो जाओ ज़रूर।' देसी कहावतों, देसी कविताओं, रहीम और कबीर, ख़ुसरो और ग़ालिब की कविताओं के प्रज्ञा-कोष पर पलने वाला मेरा 'लोकल' मन 'ग्लोबल' होने की आकांक्षा से पीड़ित होकर वहाँ गया, ऐसा नहीं कहा जा सकता। वह गया क्योंकि उसे अपनी रक़ीब की ख़ूबियों से आह्लादित अपने प्रिय के मन की थाह पानी थी। ख़ुद तो नफ़ीस कुछ बोलते नहीं थे, उन्हें छूकर निकल जाने वाली हवा भी अगर मुझसे कुछ कहती हुई-सी जान पड़ती तो मैं कान में अंकवार लेती थी।

चाय पीकर मैंने धीरे से कहा : ''पहले वे ही चित्र दिखाओ जो शाहीन मेरे घर के लिए छोड़ गई थी...मेरे उन चित्रों का मर्म समझ लेने से शायद मेरा घर उन चित्रों का सुयोग्य अधिकारी हो जाए।''

अपार्टमेंट में एक कमरा तो ख़ासा सज़ा-धजा था, और उससे सटे बरामदानुमा कमरे में दीवारों से सिर टिकाए ज़्यादातर पेंटिंग्ज़ यों बैठी थीं ज्यों आदिवासी स्त्रियाँ हाड़-तोड़ मज़दूरी के बाद एक-दूसरे की पीठ के सहारे, सिर झुकाकर सुस्ताती हुई बैठ लेती हैं। झाड़-पोंछकर दो-चार चित्र उसने मेरे आगे पलटे और मेरी आँखें खुली-की-खुली रह गईं। एक चित्र में स्त्री के जननांग से एक लहराती हुई संदेश-पाती टँगी थी (एक स्क्रॉल जैसा, जो पुराने ज़माने में एक राजा दूसरे को भेजते थे) और उस पर अंग्रेज़ी में वह वाक्य लिखा था जो राजा पुरु सिकंदर से बोले थे :

"सुलूक की पूछते हो तो, मुझसे वैसा ही सुलूक करो, जैसा एक राजा दूसरे से करता है।"

"चौंकने की ज़रूरत नहीं है," जसविन्दर ने सिगरेट ऐशट्रे पर रखकर कहा, 'यह चिट्ठी प्रतीक है ज्ञान-ध्यान और पढ़ाई-लिखाई की उस पूरी परम्परा की, जो स्त्री-तत्त्व का समर्पण भीतर जगाए बिना कोई हासिल नहीं कर सकता। इंडियन मिस्टिसिज़्म योग, तंत्र विज्ञान और भारतीय इतिहास—सबके सूत्र यहाँ अनुस्यूत हैं और पेट्रिआर्की के उन सब दलालों को यह एक करारा जवाब भी है कि औरत को सिर्फ़ एक अंग में रिड्यूस करके मत देखो।'

दूसरी तसवीर के ऊपर अंग्रेज़ी में एक नोट टँगा था :

"अगर तुम बग़दाद में हो, तो तुम्हें पता है, तुम्हारी कुछ सखियाँ ज़हर खा रही हैं, या संगसार होने को तैयार हैं। अगर तुम सीरिया में हो तो तुम्हें पता है, तुम पर किसी क्षण बम गिर सकता है। अगर तुम अमरीका में हो तो तुम पर कहीं भी गोली चल सकती है—बिस्तर पर, विश्वविद्यालय में, कैफ़े में। ऐसे में रंगों से या शब्दों से खेलना एक अपराध ही जान पड़ता है।"

नीचे क्रिश्चन वधू की सफ़ेद पोशाक, हैंगर से टँगी हुई, पंखे से लटकी थी। सामने दीवार पर अफ्रीकी तंत्र का कोई प्रतीकचिन्ह था। नीचे बिस्तर के काले साटन पर दो गोरी स्त्रियाँ अधमरी पड़ी थीं, और ध्यान देने की बात यह थी कि वे तन्वंगियाँ न होकर पृथुलगात थीं। एक की पीठ पर छुरा घुपा था, दूसरी ड्रिप पर थी और ड्रिप की ख़ाली बोतल में एक बड़ा बुलबुला फँसा था।

"यह है एंड्रीन रिच के लेस्बियन कॉण्टिन्यूअम की धारणा पर उकेरा गया चित्र जिसका मतलब होता है—दुनिया के अलग-अलग हिस्सों में, अलग-अलग तरह की राजनीतियों के शिकार हर वर्ग और हरेक धर्म की स्त्रियाँ इस अर्थ में सखियाँ हैं क्योंकि देह सबके शोषण की आधारभूमि है—देह, जो कि अकुंठ आपसदारी के आसरे आनन्दधाम हो सकती है, देह, जो कि दुनिया की सूक्ष्मतम अनुभूतियों का उद्गम स्रोत हो सकती है।

"यह बात तो तय है, ज़्यादातर पुरुष स्त्रियों के सूक्ष्म संवेग समझने का धीरज

नहीं रखते, जिसके चलते स्त्रियाँ उनके लिए बंदर के हाथ का नारियल हो जाती हैं या भैंस के आगे बजती हुई बीन।''

''ज़्यादातर जोड़ों का सॉफ़िस्टिकेशन लेवल ही नहीं मिलता। हाँ, मगर समझने की बात यह भी है कि विकासशील देशों में जहाँ ज़्यादातर पुरुषों के पास सही ढंग की नौकरी भी नहीं है, उनका पुरुषत्व ही खटाई में पड़ गया-सा दीखता है। पुरुषार्थ के निर्धारक चार तत्त्वों—धर्म, अर्थ, काम और मोक्ष—में दो तत्त्व तो इहलौकिक ही हैं, और अर्थ के बिना 'काम' भी बाधित ही रहता है। इसलिए भी औरतों-बच्चों पर वे अपनी खुंदक निकालते रहते हैं।''

''आपको क्या लगता है, आर्थिक समस्याओं के निवारण में ही स्त्री-मुक्ति के सूत्र हैं? साम्यवादी देशों या समृद्ध देशों में स्त्री-देह और स्त्री-मन समझा गया? स्त्रियों के प्रति आक्रामक भाषा का प्रयोग नहीं होता था वहाँ? सही ढंग की आपसदारी थी स्त्री-पुरुष में?''

''भेद-भाव की संरचनाओं का एक बड़ा अवलम्ब आर्थिक वैषम्य तो है ही। हर व्यक्ति के भीतर कोई एक तत्त्व जो विशिष्ट होता ही है, वह तत्त्व पूरी तरह फल-फूल पाए, उसकी अन्तर्निहित सम्भावनाएँ पूरी तरह मुकुलित हों, इसके लिए उसको कुछ आर्थिक निश्चिन्तता तो चाहिए ही। अवसर और साधन सबको बराबर मिलने ही चाहिए। रहा स्त्री-पुरुष के बीच के सुखद सामंजस्य का सवाल तो सारी समस्या अतिवाद की ही नज़र आती है। न पुरुष अतिपुरुष रहें, न स्त्रियाँ अतिस्त्री बनें। हमें न स्पाइडर मैन चाहिए, न बॉर्बी डॉलें—दोनों का सम्यक् मनुष्य बना रहना पर्याप्त है। पर इसका मतलब यह नहीं कि सब एक ही रंग में रँग जाएँ। पुरुष को स्त्री और स्त्री को पुरुष बनने की भी ज़रूरत नहीं है—इससे भी आपसी आकर्षण खो सकता है...।''

रौ में मैं शायद कुछ ज़्यादा बोल गई। भूल ही गई कि इसकी भी यौन-प्राथमिकताएँ शाहाना की तरह अलग हो सकती हैं। बात सँभालने के लिहाज़ से कहा :

''पर कुछ सुकुमार पौधे 'हॉट हाउस' में ही पलते हैं। कुछ लोगों की विशिष्ट ज़रूरतों के प्रति भी हमें संवेदनशील होना चाहिए। निजी प्राथमिकताओं के दायरे में, फैंटेसी के खेल में किसी को दखलअंदाज़ी क्यों करनी चाहिए भला? कहीं तो होती ही है प्राइवेट और पब्लिक के बीच की विभाजक रेखा। हर क्षण आदमी की एक साँस बाहर जाती है तो दूसरे ही क्षण उलटे पाँव वापस लौट आती है। यह एक संकेत है इस बात का कि हम लगातार न लोकाभिमुख रह सकते हैं, न आत्मलीन। हमें बातचीत, विचार-विमर्श, काम-काज करने के लिए एक बड़ा लोक चाहिए तो वापस लौट-लौट आने लायक़; प्रेम करने, सोचने लायक़; सोने लायक़, पढ़ने-लिखने लायक़ एकान्त भी। एकान्त दुनिया के शिकंजों से मुक्ति का ही नाम है।''

वह कुछ देर मुझे ग़ौर से देखती रही, फिर अचानक उठ खड़ी हुई तो मैंने शाहाना के बारे में पूछा। बहुत मुश्किल से बहुत टुकड़ों में तोड़कर जो भी उसने कहा, उसका सारांश कुछ यों बनेगा : शाहाना के दादा-दादी—दोनों क़ज़ाकिस्तान के संघर्ष के दिनों में मिले। पति के युद्धबंदी होने के बाद बेटे को नानी के पास छोड़कर माँ अंडरग्राउंड हो गईं, क्योंकि वे एक सजग राजनीतिक कार्यकर्ता थीं। दादी ने मृत्युशय्या पर जिसके हाथों में इसके पिता का हाथ सौंपा, वह सूजन उन्हें लिये-दिये इज़रायल में अंग्रेज़ी पढ़ाने आई। वहीं रहते हुए शाहाना के पिता एक यहूदी लड़की के प्रेम में पड़े। चूँकि वे यहूदी न थे, शादी तो हो नहीं पाई पर शाहाना का जन्म हो गया। बाद के दिनों में यह हुआ कि मुँहबोली दादी और कुँवारे पिता ने मिलकर नन्ही बच्चे को पाला, पढ़ाया-लिखाया, अन्तरराष्ट्रीय स्कूलों में पेंटिंग पढ़ाई।

"नफ़ीस से इसकी मुलाक़ात के बारे में कुछ जानती हो?"

"अरे, तो क्या इतना भी आपका नफ़ीस साहब से संवाद नहीं बन पाया कि आप उनसे ये बातें ख़ुद पूछ लें?"

"देखो, तुमने अभी-अभी बहनापे की बात की। एक स्त्री दूसरी स्त्री से जैसा सहज संवाद साध सकती है, शायद ही किसी पुरुष से—चाहे वह उसका कितना ही अपना क्यों न हो। फिर यह प्रसंग इतना उलझा हुआ है और नफ़ीस इतने गम्भीर व्यक्ति हैं कि मैं उनका अतीत कुरेदकर उन्हें दुखी करना नहीं चाहती पर उन्हें समझना भी चाहती हूँ। हो सके तो मेरी मदद करो।"

"क्यों करूँ मैं आपकी मदद? आपने मेरी गुरु को डिस्लॉज किया है, चाहे-अनचाहे उनकी राह का रोड़ा बनी हैं—कितनी मुश्किलों के बाद तो उन्हें किसी पुरुष से इश्क़ हुआ था, और मन में माँ बनने की कामना जगी थी...।"

"तो शाहाना ने नफ़ीस से कहा क्यों नहीं?"

"कैसे कहतीं? तब तक देर हो चुकी थी। आपके लिए नफ़ीस की आँखों में कुछ जग-सा गया था...शाहाना पढ़ सकती थीं उनकी आँखें...। वे सबकी आँखें पढ़ सकती हैं—ख़ास कर पुरुषों की आँखें। पिता ने शादी नहीं की, पर जब बेटी बड़ी हुई तो उसकी ही देह उन्हें ऐसी विचलित कर गई कि पुरुष-संसर्ग से नफ़रत हो गई शाहाना को...और स्त्रियों का साथ ही उनको सुख देने लगा।"

"फिर नफ़ीस से शादी ही क्यों की?"

"उन दिनों कांगड़ा शैली की पेंटिंग और तंत्र सीखने वे भारत आई हुई थीं। कंदराओं में रहते हुए जब एक बार बहुत बीमार पड़ीं तो सड़क पर चलती हुई बेहोश हो गईं। रूरल पोस्टिंग काटते हुए तब नफ़ीस वहीं किसी पीएच.सी. में पोस्टेड थे, शिमला की तरफ़। इलाज के दौरान परिचय हुआ...दोस्ती हुई। रूरल पोस्टिंग के दिन काटकर दोनों ने साथ रहने की सोची। दोनों साथ-साथ दिल्ली भी आ गए पर दैहिक समागम के लिए शाहाना मानसिक़ रूप से जब भी तैयार होतीं तो बचपन की

ज़्यादतियों के साथ पिता का चेहरा सामने आ जाता और वे नफ़ीस को पीछे धकेल देतीं। नफ़ीस का बड़प्पन इसमें है कि उन्होंने कभी ज़बर्दस्ती नहीं की। धीरज से इन्तज़ार किया, फिर काम में ही व्यस्त हो गए। धीरे-धीरे शाहाना मैम सहज भी हो जातीं, तभी भाग्य की विडम्बना से इनकी पेंटिंग स्कूल की लेस्बियन सहेली इन्हें ढूँढ़ती दिल्ली आई, और किसी असहाय क्षण में दोनों का प्रणय-प्रसंग फिर से सुलग उठा।''

''यह बात तो शादी के बाद की होगी?''

''हाँ। शादी तो नफ़ीस के पिता के दबाव में ही हुई। उन दिनों जब वे दोस्तों की तरह साथ रहकर एक-दूसरे को समझने की कोशिश कर रहे थे, नफ़ीस के पिता को दिल का पहला दौरा पड़ा और वे नफ़ीस के पास घर लौटे। वहाँ 'रेडीमेड बहू' जैसी एक लड़की पाकर उन्होंने ज़िद ही ठान ली कि शादी जल्दी हो। पर आप इस भ्रम में न रहें कि नफ़ीस ने शादी पिता के दबाव में की। नफ़ीस सर तो शाहाना मैम को बहुत ज़्यादा चाहते ही थे, शाहाना मैम के मन में ही पुरुष-देह को लेकर कुछ मानसिक अवरोध थे।''

अभी हम बात कर ही रहे थे कि नफ़ीस का फ़ोन आया कि बाबा जिस पीर से मिलने को कह गए थे, उसका पता चल गया है और मैं जल्दी से जल्दी घर जाऊँ।

जसविन्दर के फ़्लैट की सीढ़ियाँ उतरते हुए मुझे अपनी अम्मा और ललिता 'दी का समझाया हुआ 'निर्जरा' का सिद्धान्त याद आ रहा था। वर्द्धमान महावीर की यह स्थापना है कि हर व्यक्ति के जीवन में ख़ास तरह की कार्मिक प्रवृत्तियाँ होती हैं। वह बार-बार एक ही तरह के जाल में फँसता है, एक ही तरह की ग़लतियाँ करता है और अपनी ही तरह के लोगों से, ख़ास कर समदुखभोगियों से मिलता जाता है। जैन इसे ऐसे समझाते हैं कि एक लकीर तो पहले से खिंची है अचेतन में, पानी उधर से गुज़रा नहीं कि उधर ही खिंच आता है। 'निर्जरा' या निवारण सर्वाधिक इसी का कठिन है। अब मेरे पास न ज्ञान-ध्यान, न 'निर्जरा' के लायक़ कोई विशिष्ट शक्ति। रक़ीब भी मिली तो समदुखभोगी ही। अब मैं उसे अपनाऊँ नहीं तो करूँ क्या? फिर वह इतनी विशिष्ट, इतनी प्रतिभाशालिनी है कि जब मैं ही उसे कभी नहीं भूल पाऊँगी तो नफ़ीस क्या भूलेंगे और उन्हें भूलना भी क्यों चाहिए? किसी को 'जानने' से पहले के जाने हुए लोग 'अनजान' थोड़े ही हो जाते हैं।

जो होगा, देखा जाएगा। गेट खोलते हुए मेरा रुँधा हुआ मन भी अचानक खुल गया और मैं सड़क पर चलती हुई रातरानी की गंध से महमह झकोरों से लगी खेलने।

हद-बेहद दोनों तजै

मंडी हाउस से निज़ामुद्दीन लौटते हुए मैं 'ऊबर' टैक्सी भी ले सकती थी। नफ़ीस ने ज़बर्दस्ती मेरी मोबाइल में कुछ पैसे डलवा दिये थे। पर किसी से कुछ लेते हुए मुझे इतनी शरम आती है कि आपातकाल के लिए 'ऊबर' के पैसे मैंने छोड़ रखे थे। वैसे भी मेट्रो में बैठना, अनजान लोगों से घिरकर उनकी आपसी बातचीत के टुकड़े सुनना-गुनना मुझे ज़्यादा सुखद लगता है। फिर सफ़र कटता भी जल्दी है...सब सोच-विचारकर मैंने मेट्रो का स्मार्टकार्ड भरवाया और धीरे-धीरे प्लैटफ़ार्म की ओर बढ़ने लगी। तभी नफ़ीस का फ़ोन दुबारा आया कि अस्पताल में कोई मरीज़ अब-तब की हालत में है, इसलिए अभी वे अस्पताल नहीं छोड़ सकते।

कोई अब-तब की हालत में है तो नफ़ीस उसे बचाने में जी-जान लगा देंगे, रात में लौटे भी तो देर से ही लौटेंगे, सोच ही रही थी कि शक्ति'दा का फ़ोन आया :

"कहाँ हो, क्या कर रही हो?"

जब से मोबाइल चलन में आया है, लोग 'कैसे हो' के बदले 'कहाँ हो' से बातचीत शुरू करते हैं और सबसे ज़्यादा हँसी आती है इस बात पर कि सार्वजनिक स्थानों से बात करते हुए लोग अक्सर भूल जाते हैं कि कोई उन्हें सुन भी रहा है। रहते हैं बाज़ार में और फटाक कहते हैं, ऑफ़िस में हूँ। शक्ति'दा तो ऐसी लफ़्फ़ाज़ पतंगें उड़ाने में ख़ुद भी बहुत तेज़ हैं। मन चूँकि थका हुआ था, मैंने उनसे मज़ाक़ करने की सोची :

"मेरे हाथों किसी का ख़ून हो गया है और फ़िलहाल पुलिस स्टेशन में हूँ।" बात मैंने कुछ अभिनयपूर्वक कही होगी, बंदा घबरा-सा गया :

"कहाँ? अभी आया!"

उनकी यह बेचैनी अभिनय नहीं थी, यह बात अपने भीतर उतारकर मैं जब हँसने लगी तो वे खिसिया-से गए :

"किसी को तंग करने की भी हद होती है, मोहतरमा," फिर एकदम से फ़ोन पटक ही दिया, इस बात पर मैं दंग रह गई। मैंने अपनी ज़िन्दगी में बहुतेरे दिलफेंक आशिक़ देखे हैं और लंगोट के ढीले लोग भी। और मेरा अपना एक नतीजा है कि ईश्वर अमूमन काम और क्रोध नाम के दो विकार एक पैकेट में नहीं डालता। कामुक लोग तो नकार सुनकर कभी वहशी हो भी जाते हैं पर दिलफेंक आशिक़ों के धैर्य की कोई सीमा नहीं होती।

फिर मेरे दिमाग़ में ख़याल आया कि शायद अपनी ही किसी परेशानी में डूबे हों और मुझसे अपना कोई दुख साझा करना चाहते हों! वापस फ़ोन किया दो-

तीन बार, जब उठा नहीं तो मैं भी घबराई और 'ऊबर' बुलाकर सीधे घर चली गई उनके। चौकीदार ने बहुत देर बाहर ही खड़ा रखा, फिर उनकी पत्नी ने इंटरकॉम पर बात की :

"कहिए, क्या काम है?"

"काम तो कुछ भी नहीं।"

"कुछ कहना है तो अभी कहिए वरना...अभी हम बहुत व्यस्त हैं। भीतर रिकॉर्डिंग चल रही है।"

"केवल इतना जानना था कि सब ठीक तो है न?"

"क्यों? किस गड़बड़ी की आशंका थी? क्या कोई इल्हाम हुआ है?"

इस पर मैं अपना-सा मुँह लेकर रह न जाती तो क्या करती? इंटरकॉम वापस चौकीदार को पकड़ाकर मैं लौटने ही वाली थी कि लिफ़्ट से निकलकर शक्ति'दा सामने नमूदार, "आओ, चलो, ऊपर चलो। अम्मा-बाबा आए हैं, तुमको पूछ रहे थे, इसीलिए तो तुमको फ़ोन किया था।"

"अरे वाह, उन्हें मेरा सादर प्रणाम कहिएगा, उन्हें लेकर घर भी आइएगा। अभी चलती हूँ, थोड़ी जल्दी है। आप व्यस्त भी हैं।"

"कोई व्यस्त नहीं है। तुम ऊपर चलो। घर इसे दहेज़ में भले मिला हो, पर चलता तो मेरे पैसों से है। देखता हूँ, कैसे मेरे अम्मा-बाबा और मेरे दोस्तों का प्रवेश घर में रोकती है!"

"देखिए शक्ति'दा, बात बढ़ाइए नहीं और क्रोध में कोई निर्णय न लीजिए, वरना बाबा-माँ की तकलीफ़ बढ़ जाएगी। मैं उन लोगों के घर इतना रही हूँ, आप उन्हें थोड़े दिन तो मेरे पास छोड़ दें। नफ़ीस ऐसे संगदिल शौहर नहीं हैं।"

"अरे तुम तो रातोरात पूरी घरदारिन बन गईं और उर्दू भी ख़ासी अच्छी बोलने लगी हो! तुम्हारे यहाँ तो नहीं पर डॉ. नफ़ीस के अस्पताल लाऊँगा इन्हें। अम्मा की रिपोर्ट अच्छी नहीं आई। उनकी हार्टसर्जरी ज़रूरी है। सुना है, डॉक्टर नफ़ीस बुज़ुर्गों के दिल का वॉल्व तार डालकर ही बदल देते हैं—ओपन हार्ट सर्जरी की ज़रूरत नहीं पड़ती।"

"हाँ, लेकिन वो तार जिस मशीन से वॉल्व अन्दर भेजता है, बीस लाख ख़र्चा है उसका। मौसी माँ इतनी बुज़ुर्ग तो नहीं कि ओपेन हार्ट सर्जरी झेल न पाएँ। वह ख़ासी सस्ती होगी। घर का मामला है, फ़ी लगेगी नहीं, जो दवा-ववा का ख़र्च, वही बस।"

मेरी यह बात सुनते हुए शक्ति'दा ग़ौर से मेरा मुँह देख रहे थे और मैंने यह ग़ौर किया कि ऐसा करते हुए उनकी आँखों में पानी की एक पतली रेखा-सी खिंच आई थी : "चलो, तुम्हारी शादी तो सफल हुई। शौहर की तरफ़ से इतने वादे कर सकती हो, यह क्या मामूली बात है?"

इतने में पीछे से उनकी पत्नी भी उतर आई—रेशमी हाउसकोट, घुँघराले बाल, तराशा हुआ शरीर, हलका संदली रंग, भरे हुए होंठ और तिरछी निगाहें। दुलहन के बाने में देखा था, उसके बाद अभी ही देखा।

''आप इसकी कितने नम्बर की प्रेमिका हैं?'' आते हुए उसने दन्न से यह सवाल दागा तो बेचारा चौकीदार भी सहमकर दूसरे गेट पर चला गया, और तिलमिलाकर शक्ति'दा बोले :

''तमीज़ से बात करो। महिमा की दोस्त है यह और हमारे घर की सदस्य। बाबा-अम्मा से मिलने आई है।''

इस बात पर उसके तेवर में कुछ तो नमी आई और मैंने भी यही उचित समझा कि शक्ति'दा की बात का मान रख लूँ और ऊपर चलकर उनके माँ-बाबा से मिल लूँ तो आपातकाल कटेगा। गृह-स्वामिनी से ही सीधा मुख़ातिब हो मैंने कहा : ''मैं मिसेज़ नफ़ीस हैदर हूँ, मौसी माँ और मौसा जी मेरे साथ ही चलें तो जल्दी से जल्दी इलाज शुरू हो जाएगा। इस परिवार के मुझ पर बहुतेरे उपकार हैं। मुझे थोड़ा-सा मौक़ा दे दें।''

इस बात पर लिफ़्ट का रास्ता रोककर खड़ी गृहस्वामिनी थोड़ा परे हटीं और मुझे घर का नम्बर बता दिया। लिफ़्ट उन्हें लड़ने की प्राइवेसी दे देगा, यह सोचकर मैं सीढ़ियों से ही धड़धड़ाती हुई ऊपर चढ़ गई।

दरवाज़ा खुला था। मौसी-माँ और मौसा जी घबराए हुए-से छोटे-से गेस्ट-रूम में बैठे थे। सामान खुला भी नहीं था। मैं उमड़कर उनके गले लगी तो वे इतना रोए कि क्या कहूँ! उन आँसुओं में क्या न था—कितनी करुणा, कितना दुलार और कैसी बेबसी!

थोड़ा व्यवस्थित होने पर मैंने यह ग़ौर किया कि चाय टेबल पर रखी ठंडी हो गई है। कमरा मकान-मालकिन के दिल की तरह इतना तंग था कि तीन लोग साथ खड़े होने पर चौथे की समाई न हो। घर इतना बड़ा और माँ-बाप का कमरा इतना छोटा? जिनके होते हैं, वे समझ ही नहीं पाते कि माँ-बाप का होना कैसा बड़ा वरदान है। यह सोचकर मेरा अपना मन भी कैसा-कैसा तो हो आया!

35

आईनासाज

एक रोज़ फुफू दादी के पाँवों की मालिश करते हुए मैंने कहा :

''फूफा दादा कार्डहोल्डर कम्यूनिस्ट थे, पर कम्यून की परम्परा आपने भी अपने ढंग से क़ायम रखी है। फूफा दादा थे भी तो रशीदजहाँ के ख़ानदान के, बल्कि

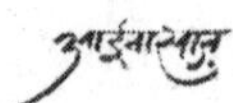

उन्होंने ही नफ़ीस के अब्बू को इप्टा से जोड़ा था—नफ़ीस बता रहे थे।''

''हाँ, मेरे भतीजे यानी तुम्हारे अब्बू से मेरे शौहर की ख़ूब बनती थी। वे डॉ. रशीदजहाँ की सबसे छोटी बहन की ननद के लड़के थे। अपनी भुमानी के साथ वे अक्सर अमृतसर जाते—गर्मी की छुट्टियाँ वहीं रशीदजहाँ के कम्यूननुमा घर में बीततीं।''

''मैंने उनकी कहानियाँ पढ़ी हैं। वे तो यहीं लेडिंग हार्डिंज में पढ़ती थीं न?''

''हाँ, 1930 में पढ़ाई पूरी करके यूपी की तहसीलों में डॉक्टरी की, वहीं रहते हुए 'अंगारे' वाला बवाल हुआ, फिर महमूद साहब से शादी हुई और महमूद साहब जब कॉलेज के प्रिंसिपल होकर अमृतसर गए तो ये भी वहीं चली गईं। तेरे फूफा दादा के दिल पर रशीदजहाँ का इतना गहरा असर था कि उनके क़िस्से सुनाते थकते ही नहीं थे—उनके और उनके कॉमरेड लेखकों के। अब इतने दिन बीते कि सबके नाम याद नहीं हैं, पर तसवीरें पड़ी हैं और चिट्ठियाँ भी। तू चाहे तो मीनाकारी वाली बड़ी पेटी का ताला खोल और सब-कुछ यहाँ ले आ। मेरे अपने बहू-बेटे तो सब साइंसदा हैं और आधे अंग्रेज़—उन्हें भला इनमें क्या दिलचस्पी होगी! तू ग़ैर-मुस्लिम सही, पर हिन्दुस्तानी तो है, इसकी गंगाजमुनी तहज़ीब की माटी में पाँव गाड़कर खड़ी है। ...और नफ़ीस बता रहा था, तेरा एम.ए. भी हिस्ट्री में है। तो ले, ये सब तू ही सँभाल, इसे ही अपनी सही मुँहदिखाई समझ।''

''फूफा दादा ने आपको भी तो बी.ए. कराया था?''

''हाँ, कराया तो था, इसी हवेली के निचले हिस्से में मैंने कितने बरस लड़कियों का स्कूल भी चलाया...फिर जब यूपी रेलवे वर्कर्स स्ट्राइक वाली धड़-पकड़ में वे जेल गए, बच्चों की, घर के बुज़ुर्गों की सारी ज़िम्मेदारी मुझ पर ही आन पड़ी और सब पढ़ाई-लिखाई छूट गई।

''हाँ, लेकिन हाज़रा बेगम ने जब जेल के हाकिमों से वह चार्जशीट मँगाई जिस पर उन्हें जेल भेजा गया था तो पता चला—उस पर यूपी की गवर्नर, सरोजिनी नायडू के दस्तख़त हैं और वे दस्तख़त उस दिन के हैं जब उनको गुज़रे तीन दिन हो चुके थे। यह घपला उजागर होने पर वे तो मई, 1949 में छूट गईं पर तेरे फूफा दादा की वहीं लखनऊ के सेंट्रल जेल में जो टीबी उखड़ी तो फिर उन्हें लेकर ही गई।

''उसके बाद ही तो मेरे भतीजे, तेरे अब्बूमियाँ ने यह क़सम खाई कि उनके अधूरे सपने वे पूरा करेंगे—इन्क़लाब आए, इसके पहले लोगों के दिल-दिमाग़ इन्क़लाब की ख़ातिर तैयार करने हैं। तभी वे इप्टा से जुड़े और मुम्बई चल दिये।''

काँपते हाथों से मैंने उस मीनादार पेटी का ताला खोला। ऐसा लग रहा था कि किसी साझा इतिहास का वरक उठा रही हूँ। इस देश की माटी को स्वर्ग बनाने के

लिए कितने लोग शहीद हुए—कितने हिन्दू, कितने मुसलमान, कितने सिक्ख-ईसाई! और फिर बड़े मुद्दे भूलकर आपस में ही वे उलझ पड़े।

तसवीरों में वे सब लोग थे जिनकी चर्चा किताबों में बचपन से पढ़ रखी थी, जिनकी बनाई फ़िल्में बचपन में पापा के साथ देखी थीं, जिनकी लिखी कविताएँ-कहानियाँ पढ़-पढ़कर बड़ी हुई थी—प्रेमचंद, सज्जाद जहीर, अहमद अली, बीके कृष्ण मेनन, मुल्कराज आनन्द, फ़ैज़ अहमद फ़ैज़, शापुर्जी साबलतवाला, वीरेन चट्टोपाध्याय, समरेन्द्रनाथ टैगोर, एन.एम. जयसूर्या, राजा महेन्द्र प्रताप। 'अंगारे' का पहला संस्करण, इसके अलावा उर्दू रिसालों के पुराने अंक 'ख़ातून', 'चिनगारी', 'ज़माना' वग़ैरह के पुराने अंक, पुराने ख़तूत—सब-के-सब काग़ज़ात साझा इतिहास और आदमी के वजूद की तरह परत-दर-परत ऐसे सटे थे कि एक को दूसरे से पूरी तरह से अलगाना मुमकिन नहीं था।

''फूफा दादा का बचपन इन लोगों के आस-पास बीता था। और पहले के घर जैसे होते थे, कोई भी आकर पढ़ ले, रह ले, छुट्टियाँ बिता ले...।''

''सब घर तो ऐसे नहीं होते थे, बिटिया, ख़ुद मेरे मायके का घर ऐसा नहीं था। मेरे बाप-भाई ऐसे नहीं थे। तेरे परदादा ससुर, तेरे दादा ससुर बहुत पुराने ढंग के लोग थे। उनके आगे कोई चूँ नहीं कर सकता था। तभी तो तेरे ससुर की उनसे न निभी—वे अपने फूफा के होके रहे। उनकी संगत में ही उन्होंने तरक़्क़ीपसन्द किताबें पढ़ीं—मुफ़लिसों की तरफ़ से सोचना शुरू किया। हाँ, मगर अपनी ही बीवी को इतना परेशान किया...बेबात इतनी सख़्ती दिखाई...। अक्सर ही लोग ससुराल से अदावत का रिश्ता पाल लेते हैं और बीवियों से ये उम्मीद करते हैं कि वे मायका भूल जाएँ...अरे भाई, भूल भी जाए मायका कोई, पर इतना टूटकर प्यार तो करे शौहर!

''घर के बाहर तुम इन्साफ़ की लड़ाइयाँ लड़ो और अपने बीवी-बच्चों को कूट खाओ—ये कैसा दोग़लापन? इससे ही टूट गई इतनी बड़ी पार्टी।''

''तसवीर में तो अम्मी ख़ूबसूरत नज़र आती हैं।''

''कम-से-कम ख़ूबसीरत तो थी ही—रंग ज़रा मद्धिम था—उससे क्या? दिन-भर लिपी-पुती हीरोइनों के फेर में रहकर लड़कों का दिमाग़ सातवें आसमान पर ऐसा चढ़ जाता है कि अपनी बीवी सबको परकटी मुर्ग़ी ही नज़र आती है। पर तू चिन्ता मत करना, नफ़ीस ऐसा नहीं है, वह तुझे ठीक से रखेगा...और सुन, वह तेरी सौत गई कि नहीं तेरे सर से?''

अब मैं इस पर क्या कहती भला! बात बदलते हुए पूछा :

''रशीदजहाँ के शौहर कैसे थे?''

''बहुत ही संजीदा और शाइस्ता...बिलकुल मेरे नफ़ीस जैसे। घर में जो क़लमकारों की बैठक होती तो मिलकर सब खाना बनाते, प्लेटें भी साथ साफ़ करते। बस्तियों

में साथ जाते, बराबरी में बैठकर उनके दुख सुनते। उन दुखों से उबरने के उपाय बताते, उनके लिए कितने इन्तज़ामात करते। रशीद फूफी की जागीरें भी खेतिहर मज़दूरों में बाँट दीं। उन्हें अब्बू ने बचपन में ही इंग्लैंड भेज दिया था, और इसका उन्हें ख़ासा अफ़सोस था कि उन्हें अपनी मादरी ज़ुबान में ठीक से लिखना नहीं आता। तो पता है, तेरे फूफा दादा से ही बड़ी उमर में उन्होंने उर्दू सीखी, और बाद की कहानियाँ उर्दू में ही लिखीं ? वे सचमुच बड़े लोग थे, बिटिया—घर-बाहर दोनों में एक तरह, कथनी-करनी का कोई भेद नहीं। तब ही तो तेरे फूफा दादा ने पूरी ज़िन्दगी उनकी दीवानगी में काटी...उनके ही रस्ते पर चलते बेमौत मरे...लेकिन मेरे मन में इसके लिए उनकी ख़ातिर कोई मलाल न उठा। शौहर किसी बड़ी धुन में है, इससे बड़ी कोई बात नहीं होती।''

''...''

''ये अचानक चुप क्यों हो लीं, बिटिया ?''

''शौहर किसी बड़ी धुन में है, किसी बीवी के लिए इससे बड़ी कोई बात नहीं होती, ये तो ठीक, लेकिन वो दिन कब आएगा बुआ दादी, जब बीवी भी किसी बड़ी धुन में है, शौहर के लिए भी यह उसी फ़ख्र की बात होगी ?''

''भई, अपनी उर्दू की दोनों तरक़्क़ीपसन्द क़लमकार—रशीदजहाँ और उनकी मुरीद इस्मत आपा—इस मायने में तो बड़ी बादशाह रहीं। उनके शौहर उनको बराबर का मान के चले। उन्हें कभी उस तरह की 'हप्प' नहीं झेलनी पड़ी, जैसी मशहूर, हैसियतमन्द बीवियों को आम तौर पर झेलनी होती है। सारा दिन दिलजले शौहर घर धुआँ-धुआँ ही किए रहते हैं...इतना धुआँ कि बच्चे भी परेशान।''

एकदम से मेरे आगे ललिता'दी का चेहरा घूम गया।

36

धीरे-धीरे रे मना

रास्ते-भर अपने ससुर सीनियर हैदर के साथ कटे अंतिम दिनों की सोचती रही। प्रेम और मृत्यु—इस दुनिया के दो ऐसे विराट अनुभव हैं ये कि क़रीब से इन्हें देख ले कोई, एक बार हों इनसे आँखें चार तो रातोरात ही वह सयाना हो जाता है।

आतंकी बम विस्फोट में पिता का अचानक ही चिंदी-चिंदी हो जाना, उसी विस्फोट में विकलांग हुई माँ की क्रमिक मृत्यु...मृत्यु के ये दो महाघात तो बचपन से ही मेरे मन में बूँद-बूँद-सा रिस रहे हैं, और फिर नफ़ीस के अब्बू का मरणशय्या पर घटने वाला वह नाटकीय विक्षेप।

सुना तो था कि अपने को लगातार दबाकर रखने वाले लोगों की मृत्यु नाटकीय

होती है—भीतर संचित सारे दुःस्वप्न, अधूरे सपने, भय, आवेग एक दुर्दम्य बड़बड़ाहट में बाहर आने लगते हैं, पर देखा यह पहली बार और देखकर दंग रह गई।

इप्टा आन्दोलन के अंतिम चरण का यह महान कलाकार जीवन की अंतिम घड़ी में अपने बेटे, बेटे की पूर्वपत्नी और भावी पत्नी, उसके मरीज़ों और अपने मुट्ठी-भर मुरीदों से घिरा हुआ मृत्युशय्या पर भी कैसे-कैसे नाटक खेल रहा था! रूसी साहित्य तो उसने ऐसे आत्मसात कर रखा था कि उसके कुछ लेखक और उन लेखकों के सिरजे कुछ महान चरित्र उसे सामने खड़े बतियाते दिखाई देने लगे, लगातार प्रलाप करते। अक्सर वे हममें से किसी की कलाई पकड़कर शून्य में उँगली दिखाने लगते :

"देखो-देखो मान्दलेस्ताम—ये झपटा, वो झपटा—कैफ़े के कोने में बैठकर वो जो शराब पी रहा है न—ब्लाइमुखिन है...इश...इश! खुफ़िया पुलिस के लिए कुछ ख़ाली फ़ार्म में दर्ज़ कर रहा ब्लाइमुखिन—उन सबके नाम दर्ज़ कर रहा है जिनको फाँसी दी जाएगी। और वो देखो, झपटा मान्दलेस्ताम—उसने उसके हाथ से वह सूची छीनी और तेज़ रफ़्तार में भागा बाहर...ट्रॉट्स्की की बहन उसे खुफ़िया रस्तों से भगा ले गई...लेकिन वह कब तक भागेगा... ? भागकर कहाँ जाएगा ?—चारों तरफ़ ही अँधेरा है। रूस के सब कवियों का हाल यही हुआ—राइलीव को फाँसी लगी, दिसम्बरवादी कवि साइबेरिया में मरे या फिर टूट गए। पुश्किन को, लरमन्तोव को कुश्ती में मारा गया...ऐसेनिक, मायकोव्स्की और स्वेताएवा ने आत्महत्या कर ली...ब्लॉक और पास्तरनाक दहशत में जिए और दिल टूटने से मरे। सारे कलाकार दिल टूटने से ही मरते हैं—दिल टूटने से या स्वप्न टूटने से...देखो, महास्वप्न भी टूटा...टूट गया...चूर-चूर हो गया... ! नफ़ीस...नफ़ीस—जाओ, अम्मा को बुलाओ...वह टूटी-फूटी चीज़ों से भी पेपरमैशी के खिलौने बना लेती थी...और गुलदस्ते। औरत हुनरमंद थी—क्रॉफ्ट भी कला ही है, बेटे...देखो, कश्मीर के बुनकरों को, पूरी ही कायनात जैसे कालीन पर बुनी हो...इतनी महीन बुनाई है! 'सुपर फॉर्टी' में जिन लड़के-लड़कियों का चुनाव किया है, उन्हें कश्मीर से उठाकर दिल्ली ले आओ...अच्छे संस्थानों की प्रवेश-परीक्षा दिलाओ...तैयारी करवाओ प्रवेश-परीक्षा की वरना वे सब दहशतगर्दी में फँस जाएँगे—जीनियस जल्दी बहकता है।"

"ये देखो—कौन मिलने आया है मुझसे—आदाब-आदाब! नफ़ीस, पहचाना कि नहीं ? अरे, पुश्किन के 'ब्रॉन्ज हॉर्समैन' का इव्गेनी, गोगोल की 'काक' कहानी का हीरो...क्या ग़म था उसका ? ...भाई, बूढ़ा हो गया हूँ...याददाश्त चली गई है। लेकिन मैं तुम्हें जानता हूँ। ...मेरी इस ज़िन्दगी की कमाई तुम ही हो और तुम जैसे कुछ और लोग। ...दोस्तोएव्स्की के 'द डबल' का वह त्रस्त, महात्रस्त नायक... मान्दलेस्ताम के 'द इजिप्शियन स्टैम्प' का वो नायक...। आभार अनुवादको! तुम न होते तो वे चरित्र हमारे भीतर की खोलियों में कैसे रहते ?...तुमने ही खोलियाँ गढ़ीं।

शुक्रिया...शुक्रिया...अख़्मातोवा! पास्तरनाक ने तुमको ग़ौर से देखा था...तुमने भी उन्हें ग़ौर से देखा था।

"पास्तरनाक, सॉरी! स्तालिन ने तुमको फ़ोन किया! ...तुमसे पूछा मान्दलेस्ताम के बारे में...और तुम गड़बड़ा गए। कुछ-का-कुछ बोलने लगे...देखो, आसमान सब दर्ज़ करता है। ...आप वीडियो कैमरे की निगाहों में हैं—ये बातें अमरीकी मॉलों पर ही लागू हों, ऐसी बात नहीं। ...दुनिया के सारे धरम, सारे दर्शन यही कहते हैं। ...देखने वाला सब देख रहा है, देख रहा है महाकाल...इतिहास देख रहा है—और कोई नहीं भी तो तू ख़ुद को देख रहा है...आप वीडियो कैमरे की निगाहों में हैं...नफ़ीस, तेरी अम्मा क्या मुझको माफ़ कर देगी? हलो-हलो!"

"स्तालिन बोल रहा हूँ। क्रेमलिन पूछ रहा है...कैसा कवि है मान्दलेस्ताम?"

"मैं पास्तरनाक। अच्छा कवि है लेकिन हम दोनों के सुर नहीं मिलते...आप मुझे दस मिनट का वक़्त दे दें—एक बार मिलने दें मुझको...मैं सब समझा दूँगा कि लेखक क्या चाहते हैं।"

"जानना ये है कि जब मान्दलेस्ताम ने वह व्यंग्य-रचना पढ़ी थी...आप वहाँ मौजूद थे?"

"उफ़, इससे क्या फ़र्क़ पड़ता है, स्तालिन...मैं आपसे मिलकर बताऊँगा कि लेखक क्या चाहते हैं।"

"एक ही बात कितनी बार...मैं मान्दलेस्ताम का मित्र होता तो उसकी प्रतिरक्षा में मैं अधिक सधे हुए तर्क उठाता..."

उसके बाद टेलीफ़ोन खटाक से कटा...ऐसा कटा कि मिला ही नहीं।

"सारे तार कट ही क्यों जाते हैं, नफ़ीस? ये देखो, मेरे भी जीवन की डोर बस कटना चाहती है...वो देखो, जन्नत। मॉस्को की जन्नत।

मॉस्को! लेनिनग्राद! वही चौड़ी-चकली सड़कें...वही रेलट्रैक...वे ही दुकानें—समोवार...अख़्मातोवा की वे कविताएँ—गहरे, सधे सुर में पढ़ी गईं कविताएँ—देशप्रेम से लबालब...मिट्टी से जुड़ी हुई लेकिन अंधराष्ट्रीयता की घेरेबन्दियों से ऊपर—बहुत ऊपर...।"

इसी तरह वे बोलते जाते। उनके अनगिनत प्रलापों की साक्षी मैं लगातार यही सोचती कि इसी तरह धीरे-धीरे कितने स्वप्नजीवियों के रंगीन गुब्बारे गुच्छों में ऊपर उठे और बादलों में विलीन हो गए! ऐसे ही माँ भी विलीन हो गई थी मरने के पहले। मुझे एक आध्यात्मिक वर्कशॉप में दिन-भर का आधार-कोर्स करवा आई थी जिसमें इलेक्ट्रॉनिक ब्लैकबोर्ड पर रंगीन चार्ट के सहारे उन्होंने समझाया था कि मृतक को प्यार करते हैं तो कम-से-कम तीन-चार घंटे चीख़ने-चिल्लाने वालों से मृत शरीर को बचाएँ, वरना जाने वाला मोहमुक्त होकर प्रसन्नचित्त प्रयाण नहीं कर पाता।

"अतीत का एक नाम भूत भी है—वही भूत डँसने लगता है, तरह-तरह की काली छायाएँ घेर लेती हैं कि ये करता तो वो होता...व्याकरण में इसको ही तो हेतु-हेतु मध्यभूत कहते हैं।"

रिक्शे से घर लौटते हुए माँ ने मुझे समझाने की कोशिश की थी :

"शरीर नहीं भी रहे तो क्या, मेरे आदर्श तेरे साथ रहेंगे! उनकी ही उँगली पकड़कर आगे बढ़ना। बाक़ी चीज़ों की परवाह नहीं करना। बस, अपनी आँख में नहीं गिरना।"

नफ़ीस के अब्बू का शरीर जब क़ब्रिस्तान की ओर चला, टीवी पर आइसिस की कारगुज़ारियों की या ऐसे किसी तरह की वारदात की ख़बर देखकर मन कैसा-कैसा तो हो गया!

"अगर मेरी चले तो अयोध्या के विवादित ढाँचे पर एक ऐसा पुस्तकालय खड़ा कर दूँ जिसमें दुनिया के सब मज़हबों की किताबें एक साथ रखी हों...और उनके धर्म-निरपेक्ष साहित्यिक भाष्य...देश-कालसापेक्ष व्याख्या हो धर्म की...तभी अनर्गल विवाद थम सकते हैं। ज़रूरत इस बात की है कि सब सम्प्रदायों के धर्मगुरु और व्याख्याता वर्ल्ड इकोनॉमिक फोरम या यूएनओ जैसी कोई वैश्विक संस्था चलाएँ और मिलकर विवादों का हल ढूँढ़ें।"

आज से चार बरस पहले सिद्धू ऐसा ही कुछ बोलकर जब हिन्दू कॉलेज के स्टेज से उतरा था तो भाषण-प्रतियोगिता में दूर-दूर के कॉलेजों से आए लड़के उसे घेरकर कुछ-कुछ कहने लगे थे और महिमा तो सबके सामने उससे लिपट ही गई थी। ये सब जो उसने कहा था, कहा तो अंग्रेज़ी में था, लेकिन तब तक मैं इतनी अंग्रेज़ी समझने लगी थी। अंग्रेज़ी से एम.फिल कर रही महिमा मेरी रूममेट है, इसका मुझे कुछ तो फ़ायदा हो ही रहा था, पर ख़ुद मैं कभी स्टेज पर चढ़कर ऐसी फर्राटेदार अंग्रेज़ी बोल पाऊँगी—इतना विश्वास नहीं था मुझे। फर्राटेदार अंग्रेज़ी बोलने वाली एक लड़की की हमजोली रहकर ही मैं काफ़ी ख़ुश थी।

इंडियन कॉफ़ी हाउस, डूटा ऑफ़िस के सामने, वीसी ऑफ़िस के सामने, छात्रा मार्ग के जयजवान ढाबे पर, कैंट में या कमला नगर के सस्ते हाटलों में, रिज पर—जहाँ भी लड़के-लड़कियाँ मिलकर बैठते, सिद्धू, शक्ति'दा और महिमा के पीछे-पीछे मैं भी चल देती। इस हद तक मैं उसकी पिछलग्गू थी कि सलोनी और अंग्रेज़ी से एम.ए. कर रही दूसरी बड़े बाप की बेटियाँ हमें साथ देखते ही एक नर्सरी राइम गाने लगतीं—वो भी उसी सुर में, जिसमें अंग्रेज़ी स्कूलों की नर्सरी-शिक्षिकाएँ रट्टा लगवाती हैं :

मेरी हैड अ लिटल लैम,
इट्स फ्लीस बॉज व्हाइट ऐज स्नो,

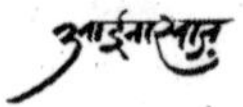

एंड व्हेरवर डिड मेरी गो
द लैम वॉज श्योर टु गो...

लेकिन मैं हँसकर रह जाती। बुरा-वुरा मुझको नहीं लगता था कुछ भी—अपनी माँ की बेटी थी मैं तो, जिसने बचपन से ही मुझको समझा रखा था :

"किसी बात का बुरा लग रहा है, इसका मतलब साफ़ है कि तुम्हारा अहंकार ज़िन्दा है अब तक। धीरे-धीरे तुमको उससे उबरना है।"

अम्मा मेरे बहाने जैसे ख़ुद को ही समझाया करती क्योंकि उसके भीतर की अना अभी ख़ुद भी ख़त्म न हुई थी। बचपन में टायफ़ायड के बाद जब मैं एकदम मरगिल्ली हो गई तो डॉक्टर ने दूध पिलाने को कहा। उन दिनों हम ताऊजी के घर रह रहे थे। पापा को गुज़रे अभी बहुत वक़्त न बीता था और हमदर्दी नाम का मौसमी बुख़ार अभी रिश्तेदारों के सिर से उतरा नहीं था।

ताऊ जी के तीनों बच्चों के लिए अम्मा ही दूध ढालतीं, रोज़ वे आनाकानी करके पीते और थोड़ा-थोड़ा दूध पेंदे पर छोड़ भी देते। तीन किलो दूध आता, उसमें से आधा गिलास छोड़ा हुआ दूध सब गिलास के पेंदों से नाले में ही जाता। बरतन मलती हुई माँ मन मसोसकर रह जाती। धीरे-धीरे उसने एक उपाय निकाला कि जूठे-वूठे का ख़याल छोड़कर बचा हुआ दूध फेंकने के बदले वह गिलासों से भगौने में पलट देती और उसी दूध में चायपत्ती और पानी मिलाकर मेरे लिए उबाल देती। एक दिन इस बात पर इतना बवाल हुआ, ताई जी ताऊ जी से ऐसे लड़ीं कि मारे डर के हम काँप उठे। ताऊ जी हमारे समर्थन में कुछ बोले तो उन पर लांछन लगा कि अम्मा ने उन पर जादू चला रखा है। इस बात पर वे भी सटक सीताराम हो गए और अगले दिन जब माँ ने अपने हिस्से का कमरा माँगा तो और ज़्यादा बवाल हुआ। ख़ैर, एक कोठी मिली। उसी में माँ ने बुटीक का काम शुरू किया जब तक कि देह में जान रही। उसके बाद तो ताऊ जी अपने हिस्से का घर बेचकर अमरीका ही चले गए। बच गया मेरे वाला हिस्सा। वह भी मौसा जी के पास ही बंधक रहा। माँ की बीमारी के बाद के दिनों में मैं अक्सर ही सोचती कि कैसे क्या करूँ कि माँ का इलाज टाटा मेमोरियल अस्पताल में हो जाए! तब मुझको पैसे का कितना लालच घेरता!...माँ को खो देने के बाद भी लगातार मुझको यह लगता रहा कि दुनिया में पैसा ही भगवान है। रातोरात अमीर बनने का ख़्वाब ही तो मुझे मॉडलिंग और उस ड्रग-रैकेट के चक्करों में फँसा ले गया! सिद्धू न होता, महिमा और शक्ति दा न होते तो क्या होता?...सोचती हूँ तो झुरझुरी-सी होती है, रीढ़ ऊपर से नीचे तक काँप जाती है।

इस पर भी सिद्धू ही समझाता था कि उसके दादा कहते थे :

"रीढ़ के निचले हिस्से में इनसान की वक़त कुंडली मारकर पड़ी होती है—अपनी वक़त जगा लो तो कुंडली खुल जाती है और वक़त नाचती हुई उठती है

ऊपर। ख़ुद अपने घेरों से बाहर चली जाए जब वक़्त—तब समझो, मुक्ति हुई।''

ख़ुद सिद्धू ने अपनी सारी ज़िन्दगी यह वक़्त जगाने में ही निकाल दी। सिद्धू और नफ़ीस-जैसे सुलझे हुए मर्द हों तभी तो औरत-मर्द और प्रकृति के बीच वे सूफ़ियाना एहसास जग सकते हैं जिन पर रूमी, ख़ुसरो, फ़रीद, राबिया, कबीर जैसों की शायरी ज़िन्दा है।

आईनासाज़

खंड-3

सिलसिले

1

कितने रंग

कल मेरे प्लास्टर का इक्कीसवाँ दिन था। मिल गई इक्कीस दिनों की क़ैद से आज़ादी। पुराने ज़माने की औरतों के बारे में सोचते हुए दिल में हौला पड़ जाता है। हरम हो या अन्त:पुर—तंग-से घेरे में कोल्हू के बैल की तरह नाचते-नाचते सारा जीवन ही स्वाहा। साथी कभी जंग में, कभी दूसरी औरतों के फेर में—बारहों मास का विरह और बाहरी दुनिया के दुख-सुख में शामिल होने का कोई सुराग़ भी नहीं। किताबें नहीं। पर ख़ुद में बन्द-बन्द भी भीतर की सीढ़ियाँ तो उतर ही सकता है कोई। एक बार भीतर के अतल तक गए तो भी उड़ान का रास्ता मिल सकता है। इसी को शायद कबीर ने 'रंगमहल के दस दरवाज़े' कहा है। भीतरी अतल के तल पर ही सही, रंगमहल के दस दरवाज़े खुलते तो बाहर की ओर ही हैं।

'फुटा कुम्भ जल जलहिं समाना'—अहंकार का छोटा वृत्त फूटेगा, तब ही तो बूँद समुद्र में समाएगी।

अख़बार उठाया तो दिल फिर से धक्क रह गया। सांसद किंडो का नाम ज़मीन आवंटन के केस में उछल तो बहुत दिनों तक रहा था, आज उलटे-सीधे कई सबूत भी अख़बार में प्रकाशित हुए जिससे सरोज परेशान हो गई।

"ऐसा नहीं हो सकता," उसने मुझे फ़ोन पर बताया, "उन्हें फँसाया गया है। ऐसे में मुझे उनसे और उनकी बेटियों से मिलना ज़रूर चाहिए। बड़ी बेटी मेरे साथ की पढ़ी है। उसका पति जल्लाद है। उसे मायके आने नहीं देता। कौन देखेगा छोटी को? ह्वीलचेअर पर है वह, पोलियोग्रस्त। बिना माँ की लड़की और बाप जेल में। मैं जाकर उसे ले आती हूँ।"

नफ़ीस से मैंने बात की तो इसका ज़िम्मा उन्होंने अपने सर लिया कि वहाँ जाकर सारी स्थिति का जायज़ा लेंगे और जो उचित होगा, करेंगे। उनकी राय भी यही बनी कि पिछली घटनाओं और व्यर्थ की हंगामाबाज़ी देखते हुए सरोज को पृष्ठभूमि में रहकर ही उसकी कुछ मदद करनी चाहिए।

"क्या उनका दूर का भी कोई रिश्तेदार नहीं जो उसको आकर ले जाए? बहनोई सख़्त हैं तो भी इतना सख़्त कोई कैसे हो सकता है...?"

''नहीं, उसे किसी मर्द रिश्तेदार के साथ घर में नहीं रहना चाहिए,'' मेरा अपना दर्द बोला।

मैंने अपने बचपन के हादसे के बारे में नफ़ीस को अभी कुछ बताया नहीं था, इसलिए मेरी यह बात वह पूरी तरह समझ नहीं पाए और ग़ौर से मेरा मुँह देखने लगे, पर उन्होंने मेरी बात काटी नहीं। चुप रह जाने की कला उनको आती थी।

सरोज के दूसरे मुक़दमे की तिथि भी बहुत पास थी। सब गुंडों की शिनाख़्त हो चुकी थी, पर चश्मदीद गवाह कोई होगा भी तो सामने आ नहीं रहा था। सब-के-सब गुंडे उसी मंत्री के पाले हुए थे जिसे सांसद किंडो से पूरी अदावत थी। वह भी आदिवासी था पर विकास के नाम पर सब जंगल-पहाड़ विदेशी कम्पनियों को बेच देने पर आमादा। किंडो की सहानुभूति हमेशा से नक्सलियों के साथ रही थी। सांसद भी सी.पी.आई. के ही थे। यह ठीक है कि नक्सलियों के साथ कुछ गुंडे भी आन मिले थे, कुछ ऐसे लोग जिन्होंने बेंजामिन का घर तबाह किया था, और भी कितने भोले-भाले लोगों का। पर सरोज का सांसद किंडो पर विश्वास ज़्यादा ही गहरा दिखाई दे रहा था।

बात बेंजामिन के कान में पड़ी तो इतना गुमसुम रहने वाला बंदा भी हत्थे से उखड़ गया :

''तू पागल हो गई है क्या? जिस आदमी के चलते तेरी इतनी दुर्गति हुई, मेरा घर बर्बाद हुआ, बदनामियों से उकताकर ऐन मौक़े पर जिसने दूध की मक्खी की तरह अपने जिस अहाते से बाहर किया, तू फिर उसी अहाते की ओर मुँह किए खड़ी है?''

''देख, ग़लती किससे नहीं हो जाती। कौन दूसरों की ग़लती अपने सिर पर लादे फिरे और कब तक? थूक दे ग़ुस्सा और चल मेरे साथ। जाकर बेबी को साथ ले आते हैं।''

''तू क्या मदर टेरेसा है? औक़ात क्या है तेरी? जाके देख—मीडिया तुझे भमोड़कर रख देगा।...अपनी बच्ची की भी सोच। अख़बार पढ़ने लायक़ हो गई है। फिर से जो लंतरानियाँ उड़ीं कि सांसद की यह बच्ची भी दरअसल तेरी ही बच्ची है तो कैसा लगेगा? और फिर वे सांसद हैं। उनके चट्टे-बट्टों की कमी है क्या? कोई सहारा दे ही देगा।''

इस बात पर सरोज चुप तो हो गई, पर उसकी आँखों की आहत हिरणी बता रही थी कि सावधानी न बरती गई तो यह सबकी आँख बचाकर भी 51, सफ़दरजंग रोड हो आएगी। बात दरअसल यह थी कि उस बच्ची से सरोज को सचमुच लगाव था। उसी की देखभाल के लिए तो सांसद सपरिवार उसे आउटहाउस में लाए थे। अब उन्हें क्या पता था कि आदिवासी साहित्य नाम की एक अलग श्रेणी होगी इक्कीसवीं सदी में और यह इतनी कविता-कहानी लिखने लगेगी कि लोग अलग से उसे पहचान लेंगे...और इसका आदमी जो एम्स में डिप्रेशन का इलाज कराने आया है,

किसी झक में आत्महत्या करके हज़ार प्रवाद छोड़ जाएगा अपने पीछे?

अपनी तरफ़ से बमगोला छोड़कर बेंजामिन सीधे चौधरी साहब से मिला जो वैसे तो आम आदमी पार्टी की ओर से चुनाव लड़ने की सोच रहे थे पर भ्रष्ट अधिकारियों और डेट पर डेट बढ़ाते जाने वाले न्यायाधीशों पर मिशन 363 के तहत सीधा आक्रमण करने की अपनी योजना पर अब तक क़ायम थे। उनका अगला टार्गेट वही न्यायाधीश था जो पैसे खाकर बेंजामिन और सरोज के केस दबाए बैठा था। हर बार अगली तारीख़, हर बार अगली तारीख़। उसके बीवी-बच्चों के पास उसके अपराध के खुले चिट्ठे मेल पर जा चुके थे और उन्हें पर्याप्त धमकाया जा चुका था कि अगली दो सुनवाइयों में फ़ैसला न हुआ तो सारे सबूत प्रेस में चले जाएँगे।

यह ठीक है कि इतने क्लिष्ट और संश्लिष्ट अपराध-जगत का इतना झटपटिया समाधान फंटूसी ही जान पड़ता था, पर पिछले कुछ केसों में इनको सफलता मिली थी तो इनके जासूसों की टोली पूरी तत्परता से काम में लगी भी थी।

सांसद के बारे में उनकी अपनी रपट यह थी कि वे इतने भी मासूम नहीं थे जितने लगते थे। एक युवा स्त्री के साथ अपना नाम जोड़ा जाना उनको भी कहीं गुदगुदाता ही होगा। शुरू में अफ़वाहें उड़ीं तो इन्होंने इसे हलके ढंग से लिया—थोड़ा-थोड़ा मुस्कुराकर रह गए; फिर जब सरोज के पति ने आत्महत्या कर ली, भले ही किसी और कारण से की हो, तो चटपट गंगा में हाथ धो लिये और उसे कैम्पस के बाहर किया।

यही है औरत-मर्द के बीच का वह खेल जिसे ख़ुसरो 'शिकार' कहते हैं, और बिना सूफ़ियाना हुए जिससे उबरना कठिन क्या, असम्भव है। चौधरी साहब की अम्मा ललिता'दी की माँ से उस दिन जो कह रही थीं, उसका सारांश ललिता'दी ने मुझे कुछ ऐसे सुनाया कि बचपन में ये चौधरी साहब इतने भी चिड़चिड़े न थे। इनके पिता कर्ज़दारों से घबराकर घर से जब भागे और भागकर कहीं साधु-वाधु हो गए, तो गाँव के हज़ार मनचले और कुछ बुज़ुर्ग भी हमदर्दी लुटाते हुए उन पर और उनकी बची हुई बीघा-भर ज़मीन पर कब्ज़े को दौड़े।

"इसी का असर इसके मत्थे पण ऐसा हुआ कि बस, पूछो मत...वो तो गाँव के मास्टरों ने उबारा। गणित मास्टर तो भोत ही माणते थे—उन्होंने ही घर रखकर इंजीनियरिंग की तैयारी कराई और दिल्ली आई.आई.टी. भेजा जहाँ आपकी बिटिया इससे टकराई...।"

यह कहकर ललिता'दी कैसे हँसी थीं! "इतनी-सी झख तो चल जाती है, दाल में नमक जितनी, पर यहाँ तो पूरी की पूरी नमक-कतली उलटी पड़ी है मेरी दाल में। हाँ, लेकिन दाल में काला नहीं कुछ भी, इसका सन्तोष है ज़रूर। उद्देश्य इनके बड़े हैं और मेरे सिवाय किसी औरत को बंदा जानता नहीं—इस चलते भी थोड़ा मोह होता है।"

सूफ़ियाने इश्क़ के भी कितने रंग हैं, बाबा!—मैंने सोचा और खिड़की खोलकर बाहर देखने लगी। असल बात होती है—अना का घेरा बड़ा करते जाना। इससे ही आदमी प्यार के लायक़ बना रहता है, पर व्यवहार-वाणी भी संयत हो तो सोने में सुहागा, जैसे कि मेरे अपने नफ़ीस में या फिर उस सिद्धू में!

एक बार हम आर्ट्स फ़ैकल्टी में विवेकानंद की मूर्ति के सामने बैठे थे। महिमा प्रो. त्रिवेदी के लेक्चर से तरंगायित लौटी थी। उसने हमें कीट्स के जीवन का यह अद्‌भुत प्रसंग सुनाया था कि बचपन में पिता की असामयिक मृत्यु के बाद शराबी माँ का अपने से छोटे पुरुष से विवाह, रिश्तेदारों के यहाँ भाई-बहनों का मूँगफलियों की तरह बँट जाना और तमाम तरह की आर्थिक-शारीरिक-मानसिक यातनाएँ सहते हुए कीट्स भी ग़ज़ब के चिड़चिड़े हो गये थे। इस चिड़चिड़ेपन पर उन्होंने क़ाबू पाया तो ग्रीक क्लासिकों और स्पेंसर की कविताओं की मृदुल लयकारी के सस्वर पाठ से। उनके जीवनीकार निकोलस रो ने लिखा है कि वरीय कवियों की लयकारी और उनका सौन्दर्य-बोध धीरे-धीरे उन्हें संयत कर गया।

तो क्या कभी चौधरी साहब जैसे चिड़चिड़े बंदे भी कविता की ओर मुड़ेंगे और कविता उन्हें संयत बनाने में मदद करेगी?

2

जीवन की पाठशाला

सुबह-सुबह बेंजामिन का फ़ोन आया कि लाख रोकते रह गए लोग, लेकिन सरोज नहीं मानी और सांसद बँगले से टोप्पो साहब की विकलांग बेटी को ले ही आई। किसी को कुछ बताए बिना ही घर से निकली। सिर्फ़ अपने दो बच्चों को उसने विश्वास में लिया। उसके सफल मातृत्व का राज़ यही था कि उसने बच्चों से कभी कुछ छुपाया नहीं। वह अक्सर कहती थी कि बच्चों की आँखें दुनिया की सबसे बड़ी अदालत हैं—वहाँ से बरी हो गए तो आगे की कोई चिन्ता नहीं—दुनिया चाहे जो समझे।

किया उसने यह कि पहले तो दोनों बच्चों के साथ सांसद टोप्पो से मिलने सीधे जेल ही चली गई और उनसे अनुमति-पत्र माँगा यह कहते हुए कि जब तक वे वापस घर नहीं लौटते या बेबी की दीदी विदेश से आकर उसे ले नहीं जाती, वह 'मातृसदन' के ही संरक्षण में रहे। देखता रहा सोशल मीडिया, देखती रही दुनिया और परीकथा की 'मदर डक' की तरह सरोज दोपहर तक अपने दो बच्चों की मदद से उनकी बालसखा, बेबी टोप्पो को उसकी व्हील चेयर चलाती 'मातृसदन' ले भी आई और मुझे बुला भेजा कि आगे की औपचारिकताएँ मैं सँभालूँ।

इधर ऐसे बच्चों की तादाद 'मातृसदन' में ज़्यादा हो गई थी जिनका बचपन किसी-न-किसी पारिवारिक-सामाजिक-राजनीतिक हिंसा का शिकार रहा हो। उनके ज़ख़्म बहुत गहरे थे। उन्हें ख़ास तरह के पाठ्यक्रम और बहुत धैर्यवान शिक्षकों की ज़रूरत थी।

आस-पास के इलाक़ों के धैर्यवान, प्रज्ञावान, अवकाशप्राप्त लोग, जिनकी आवाज़ में उम्र का घटाटोप अभी नहीं छाया था यानी जो साफ़ बोल लेते थे, उनसे हमने मदद माँगी और मुहल्ले के समुदाय-भवन से स्पेस माँगा। वर्किंग विमेन्स हॉस्टल और माताजी के लॉज के दिनों की चार लड़कियाँ विश्व-साहित्य के सर्वोत्तम का संचयन मातृभाषा में बनाने के महाभियान में मेरे साथ जुटीं। मृदुला और ममता गाज़ियाबाद के एक बेसिक स्कूल में शिक्षा-मित्र थीं। क्रिस्टीन किसी कोचिंग सेंटर में पढ़ाती थी और नग़मा दमकती हुई हिन्दुस्तानी में चार-पाँच भाषाओं से फटाफट अनुवाद कर सकने में समर्थ एक शिक्षाविद्।

रोज़ शाम हम समुदाय-भवन में ही मिलने लगे और मशाल से मशाल जलती चली गई।

धनी मरीज़ों से नफ़ीस जो भी कमाते, वह या तो 'मातृसदन' में लगता था या उस रविवारीय स्कूल में जहाँ सब धर्मों के सार पर बहसें होतीं। वहीं हम कभी-कभी नाटक खेलते या कथा-कविता सत्र चलाते या मिलकर देशी-विदेशी फ़िल्में देखते। इसी पद्धति पर सिद्धू और महिमा ने भी दिव्यांग बच्चों का एक ऑनलाइन स्कूल खोला था और उनका बहुत मन था कि हमारे इस 'मातृसदन' के बच्चों को भी अन्तरराष्ट्रीय ऑन लाइन शिक्षण का लाभ मिले। समस्या भाषा की आ रही थी—अंग्रेज़ी की ऑनलाइन सामग्री हिन्दी में कैसे उपलब्ध हो! दोनों ही भाषाओं में समानान्तर शिक्षण की उपयोगिता पर भी हम बहस कर रहे थे।

"अगर हम मिलकर हिन्दी में भी पाठ तैयार करें—पहले हिन्दी, फिर अंग्रेज़ी में और वही पाठ ऑनलाइन चलाएँ तो एक अपनी, दूसरी बाहरी सूत्रधार-भाषा मिलकर न सिर्फ़ पाठ दोहरा देंगी बल्कि बाहरी भाषा की संरचना समझने में भी आसानी होगी। फिर विश्व की कालजयी रचनाओं में से कुछ का वीडियो-मंचन, थोड़ा संगीत, थोड़ा खेलकूद...इस क्रम में आगे पढ़ाई जारी रह सकती है।"

"काश, ऐसी व्यवस्था गाँव के सरकारी स्कूलों में भी हो पाती!" एक दिन गहरी उसाँस छोड़कर ममता ने कहा : "मैं उसी स्कूल में शिक्षा-मित्र हुई हूँ जहाँ मेरी माँ पढ़ाती थी। शुरू की पाँच कक्षाएँ मैंने वहीं पढ़ीं। उस समय भी हम घर से पटिया लेकर स्कूल जाते थे, आज भी बच्चे पटिया लेकर स्कूल जाते हैं। तब भी टॉयलेट नहीं थे और माहवारी के समय लड़कियों को छुट्टी करनी पड़ती थी, और अब भी वही हाल है।"

"जहाँ कहीं टॉयलेट हैं भी, वे साफ़ नहीं होते। कौन साफ़ करे? शिक्षक या

छात्रा ? छात्राएँ मिड डे मील की रोटियाँ बनाने में तो रसोइया दीदी की मदद कर देती हैं...पर टॉयलेट ? बिना पानी के टॉयलेट ? मल-देवता इस देश के ऐसे मटियाले देव हैं जिनका विसर्जन ज़रूरी नहीं समझा जाता—हज़रते दाग़ जहाँ बैठ गए, बैठ गए। हलकी भी पुरवैया या पछिया बहती है तो कोपभवन के पट की तरह हरदम बन्द पाखाने से ऐसी दुर्गन्ध उठती है कि प्राण कंठ में आ जाते हैं। एक तरफ़ यह दुर्गन्ध, दूसरी तरफ़ दस बजे से ही शुरू हो जाने वाली मिड डे मील की खटर-पटर। लगने के पहले ही स्कूल ख़तम।''

''बोआई-निराई के मौसम में ऐसे भी कोई मज़दूर-बच्चा स्कूल नहीं आता।''

''तो क्या सिर्फ़ मज़दूर बच्चों के लिए गाँव की प्राइमरी पाठशाला लगती है ?''

''जो सौ रुपये फ़ीस भी भर सकता है, वह बच्चों को बड़े घरों की घरारी में चलने वाले 'पब्लिक स्कूल' में पढ़ने भेजता है, जहाँ पढ़ाने वाले दसवीं-बारहवीं पास लड़के-लड़कियाँ होते हैं—आठ सौ-नौ सौ पर खटने को तैयार लड़के-लड़कियाँ।''

''सरकारी स्कूलों में पढ़ाने वाले शिक्षक एम. फ़िल, पी-एच.डी, नेट आदि पास होते हैं। वहाँ कॉपी-किताबें मुफ़्त मिलती हैं, मिड डे मील मिलता है। पर शिक्षा का माध्यम हिन्दी होता है और संगत मज़दूर बच्चों की होती है तो कोई परिवार जिसकी हैसियत मज़दूर से ऊपर की है, वहाँ अपने बच्चों को दाख़िला नहीं दिलाता। पंखे और मोटर वाले स्कूल, 'अंग्रेज़ी स्कूल' में बच्चों को भेजता है—चाहे शिक्षक वहाँ कितने भी कमज़ोर क्यों न हों।''

''तो क्या सरकारी स्कूल में शिक्षकों का आदर्शवाद क़ायम है ?''

''कैसे क़ायम रहेगा ? हम-जैसी कुछ 'पागल' लड़कियाँ ही हैं जो दिन-रात एक करके उन्हें कुछ-कुछ पढ़ाने की कोशिश करती रहती हैं तो 'सिद्ध' मास्टर हम पर हँसते हैं। कहते हैं कि 'गाइड' दे दो इन्हें, कुछ उतारते रहेंगे। काहे ग़रीबन के बच्चन पर माथा खपाती हो ?''

''बिना टॉयलेट के आप कैसे काम चलाती हैं ?''

''पानी पीते डर लगता है—यू.टी.आई. का शिकार हो रहती हैं हम अक्सर। बहुत आपातकाल हुआ और चार किलोमीटर चलकर गाँव के किसी घर में गईं तो हज़ार तरह के प्रवाद फैलते हैं कि इन दिनों इन टीचरानी का उधर कोई चक्कर चल रहा है शायद।''

''कभी कोई अच्छा छात्र भी सामने आया ?''

''पाँचेक साल में दो-एक। बाक़ी का क्या हाल सुनाएँ ! पहले हेडमास्टर साहब बोरी में सबकी किताबें लाकर पटक दिया करते थे। मैंने अलग-अलग थाक में अख़बार की जिल्द लगा-लगाकर उन्हें किताबें देना शुरू किया। एक बच्चा शौक़ से

किताबें-कॉपियाँ ले तो गया, फिर महीनों आया ही नहीं। आया तो बस काग़ज़-पेंसिल लेकर पीछे बैठ गया। पूछा कि कॉपी-किताबें कहाँ गईं तो बहुत देर बाद अटकता हुआ बोला—सावन के मेले में बाबू फाड़-फाड़ उन्हीं पर चूरन बेच गए।''

कहते हुए मृदुला शुक्ला रोने-रोने को हो गई और एक गहरा सन्नाटा छा गया।

''कई रात मुझे नींद में ताज़ा कॉपी-किताब फटने की विकराल ध्वनि सुनाई पड़ती रही,'' मृदुला ने कहा जो एक अच्छी लेखिका भी थी।

उसका सर अपनी गोद में लेकर हम देर तक आगे की योजनाओं के बारे में सोचते रहे। फिर अचानक ममता ने हँसाने की ग़रज़ से कहा :

''मैं तो फेसबुक पर इन घटनाओं का ख़ूब खुलासा करती हूँ। घर में इंटरनेट नहीं आता तो छत पर चली जाती हूँ और जब तक सिग्नल नहीं आता, कुछ-न-कुछ लिखती ही रहती हूँ। एक दिन तो मैं पोस्ट मेल करने में ऐसी लीन हुई कि पता ही नहीं चला, मुरेड़ के किनारे आ गई हूँ। ज़रा भी सन्तुलन गड़बड़ाया कि धड़ाम से नीचे। माथा पीटकर मेरे बाबू ने कुर्सी ऊपर रखवा दी कि जो खट-खुट करनी है, इसी पर बैठकर कर...।''

''कुर्सी के नाम से याद आया। स्कूल के बरामदे में एक टूटी-सी कुर्सी पड़ी है—पुराने हेडमास्टर साहब की। कभी कोई लड़का डरता-डरता उस पर पीठ टिका लेता है तो बाक़ी सारे दौड़कर उसकी शिकायत करने चले आते हैं मानो कोई बड़ा अपराध हो गया हो उससे! एक टूटी कुर्सी पर पीठ टिकाना भी टाटपट्टी वाले बच्चों के लिए हिमाकत है—और देश को स्वाधीन हुए इतने बरस बीत गए। कभी गाहे-बगाहे कोई आदर्शवादी शिक्षिका आती है, जो वाकई पढ़ाती है तो उसकी पीठ पर लद लेते हैं बच्चे, पर हेडमास्टर साहब कटाक्ष करते हैं कि ई ग़रीबन के लइकन के इतना पढ़ा के होई का—आख़िर त खेते तमिहन स!...आप पढ़ाने से ज़्यादा तो क़िस्सा-कहानी कहती हैं—कोर्स पूरा करना है कि नहीं ? गाइड दीजिए, गाइड!''

''वहाँ इतना खटकर शाम को तुम यहाँ आती हो पढ़ाने...थक जाती होगी न। पैसे भी हम नाम का ही दे पाते हैं।''

''पैसे के लिए जो किया जाता है, उस काम में इतना गहरा परितोष तो नहीं होता। किसी बड़े उद्देश्य के लिए किया गया थोड़ा-सा संघर्ष भी गहन तृप्ति देता है—वही सूफ़ियाना मस्ती, जिसे रूमी 'हृदय का वसन्त' कहते हैं।''

''यह तो सच है कि दहशतगर्दी के इस ज़माने में दहशत का प्रतिलोम अमन नहीं है, संघर्ष है उस दम तक संघर्ष, जब तक सबके भीतर की विशिष्ट सम्भावनाएँ पूरी तरह मुकुलित न हो जाएँ।''

''हृदय में वसन्त तभी तो आएगा जब सब क़तरा-क़तरा खिल उठें, किसी की सम्भावनाएँ अर्द्धमुकुलित न रह जाएँ।''

सबसे ज़्यादा मज़ा उस दिन आता जब बेंजामिन भी अपने कई मित्रों के साथ

आकर कक्ष में पीछे बैठ जाता और कभी-कभी सरोज के कहने पर हमें बाँसुरी भी सुनाता। कई बच्चे उससे बाँसुरी सीखने भी लगे थे।

आज ही शाम की बात है कि हमने उसे चौधरी साहब को बाँसुरी सिखाने की चुनौती दी : ''उन्हें सिखा पाओ तो जानें! उनके भीतर का कोलाहल कुछ तो शान्त होगा और बेचारी ललिता 'दी भी कुछ देर चैन की बँसी बजा सकेंगी।'' अभी ठट्ठा हो रहा था कि सरोज के कमरे से सिद्धू के गाए कैसेट से रूमी बोले और सबके हृदय का पंछी पंख फड़फड़ाना भूलकर शान्त बैठ गया :

प्रार्थना करते-करते
मैं स्वयं प्रार्थना हो गया हूँ...
तुम्हारे हृदय-पखेरू को भी
उड़ान की शक्ति
किसी निरन्तर प्रकाश से मिलेगी।

हमारे स्कूल की यही समापन प्रार्थना है। हम सब आँख मूँदकर कुछ देर बैठे रहे। समय कैसे बीता, पता ही न चला।

3

वो सुबह कभी तो आएगी

घर लौटते हुए चौक पर सब्ज़ियाँ ख़रीदती चौधरी साहब की अम्मा मिलीं यानी ललिता 'दी की सासू-माँ। मैंने उनके हाथ से सब्ज़ियों का झोला लिया और यों ही गीत गाती हुई साथ चलने लगी। ललिता 'दी ने बता रखा था कि उन्हें अपने ज़माने के बहुतेरे गीत याद हैं और घर में जब कलह-कोलाहल होता है, वे कमरे में ललिता 'दी को खींचकर अपने ही बेटे के मुँह पर दरवाज़ा बन्द कर लेती हैं और ललिता 'दी को गोदी में सुलाकर लगती हैं यशोदा माता की शैली में जोई-सोई कछु गाने।

नई ब्याहता को बुज़ुर्ग औरतें वैसे भी जब-तब सलाहें देती रहती हैं। मौक़ा पा उन्होंने मुझसे कहा :

''तेरा घरवास हो गया न? कोई दिक्कत तो नहीं है? अगर हो भी, तूल न देना। मटिया के रह जाना। और नहीं ही मटियाया जाए तो हाथ में कोई काम उठा लेना। हर औरत ऐसे ही जीती है।

''मेरी अम्मा सुबह-सवेरे गायों के पीछे निकल जाती थी या दिन-भर खेतों में खटती थी। बहुओं से कहती कि बेटी, जो भी बनाना, थोड़ा-सा ढँक कर रख देना।...जो भी ढँका मिलता, खाकर ऐसे चैन से सो जाती कि क्या कहूँ!

"यह दुनिया आख़िर तो बुलबुला ही है न! जिससे जितनी भी निभ जाए, बहुत है। तूल नहीं, किसी बात पर कोई तूल नहीं...हाँ, कोई किसी पर जुर्म करता मिले तो बीच में आकर डट जाओ...इससे ज़्यादा कुछ नहीं। अपने जैसों से घुल-मिलकर बतिया लो। जो अपने जैसा नहीं है, उसको भी राम-राम कह लो।

"अब देखो, अपनी समधिन से या अपनी बहू से मैं कितना बतियाती हूँ। खुद अपने बेटे के सामने ज्यादा नहीं पड़ती।"

मैं यह परमसूत्र पाकर हँसी तो वे भी पोपले मुँह से हँसने लगीं—फिर से वही वाली मस्त हँसी।

सब्ज़ी का झोला लिये-लिये ऊपर चढ़ ही रही थी कि देखा, ललिता'दी की माँ, उनकी समधिन भी पीछे से आ रही हैं :

"आप कहाँ से आ रही हैं, माँ?"

"निकले तो हम साथ ही थे, फिर मैं ज़रा मन्दिर की ओर निकल गई—आज ललिता के पिताजी की पुण्यतिथि है।"

उनके हाथों में चीनी-वीनी के कुछ पैकेट थे, पीछे से ताज़ा पिसा आटा लेकर आटे चक्की का लड़का आ रहा था। मैंने उनके हाथों से भी पैकेट लिये और सोचा कि दो माँओं से घिरी होने के कारण भी ललिता'दी ममता का सागर हैं। सागर को जो मिलता है, वह दूना करके लौटा भी तो देता है।

"मैंने उनका लिखा उपन्यास ध्यान से पढ़ा है और मैं उनके बारे में सब-कुछ जानना चाहती हूँ। आप दोनों थक गई होंगी। और मुझे भी चाय पीने का मन हो रहा है। चढ़ाऊँ क्या?"

"अरे, तुम बैठो। ललिता के लड़के चाय-नाश्ता सब बना लेते हैं। ललिता ने उनको नवल पुरुष के रूप में प्रशिक्षित किया है। जिनके साथ रहेंगे, वे बहुत ख़ुश रहेंगी। मन लायक़ नौकरी हो जाए तो दोनों की शादी साथ ही करेंगे या आगे-पीछे। छोटे ने तो लड़की पसन्द भी कर रखी है। बड़े की भी गर्लफ्रेंड थी पर बीच में किसी ग़लतफ़हमी का दौर चला, इस दौर में लड़की को कोई दूसरा ही पसन्द आ गया, और वह उसी के संग चल दी। यह ज़माना अच्छा है, सब चटपट-झटपट हो जाता है और कहीं कुछ टूट-फूट हो भी जाए तो कोई मातम मनाता नहीं बैठता। 'आयोडेक्स मलिए, काम पे चलिए'—टीवी के विज्ञापन कितने मज़ेदार होते हैं न! दिन-भर हम एक-से-एक सीरियल देखती रहती हैं पाकिस्तान के 'ज़िन्दगी' चैनेल पर या डीडी भारती पर।"

मैंने ग़ौर किया कि सदा चुप रहने वाली ललिता'दी की माँ आज कुछ ज़्यादा ही बोल रही हैं तो शायद इसलिए कि उन्हें अपना दुख छुपाना है—एक ऐसे पति का वियोग, जो अपने पत्नी-बच्चों पर जान छिड़कता था। छोटे शहर का एक गम्भीर लेखक जिसकी ज़्यादातर किताबें उसके जीते-जी छप भी न पाईं। ललिता'दी ने बाद में अपने पैसों से छपवाईं भी तो सही वितरक नहीं मिला।

"अजब है प्रकाशन जगत भी! वहाँ भी प्रकाश नहीं है—बहुतेरे अँधेरे कोने हैं, बहुत राजनीति है। इससे दुखद भला क्या होगा कि कोई इतने मनोयोग से कुछ कहना चाहता है; अपना अनुभव, अपनी अनुभूति साझा करना चाहता है, और कोई सुनने को तैयार नहीं? उसी की चीज़ें चर्चा में आती हैं जो किसी प्रभावी मंडल का सदस्य है।" एक दिन ख़ासी तकलीफ़ से ललिता'दी ने मुझसे कहा था।

यह बात याद आई तो मैंने धीरे से कहा : "आज उनका परिनिर्वाण दिवस है और मेरे मन में यह ख़याल आया है कि 'मातृसदन' की तरह के जितने भी बंधु-परिवार हैं शहर में यानी ऐसे परिवार जिनके सदस्यों में ख़ून का रिश्ता नहीं, यौन-सम्बन्ध नहीं, सिर्फ़ दोस्ती का रिश्ता है, जैसे वृद्धाश्रम, अनाथालय, स्त्री-सदन—उनका हम संयुक्त मंडल बनाएँ, और देश-दुनिया की जितनी अच्छी कृतियाँ हैं, हर शाम उनके चुने हुए हिस्सों का सार्वजनिक पाठ या मंचन कहीं-न-कहीं सम्भव करें। कृतियों का चुनाव हम नाट्यमंडलियों के साथ मिलकर करेंगे और पहले खेप में वे कृतियाँ लेंगे जो किसी ओछी राजनीति के कारण अच्छी होने के बावजूद चर्चा में आ ही नहीं पाईं। शक्ति'दा को इस प्रोजेक्ट में हम जोड़ेंगे—वे अच्छे नियोजक हैं और मुझे पूरा विश्वास है, नफ़ीस भी इसमें हमें आर्थिक अनुदान देंगे ही।"

"सपना मौसी, हम भी ऐसे बहुतेरे लोगों को जानते हैं—स्कूल-कॉलेज में हमारे साथ पढ़े लड़कों के माता-पिता जिनके पास इतना काला धन है कि क्या कहें! उनसे बात करें क्या?"

"नहीं-नहीं, उनसे नहीं। कालिमा के ख़िलाफ़ लड़ते हुए हम काला पैसा कैसे लेंगे?"

"पानी की तरह पैसे का कोई रंग नहीं होता, मौसी...अच्छे काम में लगे तो उसकी कालिमा जाती रहती है।"

"लेकिन कोई जैसे-तैसे कमाया धन निरपेक्ष भाव से किसी को नहीं देता। उनकी जो शर्तें होंगी, हमें भारी पड़ेंगी। हम अपने उद्देश्य से भटक जाएँगे। देखो, वृद्धाश्रमों से शुरू करते हैं—वहाँ शाम को बुज़ुर्ग यों ही उदास बैठे रहते हैं। उनके आगे कुछ मंचित होगा, कोई चहल-पहल होगी तो उनको कितना अच्छा लगेगा! जगह और श्रोता तो रेडीमेड हो गए, बाक़ी हम सोशल मीडिया के ज़िम्मेदार विंग से सहारा ले लेंगे। अगर हम स्तरीय कार्यक्रम कर पाए तो लोग आएँगे ही और नई पीढ़ी में भी अच्छे साहित्य का आस्वाद जगेगा। अच्छे कार्यक्रमों की हम वीडियो रिकॉर्डिंग करके यू-ट्यूब पर अपलोड भी कर लेंगे।"

"अच्छा, तो ठीक, हम अगले हफ़्ते से ही ठीक नाट्य-मंडल चुनते हैं न! भैया तो थिएटर-एक्टिविस्ट रहा भी है," विनय चहककर बोला।

तब तक (बड़े वाले) तन्मय ने पोहे तैयार कर लिये थे।

तो अन्तत: अब हमारी गाड़ी पटरी पर है। शाम को अक्सर टहलते हुए हम दाता निज़ामुद्दीन औलिया के मज़ार की तरफ़ निकल जाते हैं और वहाँ गलियों में भीख माँगती या मन्नत के धागे बाँधती औरतों से ग़पशप करके लौट आते हैं। क्या जाने, कौन कितना गहरे डूबता हुआ उजबुजा रहा है! हम तिनके ही सही—पर डूबते को तो तिनके का सहारा बहुत है।

मन्नतों का धागा बाँधती इन औरतों में क्या जाने कौन राबिया फ़कीर हो, कौन पद्मिनी, कौन महरू, कौन महिमा, कौन देवल्दी, कौन कायनात! और कोई जाने-न-जाने, अपने पीर के बग़ल में लेटे अमीर ख़ुसरो जानते हैं औरतों के मन की सब बातें...शायद अपने-अपने ख़ुसरो की तलाश में हों ये सारी पनहारियाँ!

दुनिया में जितना आतंक बढ़ रहा है, हिंसा बढ़ रही है, युद्ध गजगजा रहे हैं, औरतों की मन्नतों का धागा और ऊँचा बँधता जाता है। क्या है इन मन्नतों का सार—वो ही, जो सूफ़ी कहते थे—रूमी, राबिया, ख़ुसरो, बाबा फ़रीद, बुल्लेशाह, कबीर और दुनिया के सारे कलाकर्मी :

आलम फ़ाज़िल मेरे भाई पापड़ियाँ मेरी अकल गँवार
दे इश्क़ दे हुलारे ताँ मैं दसना हाँ
मैं पापड़ियाँ तो नस्सना हाँ।

इश्क़ के झूले में झूलने की कामना, झूलते हुए यह बताने की कामना कि दिल पर क्या बीती, दुनिया के गुनाहों ने मुझको कहाँ न घसीटा। फिर इन सबसे उबरने का रास्ता समझने की कामना ही हर सृजनात्मक आवेग का उत्स है, ख़ास कर स्त्रियों के यहाँ।

आज बहुत दिनों बाद मन कर रहा है कि सिद्धू को एक चिट्ठी लिखूँ। ख़ुदा की बनाई इस धरती पर दुख और सुख, हार-जीत, खोना-पाना—सब सनातन सखी भाव में ही तो रहते हैं—चोट तक में एक शुभ पक्ष अन्तर्निहित है। चोटें ही आँखें खोलती हैं। सब एक भाव में स्वीकार करना है—चौक के पेड़ की तरह।

4

कलंदर

मेरी प्यारी-सी महिमा और सिद्धू, मेरे प्यारे अमीर ख़ुसरो!

पता नहीं क्यों, आज मैं तुम्हें इसी नाम से बुलाना चाहती हूँ। तुम्हारी नियति कुछ-कुछ उन जैसी है, इसका एहसास अचानक मुझे कल हुआ जब मैं नफ़ीस के साथ लाल किले के भीतर भूरे शाह के

मज़ार गई और मस्त कलंदर से अमीर ख़ुसरो की दिलचस्प मुलाक़ातों के क़िस्से सुने। नफ़ीस के बाबा ने आँखें मूँदने के पहले हमसे यही कहा था कि निकाह के बाद पहले उनके पास हो आना।

जामा मस्जिद की सीढ़ियों पर बैठने वाले एक नीमपागल फ़कीर रफ़ीक ख़ाँ से नफ़ीस ने मेरी मुलाक़ात कराई। उसका पागलपन उसका कवच है। पचपन प्रलापों के बीच अचानक वह कोई ऐसी बात कह गुज़रता है कि क्या कहूँ! जैसे कोई गुदड़ी में लपेटकर रतन रखे! कभी तुम यहाँ आए तो उससे मिलने चलेंगे। उसी ने मुझे अमीर ख़ुसरो से मस्त कलंदर की रहस्यमय मुलाक़ात के क़िस्से सुनाए।

अमीर ख़ुसरो को तो तुम जानते ही हो। अथाह वैभव के दहराकाश में दमकती उनका विराट खला ही अलग-अलग रूपों में विभा की लौ-सी फूटती रही। सितार और पखावज और तरह-तरह की राग-रागिनियाँ, तुलनात्मक भाषा-विज्ञान के आदि-ग्रंथ, चार दीवान और दस-दस मसनवियाँ, हज़ार ख़त और मशविरे...और 'अफ़ज़ल-उल-फ़वाद' के नाम से प्रकाशित उनकी रूहानी बातचीत अपने मुर्शिद, हज़रत निज़ामुद्दीन औलिया से...तत्कालीन हिन्दुस्तान का सांस्कृतिक-सामाजिक इतिहास और उसका नैतिक भूगोल समझने का उनसे बड़ा ज़रिया क्या होगा? पान, जलेबी, शकरपाड़े-शकरकंजी—उन दिनों प्रचलित सारी मिठाइयों की मिठास और वर्राबिरयान जैसे आमिष पकवानों का मसालेदार ज़ायक़ा, ख़ुसरो की भाषा में सबका अक्स है और उन सब पशु-पक्षियों की हरियल किलकारी, भारत में भी जिनके दर्शन अब दुर्लभ हैं।

'नूहसिफ़र' में हिमालय में रहने वाले जिन जोगियों का ज़िक्र उन्होंने किया है, उन सबका नूर कल-कल, छल-छल करता हुआ उनकी भाषा में जा मिला है। पर सबसे अनूठी है उन बड़े दरख़्तों की छाँह जो उन्हीं कवि-कलाकारों की भाषा में आ सकती है जो सड़क के लोगों से जमकर बोले-बतियाए हों। उन सब ज़ात-पात और व्यवसाय के लोगों से जिनका दोस्ताना रहा हो जिसका मगन ज़िक्र वे समय-समय पर करते रहे—बक़्क़ाल, बढ़ई, मदारी, लोहार, हज्जाम, सुनार, सुर्रारौह रागन, मुहतकिरान, पाकोपन (नर्तक), नट, जादूगर, मकमिरान (जुआरी), बुनकर, तवायफ़, ठग, चोर तलक।

इनमें ही एक था मस्त कलंदर।

रफ़ीक ख़ाँ ने हज़ार टुकड़ों में दरका हुआ जो शीशा मुझको उसके अफ़साने के नाम पर पकड़ाया, उसका सारांश कुछ ऐसा बनेगा

कि जब भी अमीर ख़ुसरो अनन्त युद्ध शृंखलाओं के ख़ून-ख़राबे या दरबारी जीवन की असंख्य विडम्बनाओं से परेशान हो जाते थे, या तो अपने औलिया के पास जा बैठते थे या इसी मस्त कलंदर के पास जो कशमकश की घड़ी में अचानक कहीं से प्रकट हो जाता था, अपना बड़ा-सा चिमटा बजाता हुआ। ये क़िस्से कभी मैं तुम्हें सुनाऊँगी, पर आज नहीं।

रफ़ीक का मानना है कि मस्त कलंदर उसको आज भी दिखाई देता है। जब भी ग़रीबों और बेसहारों पर कहर टूटता है, चिमटा बजाता हुआ वह गलियों से गुज़रता है। सदियाँ बीत गईं लेकिन वह नहीं बीता। अरबों ने सिंद पर क़ब्ज़ा किया था तो वह कहीं ईरान की तरफ़ से काले लबादे में चिमटा बजाता हुआ आया था। मुहम्मद बिन तुग़लक की मौत के बाद जब फ़िरोजशाह तुग़लक ने शासन की बागडोर हाथ में ली तो मस्त कलंदर चिमटा बजाता हुआ आया और उसने नये बादशाह के सामने हँसकर कहा : 'यह न समझना कि वह सड़ी मछली खाकर मरा है। वह मरा है इसलिए क्योंकि उसने ग़रीबों पर सितम किए।'

उसके बाद तैमूर-तुग़लक, सैयद-लोदी-मुग़ल और ब्रिटिश शासनकाल तक वह गलियों में अलख जगाता घूमता—जब भी ग़रीब और बेकस सिसकते और जुर्म की इंतहा हो जाती। 1857 के ग़दर में भिश्तियों को उसने न जाने कितनी मटकियाँ भरके दीं कि बीमार-घायल सिपाहियों को जाकर पिलाएँ। औरतों से उसने ज़ख़्म पर पट्टियाँ रखने को कहा और ये भी कहा कि पट्टी रखते हुए ये न सोचें कि घायल का दीनोईमान क्या है—फिर उनके पीछे, उनकी हिफ़ाज़त में एक क़द्दावर साया बनकर वह खड़ा रहा।

'सदियाँ बीत गईं पर वह नहीं बीता,'—रह-रहकर रशीद ख़ाँ यही कहते। और उनकी इस बात का पेंच खोलने के लिए जब मैंने उस्ताद की तरफ़ देखा तो वे तुम्हारी तरह ही मुस्काए—एकदम तुम्हारी तरह और तुम्हारी तरह धीरज से, धीरे-धीरे कहा : 'मस्त कलंदर की तरह ही प्रीत और अमन के पैग़ाम दिलों से और गलियों से बीच-बीच में ग़ायब भले हो जाएँ; एकदम से बीत नहीं जाते।' तो मियाँ की जूती मियाँ के सर मारती यानी तुम्हारी बात तुम्हीं को याद दिलाती आज मैं तुमसे ये कहूँ क्या कि जो बहिर्जगत का सत्य है, अन्तर्जगत पर भी वैसे ही लागू होता है? जैसे मस्त कलंदर नहीं बीता, जैसे बोली-बानियों, कहावतों और ग्रंथों में सुरक्षित प्रीत और अमन के पैग़ाम नहीं बीतते—

तुम भी नहीं बीते सिद्धू और बीतने की हिम्मत भी न करना। हमेशा बने रहना मन में—एक सुखद, सूफ़ी एहसास की तरह। ज़िन्दगी एक सूफ़ी सिलसिला इस तरह भी है कि चिराग़ से चिराग़ रोशन होता है, मशाल से मशाल।

एक बात और। अन्तर्जगत् में कोई किसी की जगह नहीं लेता। अन्तरिक्ष में हर सितारे की अलग ही जगह है। अगर मन अन्तरिक्ष की तरह विराट् और उसी तरह 'फ़ना' हो ले तो हर सितारा अपनी अनूठी दमक में सुरक्षित रहेगा—किसी को किसी की जगह छीनने की ज़रूरत ही क्यों होगी ? है न ?

तुम्हारी

—सपना

❂❂❂